중·고등학생이 꼭 알아야 할

교과서
단편소설
읽기

중

중·고등학생이 꼭 알아야 할

교과서 단편소설 읽기

중

강소천 외 지음

평단

■ **일러두기**

1. 중학교·고등학교 국어 교과서에 수록된 단편 소설 중에서 13작가의 13작품을 수록했습니다.
2. 잡지·신문·작품집은 《 》, 단편·중편·장편 소설 등 소설 작품은 〈 〉로 표기했습니다.
3. 소설 원문에 있는 한자는 모두 한글로 바꾸었고, 뜻을 명확히 하기 위한 단어는 한자를 병기했습니다.
4. 표기는 해당 소설 원문에 충실히 따르되, 맞춤법과 띄어쓰기는 현행 표기법에 따랐습니다.
5. 낱말 풀이는 각각의 소설이 끝나는 곳에 실었습니다.

차례

강소천	꿈을 찍는 사진관 • 8
김동리	아버지와 아들 • 22
나도향	전차 차장의 일기 몇 절 • 54
나혜석	경희 • 72
박영준	모범 경작생 • 116
박태원	영수증 • 138
	낱말 퍼즐 • 162
백신애	멀리 간 동무 • 166
안국선	금수회의록 • 186
오영수	고무신 • 220
이범선	표구된 휴지 • 242
이익상	남극의 가을밤 • 260
전광용	꺼삐딴 리 • 276
	낱말 퍼즐 • 314
주요섭	사랑손님과 어머니 • 318

단편 소설 수록 국어 교과서 보기 • 351

강소천

꿈을 찍는 사진관

강소천 1915~1963년

함경남도 고원에서 태어나 함흥 영생고보를 졸업하고 광복 후 청진에서 교편 생활을 하다가 월남했다. 그 후 피난지 부산에서 독서 지도와 글짓기 지도 등 아동 문학 보급에 힘썼다. "태극기가 바람에 펄럭입니다"(〈태극기〉), "코끼리 아저씨는 코가 손이래"(〈코끼리〉)부터 시작해서 "토끼야 토끼야 산속의 토끼야"(〈산토끼야〉), "금강산 찾아가자 일만이천봉"(〈금강산〉) 등 우리에게 익숙한 동요와 동시를 강소천이 지었다. 그는 1931년 《아이생활》에 동화를, 1936년 《소년》에 동시를 발표하면서 아동 문학에 온힘을 쏟기 시작했는데, 〈토끼 삼형제〉·〈꿈을 찍는 사진관〉·〈호박꽃 초롱〉 등이 그의 대표작이다.

작품 해제

- **갈래** 순수 소설, 아동 소설
- **배경** 6·25 전쟁이 끝난 뒤 어느 봄날 뒷동산
- **시점** 1인칭 주인공 시점
- **제재** 꿈을 찍는 사진관
- **주제** 추억의 소중함과 이별의 아쉬움
- **출전** 《소년세계》 3월호(1954년 3월)

줄거리

　나는 따뜻한 봄날 스케치북과 그림물감을 가지고 뒷동산에 올라간다. 맞은편 산허리에 활짝 핀 꽃나무 한 그루가 보였다. 그 꽃나무 밑줄기에서 '꿈을 찍는 사진관'으로 가는 안내판을 발견한다. 그 안내판을 따라 꿈을 찍는 사진관에 찾아 들어간다. 사진관은 산중엔 어울리지 않을 만큼 커다랗고 훌륭한 양옥집이다.

　사진관 주인은 조그맣고 얄팍한 책 한 권을 주며, 7호실에 들어가 소리 내지 말고 읽어 보라고 한다. 나는 책을 다 읽고, 마지막 장에 쓰여 있는 사진 찍는 방법을 읽는다. 나는 그곳에서 어릴 적 고향 뒷산에서 순이와 함께 할미꽃을 꺾어 들고 놀던 꿈을 찍는다. 그러나 꿈을 찍은 사진을 받았을 때 나는 놀라며 실망한다.

　순이는 어린 시절의 모습 그대로인데, 나는 이미 나이 든 어른의 모습이었다. 그러나 나는 사진관 주인에게 고맙다고 말하며 사진관을 나온다. 내가 처음 앉았던 뒷동산에 와서 가슴 속에 간직했던 사진을 꺼냈을 때 나는 다시 한 번 놀란다. 그것은 사진이 아니라 내가 좋아하던 동화집 갈피 속에 끼여 있던 노란 민들레꽃 카드였다.

꿈을 찍는 사진관

1

따사한 봄볕은 나를 자꾸 밖으로 꾀어내는 것이었습니다.
어젯밤만 해도 내일은 일요일이니 어디 나가지 말고 방에 꾹 들어박혀 책이라도 읽으리라 생각했던 것이, 정작 조반*을 먹고 나니 오늘은 유달리 날씨가 따뜻했습니다.
나는 스케치북과 그림물감을 가지고 뒷산을 향해 올라갔습니다.
그렇다고 나는 굉장히 그림을 잘 그리거나, 그림에 취미를 가진 것도 아닙니다. 그저 빈손으로 가기는 싫었기 때문입니다. 책을 들고 앉아 그 따사한 봄볕에 읽는 것은 한층 더 싱거울 것 같았습니다.
봄을 그리려고 산에 오른 이 서투른 화가는 좀처럼 그림을 그리기 시작하지 않았습니다. 그리는 것보다 가만히 앉아 바라보는 것이 더 좋았습니다.
그리하여 내 눈이 맞은편 산허리에 갔을 때, 나는 내 눈에 의심하리만큼 놀라지 않을 수가 없었습니다. 거기에는 활짝 핀 꽃나무 한 그루가 서 있었기 때문입니다.

아직 살구꽃이 피려면 한 달은 더 있어야 할 텐데, 저렇게 연분홍 꽃이 전등이라도 켠 듯이 화안히 피어 있는 것은 이상한 일이 아니겠습니까?

나는 그 꽃나무 있는 데로 쏜살같이 달려갔습니다. 골짜기를 내려 다시 산으로 기어올라, 그 꽃나무 아래까지 갔습니다. 단숨에 달린 나는 숨이 차서 그만 땅에 주저앉았습니다.

숨을 돌리며 내가 꽃나무를 자세히 바라보려니, 나무 밑줄기에 이런 간판이 붙어 있었습니다.

꿈을 찍는 사진관으로 가는 길 동쪽으로 5리

나는 그 연분홍 꽃나무에 핀 꽃 같은 건 생각할 사이도 없이 곧 이 꿈을 찍는 사진관을 찾아 떠났습니다.

동쪽으로 사뭇 좁다란 산길을 걸어가노라니까, 정말 조그만 집 한 채가 보였습니다.

그러나 내가 그 집 문 앞에 다다랐을 때는 약간 실망하지 않을 수가 없었습니다.

집 문 앞엔 또 이런 것이 씌어 있었습니다.

꿈을 찍는 사진관은 여기서 남쪽으로 5리 되는 곳으로 옮겼습니다.

나는 남쪽을 향해 또 걸었습니다. 인제 온 만큼 가니깐, 정말 또 한 채가 보였습니다. 나는 참 잘 왔다고 좋아라 집 문 앞으로 갔습니다.

그러나 나는 아까보다 좀더 크게 실망하지 않을 수가 없었습니다. 아까와 꼭 같은 글이 문 앞에 붙어 있었습니다. 아니 꼭 한 자만 틀립니다. 그것은 남쪽으로 5리가 아니라, 서쪽으로 5리라고 썩어 있었습니다.

나는 조금 주저하였습니다. 그러나 나는 한 번만 더 속아 보자 하고 또 서쪽을 향해 걸어갔습니다.

마침내 나는 꿈을 찍는 사진관을 찾은 것입니다.

이런 산중엔 어울리지 않으리만큼 커다랗고 훌륭한 양옥집이었습니다. 벽과 창문만이 아니라 지붕까지 새하얀 집—다만 정문에 커다랗게 써 붙인 '꿈을 찍는 사진관'이라는 일곱 글자만이 파아란 하늘빛이었습니다. 나는 문을 두드렸습니다.

"누구시오? 들어오시죠!"

낮고 부드러운 목소리가 안에서 들려왔습니다. 나는 문을 열고 안으로 들어갔습니다.

하늘빛 파란 가운을 입은 점잖은 신사 한 분이, 하늘빛 파아란 안경을 벗어 테이블 위에 놓으며, 회전의자에서 일어났습니다.

"어떻게 오셨지요?"

"저어…… 여기가 꿈을 찍어 주는 사진관입니까?"

"예, 그렇습니다."

"어떻게 찍지요?"

하고 나는 꿈을 찍는 방법을 물었습니다. 그랬더니 그는 내게 조그맣고 얄팍한 책 한 권을 주며, 저쪽 7호실에 가 앉아 소리 내지 말고 읽어 보라고 했습니다.

나는 7호실을 찾아갔습니다. 1호실 다음엔 3호실, 그다음이 5호실, 바로 그다음이 7호실입니다. 어쩌면 사진관이 꼭 여관집과도 같습니까. 나는 그제야 이 집의 방 번호는 모두 홀수만으로 되어 있다는 것을 알았습니다.

벽과 천장까지 새하얀 방—

들어가는 문밖엔 들창* 하나도 없는 방입니다.

나는 그 방에 앉아, 지금 받은 얄팍한 책을 펴 들었습니다. 불도 안 켠 방이, 왜 이리 환한지 모르겠습니다. 어디서 빛이라곤 들어올 곳이 조금도 없습니다. 9포* 활자만큼 작은 하늘빛 글씨가 어쩌면 그리도 잘 보입니까.

·

꿈을 찍으시려는 분들에게!

이렇게 멀리서 찾아오신 손님에게 먼저 뜨거운 감사를 드립니다. 당신께서 이곳까지 찾아온 데는 두 가지 뜻이 있을 줄 압니다.

그 하나는 신기한 것을 즐기는 마음이요, 또 하나는 무척 그립고 보고 싶은 사람이 있기 때문일 것입니다.

사실 당신이니 말이지만, 오늘 저 세상 사람들은 오늘의 문명을 자랑해서 '텔레비전 시대'라고 합니다.

그러나 지금 내가 새로운 실험을 하고 있는 이 일에 비하면 그까짓 게 다 무엇입니까? 문제도 안 되는 것입니다.

오늘—더욱이 6·25 사변을 치르고 난 우리들에겐, 많은 잃은 것 대신에 가진 것은 안타깝게 보고 싶고 그리운 얼굴들입니다.

눈에 보이지 않는 것 중에 우리에게 없지 못할 가장 귀한 것의 하나는 과거를 다시 생각할 수 있는 '추억'이라는 것입니다.

우리는 옛날을 다시 생각하기 위해서 묵은 앨범을 꺼내어 사진 위에 머물러 있는 지난날의 모습들을 바라봅니다.

그러나 사진이란 다만 추억의 그 어느 한순간이요, 그 전부는 아닙니다. 정말 아름다운 추억이란 흔히 사진첩 속에서는 찾아보기 어려운 것입니다.

우리는 그런 불완전한 것이나마 사변으로 인하여 거의 잃어버리고 말았습니다.

그러나 요행히 우리에겐 '꿈'이란 게 있습니다.

이미 저세상에 가 버리고 없는 그리운 사람들도 꿈에서는 서로 만날 수 있습니다.

남북으로 갈리어 서로 만나지 못하는 사이라도 쉽게 만날 수 있습니다. 꿈길엔 38선이 없습니다.

정말 꿈을 꿀 수 있는 것은 얼마나 행복한 일입니까?

그러나 이 꿈이란 사람의 마음대로 꿀 수는 없는 것입니다.

아무리 그립고 보고 싶은 얼굴이 있어, 꿈에 보려고 애를 써도 뜻대로 잘 안 되는 수가 많습니다. 그러다 어떻게 잠깐 꿈을 꾸게 된다 해도, 그 꿈이 곧 깨면 한층 더 안타까운 것뿐입니다.

여기에 생각을 둔 나는, 이번 꿈을 찍는 사진기를 하나 발명했습니다. 이는 결코 거리의 사진사들처럼 영업을 목적한 건 아닙니다.

내게는 안타깝게 그리운 아기가 있습니다. 나는 그 아기의 사진까지를 송두리째 잃어버렸습니다.

내가 이 사진기를 만들게 된 게 그 때문인지도 모릅니다.

자아, 쓸데없는 이야기가 길어졌습니다.

그럼, 인제 꿈을 찍는 방법을 설명해 드려야죠. 무엇보다 그게 더 궁금하실 테니깐요.

 지금 당신이 앉아 있는 방에서부터 나오는 한 줄기 빛이 있습니다. 그 빛은 바로 사진기가 놓여 있는 곳과 연결되어 있습니다. 그래서 당신이 꿈을 꾸기만 하면, 그 꿈은 바로 사진기 렌즈에 비치게 됩니다. 꿈이 비치기만 하면, 사진기는 저절로 '쩔꺼덕' 하고 사진을 찍어 버리는 것입니다. 필름에 사진이 찍히면 곧 현상하여 손님의 요구대로 크게 또는 작게 인화지(사진종이)에 옮겨 드립니다.

 그런데 문제 되는 것은 꿈을 꾸는 일입니다. 어떻게 짧은 시간에 꿈을 꿀 수 있으며, 또 꿈을 꾼다 해도 그게 정말 자기가 사진에 옮기고 싶은 꿈을 꾸겠느냐 하는 것입니다.

 실로 내가 제일 오랫동안 연구에 고심을 한 것이 이것입니다.

 꿈을 찍는 것쯤은 이것에 비하면 식은 죽 먹기였습니다. 그 문제를 풀기 위해서 나는 잠 못 이루는 밤을 오래 가졌고, 무수한 실패를 거듭하였습니다. 그러나 나는 실망하지 않았습니다.

 마침내 나는 마음대로 꿈꿀 수 있는 방법을 발명했습니다.

 실로 이것은 세계적인, 아니 세기적인 발명이 아닐 수 없습니다.

 자, 그럼 당신도 곧 그리운 이를 만나는 꿈을 꾸십시오. 그리운 이의 꿈을 사진 찍어 드릴 테니.

 그 방법—당신이 있는 방 한구석에 흰 종이 한 장과 만년필 한 개가 놓여 있습니다. 당신은 그 종이에 그 파란 잉크로 당신이 만나고 싶은 이와 지난날의 추억의 한 토막을 써서, 그걸 가슴 속에 넣고 오늘 밤을 주무십시오. 내일 날이 밝으면, 당신은 지난밤에 본 꿈과 꼭 같은 사진을 가지고 집으로 돌아갈 수가 있을 겁니다.

 한 가지 미안한 것은, 이곳은 산중이어서 손님들에게 대접할 음식이 준비되어 있지 못합니다. 미안하지만 하룻밤 그냥 주무셔 주십시오.

꿈을 찍는 사진관 아룀*

●

나는 종이쪽에 이렇게 썼습니다.

살구꽃 활짝 핀 내 고향 뒷산―따사한 봄볕을 쪼이며 잔디 위에서 같이 놀던 순이, 노랑 저고리에 하늘빛 치마―할미꽃을 꺾어 들고 봄노래 부르던 순이―오늘 밤 정말 우리는 만날 수 있을까?

아직 해가 지기엔 시간이 좀 남아 있을는지 모릅니다. 그러나 내가 글 쓴 종이를 가슴에 품고 방바닥에 눕자, 방은 그만 캄캄해졌습니다.
참말 신기한 일입니다. 그러나 나는 잠이 오질 않았습니다. 샘처럼 솟아오르는 지난날의 추억들.
정말 내가 민들레와 할미꽃을 좋아하는 까닭은 순이 때문이었는지도 모릅니다.
순이의 그 노랑 저고리가 어쩌면 그때 내 마음에 그렇게도 예뻐 보였을까요?

●

"순아! 오늘은 정말 네게 꼭 해야 할 말이 있어. 감추려고 했지만 역시 알려 주는 게 좋을 거야. 그렇지만 순아, 울어서는 안 돼! 응?"

"무슨 얘기냐? 어서 말해 줘!"

"정말 안 울 테냐?"

"울긴 왜 우니? 못나게……."

"그래! 픽 하면 우는 건 바보야. 울지 말라, 응?"

"그래! 어서 말해!"

"저어……."

"참, 네가 바보구나, 왜 재깍 말을 못 하니? 아이 갑갑해―어서 말해 봐!"

"저어, 말이지, 이건 정말 비밀이야. 우리 아버지도 어머니도 그랬어. 아무에게도 얘기해서는 안 된다고. 그렇지만 난 네겐 숨길 수 없어. 우리는 며칠 있으면 삼팔선을 넘어 서울로 이사를 간단다. 여기서야 살 수가 있어야지. 지난해 8월 해방이 되었다구 미칠 듯 즐거워했지만, 우리는 토지와 집까지 다 빼앗기지 않았어? 지주라구. 그리고 우리를 딴 데루 옮겨 가 살라구 그렇지 않아. 빈손이라도 좋아. 우리는 마음 놓고 살 수 있는 자유로운 곳을 찾아가야 해……."

"얘, 나보고 울지 말라더니, 제가 먼저 울지 않아?"

소학교를 졸업하면 중학교는 원산이나 함흥에 같이 가자던 순이. 너와 내가 갈린 것은 겨우 소학교 5학년 때…….

・

이 얼마나 위대한 발명입니까? 생각한 대로 곧 꿈꿀 수 있고, 그 장면을 곧 사진에 옮길 수 있다는 것은.

잠을 깬 것은, 아닌 꿈을 깬 것은 아침이었나 봅니다. 통 밖의 빛이 방 안에 비치지 않아 때를 알 수가 없었습니다. 내겐 시계도 없었습니다.

나는 자리에서 일어나 방문을 열고 사진사가 있는 방으로 가려고 하였습니다.

그러나 문을 열었으나, 문을 밖으로 잠겨져 있었습니다.

내가 손잡이를 돌리자 내 옆에는 한 장의 종이쪽이 날아 떨어졌습니다.

아직 시간이 이릅니다. 그냥 거기서 두 시간만 더 기다려 주십시오. 그러면 사진을 가져다 드리겠습니다.

꿈을 찍는 사진관 주인 아룀

"옳아, 아직 두 시간 더 있어야 된단다. 내가 너무 일찍이 일어났는지도 몰라. 날이 아직 밝지 않았을까? 그동안 나는 어제 저녁 순이와 고향 뒷산에서 꽃을 따며 놀던 꿈을 다시 되풀이해 보자. 얼마나 아름답고 즐거운 꿈이었나! 사진은 어느 장면을 찍었을까? 나와 순이가 나란히 살구나무 그늘에 앉은 장면일까? 그렇지 않으면 순이가 노래를 부르는 장면일까? 그렇지도 않으면 순이가 내게 할미꽃을 꺾어 주는 장면일까?"

●

내가 사진관 주인에게서 아직 채 마르지도 않은 사진 한 장을 받아 들었을 때, 나는 깜짝 놀라지 않을 수가 없었습니다.

그것은 순이와 나의 나이의 차이였습니다. 실지 나이로는 순이와 나는 동갑입니다. 그런데 사진에는 여덟 해나 차이가 있는 게 아닙니까?

순이의 나이는 열두 살 그냥 그대로인데, 나는 지금의 나이 스무 살이니깐요. 그동안 나만 여덟 해 나이를 더 먹은 것입니다.

생각하면, 그도 그럴 수밖에 없는 일입니다.

사실 순이도 북한 땅 어디에 그냥 살아 있다면 꼭 내 나이와 같을 게 아닙니까. 그러나 나는 그 뒤의 순이를 본 적이 없었습니다.

내 마음속에 살아 있는 순이는 언제나 열두 살 그대로입니다.

스무 살―스무 살이면, 제법 처녀가 되었을 순이. 머리채*를 치렁치렁 땋았을까? 제법 얼굴에 분을 발랐을지도 몰라. 지금은 노랑 저고리와 하늘빛 치마가 어울리지 않을 거야.

모처럼 찍어준 꿈 사진도 그런 걸 생각하니 우습기 짝이 없습니다. 그러나 내게 있어서는 이게 제일 귀한 보물이 아닐 수 없습니다.

사진을 가슴에 품은 채, 사진관 주인에게 몇 번이나 감사를 드리고 나는 그곳을 나왔습니다.

벌써 아침 해가 하늘 높이 올랐습니다. 하루를 꼬박 굶었으나 나는 배고픈 생각이라곤 전혀 없었습니다.

내가 처음 앉았던 뒷동산에 와 앉아 다리를 쉬며 가슴 속에 간직했던 사진을 꺼냈을 때, 나는 또 한 번 놀라지 않을 수가 없었습니다.

분명히 내가 넣었던 곳에서 꺼냈는데, 내가 사진관에서 받아든 순이와 같이 찍은 사진은 아니었습니다. 그것은 내가 좋아하는 동화집 갈피 속에 끼여 있던 노란 민들레꽃 카드였습니다.

낱말 풀이

들창 들어서 여는 창. 또는 벽의 위쪽에 자그맣게 만든 창
머리채 길게 늘어뜨린 머리털
아뢰다 말씀드려 알리다.
조반 아침밥
포 활자의 크기를 나타내는 단위

아버지와 아들

김동리 1913~1995년

경상북도 경주에서 태어난 김동리의 본명은 김시종이다. 그는 학창 시절부터 문학에 소질을 보여 사람들에게 '글 잘 쓰는 아이'로 인식되었다. 열여섯 살에 가정 형편이 어려워 학업을 그만두고 소설 창작에 몰두했다. 1935년 《중앙일보》 신춘문예에 〈화랑의 후예〉, 이듬해 《동아일보》 신춘문예에 〈산화〉가 당선되어 등단했다. 한때 유진오와 '순수논쟁'을 벌이기도 했다. 광복 후에는 순수문학을 대표하는 문학인으로 활동했으며, 1955년 《현대문학》 창간을 주도했다. 김동리는 한국 고유의 토속성과 민족성이 반영된 문학을 중시했으며, 인간과 이념의 갈등을 조명하는 소설을 주로 집필했다.

작품 해제

갈래 순수 소설, 전쟁 소설
배경 6·25 전쟁 당시 서울
시점 전지적 작가 시점
제재 아버지와 아들
주제 아버지와 아들의 애틋한 사랑
출전 《소년세계》(1954년 3월)

줄거리

　승준이는 여섯 살 때 아버지를 잃고 새아버지 밑에서 자란다. 새아버지는 노동일을 하면서 퇴근길에는 떡과 과일을 사올 정도로 인자하다. 그리고 승준이가 공부할 수 있도록 배려해 준다. 승준이가 열여섯 살이 되었을 때, 어머니가 죽고 새아버지가 일터에서 허리를 다쳐 집에 누워 있게 되었다. 승준이는 아버지가 다니던 채석장에 다니게 된다.
　6·25 전쟁이 터지고, 승준이는 북한군이 시키는 일을 하는 한편 뚝섬 채소밭에서 일자리를 구한다. 그해 8월 젊은이들은 북한군에게 잡혀 가거나, 그렇지 않은 사람들은 멀리 도망을 쳤다. 하지만 승준이는 어린 동생과 아버지를 돌봐야 하기 때문에 채소밭에서 숨어 지낸다.
　유엔군이 서울에 들어온다는 소식을 듣고 승준이는 집으로 가는 도중에 북한군에게 잡히고 만다. 그리고 다른 사람들과 함께 산으로 끌려간다. 하지만 승준이는 간신히 목숨을 건지고 이웃집으로 숨어들었다. 다시 유엔군이 서울로 들어오자, 뚝섬 채소밭에서 일을 시작했다.
　그해 12월 유엔군이 후퇴한다는 소식이 들리자, 사람들은 피란을 떠나기 시작한다. 승준이는 아버지와 어린 동생을 데리고 피란을 가기 위해 신문사에 사정을 해서 서울역까지 아버지를 데려오면 피란 기차를 탈 수 있도록 해 주겠다는 약속을 받아낸다.

아버지와 아들

1

박승준이가 그의 어머니를 따라 지금의 아버지를 보게 된 것은, 그의 나이 여섯 살 나던 해였다.

그때까지 그는 그의 본 아버지를 잘 모르고 있었다. 그의 나이 세 살 때, 남양으로 징용에 끌려 나간 그의 아버지는 삼 년째 되던 해에 한 줌의 재가 된 채 유골이랍시고 돌아왔던 것이다.

이듬해 그의 어머니 윤씨는 개가*를 했다. 그때 어머니의 나이는 갓 서른이라 하였다. 어린 승준은 주먹으로 눈물을 닦으며, 행여 어머니를 잃을세라 치맛자락을 잡은 채 따라갔던 것이다.

승준이의 새아버지는 성을 '신'이라 하였다. 동대문 밖 채석장*에서 노동일을 하는 사람으로 나이는 마흔셋이라고 했다. 이마와 눈꼬리에 잔다란 주름살이 많이 잡히고, 광대뼈가 나오고, 코 밑에 노랑 수염이 담뿍 났으며, 얼굴빛은 본디 누런 편인데 햇볕에 그을어 검누른 빛이 되어 있었다. 본디 말이 적은 데다 목소리가 또한 낮고 가

늘어서, 밖에서 들으면 통 남자 목소리라고는 없는 집 같았다.

이와 같이 말이 적고 목소리가 가는 승준이의 새아버지는 약주 대신 떡과 실과*를 좋아하였다. 일터에서 집으로 돌아올 때면, 흔히 떡이나 실과를 사 들고 올 때가 많았다.

승준이의 어머니는 아버지가 사 들고 들어온 떡이나 실과를, 언제나 조그만 낡은 소반 위에 얹어서 아버지 앞에 내어놓았고, 아버지는 또한 그것을 반드시 승준에게 나누어 줄 것을 잊지 않았다. 승준이가 혹시 밖에 나가고 없을 때엔, 승준이의 몫을 접시에 남겨 두었다가 내어 주곤 하였다.

실과 가운데서도 아버지가 제일 좋아하는 것은 참외, 참외 가운데서도 감참외*였다. 감참외의 위를 떼고, 그 주홍빛 살을 바라볼 때처럼 즐거운 것은 세상에 없다고 했다. 젊었을 때는 칼 한 자루만 주머니에 넣고, 여름내 참외를 깎아 먹고 돌아다니며 놀고 싶을 때도 많았다고, 새아버지는 언젠가 웃는 말로 이야기한 적도 있었다.

그렇게 좋아하는 참외건만, 그것을 매일 사다 먹을 수는 없었다. 원서동 막바지 산기슭 밑에 손수 흙과 돌로 쌓아 올려 만든 조그만 오막* 속에 사는 그들의 살림 형편으로는, 군것질을 매일 할 수도 없는 노릇이다. 푼돈이 모자라는 날은 가끔 조그만 참외를 한 개씩만 사 들고 와서,

"옜다, 이거 먹어라."

하고, 그것을 승준에게 주고는 하였다.

승준이가 어린 마음에도 미안한 생각이 들어서,

"아뇨."

하고 고개를 흔들면, 아버지는 그 샛노란 이들을 드러내어 상긋이

웃으며, 주머니에서 칼을 내어 맛나게 깎아서는, 한 점 베어 맛을 본 뒤, 끝내 승준이의 손에 들려주곤 하였다.

2

어머니는 아버지가 일을 나가고 없을 때마다,
"너 새아버지 애를 태웠다가는 고대* 쫓겨나고 만다."
이런 말을 몇 번이나 일러 주었다.

승준이의 어린 마음에는, 어머니의 곁에서 쫓겨난다면 죽는 것과 같았기 때문에, 어떻게 해서든지 새아버지의 애를 태워 드려서는 안 되리라고 결심하였다. 그래서 처음은, 어떻게 하는 것이 아버지의 애를 태워 주는 겐지, 그것을 몰라서 아버지의 눈치만 살피게 되었다. 그리고 아버지가 시키는 일이면 무엇이든지 하리라고 결심하고 있었다.

그러나 새아버지는, 처음 얼마 동안 승준이에 대해서는 통 참견을 하지 않았다. 적어도 승준이의 눈에는 그렇게 보였다. 거의 이름을 부르는 일도 없었고, 심부름을 시키는 일도 없었다. 욕을 하거나 때려 주는 일은 더욱이 없었다. 그것이 승준에게는 여간 걱정이 아니었다. 그것은 새아버지가 자기를 마음속으로 꺼려하고 있기 때문이라고 믿어졌기 때문이었다.

그렇게 몇 달을 지내는 동안, 승준이는 차차 마음이 놓이기 시작하였다. 그것은, 그의 새아버지가 마음속으로 자기를 꺼려하고 있는 것이 아닌 듯했기 때문이었다. 그것은 무엇보다도, 그의 아버지가 떡이나 과실을 사왔을 때마다, 그것을 나누어 주는 것으로도 알 수 있다고 생각되었다. 뿐만 아니라, 한 해가 되도록 그의 아버지는 한 번도 승준이에게 욕을 하거나, 매를 때리지 않았다. 그래서 승준이는 아주 마음을 놓고, 아버지의 눈치를 살피는 버릇도 절로 없어져 버렸다.

3

승준이가 여덟 살 나던 해, 그의 어머니는 딸아이를 낳았다. 그리고 그 이듬해 봄에, 그의 아버지는 승준이를 초등학교에 넣었다. 그의 어머니가, 가난한 살림에 일이나 시켜 먹을 것을 뭣 하러 학교에 넣느냐고 반대를 했음에도 불구하고, 그의 아버지는,

"소학 공부나 시켜 줘야 소경이나 면하지."

하고, 이웃집 반장 아저씨를 두 번이나 찾아가 부탁을 해서, 기어이 입학을 시켜 주었던 것이다.

승준이가 육학년 때 8·15 해방이 왔다. 해방이 되던 이튿날, 그의 아버지는 감참외와 성환 참외를 다섯 개나 사 안고 들어와서 식구끼리 먹으며,

"이제 해방이 돼서 다시 한 번 생각해 보라고. 그때 내가 임자 말만 듣고 입학을 안 시켰다면, 지금 애가 어떻게 됐겠나?"

하고, 즐거운 낯빛으로 어머니에게 말했다. 어머니도 역시 즐거운 얼굴로,

"하기야 워낙 우리 힘이 달려서 그렇지, 나도 몰라서 그런 건 아녀요."

하고 대답하자, 아버지는 흐뭇한 낯으로,

"이제 해방이 됐겠다, 공부만 잘 해라."

하고 의미 있는 듯이 승준이를 건너다보았다.

이듬해 봄, 승준이는 초등학교를 졸업하자 중학교에 들어가고, 동생 순이는 초등학교에 입학을 시켰다. 그때도 어머니가,

"품팔이 해서 사는 사람이 무슨 힘으로 저것들 공부를 다 시켜 낸담! 승준이는 힘이 세니까 아버지 일이나 거들지."

하고 볼멘소리를 하였으나, 그의 아버지는 아무런 대꾸도 하지 않았다.

그때, 승준이는 열네 살이었다. 아버지가 만약, 중학은 그만두라고 한다면 어쩌나 하고 가슴이 조마조마하였으나, 끝내 입을 열지 않고 있던 그의 아버지는 기한까지 수속금*을 꾸려다 주었다.

4

승준이가 열여섯 살 나던 해(그해 6·25가 터졌지만) 봄에, 그의 어머니가 세상을 떠났다. 어머니의 나이는 겨우 마흔두 살이었다. 심장병이라 하였다. 승준이는 고등학교 이학년이었고, 순녀는 열한 살에 초등학교 사학년 때였다. 그의 아버지는 그의 어머니의 초상을 치르자, 한 보름 동안이나 시름시름 앓으며 자리에서 일어나지 못했다.

순녀는 어머니의 초상 이래로 학교를 쉬고 있었다.

승준이는 차라리 자기가 쉬고, 순녀를 학교에 보내고 싶었으나, 그의 아버지와 순녀 자신이 반대였다. 거기엔 승준이가 집안에서뿐 아니라, 학교에서도 많은 촉망을 받고 있는 우등생이란 이유도 있었겠지만, 그보다 그가 장차 집을 책임져야 할 처지에 있다는 것이 더 중요한 이유인 듯했다. 승준이도 자기가 장차 아버지와 순녀를 어떻게 해서든지 책임지리라는 각오가 있었기 때문에, 하는 수 없다고 생각하였다.

아버지가 자리에서 일어나자, 순녀는 다시 학교로 나갔다.

그러나, 그것도 며칠 동안이었다. 아버지가 일터에 나간 지 사흘 만에, '다이너마이트' 일을 보다가 허리를 다쳐서 남에게 업혀 들어온 뒤, 달포*가 지나도록 일어나지 못했기 때문이다.

그동안 승준이는 몇 번이나 의사도 불러오고 약도 써 보았으나 병세는 조금씩 오르내릴 뿐 아무런 특별한 효험을 볼 수 없었다. 게다가 식음食飮은 성할 때나 마찬가지로보다 국 한 그릇이라도 끓여야 했기 때문에 살림은 마를 대로 마르고, 빚은 빚대로 불어 갈 뿐이었다.

승준이는 학교를 쉬기로 하고, 아버지가 나가던 채석장에 가 일을 하게 되었다. 뚝심은 아버지만 못지않았으니 일이 익지 않아서 품삯은 더 보잘것이 없었다. 그런 대로 세 식구 호구*는 그럭저럭 되었으나, 아버지의 약을 쓸 수 없는 것이 안타까웠다. 아버지는 아버지대로 고깃국이 먹고 싶다느니 하고, 음식 타령을 하였다.

승준이는 승준이대로, 저희들이 밥 대신 죽을 먹더라도 일터에서 돌아올 때마다, 과실이나 떡이나 엿을 사다 그의 아버지 앞에 들여 놓는 것을 잊지 않았다. 그러면서 일반 야간부에 입학하여 학과를 계속하게 되었다. 그것이 유월 초순이었다.

승준이가 야간부에 나가기 시작한 지, 한 스무 날쯤 되었을 때, 6·25 동란이 터졌던 것이다. 6·25와 함께 채석장에서도 일을 쉬게 되었다. 일터를 잃은 승준이는 처음 동네(동원회)에서 시키는 대로 길도 닦고, 송장도 치웠으나, 나중 남의 집을 뒤지고 사람을 잡으러 다녀야 했을 때부터는 동네 일도 그만두어 버렸다. 일을 쉬니 즉시로 먹을 것이 없어졌다.

"그렇지만 남의 집을 뒤지고 사람을 잡아 오라는데, 그 일을 어떻게 해요?"

승준이의 볼멘소리였다.

퀭한 눈으로 천장만 바라보고 누워 있던 아버지는,

"그러면 저 동대문 밖의 윤 생원 댁엘 가 봐라."

했다. 동대문 밖 윤 생원이라고 하면, 아버지와 같이 채석장에서 일을 하던 아버지의 친구였다.

윤 생원은 승준의 형편 이야기를 듣고 나더니,

"그거 참 딱하군."

하면서, 자기의 사위가 뚝섬에 큰 밭을 가지고 있으니, 그리로 가 보라고 편지를 써 주었다.

윤 생원의 사위는 뚝섬에 상당히 넓은 채소밭을 가지고 있었다. 그는 윤 생원의 편지를 읽고 나더니, 고개를 들어 승준이를 한 번 더 바라보며,

"학생이 신 생원의 아들이야?"

하고 물었다. 그는 베옷에 밀짚모자를 쓴, 나이가 서른 남짓 되어 뵈는 일꾼이었다.

승준이가 공손하게 대답을 하고, 일을 좀 시켜 달라고 하자, 그는 채소밭을 한 번 휘 돌아보고 나서, 오늘은 그냥 가고 내일 새벽, 날이 채 밝기 전에 일찍이 와 보라고 했다.

이튿날 새벽, 걸어서 뚝섬까지 가니 주인은 이미 나와 있었다. 이보다는 더 일찍이 나와야 된다면서, 가지를 따라고 했다. 가지밭에 들어서자, 승준이의 아랫도리는 이슬에 담뿍 젖어 버렸다. 저쪽 참외와 오이가 심어진 밭에서는, 주인집 아낙네들이 무슨 일을 하는지 뽀얀 안개 속에 엎드려 있는 것이 보였다.

밭 가운데를 나누어서 한쪽은 호박·참외·오이·가지 같은 것들이 심어져 있고, 한쪽은 열무·배추·고추 같은 것들이 심어져 있었다.

참외·오이·호박·가지·고추 같은 것들은 따 내어서 파는 것이 일이었고, 무와 배추는 솎아 내고 거름을 주어야 하기 때문에 한층 더 고된 일이 아닐 수 없었다. 게다가 승준이는 매일 문안*의 자기 집까지 들어왔다 나가기 때문에 여간 고단하지 않았다.

그렇게 사흘째 되던 날, 주인은 승준이에게,

"그러지 말고 승준이는 밭의 일보다 시장엘 다녀라."

하고, 자기에게 있는 낡은 리어카를 빌려 주며, 가지와 호박을 팔아 오라고 하였다.

어떤 날은 오이와 참외를 받아 나오기도 하고, 어떤 날은 열무를 싣고 나오기도 하였다. 그리하여 언제나 그 이튿날 아침, 밭에 가서 셈을 치르면 그 가운데에서 얼마씩을 떼어 승준에게 주었다.

일은 무척 고되나, 그것으로 그럭저럭 끼니를 이어 갈 수 있었고, 무엇보다도 다행인 것은, 매일 아침 그의 아버지에게 드릴 참외를 두어 개씩 그냥 얻어 올 수 있는 일이었다. 승준이는 승준이대로, 그렇게 그의 아버지를 생각해 주는 채소밭 주인이 그지없이 고맙고 놀라웠으며, 주인 쪽에서는 또한 승준이같이 마음이 바르고 착실한 아이는 처음이라고 믿어 주었다.

그렇게 지내는 얼마 동안은, 승준이에게 있어서는 오히려 다행했던 것이다. 그 뒤, 동네에서는 승준이가 제 일만 하고 동회洞會에 나오지 않는다고 말썽이 일어났다.

"어떻게 합니까? 아버지는 두 달째 누워 계시고, 누이동생은 어리고, 제가 일을 하지 않으면 식구가 굶을 지경인걸요."

"동무같이 딱한 형편에 있는 사람이, 남반부에 동무 한 사람뿐이 갔소? 제각기 딱한 사정으로 말한다면 뉘래 있어 남반부를 해방시키 갔소?"

동회 안에 있는 '민청'*에서는 따발총을 안은 괴뢰군이 이렇게 사투리 말씨로 몰아세웠다.

승준이는 괴뢰군 사병과 말을 다투어도 소용이 없으므로 입을 다물 수밖에 없었다.

여기서는 자칫하면 '의용군'으로 끌려 나가게 된다는 것을, 승준이도 잘 알고 있었다. 동네에서 승준이네 형편을 비교적 잘 알고 있는 동회장(인민위원장)이,

"승준이는 아버지가 노동자 출신이니, 승준이도 그만큼 성분이 좋으니까 우리가 믿는 거야, 알겠어? 이 길로 당장 한강 철교 복구장에 나가. 그러면 집에서도 굶도록 하지는 않을 테니까, 알겠어?"

이렇게 말하는 것은 승준이를 은근히 감싸 주는 속셈이었다.

승준이도 이것을 거역할 수는 없었다. 그리하여 한 이틀 뚝섬엘 나가면 이틀은 동원에 끌려 나가게 마련이었다. 이렇게 되면, 언제 또 의용군으로 끌려 나갈는지 그것도 모를 일이다. 그것은 시간 문제에 지나지 않았다.

그의 아버지도 자리에 누운 채 걱정스러운 듯이,

"얘, 아주 뚝섬엘 나가 있구 들어오지 말렴. 한 열흘에 한 번씩 끓여 먹을 것만 조금씩 붙여 보내고……."

했다.

승준이도 아버지와 누이동생이 걱정스럽기는 하나, 최후의 경우에는 그러는 수밖에 없다고 생각하였다.

아버지와 아들

5

 8월 중순께부터는 특수 기관에 있는 사람과 민청원밖에, 동네에 젊은 사람이라고는 구경할 수 없게 되었다. 모두가 의용군으로 끌려 가지 않았으면 딴 데로 도망을 쳤거나, 그렇지 않으면 땅속에 깊숙이 숨어 버린 것이다.
 승준이는 집이 오막이라 숨으려야 숨을 데도 없거니와, 또 숨을 곳이 있다고 하더라도 그가 숨어 버리면 세 식구의 입에 풀칠을 할 길이 없었다.
 승준이는 전에 아버지가 말한 대로 뚝섬에 가 있기로 하였다.
 뚝섬의 채소밭 주인도 승준이의 청을 그다지 달가워하지는 않았으나, 사정이 그렇다면 하는 수 있느냐고, 있기는 있되 자기로서 끝까지 책임을 질 수는 없다고 말했다.
 "폐를 끼치지 않는다니, 어떻게 할 도리가 있어?"
 주인이 물었다.
 "아저씬 걱정 마셔요. 저게 다 저의 집입니다."
하며, 승준이는 웃는 얼굴로 호박 덩굴을 가리켰다.
 밭 구석에는 서너 사람이나 은신을 할 만한 움막이 있었다. 그 즈음에는 주로 참외를 지키기 위한 것이었는데, 낮에는 햇볕을 가려 주었고, 밤에는 이슬을 피할 수 있었다. 그런데, 승준이는 그 움막을 가리키지 않고, 호박 덩굴을 가리켰던 것이다. 그것은, 승준이도 물론 보통 때는 움막을 이용하겠지만, 무슨 수상한 그림자가 비치기 시작하면 호박 덩굴 속으로 들어갈 셈판이었던 것이다.
 게다가 승준이는 틈틈이 미루나무 가지와 아카시아 가지들을 꺾어 와서 호박 덩굴 사이에 이리저리 꽂아 두었으므로, 급할 때에 그러한 나뭇가지들을 이용하여 호박 덩굴 속에 숨으면 바로 곁에까지 와서 헤쳐 보기 전에는 도저히 알아낼 수 없이 되었다.

주인도 승준이의 은신술이 완전한 것을 보고는 안심하는 모양으로,
"너는 이다음 어떤 세상이 오더라도 넉넉히 살겠다."
고 칭찬해 주었다.

그렇다고 해서 승준이는 밤낮 숨어만 있는 것은 아니었다. 먼 곳에서 조금이라도 수상한 그림자가 비치기 전에는 밭에서 늘 일을 하고 있었다. 그러다 보니, 승준이는 거의 두 사람 몫의 일을 하게 되었다. 주인 내외도 여간 만족해 하지 않았다. 하루 세 번씩 날라다 주는 밥이나 반찬도 승준이에게는 흡족할 정도였다.

그러나, 한 가지 걱정은 오랫동안 아버지와 순녀를 보지 못하는 일이었다. 양식과 반찬거리만은 주인집 아주머니가 이레에 한 번씩 가져다주지만, 병중에 있는 아버지가 자기에겐 연락도 못 한 채, 만약의 경우라도 당하면 어떻게 하나 하는 것이 가장 안타까웠다. 그리고, 전쟁도 또 언제 끝날는지 모르는 것을, 어느 때까지나 이렇게 호박 덩굴 속에만 누워 배길 수도 없는 노릇이라고 생각되었다.

그러는 동안 8월도 그믐이 지나고 9월 중순께가 되었다. 유엔군이 인천에 상륙했다는 소문이 전해져 왔다. 밤마다 인천 쪽 하늘은 진한 놀 같은 불빛으로 물들어졌다. 차차 대포 소리가 들리기 시작하였다.

20일께가 되니, 벌써 유엔군이 한강을 건넌다는 소문이 들렸다. 밤이면 서울의 서남동 삼면의 하늘이 불바다가 되곤 했다. 대포알은 차차 그의 머리 위로 날아다니기 시작하였다.

23일부터는 시내에도 여기저기서 불길이 올랐다. 밤이 되니 서울

시가 온통 불바다로 화해 버린 듯했다.

"아, 아버지와 순녀는 어떻게 되었을까?"

승준이는 밤이면 불바다가 되는 서울시를 바라보며 눈물을 죽죽 쏟았다. 게다가 식량을 가져간 지도 이레가 넘었으니, 마침 포탄을 피하고 불길에 휩쓸리지 않았다고 하더라도 그동안 무엇을 먹고 지낼까? 승준이는 가슴이 터질 것 같았다.

24일 밤, 승준이는 쌀 서 되와 그 위에 아카시아나무 뿌리를 싸서 얹은 뒤 가볍게 들고 시내로 돌아왔다.

승준이는 동대문을 빠져 충신동으로 들어섰을 때부터, 무엇인지 자기의 걸음이 잘못된 것 같은 생각이 들었다. 달포 전에 그가 뚝섬으로 나갈 때와는 판이한 것이 골목마다 느껴졌다.

이화동에서 연건동 쪽으로 건너가다 붙잡혔을 때에는 가슴이 써늘하였다.

"누구야?"

하는 날카로운 목소리와 함께 검은 그림자 둘이 그의 곁으로 다가왔다.

"누구야, 손 들엇!"

검은 그림자는 총을 겨누며 가까이 다가왔다. 승준이는 자루를 쥔 채 손을 들었다.

"손에 든 건 뭐야?"

"약이야요."

승준이의 울음 섞인 목소리였다.

"약이 뭐야, 이리 냇!"

"아버지 약이야요. 아버지가 죽어 가고 있어요. 어쩜 벌써 죽었을 거여요."

 총을 멘 자는 그냥 서 있고, 다른 작자가 자루를 끌었다.

"이게 뭐야?"

하고 아카시아 뿌리를 집어 들었다.

"그게 아버지 약이야요. 소동 나무 뿌리야요."

 승준이의 두 볼에는 눈물이 번질번질하였다.

 그자는 아카시아 뿌리를 먼저 승준이의 발 앞에 집어던졌다. 그러고는 쌀자루도, 처음엔 아까운 듯이 가지고 있더니, 어떻게 생각했는지 그냥 던져 주며,

"어서 갓!"

했다.

6

 한 번 위험한 고비를 지나고 나니 용기가 솟았다. 다음엔, 붙잡히더라도 지금 막 이화동에서 조사를 받았다고 말하면 통과되기가 쉬우리라 믿었기 때문이었다. 그리고 아버지가 죽어 간다고 하면, 아무리 괴뢰군이라 하더라도 놓아주리라 생각했던 것이다.

 그러나 원서동에는 형편이 좀 달랐다. 그는 원서동 큰 골목 어귀에서 붙잡히자, 이내 동회 사무소 가까이 있는 어떤 낯선 집으로 끌려 들어갔다. 큰 집이었다. 사랑채 뒤를 돌아가니 지하실이 있었다. 깜깜한 어둠 속으로, 그 속으로 그는 끌려 들어갔다. 이미 먼저 들어온 사람들이 있는 모양이었으나, 처음엔 그저 눈이 빼인 것 같은 어둠 속이라, 무엇이 무언지 정신의 갈피를 잡을 수 없었다.

 한 시간쯤 지나니 대략 20명쯤 되는 사람이라고 짐작이 되었다.

12시쯤 되어, 문 여는 소리가 나더니,

"당원 이리 나와!"

하는 소리가 들렸다. 그러자 5,6명이나 되는 사람이 기침을 하며 밖으로 나갔다.

"당원 없어?"

하는 날카로운 소리와 함께, 또 한 사람이 일어나 기침을 하며 밖으로 나갔다. 그러고는 다시 문이 닫히고 말았다.

한 30분 지나니, 먼저 나갔던 사람 가운데서 네 사람이 도로 들어왔다.

"아니, 같은 당원을 이러면 어떻게 되니?"

한 사람이 말하자, 또 한 사람이,

"남로당원*은 본디 별도로 보니까."

했을 뿐, 그러고는 아무도 입을 떼지 않았다.

새벽 세 시쯤 되었을 때였다. 문 여는 소리가 나더니,

"한 사람씩 밖으로 나왓!"

하는 소리가 들렸다.

아무도 먼저 일어나는 사람이 없었다. 방 안은 무덤 속같이 고요할 뿐이었다. 이번에는 손전등을 켜서 방 안을 비추며,

"무스게 하는 거야, 빨리 나오쟁이코."

하더니 다시,

"당원부터 먼저 나왓."

하는 사투리 소리가 나더니 뒤이어,

"맨 나중 나온 자를 반동분자로 취급하겠어."

하고 위협까지 하였다.

그러자 열 몇이나 되는 사람들이 서로 다투어 앞에 나가려고, 한꺼번에 두세 사람씩 문설주에 머리를 부딪곤 하였다. 승준이가 맨 끝이 되었다.

"동무는 손에 든 게 뭐야?"

하고, 다른 괴뢰군이 승준이를 보며 물었다.

"아, 아버지 약이야요, 아, 아버지가 주, 죽어 가구 있어요."

승준이는 엉엉 우는 소리로 이렇게 대답했다. 그의 두 볼에서는 정말 눈물이 줄줄 흘러내리고 있었다.

"잉, 동무는 효자요, 앵?"

먼젓번의 사투리가 가슴에 안은 따발총을 자랑삼아 내밀며, 정말인지 핀잔인지 이렇게 한마디 내던졌다.

키 큰 괴뢰군이 앞에 나서며,

"한 줄로 나란히 서요."

하더니 이내,

"번홋!"

하는 호령이었다.

하낫, 둘, 셋, 넷, 다섯, 여섯…… 열넷, 모두 열네 사람이었다.

"지금 부른 번호 순서대로, 일렬종대로 내 뒤를 따라와요."

하고 키 큰 괴뢰군이 앞장을 섰다. 중간에는 당원 같은 자가 둘이서, 하나는 권총을 들고 하나는 방망이를 들고 따라왔다. 그리고 맨 뒤에는 사투리의 따발총이 따라왔다.

원서동 막바지 승준이의 집이 보이는 옆 골목을 돌아 산기슭으로 올라갔다.

산등성이를 한 50미터나 올라가 조금 평퍼짐한 자리에 일렬로 가서 앉으라고 했다.

"여기서 동무들 신분 조서를 하겠어. 조사한 결과에 따라서 각각 동무들 원하는 데로 보내 주게스리."

하는 사투리 소리를 뒤이어, 이번에는 권총을 들고 따라오던 자가,

"자, 그럼 모두 저쪽으로 향해 돌아앉으시오."

하고 산골짜기 쪽을 가리켰다.

일동은 무슨 주문에나 걸린 것처럼 산골짜기 쪽을 향해 돌아앉았다.

승준이는 아까부터 그의 아버지가 잠을 깨어 그들의 뒤를 따라오고 있는 것이라고 착각을 일으키고 있었다. 그들이 막 그의 집이 보이는 옆 골목을 돌아 산기슭으로 오르고 있을 때, 어디선지 쑤군쑤군하는 소리와 함께 개 짖는 소리가 들리었고, 그때 잠을 깬 그의 아버지가 기침을 하며 그들의 뒤를 따라오고 있는 것이라 하였다.

지금 막 산골짜기로 향해 돌아앉으라고 했을 때, 그 어두운 산골짜기 아래서 그의 아버지가 기침 소리가 나며 승준아, 하고 부르는 소리가 들린 것과 같은 순간에, '버러럭' 하는 따발총 소리가 났다고 기억되었다.

…… 승준이는 골짜기로 굴러 떨어지고 있었다. 산등성이에서는 아직도 와글와글하는 사람 소리가 들려왔다. 승준이는 총알이 그의 왼쪽 귀 끝을 스쳐 갔다고 느껴졌다. 그는 골짜기에서 그냥 구르듯이 산기슭 아래로 미끄러져 내려갔다.

승준이의 집은 다행히 바로 산기슭 밑이었다. 그는 가만히 방문을 열었다.

"순녀야."

승준이의 가는 목소리였다.

"어서 들어오너라."

그의 아버지는 눈을 뜬 채 누워 있었다. 순녀는 어느덧 일어나 앉았다.

승준이는 두근거리는 가슴을 누르며 가만히 경과 이야기를 했다. 괴뢰군이 그의 뒤를 밟아서 따라오고 있는 듯했기 때문이었다.

"아버지, 나 우선 이웃에 어디 숨을 데 없겠어요?"

"……."

그의 아버지도 잠자코 고개를 끄덕거렸다. 그러고는 조금 있더니,

"순녀를 저쪽 조합집에 보내서 사정해 봐라."

했다.

순녀가 나갔다. 개 짖는 소리가 났다. 어느덧 순녀가 붙잡히지 않았나 하고, 그동안에도 승준이는 겁이 더럭 났다.

그러나 순녀는 무사히 돌아왔다.

"오빠, 보내래."

순녀의 가는 목소리. 조합집에서도 둘째 아들 석이를 집 안에 숨기고 있다는 것은 이웃 간에서 은근히 알고 있는 터였다. 승준이는 그 집 석이와 함께 숨기로 되었다.

7

9·28을 맞이한 승준이는 맨 먼저 뚝섬 아저씨를 찾아갔다. 여름 동안에 신세진 것을 인사도 할 겸, 앞으로 계속하여 일을 시켜 달라고 다시 부탁도 드려야 할 형편이었던 것이다.

6·25를 같이 난 뚝섬 아저씨는 이번에는 승준이를 친조카나 보듯이 반가이 맞아 주었다.

"일거리는 얼마든지 있다. 그렇지만 네가 일만 해서 어쩌느냐?"
하고 승준이의 전도*까지 걱정해 주었다.

그러나 승준이는 6·25 이전부터 다니던 야간학교가 있어서, 학과는 그대로 계속할 수 있다고 믿음직하게 대답하였다. 그리하여 그는 또 6·25 때와 같이 뚝섬 아저씨네 리어카를 빌어서는, 무와 배추를 실어 내다 팔고 이익의 일부를 나누어 가지게 되었다. 그 일은 김장 때까지 계속되었다.

그러나 또다시 걱정거리는 유엔군이 도로 후퇴를 한다는 소문이었다. 12월 초순께부터 슬금슬금 남쪽으로 내려가는 사람들이 늘어 갔다.

12월 열흘께나 되니 기차로 배로 트럭으로 피란의 행렬은 그칠 줄을 몰랐다.

열흘에서 스무날께까지가 한 고비였다. 벌써 크리스마스 전날부터는 서울 안이 휑뎅그렁해졌다*.

6·25 때 죽을 고비를 넘긴 승준이라, 이번에는 자기도 어떠한 일이 있든지 기어코 남하南下하리라 결심하였다. 그러나 정작 떠나겠다고 생각하니 아득하였다. 돈이 없다거나, 남쪽에 연고자가 없는 것은 오히려 둘째 문제라 하였다. 병들어 누워 있는 아버지가 문제였다.

아버지는 처음부터 자기 걱정은 말고 어서 순녀나 데리고 떠나가라고 했지만, 자리에서 잘 일어나지도 못하는 병든 아버지를 혼자 두고 떠나간다는 것은 차마 할 수 없는 노릇이었다. 더욱이 식량과 연료도 자기가 떠나면 며칠 가지 않아 떨어질 것이요, 또 설사 있다고 하더라도 누가 밥을 지어 주며 병을 돌봐 줄 것인가.

나중 아버지는, 승준이가 자기로 말미암아 애를 태우며 떠나지 못하는 것을 보자, 정 그러면 순녀를 자기에게 남겨 두고 떠나라고 했다. 그러자 승준이로서는 그것도 할 수 없는 노릇이었다.
　온 동네가 다 비는데, 순녀가 있은들 누가 어디 가서 무슨 재주로 식량과 연료를 구해 온단 말인가. 연료는 혹시 남겨 두고 떠난 사람이 있으니 그것을 어떻게 돌려쓴다 하더라도, 식량을 남겨 두고 떠나는 집은 좀처럼 있을 것 같지 않았다. 또 있다고 한들 어린 순녀가 무슨 재주로 그것을 꺼내 올 수 있단 말인가. 순녀를 두고 간다면 아버지와 순녀마저 굶겨 죽이고 말 것이라고 승준이는 생각하였다.
　리어카에나마 아버지를 태워서, 자기가 밀고 가는 대로 가 보리라고 결심한 것은 스무엿새날이었다. 그길로 승준이는 뚝섬으로 뛰어갔다. 그러나 뚝섬 아저씨네 집에서는 이미 스무하룻날 떠나 버렸고, 두 개나 있던 리어카도 다 이디로 갔는지 빈 뜰에는 무 시래기만 이리저리 흩어져 있을 뿐이었다. 그것을 본 승준이는 순간 무서운 생각이 들었다. 동시에, 진작 리어카를 하나 빌어다 두지 않았던 자기 자신이 밉고 원망스러워 견딜 수 없었다. 그는 처음부터 최악의 경우에는 리어카에라도 아버지를 태워 가리라 하는 생각이 없었던 것은 아니다. 그러면서도 그러한 최악의 경우가 오지 않기를 바라던 나머지 그 리어카마저 손에 넣지 못하고 말았던 것이다.
　언제나 불행한 환경 속에서도 희망과 용기를 잃지 않던 승준이도 섣달그믐께에는 거의 암담한 절망 상태에 빠졌다.
　마지막으로 신문사를 찾아가 호소할 결심을 한 것은 정월 초하룻날이었다. 그때는 이미 서울 포기도 결정적으로 되어 있었다.
　승준이의 사정 이야기를 대강 들은 신문사의 아저씨는 저녁때 다시 와 보라고 말했다. 승준이는 저녁때까지 신문사에서 떠나지 않았다. 그러자 다시 내일 아침에 와 보라고 말했다.

이튿날 아침 일찍이 신문사로 달려간 승준이는 거기서, 내일 오후 한 시까지 서울역으로 나오라는 놀라운 소식을 들었다.

"저의 아버지는 제가 떠나 버리면 혼자서 죽게 돼요. 전 죽더라도 혼자서 떠날 수는 없겠어요."

승준이의 두 눈에서는 또 눈물이 흘러내렸다.

"그렇지만 어떡하니? 서울역까지만 모셔 오란 말야. 기차에 타는 건 내가 책임지고 말해 줄 테니까."

"그럼 전 아저씨만 믿겠어요. 저의 동생도 있어요. 열한 살 난 계집애여요."

"글쎄, 서울역까지만 나오래두."

"그럼 아저씨만 믿겠어요."

승준이는 그제야 한숨을 내쉬며 집으로 돌아갔다. 서울역까지만 아버지를 업고 나갈 수 있다는 자신이 들었기 때문이었다.

승준이가 집에 들어가자, 아버지와 순녀는 겁에 질린 듯한 퀭한 두 눈으로 그를 쳐다보았다.

"오빠, 안 가?"

순녀의 가늘게 떨리는 목소리였다.

"……."

아버지도 걱정스러운 듯한 얼굴로 승준이를 쳐다보았다.

"아버지, 인제 됐어요."

승준이는 힘 있는 목소리로 먼저 이렇게 말을 시작했다.

그러자 순녀는 기쁜 낯으로 방긋이 웃어 보이며, 벌써 여러 날 전부터 꾸려 두었던 보따리들을 어루만졌다.

그러나 아버지는 도로 천장만 쳐다보고 가만히 누워 있더니,

"내가 어떻게 간단 말이냐?"

하고 힘없이 중얼거렸다.

"서울역까지만 모시고 나오랬어요. 염려 마셔요."

승준이는 단호한 결의를 가진 얼굴이었다.

이튿날 아침 일찍이 승준이와 순녀는 짐을 하나씩 가지고 역으로 나갔다. 그리하여 순녀는 거기서 그것을 지키고 있게 하고, 승준이는 혼자서만 또 한 번 짐을 메어다 날랐다.

세 번째는 아버지를 업어 갈 차례였다.

"아버지, 염려 마세요."

승준이는 아버지를 안아 일으키며 또 한 번 다지었다. 그때는 이미 아버지도 모든 것을 승준이에게 맡겼다는 듯이 힘이 없으면서도 부드러운 목소리로,

"오냐."

했다.

"아버지, 담요를 단단히 머리까지 푹 쓰셔요."

승준이는 등에 업힌 아버지가 의외로 가볍다고 느끼며, 눈바람이 휘몰아치는 원서동 골목을 빠져나와 서울역으로 향해 걸어가고 있었다.

낱말 풀이

감참외 속이 잘 익은 감같이 붉고 맛이 좋은 참외
개가 결혼한 여자가 남편이 죽거나 남편과 이혼하여 다른 남자와 결혼하다.
고대 바로 곧
남로당원 1946년 11월 서울에서 결성된 공산주의 정당인 남조선노동당에 소속되어 있는 사람
달포 한 달이 조금 넘는 기간
문안 사대문(흥인문, 돈의문, 숭례문, 숙정문)의 안쪽 지역
민청 '북조선민주청년동맹'의 줄임말
수속금 수속하는 데 드는 돈으로 여기서는 '입학금'을 말한다.
실과 과일
오막 '오두막'의 준말
전도 장래. 앞으로 나아갈 길
채석장 건축이나 토목 따위에 쓸 돌을 캐거나 떠내는 곳
호구 입에 풀칠을 한다는 뜻으로, 겨우 끼니를 이어감을 이르는 말
휑뎅그렁하다 속이 비고 넓기만 해서 매우 허전하다.

[32~36] 다음 글을 읽고 물음에 답하시오.

　길바닥이 얼어붙고 먼 산에 눈발이 ⓐ치고 그해는 이른 겨울부터 몹시 추웠다. 그동안 숙부님은 몇 번이나 집에 다녀가시고 관상소 출입도 더러 있는 듯하였다. 그러나 황진사의 얼굴은 그 뒤로 뵈지 않았다. 다만, 삼촌을 통해 그의 시골이 충청도 어디란 것과 그의 문벌이 놀라운 양반이란 것과, 그의 조상에는 정승 판서 따위가 많이 났다는 것과, 그 자신도 현재 진사 구실을 한다는 것과, 그의 머릿속은 자기 가벌에 대한 자존심으로 가득 차 있다는 것들이었다.
　그런데 그 가운데 한 가지 우스운 것은 그가 곧잘 진사 노릇을 한다는 것이다. 그것도 처음 관상소에서 어느 장난꾼이 농담 삼아 그에게 서전과 시전을 외게 하여 급제를 주고 진사라 부르기 시작한 것인데 그 후로 만나는 사람마다 반 조롱으로 '황진사, 황진사' 부르게 되니, 그러나 황진사 자신은 조금도 어색해 하지 않고 오히려 그럴싸하게 여겨 요즘 와서는 아주 뽐내고 진사 행세를 한다는 것이다.
　어느 몹시 추운 날이었다. 아궁이에 불을 넣고 방구석에 숯불을 피우고 나는 온종일 책상에서 일을 하고 있었다. 낮이 ⓑ짐짓했을 때다. 밖에서,
　"일 오너라—."
하는 소리가 마치 ㉠'사람 살리우' 하는 소리같이 바람결에 새어 들어왔다. 나가 보니 황진사가 연방 손으로 콧물을 닦고 서 있는 것이다. 나는 ㉡대체 얼어 죽지나 않았나 하고 궁금해 하던 차라 이렇게 다시 보게 된 것이 진정 반가왔다.
　나는 곧 그를 나의 방에 안내한 뒤,
　"그런데 그동안 어떻게 지냈어요?"
한즉,
　"거야 친구 집에서 지냈지요 뭐, 흐흐……."
하며 재미난 듯이 웃었다.

"아 참, 완장 선생은 여태 안 왔시우?"
"수차 다녀가셨지요."
"아, 그렁 거루 난 여태 한 번두 못 뵈었으니 이거 죄송해서, 흐흐……."
그는 숯불을 안고 앉아 또 히히거리고 웃었다.
흰떡을 사다 숯불에 구워서 그에게 대접을 하고 나는 아까 하다 둔 일을 마저 해치울 양으로 잠깐 책상에 앉아 있으려니까, 그는 언 것과 구운 것을 가리지 않고 한참 부지런히 집어 먹더니 그동안 흥이 났는지 아주 목청을 뽑아서,
"관관저구關關雎鳩는 재하지주在河之洲로다. 요조숙녀窈窕淑女는 군자호구君子好逑로다."
하고 대문을 외곤 하였다.
나는 그동안 책상에 앉아 있느라고 모른 체하고 있으니까,
"아, 성인께서도 실수가 있단 말야!"
그는 나를 바라보며 이렇게 소리를 질렀다.
"아, 공자님께서 시전에 음군을 두셨거든!"
그는 무슨 큰 문제나 발견한 듯이 나 있는 쪽을 곁눈질로 흘겨보며 마구 기염을 뽑는 것이다.
그래도 내가 모른 체하고 있으니까 그는 화로 곁에서 일어서더니, 두루마기 자락을 뒤로 젖히고 저고리 섶을 위로 쳐들고 손을 넣어 무엇을 꺼내는 시늉을 하였다. 나는 속으로, 옷의 이를 잡아내어 숯불에 넣으려는 겐가 하고 있는데 그는 또 한번 나 있는 쪽을 흘겨보고 나서 배에 두르고 있던 때문은 전대 하나를 꺼내었다. 전대 속에서는 네 귀가 다 이지러지고 종이 빛까지 우중충하게 ⓒ묵은 모필 사책 한 권과, 백지로 싸서 노끈으로 챙챙 감아 맨 솔잎 한 줌과 휴지 조각 몇 장이 나왔다.
"거 무슨 책이유?"
내가 이렇게 물은즉,
"아, 주역책이지 그랴."
하고 된소리를 질렀다. 과연 그 ⓓ이지러진 네 귀마다 넓적넓적

한 괘가 그려져 있는 것으로 보아 주역책임에 틀림은 없는 모양이었다. 그런데 ⓒ 주역책은 왜 하필 전대에 넣어서 두르고 다니느냐고 물은즉,

"아, 공자님께서도 역은 삼천독을 하셨다는데 그랴."

하고, 된소리를 질러 놓고 나서, 다시 조용히 음성을 낮추어,

"아, 여북해 지략의 조종이요 조화의 근본 아니오."

하였다.

(가) 나는 처음 관상소에서 그를 보았을 때부터 "하도 지모가 나지 않아 육효를 뽑아 보았노라" 한 것을 들은 일이 있어서 그가 평소에 얼마나 이 '지략'과 '조화'를 부려 보고 싶어하는 위인인가를 짐작은 할 수 있었지만 이와 같이 언제나 몸에 지닌 솔잎 한줌과 네 귀 모지라진 주역 속에서 우러난 음양 오행의 지모 조화가 겨우 '쇠똥 위에 개똥 눈' 흙가루 약과, 친구에게 책상을 들리우고 다니는 것쯤인가고 생각할 때 나 자신도 모르게 한숨이 새어나왔다.

저녁때가 되어 그는 전대를 다시 배에 두르고 돌아왔다. 종종 오라고 한즉, ⓔ 매양 신세를 끼쳐서 미안하다고 하며 절을 몇 번이나 하였다.

그해 겨울 그는 내가 성이 가시도록 자주 나를, 아니 내 삼촌을 찾아왔다. 그는 언제나 나를 볼 때마다 오랫동안 삼촌께 못 뵈어 죄송하다고 하였다.

그는 나에게 한시를 지어 달라면서 사오 차나 운자를 가지고 왔다. 어디 쓰느냐고 물으면 친구의 환갑 잔치에 ⓔ 대노라고 한다. 친구가 누구냐고 물으면 ⓜ 이 참봉, 윤 승지, 무슨 참판, 어디 남작하고 모조리 서울서도 유수한 대가와 부자들의 이름만 꼽지만 거리에서 그가 어울려 다니는 것을 보나 가끔 친구라고 데리고 오는 것을 보면 그의 말과는 딴판으로 황진사 자신보다 별로 유여한 축들도 아니었다.

좋은 규수가 있으니 장가를 들지 않겠느냐고, 그는 여러 차례 나를 졸랐다. '좋은 규수'가 어딨느냐고 물으면, 단번에 친구의

> 딸이라 하고, 어떤 친구냐고 하면 무슨 승지, 무슨 자작하는 예의 대가집 따위들을 꼽았다. 색시 얼굴이 어떻게 생겼더냐고 하면 매양 자기의 누르퉁퉁하게 부은 얼굴을 가리키며 이렇게 아주 유복스럽게 생겼다고 한다. 내가 웃으며, 색시가 일재 선생 같아서야 좀 재미 적다고 하면,
> "아, 일등 규수라는데 그랴."
> 하고 화를 내었다.
> "그렇지만 너무 육중해서야."
> 하면,
> "아, 거기 식록이 들었는걸 그랴. 아, 여북해 일등 규수라는데 그래도 못 믿어서 그랴?"
> 하고 기를 쓰곤 하였다.
>
> ― 김동리의 〈화랑의 후예〉에서

32. 구술 면접 시험에서 윗글에 대해 설명하라는 요구를 받았을 때 그 대답으로 가장 적절한 것은?

① 인물의 고통스러운 삶을 통해서 일제 식민 통치의 만행을 사실적으로 폭로했다고 생각합니다.
② 전통에 집착하는 인물의 일그러진 삶을 통해서 우리 자신을 되돌아보게 했다고 생각합니다.
③ 인물과 인물의 갈등을 통해서 인간의 이타적 속성을 상징적으로 그려냈다고 생각합니다.
④ 유교 경전의 해석과 수용을 통해서 전통의 현대적 의미를 부각시켰다고 생각합니다.
⑤ 사투리를 활용하여 우리말의 아름다움과 전통적 가치를 환기했다고 생각합니다.

33. 대상 인물에 대한 서술자의 심리적 태도가 (가)와 가장 가까운 것은? [2.2점]

① 그의 얼굴은 그 바쁜 것을 자랑스럽게 여기고 있었다. 바쁘다.

자랑스러워 한 틈도 없이 바쁘다. 그것은 서울에서의 나였다. 그만큼 여기는 생활한다는 것에 서투를 수 있다고나 할까? 바쁘다는 것도 서투르게 바빴다. 그리고 그때 나는, 사람이 자기가 하는 일에 서투르다는 것은, 그것이 무슨 일이든지 설령 도둑질이라고 할지라도 서투르다는 것은 보기에 딱하고 보는 사람을 신경질 나게 한다고 생각하였다. - 김승옥, 무진기행 -

② 나는 잠자코 있었다. 그러나 그처럼 잠자코 있는 것이 오히려 남의 눈을 끌어 크로마를 성나게 하지나 않을까 하고 오금을 못 펴고 있었다. 두 친구들은 처음부터 나 따위는 거들떠보지도 않고 크로마에게 붙어 있었다. 나는 이 세 아이들과는 다른 세계의 인간이었다. - 헤세, 데미안 -

③ 그는 지난 넉 달 동안이나 어떤 보람을 느껴 가면서 운영해오던 야학을 어제 당에서 나온 공작대원에게 접수를 당한 것이었다. 아무런 예고도 없었다. 혼이 야학 시간이 되어 가 보니 벌써 낯모를 청년이 교단을 점령하고 있었다. 오늘 저녁 이렇게 술이 좀 지나친 것도 그 허전감에서 온 것인지도 몰랐다.
- 황순원, 카인의 후예 -

④ 그는 문득 깨달았다. 최근에 그가 다른 사람들에게 느끼고 있는 혐오. 특히 오늘 코르차긴 공작이나 소피아 바실리예프나, 미시나, 코르네이에 대해서 느낀 혐오감은. 실은 자기 자신에 대한 혐오의 감정이었던 것이다. 그리고 놀랍게도 자기의 비열함을 스스로 인정하는 이 감정 속에는 뭔가 병적이면서도 동시에 마음을 기쁘게 하고 안정시키는 것이 있었다. - 톨스토이, 부활 -

⑤ 건우란 소년은 내가 직접 담임 했던 제자다. 당시 나는 K라는 소위 일류 중학에서 교편을 잡고 있었다. 비가 억수로 내리던 날 첫 시간의 일이었다. 지각생이 많았다. 지각생이 많으면 교사는 짜증이 나게 마련이다. 그럴 때 유독 닦이는 놈은 으레 그런 일이 잦은 놈들이다. - 김정한, 모래톱 이야기 -

34. '황진사'와 〈보기〉의 '초시'가 주고받을 수 있는 대화 내용으로 적절하지 않은 것은?

― 〈 보기 〉 ―

초시는 돈의 긴요성을 날로 날로 더욱 심각하게 느끼었다.
"돈만 가지면야 좀 좋은 세상인가!"
심심해서 운동 삼아 좀 나다녀 보면 거리마다 짓느니 고층 건축들이요, 동네마다 느느니 그림 같은 문화 주택들이다. 조금만 정신을 놓아도 물에서 갓 튀어나온 메기처럼 미끈미끈한 자동차가 등덜미에서 소리를 꽥 지른다. 돌아다보면 운전수는 눈을 부릅떴고 그 뒤에는 금시곗줄이 번쩍거리는 살진 중년신사가 빙그레 웃고 앉았는 것이었다.
"예순이 낼 모레…… 젠―장할 것."
초시는 늙어 가는 것이 원통하였다. 어떻게 해서나 더 늙기 전에 적게 돈 만 원이라도 붙들어 가지고 내 손으로 다시 한번 이 세상과 교섭해 보고 싶었다. 지금 이 꼴로서야 문화 주택이 암만 서기로 내게 무슨 상관이며 자동차, 비행기가 개미 떼나 파리떼처럼 퍼지기로 나와 무슨 인연이 있는 것이냐, 세상과 자기와는 자기 손에서 돈이 떨어진, 그 즉시로 인연이 끊어진 것이라 생각되었다.
― 이태준, 〈복덕방〉 ―

① 황진사 : 너나 나나 살 만큼 살았는데, 너무 돈 돈 하지 말라구. 사람이 본분을 지키면서 살아야지.
② 초시 : 날씨는 춥지, 담배는 피워야지. 누구한테 손을 벌리겠어, 다들 제 코가 석 잔데. 더 늙기 전에 담뱃값이라도 벌어야 하지 않겠어?
③ 황진사 : 초시면 초시답게 행동해야지, 그렇게 몸을 함부로 내두르면 어쩌나? 유유자적 복덕방에서 장기나 두면서 젊은 사람들에게 공자님 말씀이라도 들려주면 좀 좋아?
④ 초시 : 문화 주택이 즐비한 시대에 공맹을 읊은들 뭣 하나? 난 차라리 금광이나 찾아다니며 기회를 엿볼 걸세.

ⓔ 황진사 : 육효가 잘만 뽑히면야 나도 족보를 팔아서라도 뭔가를 해볼 걸세. 지략과 조화는 다 때가 있는 법이지.

35. 윗글을 희곡으로 바꾼다면, ㉠~㉤ 중 독백으로 처리하기에 가장 적합한 것은?
① ㉠   ② ㉡   ③ ㉢   ④ ㉣   ⑤ ㉤

36. 윗글과 〈보기〉의 ⓐ~ⓔ를 각각 대응시켰을 때, 그 의미가 서로 다른 것은?

〈 보기 〉

먼산에는 구름이 잔뜩 몰려 있어 머지않아 폭풍우가 ⓐ치고 비가 쏟아질 듯한 기세였다. 남자가 여자를 본 것은 다섯 시가 ⓑ짐짓했을 무렵이었다. 수백 년 ⓒ묵은 노송이 힘겹게 서 있는 방풍림 근처에서 그녀는 홀로 서성거리고 있었다. 파도가 밀려왔다 나가기를 반복하는 동안에 형체가 ⓓ이지러진 방파제는 예전의 모습은 아니었으나 거센 파도를 피하기에는 더없이 좋은 장소였다. 방파제 안쪽에 때를 ⓔ대노라고 했건만 여의찮아 씨름을 하던 중에 언뜻 그녀의 모습이 눈에 들어온 것이다.

① ⓐ   ② ⓑ   ③ ⓒ   ④ ⓓ   ⑤ ⓔ

김동리의 〈화랑의 후예〉

작품 해제

갈래 풍자 소설
배경 1930년대 중반 서울
시점 1인칭 관찰자 시점
제재 시대의 변화에 대처하지 못하는 한 인물의 행동
주제 몰락한 양반의 시대착오적인 허세와 인간에 대한 연민

줄거리

어느 날 숙부님께서 황진사를 나에게 인사시켰다. 거무스럼한 두루마기에 얼굴이 누르퉁퉁한 황진사는 나이가 육십 가량 되는 노인이었다. 황진사는 몰락한 양반의 자손으로 자처하며 과거의 집착과 긍지를 결코 버리려 하지 않고 오히려 진사 행세를 한다. 그는 끼니를 때우기조차 힘들 만큼 가난하지만 솔잎 한 줌과 낡은 주역책을 때 묻은 전대 속에 차고 다니며 지략과 조화를 부려 보고 싶어한다.

해가 바뀌고 새해가 되어 완장 어른께 인사를 드리러 왔다는 황진사는 두루마기를 빨아 입은 위에 시커먼 안경을 끼고 있었다. 그러고는 한 철 소식이 없다가 숙부님이 '대종교 사건'에 연루되어 피검되었을 때, 자기 조상도 모르고 지내다가 비로소 옛 조상을 상고해 냈는데, 그 옛 조상이 바로 화랑이라고 좋아하는 황진사를 길에서 만나게 된다.

그리고 그 일이 있은 지 두 달 후, 나는 숙모님과 함께 곰쓸개, 오리 혀, 지렁이 오줌, 두꺼비 기름 등으로 만든 약을 온갖 불구자와 병신들에게 속이며 팔다가 순사에게 잡혀 가면서도 점잖을 떠는 황진사를 보게 된다. 황진사는 초조하고 경황이 없는 나를 붙들고 지극히 중대한 사실을 발견했노라 했다. 그가 근일 어느 서적을 뒤지다가 그의 윗대 조상이 신라시대의 화랑이었음을 알았노라는 것이었다.

정답 : 32-②, 33-①, 34-⑤, 35-②, 36-⑤

나도향

전차 차장의 일기 몇 절

나도향 1902~1926년

서울에서 13남매 중 장남으로 태어난 나도향은 본명이 경손慶孫이고, 도향稻香이 호다. 배재고보를 졸업하고 경성의학전문학교에 다니다가 일본으로 유학을 갔으나 학비가 없어 도로 귀국해 1년 동안 보통학교 교사를 지냈다. 1922년 《백조》 창간호에 〈젊은이의 시절〉을 발표해 등단했으며, 이후 백조 동인으로 활동했다. 이듬해에는 19세의 나이로 《동아일보》에 장편 소설 〈환희〉를 연재하면서 주목을 받기 시작했다. 그는 초기에 애상적이고 감상적인 경향의 작품을 쓰다가 그것을 극복하고 객관적인 사실주의적 경향의 작품을 발표했다. 김동인이 "젊어서 죽은 나도향은 가장 촉망되는 소설가"였다고 말할 정도로 뛰어난 소설가였다.

작품 해제

갈래 세태 소설
배경 1920년대 서울
시점 1인칭 관찰자 시점
제재 전차 차장과 한 여자
주제 환경에 따라 타락해가는 인간의 모습
출전 《개벽》 54호(1924년 12월)

줄거리

전차 차장은 평소처럼 승객들에게 표값을 받는다. 표를 걷던 그는 짙은 화장에 새침데기 같은 표정을 한 여자를 보게 되는데, 어쩐지 낯이 익다. 차장은 이 여자가 며칠 전 시골에서 올라온 여자라고 생각한다. 여자는 자신은 돈이 없다며, 쪽지를 건네며 쪽지에 적힌 주소로 자신을 데려다 달라고 한다. 차장은 애틋한 마음이 들어 태워주기로 한다. 그렇게 헤어지고 나서 며칠 후 다시 여자를 보게 되는데, 여자의 얼굴은 그때와는 많이 달랐다. 짙은 화장을 하고 남자를 데리고 다니는 것이다.

며칠 후에 차장은 이 여자가 다른 남자를 만나는 모습을 본다. 지난번에 같이 탔던 사람이 아니다. 차장은 여자가 애교를 떠는 모습 하나하나까지 모조리 살펴본다. 그리고 여자가 내리는 역에서 함께 내린다. 여자는 남자와 함께 여인숙에 들어간다. 차장은 집 앞에서 기다린다. 간간이 여자의 간드러지는 목소리가 들린다. 차장은 여자의 모습을 상상한다. 그리고 이윽고 여인숙의 방의 불이 꺼진다. 부스럭거리는 옷 소리도 들리는 것 같다. 차장은 여자를 괜히 따라왔다는 생각이 들어 근처 물가에 침을 탁 뱉고 발걸음을 돌린다.

전차 차장의 일기 몇 절

11월 15일 담曇*

　동대문에서 신용산을 향해 아침 첫차를 가지고 떠난 것이 오늘 일의 시작이었다.

　전차가 동구 앞에서 정거를 하려니까 처음으로 승객 두 명이 탔다. 그들은 모두 양복을 입은 신사들인데 몇 달 동안 차장의 익은 눈으로 봐서, 그들이 어제저녁 밤새도록 명월관에서 질탕히 놀다가 술이 취해 그대로 그 자리에서 쓰러져 자다 나오는 것을 짐작게 하였다. 새벽이라 날이 몹시 신선할 뿐 아니라 서리 기운 섞인 찬바람이 불어서 트롤리* 끈을 붙잡을 적마다 고드름을 만지는 것처럼 저리게 찬 기운이 장갑 낀 손에 스며드는 듯하다. 그들은 얼굴에 앙괭이*를 그리고 무슨 부끄러운 곳을 지나가는 사람 모양으로 모자도 눈까지 눌러 쓰고 외투도 코까지 싼 후에 두 어깨는 삐죽 올라섰다. 아직 다 밝지는 않고 먼동이 터 오므로 서쪽 하늘과 동쪽 하늘 두 사이 한복판을 두고서 광명과 암흑이 은연히 양색*이 졌다. 그러나 눈 오려는 날처럼 북쪽 하늘에는 회색 구름이 북악산 위를 답답하게 막아 놓았다. 운전수는 사람이 하나도 없는 너른 길을 규정 외의 마력을 내서 전차를 달려갔다. 전차는 탑동 공원 앞 정류장에 와서 섰다. 먼 곳에서는 홰를 치며 우는 닭의 소리가 새벽 서릿바람을 타고서 들려온다. 그러자 어떠한 여자 하나가 내가 서 있는 바로 차장대 층계 위에 어여쁜 발을 올려놓는 것이 보였다. 아직 탈 사람이 별로 없으리라고 지레짐작에 신호를 하였다가 그것을 보고서 다시 정지하라는 신호를 하였다. 한 다리가 승강단 위에 병아리 모양으로 깡충 올라오더니 계란같이 웅크린 여자가 툭 튀어 올라와서 내 앞을 지나는데, 머리는 어디서 어떻게 부스대기*를 쳤는지 아무렇게나 흩어진 것을 아무렇게나 쪽 지고, 본래부터 난잡하게 놀려고 차리고 나섰는지는 알 수 없으나, 옥양목 저고리에 무슨 치마인지 수수하게 차렸는데 손에는 비단으로 만든 지갑을 들었다. 그리고 그가 내 옆을 지날 때 일본 여자들이 차에 탈 적이나 기생들이 차에 오를 적에 나의 코에 맞히는 분 냄새와 향수 냄새 같은 향긋한 냄새가 찬바람에 섞이더니 나의 코에 스쳤다.

 그 여자는 차 안으로 들어가더니 그 안에 앉아 있는 양복 입은 청년들의 눈을 피하려 함인지 또는 내외를 하려는* 것처럼 맨 앞에 가서 앞만 보고 앉아 있었다. 두 젊은 사람은 어제저녁에 기생 데리고 놀던 흥이 아직까지도 풀리지 않았는지 그 여자를 보더니 한 사람이 팔꿈치로 옆의 사람을 툭 치면서 눈을 꿈적하였다. 그러니까 그 사람도 알았다는 듯이 고개를 끄덕끄덕하며 그 여자만 보고 있었다.

 나도 호기심이 일어나서 그 여자 가까이 가서 얼굴이나 똑똑히 보리라 하고 뒤로 돌려 메었던 가방을 앞으로 돌려서 전차표와 가위를 양손에 갈라 쥐고 차 안으로 들어갔다. 우선 두 젊은이에게 표를 찍어 주고서 그 여자 앞에 가서 손을 내밀려 하다가 나는 깜짝 놀랐다. 나는 달려들어 이것이 웬일이오? 할 만큼 놀랐다. 그리고 그의 머리에 꽂힌 금비녀로부터 발에 신은 비단신까지 모조리 다시 한 번 훑어보았다.

어떻든 표를 찍으려 하니까 자기 지갑에서 돈을 꺼내는데 일 원짜리인지 오 원짜리인지 두서너 장 들어 있는 중에서 한 장은 선선히 내놓더니,

"의주통*이요."

하고 저는 나를 잊어버렸는지 태연하게 앉아 있다. 의주통 바꾸어 타는 표 한 장을 주고 나서 나는 다시 차장대로 나와 섰을 때, 벌써 전차는 화관 앞을 지나 종로 정류장까지 왔다. 그 여자는 거기서 내리더니 저쪽으로 가 버렸다. 나는 또다시 남대문을 향하여 돌아가는 전차의 트롤리를 바로잡으려고 창으로 고개를 내밀었을 때 하늘은 중탁하게* 덮였던 암흑이 점점 뽀얗게 거두어지며 동쪽에는 제법 붉은 빛이 돌고, 깜빡깜빡하는 별들이 체로 치는 것처럼 굵은 놈만 남고 잔 놈들은 없어진다.

나는 공연히 신기한 생각이 들어서 못 견뎠다. 그래서 혼자 해결할 수 없는 무슨 수수께끼를 풀려는 사람처럼 고개만 기웃하고 있었다. 나는 지나간 생각을 다시 끄집어내었으니, 그것은 다음과 같다.

한 달 전, 바로 한 달 전에 역시 전차를 몰고서 배오개* 정류장에 정거를 하였다. 오후 한 시 가량이나 되었는데 차 안에 승객이라고는 동대문 경찰서 형사 비슷한 사람 하나와 일본 여자 둘과 또 조선 시

골 사람 같은 이가 있을 뿐인데 맨 나중으로 들어온 여자가 있었다.

　손에다가는 약병과 약봉지를 들었고, 입은 것은 때가 지지리 끼고 자락이 갈가리 찢어진 데다가 얼굴은 며칠이나 세수를 하지 않았는지 새까맣게 절었는데, 발은 벗은 채 짚세기* 하나만 신었다. 나이는 열아홉이라면 조금 노성한* 편이요, 스물이라면 어디인지 어린 티가 보일 정도다. 속눈썹이 기름한데 정채* 있게 도는 눈이라든지, 보리퉁한* 뺨과 둥그스름한 턱, 날카롭지도 않고 넓적하지도 않은 웬만한 코라든지, 어디로 보든지 밉지 않은 여자이기는 하지만 주제꼴이 볼썽사나워서 좋은 인상이 없었다. 우리는 항상 하는 예투로,

　"표 찍으시오."

하고 손을 내미니까 어리둥절하며 사방을 해해 내젓는데, 다시 전차가 달아나자 그는 어쩔 줄을 모르고 옆엣사람 얼굴 한 번 쳐다보고 밖을 한 번 내다보고 앉지도 못 하고 서지도 못 하고 쩔쩔매는 것을 보아하니, 시골서 갓 올라왔거나 당초에 전차 한 번 타 보지도 못한 위인인 것을 알았다. 우리는 항상 그러한 사람이 전차에 오르면 성가시럽다. 왜 그런고 하니 으레 바꾸어 타야 할 곳에서 바꾸어 타지를 않고는 내릴 때를 지나 놓고 내려서는 귀찮게 굴기는 우리네 차장에게만이 아니라, 세상에 저밖에 약은 사람이 없는 것처럼 가끔 전차표 오 전을 떼먹으려고 엉터리없는 바꿔 타는 표를 어디서 얻어 가지고 와서는 속여 먹으려고 하기가 일쑤다. 그래서 그런 사람만 만나면 화증이 나서 목소리가 부락부락해진다.

　"어디까지 가시우? 표 내시우! 표요."

하니까 그는 나를 쳐다보더니,

　"네?"

하고 물끄러미 있다.

"네가 무엇이오, 표 내라니까!"

하니까 그는 손에 들었던 종잇조각을 내밀었다. 종잇조각을 받아들고 보니까, '명치정* 인사소개소*'라고 연필로 써 있다.

"이게 무엇이오?"

하고 소리를 꽥 질러 말하니까 그는,

"이리로 가요. 여기가 어디예요? 여기 가서 내려 주세요."

하고 도리어 물어보며 간청을 한다.

"몰라요, 돈 내요!"

돈이라는 소리에 무슨 짐작을 하였던지,

"없어요."

하고 자기 손을 들여다본 후 부끄러운 듯이 고개를 숙이다가 그래도 할 말이 있다는 듯이,

"그런 게 아니라요, 제가 시골서 올라온 지가 한 달이나 되는데 먹을 것도 없고 입을 것도 없어서 동막* 어느 집에서 고용살이를 하다가 몸에 병이 나서 병원에 다녀오는데 이것을 써 주며 그리로 가면 된다고 해서 그리로 가요."

모든 일은 다 알았다. 총독부 의원 무료 치료실에 갔다가 의사나 병원에 있는 사람이 정상을 가련히 생각하고 인사 상담소를 가르쳐 준 것일 게다. 갓 서울로 올라와서 돈도 없이 차를 탄 것도 사실인데, 어떻든 그때에 나의 마음에서는 알 수 없는 동정심이 나는 동시 마음이 약한 나는 그를 다시 전차에서 내려 쫓을 수는 없었다. 그래서 어찌하면 좋을까? 그대로 태우자니 규칙 위반이요, 그렇다고 내려 쫓을 수는 없는데, 하는 생각을 하며 차장대에 내려섰다가 전차

가 황금정*에 왔을 때, 나는 다시 그 앞에 가서 바꾸어 타는 표 한 장을 찍어 주며,

"왜 돈두 없이 전차를 탔소?"
하고 한 번 딱 일러서 법을 가르친 후,

"자, 이것을 가지고 요다음 정거하거든 내리우. 이것도 특별히 당신을 생각하여 주는 것이오. 나는 이것 한 장 당신 준 것이 탄로되면 벌어먹지도 못 하고 벌금 물고 그러는 법이오. 그런 줄이나 알아 두시우."
하니까 그는 고맙다는 듯이 고개를 끄덕끄덕하였다.

오늘 아침에 만난 여자가 바로 그 여자다. 한 달 전에 오 전이 없어서 나에게 은혜를 입던 그 여자가 오늘은 말쑥한 모양꾼이다. 내가 언제든지 여자로 타고나는 것, 그것이 무한한 보배라고 생각을 하였더니 딴은 그 생각이 들어맞았다. 여자는 마음 한번 쓰는 데 당장에 백만장자의 아내가 될 수 있고, 추파를 한번 보내는 데 여러 남자의 끔찍한 사랑을 받을 수가 있는 것이다.

한 달이라는 세월이 그리 길다고 하지 못할 터인데, 한 달 전에 총독부 무료 병실에 가서 구차한 말을 하며 병을 봐 달라 하고, 또 나와 같은 차장에게까지 은혜를 입던 여자가 오늘엔 어디로 보든지 똑 딴 여염집 부인과 같다. 우리 같은 사람은 갖은 박대와 모든 수고를 맛볼 대로 맛보며 근근이 번다 해야 한 달에 단돈 몇십 원을 벌지 못하며, 우리가 참으로 성공을 해 보려면 아까운 젊은 시대를 무참히 간난신고* 중에 보내고도 될지 말지 한 일이다.

하루 종일 차장대에 섰기도 하며 또는 승객의 표를 찍어 주기도 하

는 동안에 나로서는 말할 수 없고 내가 나이 스물한 살이 되도록 느껴 보지 못한 감정이 내 몸 전체에 스며드는 듯하였다. 아직까지 나의 젊은 피는 비린내가 난다. 그 피가 작열灼熱을 하지 못하였으며 순화純化하고 정화淨化하지 못하였다. 나의 피를 그 무엇에다 사르거나 체질하거나* 하여 엑기스가 되게 하지 못한, 말하자면 아직 진국으로 있는 그것이다. 나는 웬일인지 오늘 그 여자를 본 후로는 나의 가슴속에 있는 피가 한 귀퉁이에서부터 타오르기를 시작하여 석쇠 위에 염통을 저며 놓고 그것을 들여다보는 듯이 지지, 타는 속에서도 무슨 새 생명이 불 위에 떨어져 그 불을 더 일으키는 듯한 느낌이 있었다. 그러나 그 여자는 의주통으로 향하여 가 버렸다. 그 여자가 의주통으로 갔다고 언제든지 의주통 방면에 풀로 붙인 듯이 있을 것은 아니겠지마는, 내가 전차를 몰아 그곳을 갈 때나 올 때나 또는 옆으로 지날 때, 그를 생각하고 언제든지 그쪽을 향하여 보았다.

11월 17일 청晴*

나는 어제 하루를 논 후에 오늘은 야근을 하게 되었다. 오늘은 동대문서 청량리를 향하여 떠나게 되었다. 오후 여덟 시나 되어 날이 몹시 추워졌다. 바람도 몹시 불기를 시작하여 먼지가 안개처럼 저쪽 먼 곳으로부터 몰아온다. 여름이나 봄가을에는 장안의 풍류남아* 쳐놓고 내 손에 전차표를 찍어 보지 않은 사람이 별로 없을 것이요, 내 손 빌지 않고 차 타지 않은 사람이 별로 없을 것이다. 그러나 오늘은 일요일은 일요일이지마는 나뭇잎은 어느덧 환란患亂이 들어서 시름없이 떨어지고 수척한 나무들이 하늘을 뚫을 듯이 우뚝우뚝 솟았는데, 갈가마귀 떼들이 보금자리로 돌아간 지도 얼마 되지 않고 다만 시골의 나무장수와 소몰이꾼들의, "어디어! 이놈의 소" 하는 소리가 들릴 뿐이다. 탑골 승방, 영도사 또는 청량사 들어가는 어귀는 웬일인지 전보다 더욱 쓸쓸해 보인다.

 우리 차는 다시 동대문을 갖다 놓았다. 나가 트롤리를 돌려 대고 다시 차 안에 올라서서 차 떠날 준비를 하려 할 때, 차 안을 들여다보니까 그저께 새벽에 만났던 여자가 그 안에 앉아 있다. 나는 반갑기도 하고 또 한편으로는 놀랍기도 하여 한참이나 물끄러미 건너다보고 있었다. 가슴속에서 타기를 그쳤던 그 피가 다시 한꺼번에 활짝 타오르기를 시작하였다. 그리고 속으로는,

 '얘! 이거 자주 만난다!'

하는 생각이 나면서 웬일인지 차디차게 식은땀이 뒷잔등이*에 솟아오르는 것을 깨달았다.

 전차가 떠나기를 시작한 후 전차표를 받으러 속으로 들어갈 때에, 나는 또다시 그에게 그의 손으로 주는 차표를 받을 생각을 하니까 웬일인지 공연히 마음이 두근두근하여지는 것이 온몸이 확확 달은 듯하였다. 두어 사람의 표를 찍어 준 뒤에 나는 그 여자 앞에 가서 손을 내밀었다. 그때 나의 생각은 관습적으로 나의 손을 내밀면 으레 전과 같이 지갑을 열어서 그 속으로부터 돈을 끄집어내려니 하였다. 그러면 내 손으로 찍어서 내 손으로 주는 전차표를 그 여자는 가지고 앉아 있다가 그것을 다시 운전수에게 주고 내리려니 하였다. 그러나 그 여자는 나의 손 내미는 것은 본체만체하였다. 도리어 성난 사람처럼 암상스러운* 얼굴로 딴 곳만 보고 앉았다.

 "표 찍으시오."

하고 나는 그에게 주의하기를 재촉하였으나, 그는 역시 아무 말 없

이 앉아 있다가 나를 한번 홀끔 쳐다보는 게 어쩐지 거만한 듯하였다. 그러더니 다시 저쪽 두어 사람이나 격하여* 앉아 있는 사람 하나를 고개를 기웃하고 건너다보았다. 그러니까 그 앉아 있는 사람이 잊어버렸던 것을 깨달은 것처럼 잠깐 놀라는 듯한 표정을 하더니 주머니에서 돈지갑을 꺼내며,

"여기 있소!"

하고 금테 안경 너머로 꺼먼 눈동자를 흘기며 나를 불렀다.

'이게 웬 것이냐?'

하는 놀라운 생각이 나며 하는 수 없이 그 남자 편으로 가려 하나 그 여자를 다른 사람처럼 그대로 본체만체 획 돌아설 수는 없었다. 나는 다시 한 번 그 여자를 훑어본 후 그 남자—금테 안경 쓰고 윗수염을 까뭇까뭇하게 기르고 두 눈 가장자리가 푸르뚱하고 콧날이 오똑한 삼십이 넘을락 말락한 사람으로, 얼핏 보면 미두 시장*이 아니면 천냥만냥패* 같은 사람—에게로 가니까 그는 자랑스러운 듯이 지갑 속에서 일 원짜리 한 장을 꺼내어 할인 승차권 하나를 사더니 석 장만 찍으라 하였다. 나는 석 장 찍으라는 소리에 그 옆에 앉아 있는 양복 얌전하게 입고 얼굴이 대리석으로 깎은 듯한 그리스 타입의 청년이 같이 가는 남자인 것을 알게 되었다.

차표를 다 찍어 주고 차장대에 나와 섰을 때에 웬일인지 그 차표 내주던 남자가 밉고 또는 더럽고 질투성스러워 못 견디었다.

전차가 영도사 들어가는 어귀에 정거를 하자 그들은 거기서 내렸다. 이것을 보고서 나는 의심이 일어나기 시작하였다. 그 차표를 사던 남자가 나의 눈으로 보기에 어째 부랑성*을 띤 듯하였고, 또는 그 눈이나 입 가장자리가 몹시 음탕하여 보였으며, 그가 그 여자를

데리고 음부탕자*가 비교적 많이 오는 한적한 절로 들어가는 것이 장차 무슨 음탕한 사실이 그 속에서 생길 듯하여 공연히 그 남자가 미운 동시에 끌려가는 그 여자에게 동정이 갔다. 전차 차장의 직업이 그리 귀하지도 못한 것을 나는 안다. 비교적 얕은 지위에 있어서 어떠한 계급을 물론하고 날마다 그들을 만나게 되는 동시에 이와 같이 수상스런 사람들을 많이 보지마는 이러한 수상스러운 남녀를 볼 적이면 공연히 욕도 하고 싶고 그들을 잠깐이라도 몹시 괴롭게 하고 싶은 생각이 나는데, 이번에 본 이 여자로 말하면 처음에 그와 같이 남루한 의복에다가 또 한 푼 없이 나에게 전차표를 얻어 가던 자로서 오늘 와서 나를 대하는 태도가 몹시 거만하고, 또한 작은 은혜나마 은혜를 모르는 것이 가증한 생각이 들기는 들면서도 웬일인지 나의 가슴 가운데 있는 정서情緖를 살살 풀리게 하는 듯하였다. 그래서 그들을 떼어 보낼 때 나의 마음은 또다시 섭섭하였다.

12월 15일 청

오늘 일기는 따뜻한 일기다. 그런데 어저께 나는 우리 동관*들에게서 이상한 소문을 하나 들었다. 내가 맨 처음 어느 날 새벽에 파고다 공원 정류장에서 만나던 때와 같이 그 여자가 역시 새벽마다 전차를 타고서 의주통으로 향하여 간다는 말을 들었다. 그 모습과 또는 행동이 여러 사람의 입에서 나오는 말과 나는 기억으로 내 머릿속에 그려 놓은 것이 꼭꼭 들어맞은 까닭에 그 여자로 인정할 수가 있었다. 나는 이 말을 듣고서 일종의 호기심이 생겨서 나의 당번도 아닌데 남이 가지고 가는 새벽 첫차를 같이 탔다. 그러고서는 전차가 파고다 공원 앞에 정거를 할 때에 나는 얼핏 바깥을 내다보았다.

즉시 내가 탄 전차와 상치*나 되지 않을까 하는 염려가 있어서 많은 요행을 기대하는 생각으로 그 여자를 만나 보려 할 때 과연 그 여자가 전차를 기다리고 있었다. 그 여자뿐만 아니라 그 옆에는 어떠한 남자 하나가 그 여자의 어깨에 자기 어깨가 닿을 만큼 붙어 서서 무슨 이야기인지 정답게 하는 것을 보았다.

전차에 오르는 여자는 그 전에 몸을 차리던 것과 판이하여졌다. 전에는 머리를 쪽 지고 신을 신었더니, 지금 와서는 양洋 머리에 구두를 신었다. 그리고 전에 볼 적에는 몰랐더니 지금의 이 여자를 보고 전의 그 여자를 생각하니까 전에 있던 시골티와 어색한 것이 모두 없어지고 도리어 무엇엔지 시달려서 손때가 쪼르르 흐르는 듯하였다. 날이 추우니까 몸에다가는 망토를 입었는데, 쥐었다 펴기도 하고 꼼지락꼼지락하는 손가락에는 한 달 전에 없던 금반지가 전등불에 비치어 붉은빛을 반짝반짝 반사한다. 그는 나를 한번 쳐다보더니 여러 번 만나는 것이 신기하다는 듯이 익숙한 눈으로 쳐다보았다.

그러자 그 남자도 전차를 탔다. 그 남자라고 하는 사람은 한 달 전에 영도사를 나갈 적에 같이 가던 그 양복 입은 젊은 사람이었다. 영도사를 나갈 적에는 이 젊은 사람이 뒤떨어져서 홀로 비싯비싯 쫓아가는 것을 보았는데 오늘은 자기가 이 여자를 독차지하고서 승자勝者의 자랑스러운 모양을 나타내는 것을 볼 수 있었다.

"귀찮아서 죽을 뻔하였어?"

그 여자는 아양이라면 아양, 응석이라면 응석이라고 할 만한 말소리로 그 남자에게 대하여 이런 말을 하고서는 한숨을 내쉬었다.

"왜 진작 오실 일이지 시간이 지나도록 오시지를 않으셨소? 어떻게 기다렸는지 모르는데……."

전차 차장의 일기 몇 절 65

남자는 차 안에서 그런 말을 하면 딴 사람이 들으니 아무 말도 않는 것이 좋다는 듯이 그 말대답은 하지 않고 가만히 있다. 눈치를 챈 여자는 입을 다물더니 무안한 듯이 고개를 돌이키고 전차가 정거할 정류장의 붉은 등만 기다리는 듯이 내다보고 있다.

차가 종로에 와 서자 그 두 사람은 일어서 내렸다. 나는 오늘 생각한 바가 있으므로 그들을 따라서 내렸다. 나는 그들이 재판소 앞 정류장을 향하여 가는 것을 보았다. 그리고 혹시 그들에게 의심을 사지나 않을까 하여 멀찍이 서서 뒤를 따랐다. 그들은 사면에 사람이 없다는 것을 기회로 생각하고서 서로 손목을 잡는 것을 나는 보고서 나의 온몸이 불덩어리 같아지고 내가 창피한 생각이 났다.

재판소 앞에 가더니 그들은 멈칫하고 섰다. 그리고 무엇이라 무엇이라 하더니 다시 그들은 재판소 옆 좁은 골목으로 들어섰다. 이번에는 가까이 쫓아가 보리라 하고서 뒤를 바짝 쫓으매 그들은 내가 따라가는 줄도 모르고서 이야기를 정답게 하면서 갔다.

"오늘 제가요! 그이더러 다시 만나지 않겠다고 해 버렸지요. 그러니까 껄껄 웃으면서 알았다 알았다 하며 얼핏 승낙을 하던데요."

"무엇을 알았다고?"

"당신하고 이렇게 된 것을 말이요."

"눈치야 챘겠지!"

"그렇지만 그이는 남의 생각은 조금도 해 주지를 않아요. 같이 살려면은 할 수 없이 너와 나와 깨끗하게 갈라서자고 한다든지, 무슨 말은 없고 그저 질질 끌면서 오늘 낼 오늘 낼 하기만 하니, 어떻게 그런 사람을 바라고 살아요? 날마다 밤중이면 사람을 끌어다가 새벽이면은 보내면서 한 번 바래다주기를 하나요."

남자는 아무 말이 없다가,

"우리 집에 가서 몸이나 좀 녹여 가지고 가지……."

"너무 늦으면 어떻게 해요?"

"무얼! 집에 가면 또 무엇을 해? 할 것도 없으면서……."

"할 거야 별로이 없지마는, 너무 자주 가면 딴 방 손님들이라도 이상히 알지 않겠어요?"

"괜찮아! 누군지 아나?"

"왜 몰라요, 눈치를 채지요."

이렇게 말을 하는 동안에 어느덧 어떠한 여관 앞에 두 사람이 서 있었다. 그 여관 문 개구멍으로 손을 넣어 고리를 벗기더니 두 사람은 종적을 감추어 버렸다. 나는 다시 어찌할 수가 없었다. 앞길을 탁 막아 놓은 것같이 멀거니 서 있기만 하였다. 그 여관 속에는 반드시 무슨 수상한 일이 있을 것을 알았으나 그것을 알 길이 없었다. 하는 수 없이 멍멍히 돌아올 때 그 집 담 모퉁이를 돌아서려니까, 불이 환하게 비치는 들창 속에서 남자와 여자의 지껄이는 소리가 들리며 미닫이를 닫는 소리가 들렸다. 나는 옳지! 이 방이로구나 하는 생각이 들며 귀를 기울여 듣고 있었다. 조금은 아무 말이 없어서 공연히 나의 가슴이 아슬아슬하여졌다. 그러더니 옷이 몸뚱이에서 미끄러져 벗어지는 소리가 연하게 들리더니 기침 소리 두어 번이 나며 전깃불이 확 꺼졌다. 나는 모든 것이 더러웠다. 내 가슴속에서 부드럽고 따뜻하게 타던 모든 것이 그대로 꺼져 버렸다. 옆에 있는 개천에 침을 두어 번 뱉고서 큰길로 돌아섰다.

낱말 풀이

간난신고 몹시 힘들고 어려우며 고생스럽다.
격하다 시간적으로나 공간적으로 사이를 두다.
내외를 하다 남녀 사이에 얼굴을 마주 대하지 않고 피하다.
노성하다 나이에 비해 어른 티가 나다.
담흘 흐림
동관 한 직장에서 일하는 같은 직위의 동료
동막 지금의 서울 마포구 용강동 지역
뒷잔등이 '등'을 강조한 말
명치정 지금의 명동 지역
미두米豆 시장 투기를 목적으로 쌀이나 콩을 사고파는 시장
배오개 지금의 종로4가 지역의 고개
보리퉁하다 두 뺨이 탐스럽게 통통하여 귀염성이 있다.
부랑성 일정한 직업 없이 여기저기 떠돌아다니는 듯한 인상
부스대기 가만히 있지 못하고 몸을 자꾸 움직이는 것
상치 일이나 뜻이 서로 어긋나다.
암상스럽다 보기에 남을 시기하고 샘을 잘 내는 데가 있다.
앙괭이 음력 섣달 그믐날 밤에 잠을 자는 사람의 얼굴에 먹이나 검정으로 함부로 그려 놓는 일
양색 두 가지 빛깔
음부탕자淫婦蕩子 음탕한 여자와 방탕한 남자를 이르는 말
의주통義州通 지금의 서대문 지역. '통'이란 큰 거리가 있는 지역을 뜻한다.
인사소개소 직업소개소
정채 정묘하고 아름다운 빛깔
중탁하다 분위기가 무겁고 탁하다.

짚세기 짚신

천냥만냥패 놀음놀이판에 어울려 다니는 사람의 무리

청晴 맑음

체질하다 체로 가루를 치다.

트롤리trolley 전차에 전기를 공급하는 동력 조절 장치

풍류남아 풍치가 있고 멋스러운 남자

황금정 지금의 서울 을지로 지역

나혜석

경희

나혜석 1896~1949년

경기도 수원에서 개화된 가정의 5남매 중 넷째로 태어났다. 1913년 진명여자보통고등학교를 최우등의 성적으로 졸업한 후 둘째 오빠의 권유로 일본 도쿄여자미술전문학교에 입학해 유화를 전공했다. 3·1 운동 때에는 이화학당 학생 만세 사건에 연루되어 5개월간 옥고를 치르기도 했다. 1918년에는 단편소설 〈경희〉를 발표하여 소설가로 등단했다. 1921년에 조선 여성으로서는 처음으로 유화 개인 전람회를 개최했으며, 1931년 조선미술전람회에서 정원으로 특선하고 일본 제국미술원전람회에서 입선했다. 한때 불교에 심취하여 수덕사 아래 수덕여관에 머물기도 했다. 그는 이혼에 따른 사회적 냉대와 경제적 곤궁을 겪다가 행려병자로 쓸쓸히 삶을 마감했다.

작품 해제

갈래 여성 소설, 사회 소설
배경 1910년대 서울
시점 전지적 작가 시점
제재 여성의 사회적 참여
주제 남녀 평등과 여성해방 의식
출전 《여자계》 2호(1918년 3월)

줄거리

　유학생 경희는 잠시 집에 와 있다. 일에서 기쁨을 느끼는 경희는 오래간만에 만난 오라버니댁과 시월이와 함께 바느질을 하며 일본 이야기에 한창이다. 어머니를 만나러 온 사돈마님이 아니나다를까 경희를 불러 고된 공부는 고만하고 시집가야 않겠냐며 걱정이다. 경희는 만나는 사람마다 일치된 이 걱정을 들으며 '배우고 알아야 사람'이라고 마음속으로 다짐한다.
　아들의 설득에 넘어가 경희를 유학 보낸 어머니 김 부인도 같은 걱정이지만, 한편으론 경희가 배울수록 의사가 나는 것이 기특하고 과연 여자도 남자와 같이 가르쳐야 한다고 생각한다. 아버지 역시 반듯한 경희의 사고와 행실을 기특해 하나 과년한 나이에 좋은 혼처를 놓치기 싫어 이번에는 꼭 시집을 보내리라 결심한다. 아버지의 강권에 경희는 선택을 두고 깊은 회의에 빠진다.
　경희는 고민 끝에 "그리로 시집가면 좋은 옷에 생전 배불리 먹다 죽지 않겠"냐고 묻는 아버지에게 "먹고만 살다 죽으면 그것은 사람이 아니라 금수"일 뿐, "버리밥이라도 제 노력으로 제 밥을 제가 먹는 것이 사람"이며 "조상이 벌어논 밥 그것을 그대로 받은 남편의 그 밥을 또 그대로 얻어먹고 있는 것은 우리 집 개나 일반"이라 한 제 답이 옳았음을 확신한다. 경희는 있는 힘을 다해 일하며 살겠다는 기도를 올린다.

경희

1

"아이구 무슨 장마가 그렇게 심해요."
하며 담배를 붙이는 뚱뚱한 마님은 오래간만에 오신 사돈마님이다.

"그리게 말이지요. 심한 장마에 아이들이 병病이나 아니 났습니까. 그동안 하인도 한 번도 못 보냈어요."
하며 마주 앉아 담뱃불을 붙이는 머리가 희끗희끗하고 이마에 주름살이 두어 줄 보이는 마님은 이 이철원李鐵原댁 주인마님이다.

"아이구 별말씀을 다 하십니다. 나 역 그랬어요. 아이들은 충실하나 어멈이 어째 수일 전부터 배가 아프다고 하더니 오늘은 일어나 다니는 것을 보고 왔어요."

"어지간히 날이 더워야지요. 조곰 잘못하면 병나기가 쉬워요. 그래서 좀 걱정이 되셨겠습니까?"

"인저 났으니까요 마음이 놓여요. 그런데 애기가 일본서 와서 얼마나 반가우셔요."

하며 사돈마님은 잊었던 일을 깜짝 놀라 생각하는 듯이 말을 한다.

"먼 데다가 보내고 늘 마음이 놓이지 않다가 그래도 일 년에 한 번씩이라도 오니까 집안이 든든해요."

주인마님 김 부인은 담뱃대를 재떨이에다 탁탁 친다.

"그렇다말다요. 아들이라도 마음이 아니 놓일 터인데 처녀를 그러한 먼 데다 보내시고 그렇지 않겠습니까. 그런데 몸이나 충실했는지요."

"네, 별 병은 아니 났나 보아요. 제 말은 아모 고생도 아니된다 하나 어미 걱정시킬까 보아 하는 말이지, 그 좀 주리고 고생이 되었겠어요. 그래서 얼골이 꺼칠해요."

하며 뒤곁을 향하여 "아가 아가, 서문안 사돈마님이 너 보러 오셨다." 한다.

"네."

하는 경희는 지금 시원한 뒷마루에서 오래간만에 만난 오라버니댁과 앉아서 오라버니댁은 버선을 깁고 경희는 앉은재봉틀에 자기 오라버니 양복 속적삼을 하며 일본서 지낼 때에 어느 날 어디를 가다가 하마터면 전차에 치일 뻔하였더란 말, 그래서 지금이라도 생각만 하면 몸이 아슬아슬하다는 말이며, 겨울이 오면 도무지 다리를 펴고 자본 적이 없고 그래서 아침에 일어나면 다리가 꼿꼿했다는 말, 일본에는 하루 걸러 비가 오는데 한 번은 비가 심하게 퍼붓고 학교 상학시간* 은 늦어서 그 굽 높은 나막신을 신고 부지런히 가다가 넘어져서 다리에 가죽이 벗겨지고 우산이 모두 찢어지고 옷에 흙이 묻어 어찌나 부끄러웠는지 몰랐더라는 말, 학교에서 공부하던 이야기, 길에 다니며 보던 이야기 끝에 마침 어느 때 활동사진에서 보았던 어느 아이가 아버지가 장난을 못하게 하니까 아버지를 팔아버리려고 광고를 쓰다가 제집 문밖 큰 나무에다가 붙였더니 그때 마침 그 아이만 한 6, 7세 된 남매가 부모를 잃어버리고 방황하다가 꼭 두 푼 남은 돈을 꺼내 들고 이 광고대로 아버지를 사려고 문을 두드리던 양을 반쯤 이야기하는 중이었다. 오라버니댁은 어느덧 바느질을 무릎 위에다가 놓고 '하하 허허' 하며 재미스럽게 듣고 앉았던 때라 "그래서 어떻게 되었소" 묻다가 눈살을 찌푸리며

"얼른 다녀오" 간절히 청을 한다.

옆에 앉아서 빨래에 풀을 먹이며 열심히 듣고 앉았던 시월이도 혀를 툭툭 찬다.

"아무렴 내 얼른 다녀오리다."

경희는 이렇게 대답을 하고 제 이야기에 재미있어서 하는 것이 기뻐서 웃으며 앞마루로 간다.

경희는 사돈마님 앞에 절을 겸손히 하며 인사를 여쭈었다. 일 년 동안이나 잊어버렸던 절을 일전에 집에 도착할 때에 아버지 어머니에게 하였다. 하므로 이번에 한 절은 익숙하였다. 경희는 속으로 일본서 날마다 세로가로 뛰며 장난하던 생각을 하고 지금은 이렇게 얌전하다 하며 웃었다.

"아이고 그 좋든 얼골이 어찌면 저렇게 못되었나, 오작 고생이 되었을일라고."

사돈마님은 자비스러운 음성으로 말을 한다. 일부러 경희의 손목을 잡아 만졌다.

"똑 심한 시집살이 한 손 같고나. 여학생들 손은 비단결 같다는데 네 손은 웨 이러냐."

"살성*이 곱지 못해서 그래요."

경희는 고개를 칙으린다.

"제 손으로 빨래해 입고 밥까지 해 먹었다니까 그렇지요."

경희의 어머니는 담배를 다시 붙이면서 말을 한다.

"저런, 그러면 집에서도 아니하든 것을 객지에 가서 하는구나. 네 일본학교 규칙은 그러냐?"

사돈마님은 깜짝 놀랐다. 경희는 아무 말 아니한다.

"무얼요. 제가 제 고생을 사느라고 그랬지요. 그것 누가 시키면 하겠습니까. 학비도 넉넉히 보내주지마는 그 애는 별나게 바쁜 것이 자미라고 한답니다."

김 부인은 아무 뜻 없이 어제저녁에 자리 속에서 딸에게 들은 이야기를 한다.

"그건 왜 그리 고생을 하니."

사돈마님은 경희의 이마 위에 너펄너펄 내려온 머리카락을 두 귀밑에다 끼워주며 적삼 위로 등의 살도 만져보고 얼굴도 쓰다듬어 준다.

"일본에는 겨울에도 불도 아니 때인대지, 그리고 반찬은 감질이 나도록 조곰 준대지 그것 어찌 사니?"

"녜. 불은 아니 때나 견대어나면 관계치 않아요. 반찬도 꼭 먹을 만치 주지 모저러거나 그렇지는 아니해요."

"그러자니 모도가 고생이지. 그런데 네 형은 그동안 병이 나서 너를 못 보러 왔다. 아마 오날 저녁 꼭은 올 터이지."

"녜, 좀 보내주셔요. 발써부터 어찌 보고 싶었는지 몰라요."

"암 그렇지. 너 왔다는 말을 듣고 나도 보고 싶어하였는데 형제끼리 그렇지 않이랴."

이 마님은 원래 시집을 멀리 와서 부모형제를 몹시 그리워본 경험이 있는 터라 이 말에는 깊은 동정이 나타난다.

"거기를 또 가니? 인저 고만 곱게 입고 앉았다가 부잣집으로 시집가서 아들딸 낳고 자미드랍게 살지 그렇게 고생할 것 무엇 있니?"

아직 알지 못하여 그렇게 하지 못하는 것을 일러주는 것같이 경희에 대하여 말을 하다가 마주 앉은 경희 어머니에게 눈을 향하여 '그렇지 않소, 내 말이 옳지요' 하는 것 같았다.

"녜, 하든 공부 마칠 때까지 가야지요."

"그것은 그리 많이 해 무엇하니. 사내니 골을 간단 말이냐? 군 주사主事라도 한단 말이냐? 지금 세상에 사내도 배와가지고 쓸데가 없어서 쩔쩔매는데……."

이 마님은 여간 걱정스러워 아니한다. 그리고 대관절 계집애를 일본까지 보내어 공부를 시키는 사돈영감과 마님이며 또 그렇게 배우면 대체 무엇하자는 것인지를 몰라 답답해한 적은 오래전부터였으나 다른 집과 달라 사돈집 일이라 속으로는 늘 '저 계집애를 누가 데려가나' 욕을 하면서도 할 수 있는 대로는 모른 체하여 왔다가 오늘 우연한 좋은 기회에 걱정해 오던 것을 말한 것이다.

경희는 이 마님 입에서 '어서 시집을 가거라. 공부는 해서 무엇하니' 꼭 이 말이 나올 줄 알았다. 속으로 '옳지 그럴 줄 알았지' 하였다. 그리고 어제 오셨던 이모님 입에서 나오던 말이며 경희를 보실 때마다 걱정하시는 큰어머니 말씀과 모두 일치되는 것을 알았다. 또 작년 여름에 듣던 말을 금년 여름에도 듣게 되었다. 경희의 입술은 간질간질하였다.

'먹고 입고만 하는 것이 사람이 아니라 배우고 알아야 사람이에요. 당신 댁처럼 영감 아들 간에 첩이 넷이나 있는 것도 배우지 못한 까닭이고 그것으로 속을 썩이는 당신도 알지 못한 죄이에요. 그러니까 여편네가 시집가서 시앗*을 보지 않도록 하는 것도 가르쳐야 하고 여편네 두고 첩을 얻지 못하게 하는 것도 가르쳐야만 합니다' 하고 싶었다. 이외에 여러 가지 예를 들어 설명도 하고 싶었다. 그러나 이 마님 입에서는 반드시 오늘 아침에 다녀가신 할머니의 말씀과 같은 "얘, 옛날에는 여편네가 배우지 않아도 수부다남*하고 잘만 살아왔다. 여편네는 동서남북도 몰라야 복福이 많단다. 얘, 공부한 여학생들도 버리방아만 찧게 되더라. 사내가 첩 하나도 둘 줄 몰르면 그것이 사내냐?" 하던 말씀과 같이 꼭 이 마님도 할 줄 알았다. 경희는 쇠귀에 경을 읽지 하고 제 입만 아프고 저만 오늘 저녁에 또 이 생각으로 잠을 못 자게 될 것을 생각하였다. 또 말만 시작하게 되면 답답하여서 속이 불과 같이 탈 것, 자연 오랫동안 되면 뒷마루에서는 기다릴 것을 생각하여 차라리 일절 입을 다물었다. 더구나 이 마님은 입이 걸어서 한 말을 들으면 열 말쯤 거짓말을 보태어 여학생의 말이라면 어떻든지 흉만 보고 욕만 하기로는 수단이 용한 줄을 알았다. 그래서 이 마님 귀에는 좀처럼 한 변명이라든지 설명도 조금도 곧이가 들리지 않을 줄도 짐작하였다. 그리고 어느 때 경희의 형님이 경희더러 "얘, 우리 시어머니 앞에서는 아모 말도 하지 마라. 더구나 시집 이야기는 일절 말아라. 여학생들은 예사로 시집 말들을 하더라. 아이구 망칙한 세상도 많아라. 우리 자라날 때는 어데 가 처녀가 시집 말을 해보아 하신다. 그뿐 아니라 여러 여학생 흠담을 어데 가서 그렇게 듣고 오시는지 듣고만 오시면 똑 나 들으라고 빗대 놓고 하시난 말씀이 정말 내 동생이 학생이어서 그런지 도모지 듣기 싫더라. 일본 가면 계집애 버리너니 별별 못 들을 말씀을 다 하신단다. 그러니 아무쪼록 말을 조심해라" 한 부탁을 받은 것도 있다. 경희는 또 이 마님 입에서 무슨 말이 나올까 보아 마음이 조릿조릿하였다.* 그래서 다른 말이 시작되기 전에 뒷마루로 달아나려고 궁둥이가 들썩들썩하였다.

"이따가 급히 입을 오라범 속적삼을 하던 것이 있어서 가 보아야겠습니다."

고 경희는 앓던 이가 빠지니나만큼 시원하게 그 앞을 면하고 뒷마루로 나서며 큰 숨을 한 번 쉬었다.

"왜 그리 늦었소? 그래서 그 아버지를 어떻게 했소."

오라버니댁은 그동안 버선 한 짝을 다 기워놓고 또 한 짝에 앞볼을 대다가 경희를 보자 무릎 위에다가 놓고 바싹 가까이 앉으며 궁금하던 이야기 끝을 재쳐 묻는다. 경희의 눈살은 찌푸려졌다. 두 뺨이 실쭉해졌다. 시월이는 빨래를 개키다가* 경희의 얼굴을 눈결에 슬쩍 보고 눈치를 채었다.

"작은아씨, 서문안댁 마님이 또 시집 말씀을 하시지요?"

아침에 경희가 할머니 다녀가신 뒤에 마루에서 혼잣말로 "시집을 갈 때 가더라도 하도 여러 번 들으니까 인제 도무지 싫어 죽겠다" 하던 말을 시월이가 부엌에서 들었다. 지금도 자세히는 들리지 않으나 그런 말을 하는 것 같았다. 그래서 작은아씨의 얼굴이 저렇게 불량하거니 하였다. 경희는 웃었다. 그리고 바느질을 붙들며 이야기 끝을 연속한다. 안마루에서는 여전히 두 마님은 서로 술도 전하며 담배도 잡수면서 경희의 말을 한다.

"애기가 바느질을 다 해요?"

"네, 바느질도 곧잘 해요. 남정의 윗옷은 못하지요마는 제 옷은 꿰매어 입지요."

"아이구 저런, 어느 틈에 바누질을 다 배왔어요. 양복 속적삼을 다 해요. 학생도 바누질을 다 하나요."

이 마님은 과연 여학생은 바늘을 쥘 줄도 모르는 줄 알았다. 더구나 경희와 같이 서울로 일본으로 쏘다니며 공부한다 하고 덜렁하고 똑 사내 같은 학생이 제 옷을 꿰매어 입는다 하는 말에 놀랐다. 그러나 역시 속으로는 그 바느질꼴이 오죽할까 하였다. 김 부인은 딸의 칭찬 같으나 묻는 말에 마지못하여 대답한다.

"어디 바느질이나 제법 앉아서 배울 새나 있나요. 그래도 차차 철이 나면 자연히 의사意思가 나나 보아요. 가라치지 아니해도 제절로 꾸매게 되던구면요. 어려운 공부를 하면 의사가 틔우나 봐요."

김 부인은 말끝을 끊었다가 다시 말을 한다. 이 마님 귀에는 똑 거짓말 같다.

"양복 속적삼은 작년 여름에 남대문 밖에서 일녀日女가 와서 가라치던 재봉틀 바누질 강습소에를 날마다 다니며 배왔지요. 제 조카들의 양복도 해서 입히고 모자도 해서 씌우고 또 제 오라비 여름 양복까지 했어요. 일어日語를 아니까 선생하고 친하게 되어서 다른 사람에게는 가라쳐 주지 않는 것까지 다 가라쳐 주더래요. 낮에는 배와 가지고 와서는 밤이면 똑 열두 시 새로 한 시까지 앉아서 배운 것을 보고 그대로 그리고 모다 치수를 적고 했어요. 나는 그게 무엇인가 하였더니 나중에 재봉틀회사 감독이 와서 그러는데 '이제까지 일어로만 한 것이야서 부인네들 가라치기에 불편하더니 따님이 맨든 책으로 퍽 유익하게 쓰겠습니다' 하는 말에 그런 것인 줄 알았어요. 참

가라치면 어디든지 그렇게 쓸데가 있던구먼요. 그뿐 아니라 그 점잖은 일본사람들에게도 어찌 존대를 받는지 몰라요. 그 애가 왔단 말을 어디서 들었는지 감독이 일부러 일전에 또 찾아왔어요. 일본서 졸업하고는 기어이 자기 회사의 일을 보아달라고 하더래요. 처음에는 월급 일천오백 냥은 쉽대요. 차차 오르면 삼 년 안에 이천오백 냥을 받는다는데요. 다른 여자는 제일 많은 것이 칠백쉰 냥이라는데 아마 그 애는 일본까지 가서 공부한 까닭인가 보아요. 저것도 그 애가 재봉틀에 한 것입니다."

하며 맞은편 벽에 유리에 늘여 걸어 놓은, 앞에 물이 흐르고 뒤에 나무가 총총한 촌村 경치를 턱으로 가리킨다. 경희의 어머니는 결코 여기까지 딸의 말을 하려고 한 것이 아니었다. 한 것이 자연 월급 말까지 하게 된 것은 부지중에 여기까지 말하였다. 김 부인은 다른 부인들네보다 더구나 이 사돈마님보다는 훨씬 개명開明을 한 부인이다. 근본 성품도 결코 남의 흉을 보는 부인이 아니었고 혹 부인네들이 모여 여학생들의 못된 점을 꺼내어 흉을 보든지 하면 그렇지 않다고까지 반대를 한 적도 많으니 이것은 대개 자기 딸 경희를 기특히 아는 까닭으로 여학생은 바느질을 못한다든가, 빨래를 아니한다든가, 살림살이를 할 줄 모른다든가 하는 말이 모두 일부러 흉을 만들어 말하거니 했다. 그러나 공부해서 무엇하는지, 왜 경희가 일본까지 가서 공부를 하는지, 졸업을 하면 무엇에 쓰는지는 역시 김 부인도 다른 부인과 같이 몰랐다. 혹 여러 부인이 모여서 따님은 그렇게 공부를 시켜서 무엇하나요? 질문을 하면 "누가 아나요, 이 세상에는 계집애라도 배와야 한다니까요" 이렇게 자기 아들에게 늘 들어오던 말로 어물어물 대답을 할 뿐이었다. 김 부인은 과연 알았다.

공부를 많이 할수록 존대를 받고 월급도 많이 받는 것을 알았다. 그렇게 번질한 양복을 입고 금시곗줄을 늘인 점잖은 감독이 조그마한 여자를 일부러 찾아와서 절을 수없이 하는 것이라든지, 종일, 한 달 삼십 일을 악을 쓰고 속을 태우는 보통학교 교사는 많아야 육백스무 냥이고 보통 오백 냥인데 "천천히 놀면서 일 년에 병풍 두 짝만이라도 잘만 놓아주시면 월급을 꼭 사십 원씩은 드리지요" 하는 말에 김 부인은 과연 공부라는 것은 꼭 해야 할 것이고 하면 조금 하는 것보다 일본까지 보내서 시켜야만 할 것을 알았다. 그리고 어느 날 저녁에 경희가 "공부를 하면 많이 해야겠어요. 그래야 남에게 존대를 받을 뿐 외라 저도 사람 노릇을 할 것 같애요" 하던 말이 아마 이래서 그랬던가보다 하였다. 김 부인은 인제부터는 의심 없이 확실히 자기 아들이 경희를 왜 일본까지 보내라고 애를 쓰던 것, 지금 세상에는 여자도 남자와 같이 많이 가르쳐야 할 것을 알았다. 그래서 김 부인은 이제까지 누가 "따님은 공부를 그렇게 시켜 무엇합니까?" 물으면 등에서 땀이 흐르고 얼굴이 벌겋게 취해지며 이럴 때마다 아들만 없으면 곧이라도 데려다가 시집을 보내고 싶은 생각도 많았으나 지금 생각하니 아들이 뒤에 있어서 자기 부부가 경희를 데려다 시집을 보내지 못하게 한 것이 다행하게 생각된다. 그리고 지금부터는 누가 묻든지간에 여자도 공부를 시켜야 의사가 나서 가르치지 아니한 바느질도 할 줄 알고 일본까지 보내어 공부를 많이 시켜야 존대를 받을 것을 분명히 설명까지라도 할 것 같다. 그래서 오늘도 사돈마님 앞에서도 부지중 여기까지 말을 하는 김 부인의 태도는 조금도 주저하는 빛도 없고, 그 얼굴에는 기쁨이 가득하고 그 눈에는 '나는 이러한 영광을 누리고 이러한 재미를 본다' 하는 표정이 가득하다.

사돈마님은 반신반의로 어떻든 끝까지 들었다. 처음에는 물론 거짓말로 들을 뿐만 아니라, 속으로 '너는 아마 큰 계집애를 버려놓고 인제 시집보낼 것이 걱정이니까 저렇게 없는 칭찬을 하나보구나' 하며 이야기하는 김 부인의 눈이며 입을 노려보고 앉았다. 그러나 이야기가 점점 길어갈수록 그럴 듯하다. 더구나 감독이 왔더란 말이며 존대를 하더란 것이며 사내도 여간한 군 주사쯤은 바랄 수도 없는 월급을 이천 냥까지 주겠더란 말을 들 때는 설마 저렇게까지 거짓말을 할까 하는 생각이 난다. 사돈마님은 아직도 참말로는 알고 싶지 않으나 어쩐지 김 부인의 말이 거짓말 같지는 아니하다. 또 벽에 걸린 수繡도 확실히 자기 눈으로 볼 뿐 아니라 쉴 새 없이 바퀴 구르는 재봉틀소리가 당장 자기 귀에 들린다. 마님 마음은 도무지 이상하다. 무슨 큰 실패나 한 것도 같다. 양심은 스스로 자복하였다*. '내가 여학생을 잘못 알아왔다. 정말 이 집 딸과 같이 계집애도 공부를 시켜야겠다. 어서 우리 집에 가서 내외시키던 손녀딸들을 내일부터 학교에 보내야겠다'고 꼭 결심을 했다. 눈앞이 아물아물해오고* 귀가 찡한다. 아무 말 없이 눈만 껌벅껌벅하고 앉았다. 뒷곁으로 불어 들어오는 시원한 바람 중에는 젊은 웃음소리가 사접시*를 깨뜨릴 만치 재미스럽게 싸여 들어온다.

2

"이 더운데 작은아씨 무얼 그렇게 하십니까?"
마루 끝에 떡함지를 힘없이 놓으며 땀을 씻는다. 얼굴은 얽죽얽죽* 얽고 머리는 평양머리를 해서 얹고 알록달록한 면주수건*을 아무렇게나 쓴 나이가 한 사십 가량 된 떡장사는 으레 하루에 한 번씩 이 집을 들른다.

"심심하니까 장난 좀 하오."

경희는 앞치마를 치고 마루 끝에 서서 서투른 칼질로 파를 썬다.

"어느 틈에 김치 당그는 것을 다 배우셨어요, 날마다 다니며 보아야 작은아씨는 도무지 노시는 것을 못 보았습니다. 책을 보시지 않으면 글씨를 쓰시고 바누질을 아니하시면 저렇게 김치를 당그시고……."

"여편네가 여편네 할 일을 하는 것이 무어이 그리 신통할 것 있소."

"작은아씨 같은 이나 그렇지 어느 여학생이 그렇게 마음을 먹는 이가 있나요."

떡장사는 무릎을 치며 경희의 앞으로 바싹 앉는다. 경희는 빙긋이 웃는다.

"그건 떡장사가 잘못 안 것이지. 여학생은 사람 아니요? 여학생도 옷을 입어야 살고 음식을 먹어야 살 것 아니요?"

"아이구 그러게 말이지요, 누가 아니래요. 그러나 작은아씨같이 그렇게 아는 여학생이 어데 있어요?"

"자, 칭찬 많이 받았으니 떡이나 한 시무 냥아치 살까!"

"아이구 어멈을 저렇게 아시네. 떡 팔어먹을랴고 그런 것은 아니야요."

변덕이 뒤룩뒤룩한 두 뺨의 살이 축 처진다. 그리고 너는 나를 잘못 아는구나 하는 원망으로 두둑한 입술이 삐쭉한다. 경희는 곁눈으로 보았다. 그 마음을 짐작하였다.

"아니요, 부러 그랬지. 칭찬을 받으니까 좋아서……."

"아니야요. 칭찬이 아니라 정말이야요."

다시 정다이 바싹 앉으며 허허…… 너털웃음을 한판 내쉰다.

"정말 몇 해를 두고 날마다 다니며 보아야 작은아씨처럼 낮잠 한 번도 지무시지 않고 꼭 무엇을 하시는 아씨는 처음 보았어요."

"떡장사 오기 전에 자고 떡장사가 가면 또 자는 걸 보지를 못하였지."

"또 저렇게 우쉰 말씀을 하시네. 떡장사가 아모 때나 아침에도 다녀가고 낮에도 다녀가고 저녁때도 다녀가지 학교에 다니는 학생같이 시간을 맞춰서 다니나요! 응? 그렇지 않소."

하며 툇마루에서 맷돌에 풀 갈고 있는 시월이를 본다. 시월이는

"그래요, 어데가 아프시기 전에는 한 번도 낮잠 지무시는 일 없어요."

"여보, 떡장사 떡이 다 쉬면 어찌할라고 이렇게 한가히 앉아서 이야기를 하오."

"아니 관계치 않아요."

떡장사의 말소리는 아무 힘이 없다. 떡장사는 이 작은아씨가 "그래서 어쨌소" 하며 받아만 주면 이야기할 것이 많았다. 저의 집 떡방아 찧던 일꾼에게서 들은, 요새 신문에 어느 여학생이 학교 간다고 나가서는 며칠 아니 들어오는 고로 수색을 해 보니까 어느 사내에게 꾀임을 받아서 첩이 되었더란 말이며, 어느 집에는 며느리를 여학생을 얻어왔더니 버선 깁는데 올도 찾을 줄 몰라 모두 삐뚜로 대었더란 말, 밥을 하였는데 반은 태웠더란 말, 날마다 사방으로 쏘다니며 평균 한마디씩 들어온 여학생의 험담을 하려면 부지기수이었다. 그래서 이렇게 신이 나서 무릎을 치고 바싹 들어앉았으나, 경희의 말대답이 너무 냉정하고 점잖으므로 떡장사의 속에서 벅차오

르던 것이 어느덧 거품 꺼지듯 꺼졌다. 떡장사의 마음은 무엇을 잃은 것같이 공연히 서운하다. 떡바구니를 들고 일어설까 말까 하나 어쩐지 딱 일어설 수도 없다. 그래서 떡바구니를 두 손으로 누른 채로 앉아서 모른 체하고 칼질하는 경희의 모양을 아래위로 훑어도 보고 마루를 보며 선반 위에 얹힌 소반의 수효도 세어보고 정신없이 얼빠진 것같이 앉았다.

"흰떡 댓 냥아치하고 개피떡 두 냥 반어치만 내놓게."

김 부인은 고운 돗자리 위에서 부채질을 하면서 드러누웠다가 딸 경희의 좋아하는 개피떡하고 아들이 잘 먹는 흰떡을 내놓으라 하고 주머니에서 돈을 꺼낸다. 떡장사는 멀거니 앉았다가 깜짝 놀라 내놓으라는 떡 수효를 되풀이해 세어서 내놓고는 뒤도 돌아보지를 않고 떡바구니를 이고 나가다가 다시 이 댁을 오지 못하면 떡을 못 팔게 될 생각을 하고 "작은아씨 내일 또 와요, 허허허" 하며 대문을 나서서는 큰 숨을 쉬었다. 생삼팔* 두루마기 고름을 달고 앉았던 경희의 오라버니댁이며 경희며 시월이며 서로 얼굴들을 치어다보며 말없이 씽긋씽긋 웃는다. 경희는 속으로 기뻐한다. 무엇을 얻은 것 같다. 떡장사가 다시는 남의 흉을 보지 아니하리라 생각할 때에 큰 교육을 한 것도 같다. 경희는 칼자루를 들고 앉아서 무슨 생각을 곰곰이 한다.

"참, 애기는 못할 것이 없다."

얼굴에 수색*이 가득하여 시름없이 두 손을 마주잡고 앉았다가 간단히 이 말을 하고는 다시 입을 꾹 다물며 한숨을 산이 꺼지도록 쉬는 한 여인에게는 아무도 모르는 큰 걱정과 설움이 있는 것 같다. 이 여인은 근 이십 년 동안이나 이 집과 친하게 다니는 여인이라 경희의 형제들은 아주머니라 하고 이 여인은 경희의 형제를 자기의 친

조카들같이 귀애貴愛한다. 그래서 심심하여도 이 집으로 오고 속이 상할 때에도 이 집으로 와서 웃고 간다. 그런데 이 여인의 얼굴은 항상 검은 구름이 끼고 좋은 일을 보든지 즐거운 일을 당하든지 끝에는 반드시 휘 한숨을 쉬는 쌓이고 쌓인 설움의 원인을 알고 보면 누구라도 동정을 아니할 수 없다.

  이 여인은 노년 과부라 남편을 잃은 후로 애절복통을 하다가 다만 재미를 붙이고 낙을 삼은 것은 천행만행天幸萬幸으로 얻은 유복자 수남壽男이가 있음이라. 하루 지나면 수남이도 조금 크고 한 해 지나면 수남이가 한 살이 는다. 겨울이면 추울까 여름이면 더울까 밤에 자다가도 곤히 자는 수남의 투덕투덕*한 볼기짝을 몇 번씩 뚜덕뚜덕*하던 세상에 둘도 없는 귀한 아들은 어느덧 나이 십육 세에 이르러 사방에서 혼인하자는 말이 끊일 새 없었다. 수남의 어머니는 새로이 며느리를 얻어 혼자 재미를 볼 것이며 남편도 없이 혼자 폐백 받을 생각을 하다가 자리 속에서 눈물도 많이 흘렸다. 그러나 행여 이렇게 눈물을 흘려 귀중한 아들에게 사위스러울까* 보아 할 수 있는 대로는 슬픔을 기쁨으로 돌려 생각하고 눈물을 웃음으로 이루려 하였다. 그래서 알뜰살뜰히 돈이며 패물 등속을 며느리 얻으면 주려고 모았다. 유일무이唯一無二의 아들을 장가들이는 데는 꺼리는 것도 많고 보는 것도 많았다. 그래 며느리 선을 시어머니가 보면 아들이 가난하게 산다고 하는 고로 수남의 어머니는 일절 중매에게 맡기고 궁합이 맞는 것으로만 혼인을 정하였다. 새 며느리를 얻고 아들과 며느리 사이에 옥 같은 손녀며 금 같은 손자를 보아 집안이 떠들썩하고 재미가 퍼부을 것을 날마다 상상하며 기다리던 며느리는 과연 오늘의 이 한숨을 쉬게 하는 원수이다. 열일곱에 시집온 후로

팔 년이 되도록 시어머니 저고리 하나도 꿰매어서 정다이 드려보지 못한 철천지한을 시어머니 가슴에 안겨준 이 며느리다. 수남의 어머니는 본래 성품이 순하고 덕스러우므로 아무쪼록 이 며느리를 잘 가르치고 잘 만들려고 애도 무한히 쓰고 남모르게 복장도 많이 쳤다. 이러면 나을까 저렇게 하면 사람이 될까 하여 혼자 궁구*도 많이 하고 타이르고 가르치기도 수없이 하였으나 어제가 오늘 같고 내일도 일반이라, 바늘을 쥐어주면 곧 졸고 앉았고 밥을 하라면 죽은 쑤어놓으나 거기다가 나이가 먹어갈수록 마음만 엉뚱해가는 것은 더구나 사람을 기가 막히게 한다. 이러하니 때로 속이 상하고 날로 기가 막히는 수남의 어머니는 이 집에 올 때마다 이 집 며느리가 시어머니 저고리를 얌전히 하는 것을 보면 나는 이 며느리 손에 저렇게 저고리 하나도 얻어 입어 보지를 못하나 하며 한숨이 나오고, 경희의 부지런한 것을 볼 때에 나는 왜 저런 민첩한 며느리를 얻지 못하였는가 하며 한숨을 쉬는 것은 자연한 인정이리라. 그러므로 이렇게 멀거니 앉아서 경희의 김치 담그는 양을 보며 또 떡장사가 한참 떠들고 간 뒤에 간단한 이 말을 하는 끝에 한숨을 쉬는 그 얼굴은 차마 볼 수가 없다. 머리를 숙이고 골몰히 칼질하던 경희는 이미 이 아주머니의 설움의 원인을 아는 터이라 그 한숨소리가 들리자 온몸이 찌르르하도록 동정이 간다. 경희의 이 자극을 받는 동시에 이와 같이 조선 안에 여러 불행한 가정의 형편이 방금 제 눈앞에 보이는 것 같았다. 힘 있게 칼자루로 도마를 탁 치는 경희는 무슨 큰 결심이나 하는 것 같다. 경희는 굳게 맹서하였다. '내가 가질 가정은 결코 그런 가정이 아니다. 나뿐 아니라 내 자손, 내 친구, 내 문인門人들이 만들 가정도 결코 이렇게 불행하게 하지 않는다. 오냐, 내가 꼭 한다'

하였다. 경희는 껑충 뛴다. 안부엌에서 땀을 뻘뻘 흘리며 풀 쑤는 시월이를 따라간다.

"애, 나하고 하자. 부뜨막에 올라앉아서 풀막대기로 절랴? 아궁이 앞에 앉아서 때울랴? 어떤 것을 하였으면 좋겠니? 너 하라는 대로 할 터이니, 두 가지를 다 할 줄 안다."

"아이구 고만두셔요, 더운데."

시월이는 더운데 혼자 풀을 저으면서 불을 때느라고 끙끙하던 중이다. "아이구 이년의 팔자" 한탄을 하면 눈을 멀거니 뜨고 밀짚을 끌어 때고 앉았던 때라, 작은아씨의 이 말 한마디는 더운 중에 바람 같고 괴로움에 웃음이다. 시월이는 속으로 '저녁 진지에는 작은아씨 즐기시는 옥수수를 어디 가서 맛있는 것을 얻어다가 쪄서 드려야겠다' 하였다. 마지못하여,

"그러면 불을 때셔요. 제가 풀을 저을 것이니……."

"그래, 어려운 것은 오랫동안 졸업한 네가 해라."

경희는 불을 때고 시월이는 풀을 젓는다. 위에서는 푸푸 부글부글하는 소리, 아래에서는 밀짚이 탁탁 튀는 소리, 마치 경희가 동경東京 음악학교 연주회석에서 듣던 관현악주 소리 같기도 하다. 또 아궁이 저 속에서 밀짚 끝에 불이 댕기며 점점 불빛이 강하게 번지는 동시에 차차 아궁이까지 가까워지자 또 점점 불꽃이 약해져가는 것은 마치 피아노 저 끝에서 이 끝까지 칠 때에 붕붕 하던 것이 점점 땡땡 하도록 되는 음률과 같이 보인다. 열심히 젓고 앉은 시월이는 이러한 재미스러운 것을 모르겠구나 하고 제 생각을 하다가 저는 조금이라도 이 묘한 미감美感을 느낄 줄 아는 것이 얼마큼 행복하다고도 생각하였다. 그러나 저보다 몇십백 배 묘한 미감을 느끼는 자가

있으려니 생각할 때에 제 눈을 빼어 버리고도 싶고 제 머리를 뚜드려 바치고도 싶다. 뻘건 불꽃이 별안간 파란빛으로 변한다. 아, 이것도 사람인가, 밥이 아깝다 하였다. 경희는 부지중 "자미도 스럽다" 하였다.

"대체 작은아씨는 별것도 다 자미있다고 하십니다. 빨래하면 땟국물 흐르는 것도 자미있다 하시고, 마루 걸레질을 치시면 아직 안 친 한편 쪽 마루의 뿌연 것이 보기 자미있다 하시고, 마당을 쓸면 티끌 많아지는 것이 자미있다 하시고, 나중에는 무엇까지 자미있다고 하실는지 뒷간에 구데기 끓는 것은 자미있지 않으셔요?"

경희는 속으로 '오냐, 물론 그것까지 재미있게 보여야 할 것이다. 그러나 내 눈은 언제나 그렇게 밝아지고 내 머리는 어느 때나 거기까지 발달될는지 불쌍하고 한심스럽다' 하였다.

"얘, 그런데 말끝이 나왔으니까 말인데 빨래 언제 하니?"

"왜요? 모레는 해야겠어요."

"그러면 저녁때 늦지?"

"아마 늦일걸이요."

"일쭉 끝이 나더라도 개천에 겨 살아라. 그러면 건는방 아씨하고 저녁 해놀 터이니 늦게 들어와서 잡수어라. 내 손으로 한 밥맛이 어떤가 보아라. 히히히."

시월이도 같이 웃는다. 어쩌면 사람이 저렇게 인정스러운가 한다. 누가 나 먹으라고 단 참외나 주었으면 저 작은아씨 갖다 드리게, 속으로 혼잣말을 한다. 과연 시월이는 그렇게 고마운 소리를 들을 때마다 황송스러워 어찌할 수가 없다. 그래서 입이 있으나 어떻게 말할 줄도 모르고 다만 작은아씨가 잘 먹는 과일은 아는지라, 제게 돈이 있으면 사다가라도 드리고 싶으나 돈은 없으므로 사지는 못하되 틈틈이 어디 가서 옥수수며 살구는 곧잘 구해다가 드렸다. 이렇게 경희와 시월이 사이는 사이가 좋을 뿐 외라 이번에 경희가 일본서 올 때에 시월이의 자식 점동點童이에게는 큰댁 애기네들보다 더 좋은 장난감을 사다가 준 것은 시월의 뼈가 녹기 전까지는 잊을 수가 없다.

"얘, 그런데 너와 일할 것이 꼭 하나 있다."

"무엇이야요?"

"글쎄, 무엇이든지 내가 하자면 하겠니?"

"아무렴요, 하지요!"

"너 왜 그렇게 우물두덩을 더럽게 해놓니. 도무지 더러워 볼 수가 없다. 그러니 내일부터 서름질* 뒤에는 꼭 날마다 나하고 우물두덩을 치우자. 너 혼자만 하라는 것은 아니다. 그렇게 하겠니?"

"녜, 제가 혼자 날마다 치우지요."

"아니 나하고 같이해……. 자미스럽게 하하하."

"또 자미요? 하하하하."

부엌이 떠들썩하다. 안마루에 들으시던 경희 어머니는 또 웃음이 시작되었군 하신다.

"아이, 무엇이 그리 우순지 그 애가 오면 밤낮 셋이 몰겨다니며 웃는 소리에 도무지 산란해 못 견대겠어요. 젊었을 때는 말똥 구르는 것이 다 우숩다더니 그야말로 그런가 보아요."

수남 어머니에게 대하여 말을 한다.

"웃는 것밖에 좋은 일이 어데 있습니까. 댁에를 오면 산 것 같습니다."

수남 어머니는 또 휘 한숨을 쉰다. 마루에 혼자 떨어져 바느질하던 건넌방 색시는 웃음소리가 들리자 한 발에 신을 신고 한 발에 짚신을 끌며 부엌 문지방을 들어서며,

"무슨 이야기오? 나도……" 한다.

3

"마누라, 지무시오?"

이철원은 사랑에서 들어와 안방문을 열고 경희와 김 부인 자는 모기장 속으로 들어선다. 김 부인은 깜짝 놀라 일어앉는다.

"왜 그러셔요. 어디가 편치 않으셔요?"

"아니, 공연히 잠이 아니 와서……."

"왜요?"

이때에 마루 벽에 걸린 자명종은 한 번을 땡 친다.

"드러누어서 곰곰 생각을 하다가 마누라하고 의논을 하러 들어왔소!"

"무얼이오?"

"경희 혼인일 말이오. 도모지 걱정이 되어 잠이 와야지."

"나 역 그래요."

"이번 혼처는 꼭 놓치지를 말고 해야지 그만한 곳 없소. 그 신랑 아버지 되는 자난 전부터 익숙히 아는 터이니까 다시 알아볼 것도 없고 당자도 그만하면 쓰지 별아이 어데 있나. 장자長子이니까 그 많은 재산 다 상속될 터이고 또 경희는 그런 대갓집 맏며느리감이지……."

"글쎄, 나도 그만한 혼처가 없을 줄 알지마는 제가 그렇게 열 길이

나 뛰고 싶대는 것을 어떻게 한단 말이요. 그렇게 싫다고 하는 것을 억지로 보내었다가 나중에 불길한 일이나 있으면 자식이라도 그 원망을 어떻게 듣잔 말이오……."

"아……니, 불길할 일이 있을 까닭이 있나. 인품이 그만하겠다 추수를 수천 석 하겠다, 그만하면 고만이지 그러면 어떻게 하잔 말이오. 계집애가 열아홉 살이 적소?"

김 부인은 잠잠히 있다. 이철원은 혀를 툭툭 차며 후회를 한다.

"내가 잘못이지, 계집애를 일본까지 보내다니. 계집애가 시집가기를 싫다니 그런 망측한 일이 어데 있어. 남이 알까 보아 무섭지. 벌써 적합한 혼처를 몇 군데를 놓쳤으니 어떻게 하잔 말이야. 아이……."

"그러면 혼인을 언제로 하잔 말이오?"

"저만 대답하면 지금이라도 곧 하지. 오날도 재촉편지가 왔는데…… 이왕 계집애라도 그만치 가라쳐 놓았으니까 옛날처럼 부모끼리로 할 수는 없고 해서 벌써 사흘째 불러다가 타일르나 도모지 말을 들어먹어야지. 계집년이 되지 못한 고집은 왜 그리 시운지. 신랑 삼촌은 기어이 조카며누리를 삼아야겠다고 몇 번을 그랬는지 모르는데……."

"그래 무엇이라고 대답하셨소?"

"글쎄 남이 부끄럽게 계집애더러 물어본다나 무엇이라나. 그렇지 않아도 큰 계집애를 일본까지 보냈느니 어떠니 하고 욕들을 하는데 그래서 생각해 본다고 했지."

"그러면 거기서는 기다리겠소그래."

"암, 그게 벌써 올 정월부터 말이 있던 것인데 동네집 시악시 믿고

장가 못 간다더니…….”

 "아이, 그러면 속히 좌우간 결정을 내야겠는데 어떻게 하나. 저는 기어이 하든 공부를 마치기 전에는 죽어도 시집을 아니 가겠다 하는데, 그리고 더구나 그런 부잣집에 가서 치맛자락 늘이고 싶은 마음은 꿈에도 없다고 한다오. 그래서 제 동생 시집갈 때도 제 것으로 해놓은 고운 옷은 모다 주었습넨다. 비단치마 속에 근심과 설움이 있느니라 한다오. 그 말도 옳긴 옳어.”

 김 부인은 자기도 남부럽지 않게 이제껏 부귀하게 살아왔으나 자기 남편이 젊었을 때 방탕하여서 속이 상하던 일과 철원 군수로 갔을 때도 첩이 두셋씩 되어 남몰래 속이 썩던 생각을 하고 경희가 이런 말을 할 때마다 말은 아니하나 속으로 딴은 네 말이 옳다 한 적이 많았다.

 "아이, 아니꺼운 년. 그러기에 계집애를 가라치면 건방져서 못쓴다는 말이야…… 아직 철을 몰러서 그렇지…… 글쎄 그것도 그렇지 않소. 오작 한 집에서 혼인을 거꾸로 한단 말이오. 오작 형이 못 나야 아오가 먼저 시집을 가더란단 말이오. 김판사집도 우리 집 내용을 다 아는 터이니까 혼인도 하자지 누가 거꾸로 혼인한 집 시액시를 데려 갈라겠소. 아니, 이번에는 꼭 해야지…….”

 부인의 말을 들으며 그럴듯하게 생각하던 이철원은 이 거꾸로 혼인한 생각을 하니 마음이 급자기 졸여진다. 그리고 생각할수록 이번 김판사집 혼처를 놓치면 다시는 그런 문벌 있고 재산 있는 혼처를 얻을 수가 없는 것 같다. 그래서 두말할 것 없이 이번 혼인은 강제로라도 시킬 결심이 일어난다. 이철원은 벌떡 일어선다.

 "계집애가 공부는 그렇게 해서 무엇해? 그만치 알았으면 고만이지. 일본은 누가 또 보내기는 하구? 이번에는 무가내*지, 기어이 그 혼처하고 해야지. 내일 또 한 번 불러다가 아니 듣거든 또 물을 것 없이 곧 해 버려야지⋯⋯."

노기怒氣가 가득하다. 김 부인은 '그렇게 하시오'라든지 '마시오'라든지 무엇이라고 대답할 수가 없다. 다만 시름없이 자기가 풍병風病으로 누울 때마다 경희를 시집보내기 전에 돌아갈까 보아 아슬아슬하던 생각을 하며

"딴은 하나 남은 경희를 마저 내 생전에 시집을 보내 놓아야 내가 죽어도 눈을 감겠는데" 할 뿐이다.

이철원은 일어서다가 다시 앉으며 나직한 소리로 묻는다.

"그런데 일본 보내서 버리지는 않은 모양이오?"

"아니요, 그전보다 더 부지런해졌어요. 아침이면 제일 먼저 일어납넨다. 그래서 마루 걸레질이며 마당이며 멀겋게 치어 놓지요. 그뿐인가요. 떡 허면 떡방아 다 찧도록 체질해주기⋯⋯ 그러게 시월이는 좋아서 죽겠다지요⋯⋯."

김 부인은 과연 경희가 날마다 일하는 것을 볼 때마다 큰 안심을 점점 찾았다. 그것은 경희를 일본 보낸 후로는 남들이 비난할 때마다 입으로는 말을 아니하나 항상 마음으로 염려되는 것은 경희가 만일에 일본까지 공부를 갔다고 난 체를 한다든지 공부한 위세로 사내같이 앉아서 먹자든지 하면 그 꼴을 어떻게 남이 부끄러워 보잔 말인고 하고 미상불* 걱정이 된 것은 어머니 된 자의 딸을 사랑하는 자연한 정情이라. 경희가 일본서 오던 그 이튿날부터 앞치마를 치고 부엌으로 들어갈 때에 오래간만에 쉬러 온 딸이라 말리기는 하였으나 속으로는 큰 숨을 쉴 만치 안심을 얻은 것이다. 경희 가족은 누구

나 다 아는 바와 같이 경희의 마루 걸레질, 다락벽장 치움새는 전부터 유명하였다. 그래서 경희가 서울 학교에 있을 때 일 년에 세 번씩 휴가에 오면 으레 다락벽장이 속속까지 목욕을 하게 되었다. 또 김 부인의 마음에도 경희가 치우지 않으면 아니 맞도록 되었다. 그래서 다락이 지저분하다든지 벽장이 어수선하게 되면 벌써 경희가 올 날이 며칠 아니 남은 것을 안다. 그리고 경희가 집에 온 그 이튿날은 경희를 보러 오는 사촌형님들이며 할머니 큰어머니는 한 번씩 열어 보고 "다락벽장이 분을 발랐고나" 하시고 "깨끗하기도 하다" 하시며 칭찬을 하시었다. 이것이 경희가 집에 가는 그 전날 밤부터 기뻐하는 것이고 경희가 집에 온 제일의 표적標蹟이었다. 김 부인은 이번에 경희가 일본서 오면 연년年年 세 번씩 목욕을 시켜주던 다락벽장도 치워주지 아니할 줄만 알았다. 그러나 경희는 여전히 집에 도착하면서 부모님에게 인사 여쭙고는 첫번으로 다락벽장을 열었다. 그리고 그 이튿날 종일 치웠다. 그런데 이번 경희의 소제방법掃除方法은 전과는 전혀 다르다. 전에 경희의 소제방법은 기계적이었다. 동쪽에 놓았던 제기祭器며 서쪽 벽에 걸린 표주박을 쓸고 문질러서는 그 놓았던 자리에 그대로 놓을 줄만 알았다. 그래서 있던 거미줄만 없고 쌓였던 먼지만 털면 이것이 소제인 줄만 알았다. 그러나 이번 소제방법은 다르다. 건조적建造的이고 응용적이다. 가정학에서 배운 질서, 위생학에서 배운 정리, 또 도화圖畵시간에 배운 색과 색의 조화, 음악시간에 배운 장단의 음률을 이용하여 지금까지의 위치를 전혀 뜯어 고치게 된다. 자기磁器를 도기陶器 옆에다가 놓아 보고 칠첩반상*을 칠기漆器에도 담아 본다. 주발 밑에는 주발보다 큰 사발을 받쳐도 본다. 흰 은쟁반 위로 노르스름한 종굴바가지*도 늘여 본다. 큰 항아리 다음에는 병甁을 놓는다. 그리고 전에는 컴컴한 다락 속에서 먼지냄새에 눈살도 찌푸렸을 뿐 외라 종일 땀을 흘리고 소제하는 것은 가족에게 들을 칭찬의 보수報酬를 받으려 함이었다. 그러나 이번에는 이것도 다르다. 경희는 컴컴한 속에서 제 몸이 이리저리 운동케 되는 것이 여간 재미스럽게 생각지 않았다. 일부러 빗자루를 놓고 쥐똥을 집어 냄새도 맡아보았다. 그리고 경희가 종일 일하는 것은 아무 바라는 보수도 없다. 다만 제가 저 할 일을 하는 것밖에 아무것도 없다. 이렇게 경희의 일동일정一動一靜의 내막에는 자각이 생기고 의식적으로 되는 동시에 외형으로 활동할 일은 때로 많아진다. 그래서 경희는 할 일이 많다. 만일 경희의 친한 동무가 있어서 경희의 할 일 중에 하나라도 해 준다 하면 비록 그 물건이 경희의 손에 있다 하더라도 그것은 경희의 것이 아니라 동무의 것이다. 이러므로 경희가 좋은 것을 갖고 싶고 남보다 많이 갖고 싶을진대 경희의 힘으로 능히 할 만한 일은 행여나 털끝만 한 일이라도 남더러 해 달라고 할 것이 아니다. 조금이라도 남에게 빼앗길 것이 아니다. 아아, 다행이다. 경희의 넓적다리에는 살이 쪘고 팔뚝은 굵다. 경희는 이 살이 다 빠져서 걸을 수가 없을 때까지, 팔뚝의 힘이 없어 늘어질 때까지 할 일이 무한이다. 경희가 가질 물건도 무수하다. 그러므로 낮잠을 한 번 자고 나면 그 시간 자리가 완연히 턱이 난다. 종일 일을 하고 나면 경희는 반드시 조금씩 자라난다. 경희가 갖는 것은 하나씩 늘어 간다. 경희는 이렇게 아침부터 저녁까지 얻기 위하여 자라갈 욕심으로 제 힘껏 일을 한다.

　이철원도 자기 딸의 일하는 것을 날마다 본다. 또 속으로 기특하게도 여긴다. 그러나 이렇게 자기 부인에게 물어본 것은 이철원도 역시 김 부인과 같이 경희를 자기 아들의 권고에 못 이기어 일본까지 보내었으나 항상 버릴까 보아 염려되던 것은 사실이었다. 그러므로 오늘 저녁에 부부가 앉아서 혼처에 대한 걱정이라든지 그 애 버릴까 보아 염려하던 것을 안심하는 부모의 애정은 그 두 얼굴에 띤 웃음 속에 가득하다. 아무러한 지우知友며 형제며 효자인들 어찌 부모가 염려하시는 염려, 기뻐하시는 참기쁨 같으리오. 이철원은 혼인하자고 할 곳이 없을까 보아 바싹 조였던 마음이 조금 누그러졌다. 그러나 마루로 내려서며 마른기침 한 번을 하며 "내일은 세상없어도 하여야지" 하는 결심의 말은 누구의 명령을 가지고라도 능히 깨뜨릴 수 없을 것같이 보인다.

새벽닭이 새날을 고한다. 까맣던 밤이 백색으로 활짝 열린다. 동창東窓의 장지 한편이 차차 밝아오며 모기장 한끝으로부터 점점 연두색을 물들인다. 곤히 자던 경희의 눈은 뜨였다. 경희는 오늘 종일 제 일을 시작할 기쁨에 취하여 벌떡 일어나서 방을 나선다.

4

때는 정正히 오정*이라 안마루에서는 점심상이 벌어졌다. 경희는 사랑에서 들어온다. 시월이며 건넌방 형님은 간절히 점심 먹기를 권하나 들은 체도 아니하고 골방으로 들어서며 사방 방문을 꼭꼭 닫는다. 경희는 흑흑 느껴 운다. 방바닥에 엎드리기도 하다가 일어앉기도 하고 또 일어서서 벽에다 머리를 부딪친다. 기둥을 불끈 안고 펑펑 돈다. 경희는 어찌할 줄 몰라 쩔쩔맨다. 경희의 조그마한 가슴은 불같이 타온다. 걸린 수건자락으로 눈물을 씻으며 이따금 하는 말은 "아이구, 어찌하나……" 할 뿐이다. 그리고 이 집에 있으면 밥이 없어지고 옷이 없어질 터이니까 나를 어서 다른 집으로 쫓으려나보다 하는 원망도 생긴다. 마치 이 넓고 넓은 세상 위에 제 조그마한 몸을 둘 곳도 없는 것같이도 생각된다. 이런 쓸데없고 주체스러운 것이 왜 생겨났나 할 때마다 그쳤던 눈물은 다시 비 오듯 쏟아진다. 누가 와서 만일 말린다 하면 그 사람하고 싸움도 할 것 같다. 그리고 그 사람의 머리를 한 번에 잡아뽑을 것도 같고, 그 사람의 얼굴에서 피가 냇물과 같이 흐르도록 박박 할퀴고 쥐어뜯을 것도 같다. 이렇게 사방 창이 꼭꼭 닫힌 조그마한 어두침침한 골방 속에서 이리 부딪고 저리 부딪는 경희의 운명은 어떠한가!

　경희의 앞에는 지금 두 길이 있다. 그 길은 희미하지도 않고 또렷한 두 길이다. 한 길은 쌀이 곡간에 쌓이고 돈이 많고 귀염도 받고 사랑도 받고 밟기도 쉬울 황토黃土요, 가기도 쉽고 찾기도 어렵지 않은 탄탄대로이다. 그러나 한 길에는 제 팔이 아프도록 보리방아를 찧어야 겨우 얻어먹게 되고 종일 땀을 흘리고 남의 일을 해 주어야 겨우 몇 푼 돈이라도 얻어보게 된다. 이르는 곳마다 천대뿐이요, 사랑의 맛은 꿈에도 맛보지 못할 터이다. 발부리에서 피가 흐르도록 험한 돌을 밟아야 한다. 그 길은 뚝 떨어지는 절벽도 있고 날카로운 산정山頂도 있다. 물도 건너야 하고 언덕도 넘어야 하고 수없이 꼬부라진 길이요, 갈수록 험하고 찾기 어려운 길이다. 경희의 앞에 있는 이 두 길 중에 하나를 오늘 택해야만 하고 지금 꼭 정해야 한다. 오늘 택한 이상에는 내일 바꿀 수 없다. 지금 정한 마음이 이따가 급변할 리도 만무하다. 아아, 경희의 발은 이 두 길 중에 어느 길에 내놓아야 할까. 이것은 교사가 가르칠 것도 아니고 친구가 있어서 충고한대도 쓸데없다. 경희 제 몸이 저 갈 길을 택해야만 그것이 오래

유지할 것이고 제 정신으로 한 것이라야 변경이 없을 터이다. 경희는 또 한 번 머리를 부딪고 "아이구 어찌하면 좋은가!" 한다.

경희도 여자다. 더구나 조선 사회에서 살아온 여자다. 조선 가정의 인습에 파묻힌 여자다. 여자란 온량유순해야만* 쓴다는 사회의 면목面目이고 여자의 생명은 삼종지도*라는 가정의 교육이다. 일어서려면 압박하려는 주위周圍요, 움직이면 사방에서 들어오는 욕이다. 다정하게 손 붙잡고 충고 주는 동무의 말은 열 사람 한입같이 "편하게 전前과 같이 살다가 죽읍세다" 함이다. 경희의 눈으로는 비단옷도 보고 경희의 입으로는 약식藥食 전골도 먹었다. 아아, 경희는 어느 길을 택하여야 당연한가? 어떻게 살아야만 좋은가? 마치 길가에 탄평*으로 몸을 늘여 기어가던 뱀의 꽁지를 지팡이 끝으로 조금 건드리면 늘어졌던 몸이 바짝 오그라지며 눈방울이 대룩대룩 하고* 뾰족한 혀를 독기 있게 자주 내미는 모양같이 이러한 생각을 할 때마다 경희의 몸에 매달린 두 팔이며 늘어진 두 다리가 바짝 가슴속으로 뱃속으로 오그라 들어온다. 마치 어느 장난감상점에 놓은 대가리와 몸뚱이뿐인 장난감같이 된다. 그리고 13관*의 체중이 급자기 백지 한 장만치 되어 바람에 날리는 것 같다. 또 머릿속은 저도 알 만치 띵하고 서늘해진다. 눈도 깜작거릴 줄 모르고 벽에 구멍이라도 뚫을 것 같다. 등에는 땀이 흠뻑 괴고 사지는 죽은 사람과 같이 차디차다.

"아이구 어찌하면 좋은가."

경희는 벙어리가 된 것 같다. 아무 말도 할 줄 모르고 꼭 한마디 할 줄 아는 말은 이 말뿐이다.

경희는 제 몸을 만져본다. 왼편 손목을 바른편 손으로, 바른편 손목을 왼편 손으로 쥐어본다. 머리를 흔들어도 본다. 크지도 않고 조그마한 이 몸…… 이 몸을 어떻게 서야 할까. 이 몸을 어디로 향하여야 좋은가…… 경희는 다시 제 몸을 위에서부터 아래까지 훑어본다. 이 몸에 비단치마를 늘이고 이 머리에 비취옥잠*을 꽂아 볼까. 대갓댁 맏며느리 얼마나 위엄스러울까. 새애기 새색시 놀음이 얼마나 재미있을까? 시부모의 사랑인들 얼마나 많을까. 지금 이렇게 천동賤童이던 몸이 부모님에게 얼마나 귀염을 받을까. 친척인들 오죽 부러워하고 우러러볼까. 잘못하였다. 아아, 잘못하였다. 왜 아버지가 "정하자" 하실 때에 "네" 하지를 못하고 "안돼요" 했나. 아아, 왜 그랬나. 어떻게 하려고 그렇게 대답을 하였나! 그런 부귀를 왜 싫다고 했나. 그런 자리를 놓치면 나중에 어찌하잔 말인가. 아버지 말씀과 같이 고생을 몰라 그런가보다. 철이 아니 나서 그런가 보다. "나중에 후회하리라" 하시더니 벌써 후회막급인가 보다. 아아, 어찌하나. 때가 더디기 전에 지금 사랑에 나가서 아버지 앞에 자복自服할까 보다. "제가 잘못 생각하였습니다"고 그렇게 할까? 아니다, 그렇게 할 터이다. 그것이 적당한 길이다. 그리고 귀찮은 공부도 고만둘 터이다. 가지 말라시는 일본도 또다시 아니 가겠다. 이 길인가 보다, 이 길이 밟을 길인가 보다. 아, 그렇게 정하자. 그러나…….

"아이구 어찌하면 좋은가……."

경희의 눈은 말똥말똥하다. 전신이 천근 만근이나 되도록 무거워졌다. 머리 위에는 큰 동철투구*를 들씌운 것같이 무겁다. 오그라졌던 두 팔 두 다리는 어느덧 나와서 척 늘어졌다. 도로 전신이 오그라진다. 어찌하려고 그런 대담스러운 대답을 하였나 하고. 아버지가 "계집애라는 것은 시집가서 아들딸 낳고 시부모 섬기고 남편을 공경하면 그만이니라" 하실 때에 "그것은 옛날 말이야요, 지금은 계집애도 사람이라 해요. 사람인 이상에는 못할 것이 없다고 해요. 사내와 같이 돈도 벌 수 있고 사내와 같이 벼슬도 할 수 있어요. 사내 하는 것은 무엇이든지 하는 세상이야요" 하던 생각을 하며 아버지가 담뱃대를 드시고 "뭐 어쩌고 어째, 네까짓 계집애가 하긴 무얼 해. 일본 가서 하라는 공부는 아니하고 귀한 돈 없애고 그까짓 엉뚱한 소리만 배와 가지고 왔어?" 하시던 무서운 눈을 생각하며 몸을 움찔한다.

과연 그렇다. 나 같은 것이 무얼 하나. 남들이 하는 말을 흉내내는 것이 아닌가. 아아, 과연 사람 노릇하기가 쉬운 것이 아니다. 남자와 같이 모든 것을 하는 여자는 평범한 여자가 아닐 터이다. 사천년래의 습관을 깨뜨리고 나서는 여자는 웬만한 학문, 여간한 천재가 아니고서는 될 수 없다. 나뽈레옹시대에 빠리의 전 인심을 움직이게 하던 스따엘 부인과 같은 미묘한 이해력, 요설한* 웅변雄辯, 그러한 기재機才한 사회적 인물이 아니고서는 될 수 없다. 살아서 오를레앙을 구하고 사死함에 불란서를 구해낸 잔 다르끄 같은 백절불굴百折不屈의 용진勇進 희생이 아니고서는 될 수 없다. 달필達筆의 논문가論文家, 명쾌한 경제서經濟書의 저자로 이름을 날린 영국 여권론의 용장勇將 포드 부인과 같은 어론語論에 정경하고* 의지가 강고強固한 자가 아니고서는 될 수 없다. 아아, 이렇게 쉽지 못하다. 이만한 실력, 이만한 희생이 들어야만 되는 것이다.

경희가 이제껏 배웠다는 학문을 톡톡 털어 모아도 그것은 깜짝 놀랄 만치 아무것도 없다. 남이 제 앞에서 춤을 추고 노래를 하나 참으로 좋아할 줄을 모르고 진정으로 웃어줄 줄을 모르는 백치白痴 같은 감각을 가졌다. 한마디 대답을 하려면 얼굴이 벌게지고 어서 語序를 찾을 줄 모르는 둔설鈍設을 가졌다. 조금 괴로우면 싫어, 조금 맞기만 하여도 통곡을 하는 못된 억병*이 있다. 이 사람이 이러는 대로 저 사람이 저러는 대로 동풍 부는 대로 서풍 부는 대로 쓸리고 따라가도 고칠 수 없이 쇠약衰弱한 의지가 들어앉았다. 이것이 사람인가. 이것을 가진 위인이 사람 노릇을 하잔 말인가. 이까짓 남들 다 하는 ㄱㄴ쯤의 학문으로, 남들도 쥘 줄 아는 삼 시 밥 먹을 때 오른손에 숟가락 잡을 줄 아는 것쯤으로는 벌써 틀렸다. 어림도 없는 허영심이다. 만일 고금古今 사업가의 각 부인들이 알면 코웃음을 웃을 터이다. 정말 엉뚱한 소리다. "아이구 어찌하면 좋은가……."

여기까지 제 몸을 반성한 경희의 생각에는 저를 맏며느리로 데려가려는 김판사집도 딱하다. 또 저 같은 천치가 그런 부귀한 집에서 데려가려면 고개를 숙이고 녜녜, 소녀를 바치며 얼른 가야 할 것이 당연한 일인데 싫다고 하는 것은 제가 생각하여도 괘씸한 일이다. 그리고 아버지며 어머니며 그외 여러 친척 할머니 아주머니가 저를 볼 때마다 시집 못 보낼까 보아 걱정들을 하시는 것이 당연한 일인 것도 같다.

경희는 이제까지 비녀 쪽찐 부인들을 보면 매우 불쌍히 생각하였다. '저것이 무엇을 알고 저렇게 어른이 되었나. 남편에게 대한 사랑도 모르고 기계같이 본능적으로만 저렇게 금수와 같이 살아가는구나. 자식을 귀애하는 것은 밥이나 많이 먹이고 고기나 많이 먹일 줄만 알았지 좋은 학문을 가르칠 줄은 모르는구나. 저것도 사람인가' 하는 교만한 눈으로 보아 왔다. 그러나 웬일인지 오늘은 그 부인네들이 모두 장하게 보인다. 설거지하는 시월이 머리에도 비녀가 쪽

쪄진 것이 저보다 훨씬 나은 것도 같이 보인다. 담 사이로 농민의 자식들의 우는 소리가 들리는 것도 저보다 훨씬 나은 딴 세상 같다. 아무리 생각하여도 저는 저 같은 어른이 될 수 없는 것 같고 제 몸으로는 저와 같은 아이를 낳을 수가 없는 것 같다.

'저와 같이 이렇게 가기 어려운 시집을 어쩌면 그렇게들 많이 갔고 저와 같이 이렇게 어렵게 자식의 교육을 이리저리 궁구하는 것을 저렇게 쉽게 잘들 살아가누.'

생각을 한즉 저는 아무것도 아니다. 그 부인들은 자기보다 몇십 배 낫다.

'어떻게 저렇게들 쉽게 비녀들을 쪽찌게 되었나? 어쩌면 저렇게 자식들을 많이 낳아 가지고 구순히들* 잘 사누. 참 장하다.'

경희는 생각할수록 그네들이 장하다. 그리고 저는 이렇게도 시집가기가 어려운 것이 도무지 이상스럽다.

'그 부인네들이 장한가? 내가 장한가? 이 부인네들이 사람일까? 내가 사람일까?'

이 모순이 경희의 깊은 잠을 깨우는 큰 번민이다. '그러면 어찌하여야 장한 사람이 되나' 하는 것이 경희의 머리가 무거워지는 고통이다.

"아이구 어찌하나, 내가 그렇게 될 줄 알았을까……."

한마디가 늘었다. 동시에 경희의 머리끝이 우쩍* 위로 올라간다. 그리고 경희의 뻔뻔한 얼굴, 넓적한 입, 길쭉한 사지의 형상이 모두 스러지고 조그마한 밀짚 끝에 까막까막하는 불꽃 같은 무엇이 바람에 떠 있는 것 같다. 방만은 후끈후끈하다. 부지중에 사방 창을 열어젖뜨렸다.

뜨거운 강한 광선이 별안간에 왈칵 대드는 것은 편쌈꾼*의 양편이 육모방망이를 들고 "자……" 하며 대드는 것같이 깜짝 놀랄 만치 강하게 쐬어 들어온다. 오색이 혼잡한 백일홍 활년화活年花 위로는 연락부절히* 호랑나비 노랑나비가 오고가고 한다. 배나무 위에 까치 보금자리에는 까만 새끼 대가리가 들락날락하며, 어미까마귀가 먹을 것을 가지고 오는 것을 기다리고 있다. 댑싸리* 그늘 밑에는 탑실개가 쓰러져 쿨쿨 자고 있다. 그 배는 불룩하다. 울타리 밑으로 굼벵이 집으러 다니는 어미닭의 뒤로는 대여섯 마리의 병아리가 줄줄 따라간다. 경희는 얼빠진 것같이 멀거니 앉아서 보다가 몸을 일부러 움직이었다.

 저것! 저것은 개다. 저것은 꽃이고 저것은 닭이다. 저것은 배나무다. 그리고 저기 매달린 것은 배다. 저 하늘에 뜬 것은 까치다. 저것은 항아리고 저것은 절구다.

 이렇게 경희는 눈에 보이는 대로 그 명칭을 불러본다. 옆에 놓인 머릿장*도 딴져본다. 그 위에 개어서 얹은 면주이불도 쓰다듬어 본다.

 "그러면 내 명칭은 무엇인가? 사람이지! 꼭 사람이다."

 경희는 벽에 걸린 체경體鏡에 제 몸을 비추어 본다. 입도 벌려 보고 눈도 끔적여 본다. 팔도 들어보고 다리도 내어놓아 본다. 분명히 사람 모양이다. 그리고 드러누운 탑실개와 굼벵이 찍으러 다니는 닭과 또 까마귀와 저를 비교해 본다. 저것들은 금수禽獸 즉 하등동물이라고 동물학에서 배웠다. 그러나 저와 같이 옷을 입고 말을 하고 걸어다니고 손으로 일하는 것은 만물의 영장인 사람이라고 배웠다. 그러면 저도 이런 귀한 사람이로다.

 아아, 대답 잘했다. 아버지가 "그리로 시집가면 좋은 옷에 생전 배불리 먹다가 죽지 않겠니?" 하실 때에 그 무서운 아버지 앞에서 평생 처음으로 벌벌 떨며 대답하였다. "아버지, 안자顔子의 말씀에도 일단사一簞食와 일표음一瓢飮에 낙역재기중樂亦在其中*이라는 말씀이 없습니까? 먹고만 살다 죽으면 그것은 사람이 아니라 금수이지요. 버리밥이라도 제 노력으로 제 밥을 제가 먹는 것이 사람인 줄 압니다. 조상이 벌어논 밥 그것을 그대로 받은 남편의 그 밥을 또 그대로 얻어먹고 있는 것은 우리 집 개나 일반이지요" 하였다. 그렇다. 먹고 죽으면 그것은 하등동물이다. 더구나 제 손가락 하나 움직이지 않고 조상의 재물을 받아 가지고 제가 만들기는 둘째 쳐놓고 받은 것도 쓸 줄 몰라 술이나 기생에게 쓸데없이 낭비하는, 사람이 아니라 금수와 같이 배 뚜드리다가 죽는 부자들의 가정에는 별별 비참한 일이 많다. 거의 금수와 구별을 할 수도 없는 일이 많다. 그런 자는 사람의 가죽을 잠깐 빌려다가 쓴 것이지 조금도 사람이 아니다. 저 댑싸리 그늘 밑에 드러누우려 하여도 개가 비웃고 그 자리가 아깝다고 할 터이다.

   그렇다. 괴로움이 지나면 낙이 있고 울음이 다하면 웃음이 오고 하는 것이 금수와 다른 사람이다. 금수가 능能치 못하는 생각을 하고 창조를 해내는 것이 사람이다. 사람이 번 쌀, 사람이 먹고 남은 밥찌꺼기를 바라고 있는 금수, 주면 좋다는 금수와 다른 사람은 제 힘으로 찾고 제 실력으로 얻는다. 이것은 조금도 모순矛盾이 없는 사람과 금수와의 차별이다. 조금도 의심 없는 진리이다.

   경희도 사람이다. 그다음에는 여자다. 그러면 여자라는 것보다 먼저 사람이다. 또 조선 사회의 여자보다 먼저 우주宇宙 안 전인류全人類의 여성이다. 이철원 김 부인의 딸보다 먼저 하나님의 딸이다. 여하튼 두말할 것 없이 사람의 형상이다. 그 형상은 잠깐 들썩운 가죽뿐 아니라 내장의 구조도 확실히 금수가 아니라 사람이다.

오냐, 사람이다. 사람으로 보이지 않는 험한 길을 찾지 않으면 누구더러 찾으라 하리! 산정에 올라서서 내려다보는 것도 사람이 할 것이다. 오냐, 이 팔은 무엇 하자는 팔이고 이 다리는 어디 쓰자는 다리냐?

경희는 두 팔을 번쩍 들었다. 두 다리로 껑충 뛰었다.

빤빤한 햇빛이 스르르 누그러진다. 남치맛빛 같은 하늘빛이 유연히* 떠오른 검은 구름에 가린다. 남풍이 곱게 살살 불어 들어온다. 그 바람에는 화분花粉과 향기가 싸여 들어온다. 눈앞에 번개가 번쩍번쩍하고 어깨 위로 우렛소리가 우르르한다. 조금 있으면 여름 소나기가 쏟아질 터이다.

경희의 정신은 황홀하다. 경희의 키는 별안간 엿飴 늘어지듯 부쩍 늘어진 것 같다. 그리고 목目은 전 얼굴을 가리는 것 같다. 그대로 푹 엎드리어 합장으로 기도를 올린다.

하나님! 하나님의 딸이 여기 있습니다. 아버지! 내 생명은 많은 축복을 가졌습니다.

보십쇼! 내 눈과 내 귀는 이렇게 활동하지 않습니까?

하나님! 내게 무한한 광영光榮과 힘을 내려 주십쇼.

내게 있는 힘을 다하여 일하오리다.

상을 주시든지 벌을 내리시든지 마음대로 부리시옵소서.

낱말 풀이

개키다 옷이나 이부자리 따위를 겹치거나 접어서 단정하게 포개다.
관 무게의 단위. 한 관은 3.75킬로미터
구순하다 서로 사귀거나 지내는 데 사이가 좋아 화목하다.
궁구 속속들이 파고들어 깊게 연구하다.
대룩대룩하다 작은 눈알을 이따금씩 굴리다.
댑싸리 명아줏과의 한해살이풀
동철銅鐵투구 구리와 쇠로 만든 투구
뚜덕뚜덕 잘 울리지 않는 물체를 잇따라 조금 세게 두드리는 소리. 또는 그 모양
머릿장 머리맡에 놓고 물건을 넣기도 하고 그 위에 쌓기도 하는 단층으로 된 장
면주수건 명주수건
무가내 막무가내
미상불 아닌 게 아니라 과연
비취옥잠 비취옥으로 만든 비녀
사위스럽다 마음에 불길한 느낌이 들고 께름칙하다.
사접시 사기로 만든 접시
살성 살갗의 성질
삼종지도 여자가 따라야 할 세 가지 도리. 어려서는 아버지를, 결혼해서는 남편을, 남편이 죽으면 자식을 따라야 한다.
상학시간 학교에서 그날의 공부를 시작하는 때
생삼팔 생실로 짠 올이 고운 명주
서름질 설거지
수부다남壽富多男 오래 살고 부유하며 아들이 많다.

수색 근심스러운 기색

시앗 남편의 첩

아물아물하다 작거나 희미한 것이 보일 듯 말 듯하게 조금씩 잇따라 움직이다.

억병 가슴속의 병

얽죽얽죽 얼굴에 잘고 굵은 것이 섞여 깊게 얽은 자국이 많은 모양

연락부절하다 왕래가 잦아 소식이 끊이지 않다.

오정 정오

온량유순하다 성품이 온화하고 무던하며 부드럽고 순하다.

요설饒舌하다 쓸데없이 말을 많이 하다.

우쩍 단번에 거침없이 나아가거나 갑자기 늘거나 줄어드는 모양

유연하다 구름이 뭉게뭉게 피어나다.

일단사 일표음 낙역재기중

子曰　飯疏食飲水　曲肱而枕之　樂亦在其中矣　不義而　富且貴　於我　如浮雲
자왈　반소사음수　곡굉이침지　낙역재기중의　불의이　부차귀　어아　여부운
거친 밥을 먹고 물을 마시며 팔베개를 하고 누워 있어도 즐거움이란 그 속에 있으며, 의롭지 않은 부유함이나 높은 벼슬은 나에겐 뜬구름과 같다. (《논어》 술이편)

자복하다 저지른 죄를 고백하고 복종하다.

정경精勁하다 정밀하고 예리하다.

조릿조릿하다 조바심이 나서 마음을 놓을 수 없다.

종굴바가지 조롱박

칠첩반상 밥, 국, 김치, 장류, 조치 이외에 숙채, 생채, 구이, 조림, 전유어, 마른반찬, 회 따위의 반찬을 담은 접시가 일곱인 밥상

탄평 땅이 넓고 평평함

투덕투덕 얼굴이 살지고 투툼하여 복스러운 모양

편쌈꾼 '편싸움꾼'의 준말. 편싸움에 한몫 끼어 싸우는 사람

1995년 대학수학능력시험 언어 영역

[14~17] 다음 글을 읽고 물음에 답하시오.

(가) 아랫방은 그래도 해가 든다. 아침결에 책보만 한 해가 들었다가 오후에 손수건만 해지면서 나가 버린다. 해가 영영 들지 않는 웃방이 즉 내 방인 것은 말할 것도 없다. 이렇게 볕 드는 방이 ㉠아내 방이요, 볕 안 드는 방이 내 방이요 하고 아내와 나 둘 중에 누가 정했는지 나는 기억하지 못한다. 그러나 나에게는 불평이 없다.

(나) 아내가 외출만 하면 나는 얼른 아랫방으로 와서 그 동쪽으로 난 들창을 열어 놓고, 열어 놓으면 들여 비치는 볕살이 아내의 화장대를 비춰 가지각색 병들이 아롱이 지면서 찬란하게 빛나고, 이렇게 빛나는 것을 보는 것은 다시없는 내 오락이다. 나는 조그만 ⓐ돋보기를 꺼내 가지고 아내만이 사용하는 지리가미*를 끄실러 가면서 불장난을 하고 논다. 평행 광선을 굴절시켜서 한 초점에 모아 가지고 그 초점이 따끈따끈해지다가 마지막에는 종이를 끄실르기 시작하고, 가느다란 연기를 내면서 드디어 구멍을 뚫어 놓는 데까지에 이르는, 고 얼마 안 되는 동안의 초조한 맛이 죽고 싶을 만치 내게는 재미있었다.
　이 장난이 싫증이 나면 나는 또 아내의 손잡이 거울을 가지고 여러 가지로 논다. ⓑ거울이란 제 얼굴을 비출 때만 실용품이다. 그 외의 경우에는 도무지 장난감인 것이다.

(다) 이 장난도 곧 싫증이 난다. 나의 유희심은 육체적인 데서 정신적인 데로 비약한다. 나는 거울을 내던지고 아내의 화장대 앞으로 가까이 가서 나란히 늘어놓고 고 가지 각색의 ⓒ화장품 병들을 들여다본다. 고것들은 세상의 무엇보다도 매력적이다. 나는 그 중의 하나만을 골라서 가만히 마개를 빼고 병 구멍을 내 코에 가져다 대고 숨죽이듯이 가벼운 호흡을 하여 본다. 이국적인 센슈얼한 향기가 폐로 스며들면 나는 저절로 스르르 감기는

내 눈을 느낀다. 확실히 아내의 체취의 파편이다. 나는 도로 병마개를 막고 생각해 본다. 아내의 어느 부분에서 요내음새가 났던가를. 그러나 그것은 분명하지 않다. 왜? 아내의 체취는 여기 늘어섰는 가지각색 향기의 합계일 것이니까.

(중략)

(라) 어느덧 손수건만 해졌던 볕이 나갔는데 아내는 외출에서 돌아오지 않았다. 나는 요만 일에도 좀 피곤하였고 또 아내가 돌아오기 전에 내 방으로 가 있어야 될 것을 생각하고 그만 내 방으로 건너간다. 내 방은 침침하다. 나는 이불을 뒤집어쓰고 낮잠을 잔다. 한번도 걷은 일이 없는 내 이부자리는 내 몸뚱이의 일부분처럼 내게는 참 반갑다. 잠은 잘 오는 적도 있다. 그러나 또 전신이 까칫까칫하면서 영 잠이 오지 않는 적도 있다. 그런 때는 아무 제목으로나 제목을 하나 골라서 연구하였다. 나는 내 좀 축축한 이불 속에서 참 여러 가지 발명도 하였고 논문도 많이 썼다. 시도 많이 지었다. 그러나 그것들은 내가 잠이 드는 것과 동시에 내 방에 담겨서 철철 넘치는 그 흐늑흐늑한 공기에 다—ⓓ 비누 처럼 풀어져서 온데간데가 없고, 한 잠 자고 깨인 나는 속에 무명 헝겊이나 메밀 껍질로 땡땡찬 한 덩어리 ⓔ 베개 와도 같은 한 벌 신경이었을 뿐이고 하였다.

그러기에 나는 빈대가 무엇보다도 싫었다. 그러나 내 방에서는 겨울에도 몇 마리의 빈대가 끊이지 않고 나왔다. 내게 근심이 있었다면 오직 이 빈대를 미워하는 근심일 것이다. 나는 빈대에게 물려서 가려운 자리를 피가 나도록 긁었다. 쓰라리다. 그것은 그윽한 쾌감에 틀림없었다. 나는 혼곤히 잠이 든다.

(마) 나는 그러나 그런 이불 속의 사색 생활에서도 적극적인 것을 궁리하는 법이 없다. 내게는 그럴 필요가 대체 없었다. 만일 내가 그런 좀 적극적인 것을 궁리해 내었을 경우에 나는 반드시

내 아내와 의논하여야 할 것이고, 그러면 반드시 나는 아내에게 꾸지람을 들을 것이고-나는 꾸지람이 무섭다느니보다도 성가셨다. 내가 제법 한 사람의 사회인의 자격으로 일을 해보는 것도 아내에게 사설 듣는 것도, 나는 가장 게으른 동물처럼 게으른 것이 좋았다. 될 수만 있으면 이 무의미한 인간의 탈을 벗어 버리고도 싶었다.

　나에게는 인간 사회가 스스러웠다. 생활이 스스러웠다. 모두가 서먹서먹할 뿐이었다.

— 이상의 〈날개〉에서

지리가미 '휴지'의 일본어

14. 〈보기〉의 밑줄 친 부분에 나타난 심경이 드러나고 있는 단락은?

〈 보기 〉

　이상李箱의 〈오감도〉가 신문에 발표되자, 정신병자가 아니냐는 독자들의 항의가 빗발쳤다. 이에 대해 이상李箱은 이렇게 말했다.
　"왜 미쳤다고들 그러는지. 대체 우리는 남보다 수십 년씩 떨어져도 마음놓고 지낼 작정이냐. 내 재주도 모자랐겠지만 게을러 빠지게 놀고만 지내던 일도 좀 뉘우쳐 보아야 하지 않겠느냐. 깜빡 신문이라는 답답한 조건을 잊어버린 것도 실수지만, 어쨌든 한동안 조용하게 공부나 하면서 정신병이나 고치겠다."

① (가)　② (나)　③ (다)　④ (라)　⑤ (마)

15. 작중 인물 '나'의 행동으로 볼 수 없는 것은?
① 주변 사물을 관찰하고 있다.
② 자기 아내와 대화하고 있다.
③ 일상 생활을 반복하고 있다.

④ 이불 속에서 몽상을 하고 있다.
⑤ 제한된 공간에서 이동하고 있다.

16. ㉠의 상징적 의미를 바르게 말한 것은?
① 자아가 억압되는 공간
② 갈등이 심화되는 공간
③ 현실을 극복하는 공간
④ 내적 욕구를 충족시키는 공간
⑤ 부당한 현실에 저항하는 공간

17. ⓐ~ⓔ 중, '나'를 형상화한 것은?
① ⓐ　　② ⓑ　　③ ⓒ　　④ ⓓ　　⑤ ⓔ

memo

이상의 〈날개〉

작품 해제

갈래 심리 소설
배경 1930년대 경성의 유곽 건물 33번지
시점 1인칭 주인공 시점
제재 식민지 지식인의 무기력한 삶
주제 식민지 지식인의 분열된 의식과 자기 극복

🟠 줄거리

각자 다른 방을 쓰면서 아내와 함께 살고 있는 나는 매일 방에서만 빈둥거리며 살아간다. 가끔 아내가 없을 때는 아내의 방에 들어가 불장난을 하거나 아내의 화장품 냄새를 맡기도 하며 논다. 그러나 아내의 방에 손님이 있으면 그 방으로 들어갈 수 없다.

손님이 돌아간 뒤나 외출 뒤에 아내는 은화를 놓고 간다. 나는 어느 날 밤 아내 몰래 외출을 한다. 거리의 경이로움에 빠져들었으나 밤이 깊어지자 피곤이 몰려와 집으로 온다. 아내는 나를 깨우고서는 노기 띤 얼굴을 보이고 제 방으로 간다.

이튿날 잠에서 깨어난 곳은 아내의 이불 속이다. 그 다음 외출 때에는 비에 흠뻑 젖어 돌아온 나에게 아내는 약을 먹였고 깊은 잠에 빠진다. 이후 한 달이나 약을 먹으면서 시간을 보낸다. 거울을 보다가 아스피린이란 약갑을 발견하다. 나는 아뜩해진다. 지금까지 아스피린을 먹어온 것이다. 나는 집을 나와 산으로 향한다. 나는 잠이 든다. 나는 거기서 일주일을 자고 일어나 아스피린 생각을 한다.

그러나 괜한 오해일지 모른다는 생각에 미치자 사죄를 하기 위해 급히 집으로 향한다. 아내의 방문을 열다 못 볼 걸 보고 만다. 그리하여 달음박질쳐 나와 버린다. 나는 미쓰코시 백화점 옥상에 이르자 별안간 겨드랑이가 가려워진다. 머릿속에 말소된 희망과 야심이 번뜩인다. 나는 외쳐보고 싶어진다. "날자 날자, 한 번만 더 날아 보자꾸나."

정답 : 14-⑤, 15-②, 16-④, 17-⑤

모범 경작생

박영준 1911~1976년

평안남도 강서에서 목사의 둘째 아들로 태어나 평양 숭실중학교, 광성고등보통학교, 연희전문학교 문과를 졸업했다. 1934년 《조선일보》 신춘문예에 〈모범 경작생〉이 당선되어 등단했다. 초기에는 농촌에 사는 가난하고 불행한 사람들을 사실적으로 그려 내는 작품을 발표해 '농촌작가'라는 이름을 얻었다. 이후에는 소시민의 애정과 윤리의식, 노년의 인생 소외 문제를 다룬 작품을 발표했다. 1946년 《경향신문》 문화부장, 1947년 고려문화사 편집장을 거쳐 한국전쟁 때에는 종군작가단의 일원으로 참여했다. 1954년 단편집 《그늘진 꽃밭》으로 아시아자유문학상을 수상했다.

작품 해제

갈래 농민 소설
배경 1930년대 어느 농촌 마을
시점 전지적 작가 시점
제재 지주와 관료의 수탈로 인해 궁핍한 농민의 삶
주제 일제 강점기의 농촌 현실과 농민들의 삶의 애환
출전 《조선일보》(1934년 1월)

줄거리

길서는 마을에서 유일하게 보통학교를 졸업한 젊은이며 게다가 자기 땅까지 가지고 있어 마을 사람들의 선망의 대상이다. 길서는 성두의 누이동생인 의숙과 사귄다. 길서는 군의 농사 강습회 요원으로 선발되어 서울로 떠난 뒤, 마을 사람들은 그를 칭찬하며 부러워한다. 서울에서 돌아온 길서는 마을 사람들에게 호경기가 곧 온다고 하니 부지런히 일하자고 말하며, 시국에 관련된 이야기까지 덧붙인다.

한편 의숙의 오라비 성두와 어머니는 빚 걱정이 태산이다. 면사무소에 들른 길서는 면서기가 일본 시찰단에 뽑히도록 힘써 줄 테니 한턱내라고 하자 그렇게 하겠다고 말한다. 병충해로 수확이 반감될 것을 예상한 마을 사람들은 길서에게 지주를 찾아가 감세를 교섭해 달라고 부탁하지만, 그는 못 들은 척한다. 마을 사람들은 길서의 논 앞에서 '모범 경작생'이라고 쓴 말뚝을 원망스럽게 쳐다본다. 그러고 나서 마을 사람들은 누구 하나 그를 좋게 이야기하지 않는다.

일본에 다녀오는 길에 길서는 자기 논의 '모범 경작생' 말뚝이 쪼개져 길에 흩어져 있는 것을 보고 놀란다. 밤이 이슥했을 무렵 길서는 바나나를 가지고 의숙을 찾아가지만, 그녀는 얼굴을 돌리고 울기만 한다. 길서는 충혈된 눈으로 뛰어든 성두를 피해 뒷문으로 도망친다.

모범 경작생 模範耕作生

"애얘, 나 한마디 하마."
"애얘 얘, 기억記憶이 보구 한마디 하래라. 아까부터 하겠다구 그러던데……."
"기억이 성내겠다. 자아, 한마디 해보게."
한참 소리를 하는데 이런 말이 나와 일하던 손들이 쥐었던 벼포기를 놓았고, 모든 눈이 기억의 얼굴로 모였다.
목청이 남보다 곱지 못하다고 해서 한 차례도 소리를 시키지 않은 것이 화가 났던지 기억이는 권하는 기회를 놓치지 않고, 있는 목소리를 다 빼어 소리를 꺼냈다.

온갖 물은 흘러 나려두
오장 썩은 물 솟아만 오른다.

같은 논에서 일하던 사람들은 기억의 미나리곡에 합세하여 다시 노래를 주고받고 하였다.

 깔기죽 깔기죽 깔보디 말구
 속을 두르러 말해 주렴.

소리를 하면 흥겨워져서 모르는 사이에 일이 빨리 되어 감에 일터에서는 웃는 소리가 아니면 노래가 그치지 않는다.

 모시나 전대에 베 전대에
 전에나 전대루 놀아나 보자.

성두成斗의 논에서 일하던 사람들은 누구 하나 빼놓은 사람 없이 단 한 번씩이라도 목청을 뽑고 소리를 불렀다.
 물소리를 출렁출렁 내며 한 움큼씩 쥔 볏모를 몇 뿌리씩 떼어 꽂는 그들은 서로 뒤떨어지지 않으려고 입으로 소리를 하면서도 손을 재빠르게 놀렸다.
 그러나 열네 살밖에 안 되는 성두의 동생은 가뜩이나 뒤떨어지는 솜씨에 소리를 한마디 하고 나면 한 발씩 뒤떨어졌다.
 "얘얘, 너는 소린 그만두고 모나 잘 꽂아라. 잘못하면 너 때문에 일을 못 맞출라."
 성두가 그의 동생 몫을 꽂아 주며 하는 말이다.
 "얘들아, 이번에는 수심가*나 한마디 하자꾸나아. 아마 수심가는 성두가 가장 나을걸?"
 다 같이 젊은 사람들만이 모여 일하는 곳이라 그런지 어떤 이가 이렇게 따라 말했다.

"아암, 수심가야 성두지……."

"나야 받기나 하지…… 누가 먼저 꺼내 봐."

"공연히 그러지 말고 빨리 해."

성두는 처음엔 사양하려 했으나 두 번 권하는 데는 대짜 소리를 꺼냈다.

그럴 때 마침 옆엣 논에서 자동차 온다는 고함 소리가 들려왔다. 그 논에서 일하던 이들이 굽혔던 허리를 펴고 달려오는 자동차를 보고 있었다.

"저 차에 길서吉徐가 온대지."

"그러더군……."

이런 말이 나자, 성두 동생은 논에서 밭을 건너 신작로로 뛰어갔다. 옆엣 논에서도 몇 사람이 자동차가 머무르는 큰 돌이 놓여 있는 길가에 모여 서서 수군거렸다.

"팔자 좋다. 어떤 놈은 땀을 흘리며 종일 일만 하는데 어떤 놈은 자동차만 슬슬 굴리누나."

기억이가 자동차 온다는 말에 길서를 생각하며 말했다. 그러면서도 길서가 부러운 듯 자동차에서 눈을 떼지 않았다.

자동차는 여름 먼지를 뽀얗게 휘날리면서 동네 앞까지 왔으나 기다리던 사람들 앞에서 머물지를 않고 그냥 달아나 버렸다. 동네 서쪽 조그만 산을 돌아 가물가물 사라질 때까지 모여 섰던 사람들은 다시 수군거리며 제각기 일터로 돌아갔다. 성두 동생이 돌아왔을 때 일꾼들은 남의 일이 아니면 자기들도 신작로까지 나가 보고야 말았으리라고 수군거리며 다시 모를 꽂기 시작했다.

"오늘 온댔으니 꼭 올 텐데……."

성두가 왼손에 쥔 못단*에서 몇 포기를 떼며 말했다.

"글쎄…… 꼭 올 텐데…… 요새 모를 못 내면 금년에는 상을 못 탈 거 아냐."

기울어지는 햇살을 쳐다보며 진도 애비가 말했다.

"너 원통할 게 뭐 있니? 길서가 상을 탄대두 너는 마코* 한 개 못 얻어먹어…… 이 자식아……."

기억이가 톡 쏘았다.

"그래두 온다구 한 날에는 올 텐데……."

은근히 기다렸는지 성두가 다시 말했다.

길서는 그 마을에서 가장 칭찬을 받는 사람이다. 물론 사촌 형뻘이 되면서도 기억이 같은 몇 사람은 길서를 시기하고 속으로는 미워까지 했으나, 동네 전체로 보아 보통학교 졸업을 혼자 했고, 군청과 면사무소에 혼자서 출입하고, 공부를 많이 한 사람에게도 지지 않을 만큼 동네 사람들을 가르치며 지도했다. 나이 젊은 사람으로 일을 부지런히 해서 돈도 해마다 벌며, 저축을 하여 마을의 진흥회니 조기회니, 회마다 회장을 도맡고 있는 관계로 무식하고 착한 농부들은 길서를 잘난 위인이라고 생각하지 않을 수 없었다. 더욱이 서울서 열리는 농사 강습회에 군에서 보내는 세 사람 중의 한 사람으로, 한 주일 전에 떠난 뒤로 길서를 칭찬하는 소리는 더 커졌다.

평양 구경도 못 한 마을 사람들이 서울까지 가서 별난 구경을 다하고 돌아올 그에게서 서울 이야기를 들을 생각을 하니 그의 돌아옴이 기다려지는 것도 할 수 없는 일이었다.

점심을 먹은 뒤, 한 번도 쉬지 못하고 성두의 논에서 일하던 사람들은 논두렁으로 올라가 담배를 피우기로 했다. 다른 동네에서는 점심 뒤 한 번 쉬는 참에는 샛밥*을 먹는 것이었으나 이들은 몇 해 전부터 그런 것을 잊어버렸다. 그래서 밥은 못 먹어도 그저 몸이나 쉬는 것이었다.

길서네만 내놓고는 전부가 소작으로 사는 그들이 여름철에는 보리밥도 마음대로 먹을 수가 없는 터에 샛밥쯤은 물론 생각도 못했다.

"나두 돈이 있으면 죽기 전에 서울 구경이나 한번 해 봤으면 좋겠다."

진도 애비가 드러누워 맥고모자로 얼굴을 가리며 말했다.

"나는 평양이라두 구경해 보구 죽었으문 좋갔다."

신문지 조각으로 회연*을 말아 침으로 붙이던 성두가 웃었다.

"하늘에서 돈이나 좀 떨어지지 않나……?"

풀 위에 엎드려 풀을 손으로 뜯던 기억이의 말이다.

여름 하늘은 구름 한 점 없이 맑고, 곡식의 싹이 돋은 들판은 물들인 것같이 파랗다.

"그런데 금년엔 나두 길서네처럼 금비를 사다가 한번 논에 뿌려 보았으면……. 길서는 밭에다 조합 비료래라…… 암모니아를 친대……. 그것을 한번 해보았으면 좋겠는데……."

하고 성두가 말할 때, 진도 애비는 벌떡 일어나 앉았다.

"말 말게! 골메(동네 이름)서는 누가 돈을 빚내다가 그것을 했다는데 본전두 못 빼구 빚만 남았다네……."

"그럼! 웃동네 이록이네두 녹았대더라. 설사 잘 된다 한들 우리가 많이 먹을 듯하냐? 소작료가 올라가면 그뿐이야!"

기억이가 성난 것처럼 말했다.

"얼마 전에 지주한테 가니까 이록이 칭찬을 하며 우리가 금비 안 쓴다는 말을 하던데……."

"글쎄 말이야…… 금비라는 게 또 우릴 못 살게 하는 거거든……. 그것은 어떤 놈이 만들었는지 모르지만 분명 돈 있는 놈들이 만들었을 게야. 빚 안 내고 농사를 지어두 굶을 지경인데 빚까지 내래니 살 수가 있나?"

기억이가 큰소리를 할 때도, 진도 애비는 무엇을 생각하고 있다가 말을 꺼냈다.

"길서야 돈 있고 제 땅이 있으니 무슨 짓인들 못하리……. 또 변 利子 없이 얼마든지 보통학교에서 돈을 갖다 쓸 수도 있으니까……."

"나두 보통학교나 다녔으면 모범 경작생이나 되어 돈을 가져다 그런 것을 한번 해 보았으문 좋을 텐데, 보통학교 물도 못 먹었으니……."

성두가 절반이 거의 꽂힌 모를 둘러보며 말했다.

그들은 이런 의미에서도 길서를 부러워했다. 물론 제 땅이 얼마만큼은 있어야 모범 경작생이 될 것이나, 보통학교도 다니지 못한 형편에 그런 꿈은 꿀 수도 없고 따라서 길서처럼 서울 구경을 공짜로 할 생각을 못해 보는 것이 억울했다.

"내일은 우리 조밭 세 벌 김매러들 오게."

기억이가 일어서서 기지개를 켜며 말했다.

"나는 내일 장에 가서 돼지 금새*를 보구 와야 갔네. 그것을 팔아다 지세도 바치고 오월 단오에 의숙이 댕기두 한 감 끊어다 줘야지."

성두가 이 말을 하고 일어나자 앉았던 사람들도 논으로 다시 내려갔다.

성두는 말없이 모를 꽂고 있었으나 모 이파리에서 곧 벼알이 열리어 익어 주었으면 하고 생각해 보았다. 일 년에 벼를 두 번만이라도 거둘 수 있다면 돼지는 안 팔아도 좋을 것이라 생각되었던 까닭이다.

기나긴 해가 기울기 시작하자 어느새 쑥 내려갔다. 서산에 넘어가려는 붉은 해를 돌아보고 기억이가 타령조로 소리를 높이었다.

"어서 꽂구 저녁 먹자……."

다른 사람들도 이 소리를 따라 마지막 춤을 추는 무당처럼 소리를 치며 모를 꽂았다.

어둠이 들을 휩싸고 돌 때 물오리들이 소리치며 떼를 지어 날아갔다.

성두의 논에서 큰 갯둑을 넘어 김매러 갔던 그의 손아래 누이 의숙이가 국수집 딸 얌전이와 같이 모 꽂는 논두렁을 지나갔다.

"의숙아! 빨리 가서 저녁 지어라. 원, 이제야 가니?"

성두가 의숙을 보며 말했다.

"응……."

하며, 외숙이가 고개를 돌렸을 때 기억이가 말을 붙였다.

"길서가 안 와서 맥이 풀리겠구나……."

그러고는 다시 얌전이에게 말을 했다.

"오늘 저녁 너희 집에 갈까?"

의숙이와 얌전이는 꼭 같이 눈을 떨구고 길을 걸었으나 의숙이만은 얼굴을 붉혔다.

갯둑에 가리어 자동차를 못 보았으나 그래도 동네에 들어가면 길에서라도 길서가 자기를 불러 줄 것을 은근히 생각하던 의숙이었다.
 먼지 묻은 적삼이 등골에 흐른 땀에 뻘개졌고, 장흙을 뭉갠 듯한 치마가 걸을 때마다 너풀거렸다.
 "얘, 길서가 안 왔대지……?"
 얌전이가 말을 꺼냈다.
 "글쎄, 누가 아니……."
 "공연히 그러지 마라……. 눈물이 나오면 울어. 이런 때 울지 않구 언제 울겠니? 나 같으면 그까짓 거 막 울겠다."
 이름만이 얌전이며 사실은 동네에서 제일가는 말괄량이로 아직 시집도 가기 전에 서방질까지 했다는 처녀지만 의숙이는 그의 말이 그다지 믿기지 않았다.
 하루라도 보지 못하면 가슴이 답답한 듯하여 안타까워하던 길서를 한 주일이나 보지를 못하다가 오늘에야 만나려니 했던 마음을 얌전이만이 알아주는 듯했다.
 "얘, 사랑이라는 게 무어니? 함께 살지두 않으면서 사랑을 할 수 있니? 너는 그래두 기억이를……."
 무슨 소리나 가릴 줄 모르는 얌전이는 하지 않아도 좋을 말을 하면서도 전에 없던 진정을 보였다.
 "누군 사랑이 뭔지 아니? 그래두 너는 길서 오래비하구 사랑한대드구나……."
 "몰라, 얘……."
 마을은 조용했다.
 어슬어슬*해 가는 들에서는 낮에 먹은 더위를 식히고 마시었던 먼지를 토하는 듯 벌레들이 목청을 가다듬어 울고 있었다.

의숙이와 얌전이는 집에다가 호미를 두고 꼭 같이 우물로 나왔다. 의숙이는 바가지에 물을 떠서 한 손으로 물을 쏟아 얼굴을 씻고, 머리털에 묻은 물방울을 손으로 퉁긴 뒤에 흙에 빨개진 고무신과 발을 씻고 있었다. 마침 그때 동이를 옆에 끼고 오던 마을 여편네가 길서가 이제야 온다는 것을 알려주었다.

"얘, 길서 오래비가 온대! 개들이 짖는 데쯤 온 모양이다."

얌전이가 마치 길서를 만나보기나 한 것처럼 들먹거렸다.

소리가 커지며 또 가까워 올수록 의숙이의 마음은 들먹거렸다.

고무신도 마저 씻지 못하고 물동이를 이고 집으로 돌아갈 때 의숙은 혹시 길에서라도 만나지 않을까 하여 가슴을 더 졸였다. 집에 가서 아무 정신없이 돼지죽을 바가지에 담아 가지고 돼지우리로 나갈 때는 설마 길서가 자기 옆에 와 있으려니 했으나, 꿀꿀거리는 돼지에게 죽을 쏟아 주고 돌아설 때까지 길서가 자기를 만나러 오지 않음이 원망스러웠다.

그러나 대문으로 들어가려 할 때 귀에 익은 기침 소리가 의숙의 발을 멈추게 했다. 역시 길서의 기침 소리가 틀림없었다.

의숙이는 작년 여름, 설레이는 가슴으로 길서를 대하게 된 뒤부터 동네에서도 거의 알게쯤 사이가 친했건만 아직까지 어른들에게는 눈을 숨기고 있는 사이라 마당 옆 낟가리 밑에 숨어 길서를 만났다.

"잘 있었니?"

"네……."

"자동차를 타구 올래다가 몇 시간 걸으면 칠십오 전이나 굳는 걸 공연히 타구 오겠든……. 빨리 너를 만나구 싶기는 했지만……."

의숙이는 아무 대답도 못했다.

모범 경작생

울렁거리는 가슴은 그저 널뛰듯 뛰었고, 고개는 들고 있을 수 없게 숙여지기만 했다.

매일같이 만날 때는 어느 틈에라도 웃어 보였고, 말을 한마디만 해도 기쁜 생각이 솟았건만 며칠 떠났다가 만났음인지 공연히 가슴만 떨렸다.

그날 밤. 동네 사람들은 서울 이야기를 들으려고 길서네 마당으로 몰려 들었다. 소 먹으러 갔던 어린애들은 밥술을 놓기 전에 뛰어와서 멍석을 차지하고 앉았다. 마당에는 빨랫줄에 남포등이 걸리어 금세 꺼질 것처럼 바람에 홀떡홀떡* 했다.

윷꾼에게 남포등을 내다 건 것이 길서네로서도 처음인 만큼 마을 사람들도 보통 때의 윷놀이와는 달리 말들을 적게 했다.

불빛이 희미하게 비치는 한편 옆에 앉은 부인네들도 각기 길서에게 잘 다녀왔느냐는 인사를 했다.

"오래비, 잘 다녀왔소?"

특별히 큰 목소리로 말하는 얌전이의 인사는 웅크리고 앉았던 의숙의 고개를 더 숙이게 했다.

"그래, 서울이 얼마나 크던가?"

길서 앞에 앉았던 수염 기른 늙은이가 웃으며 물었다.

"서울에는 우리 동네 터보다 더 넓은 자리를 잡고 있는 집이 수없습니다. 총독부 같은 집에는 수만 명이 살겠던데요."

길서는 서울서 구경한 놀랄 만한 일을 하나도 빼지 않고 이야기했다.

전차는 수백 대나 되며 자동차가 수천 대나 다녀 귀가 아파서 다닐 수 없었다는 말까지 했다. 혀를 빼고 멍하니 듣던 사람들이 숨을 몰아쉬려 할 때, 그는 자리에서 일어서며 강연조로 말을 꺼냈다.

"이제는 강습회에서 배운 것을 조금 말하겠습니다. 농사짓는 법이란 제가 보통학교 다니면서 다 배운 것이며, 지금 제가 채소밭 하는 것과 꼭 같은 것이었으니까 말할 것이 없지요. 하나 새로 배운 것이 있다면, 닭을 칠 때 서울서 '레그혼'이라는 흰 닭을 사다 기르면 그놈이 알을 굉장히 낳는다는 것입니다. 그밖에는 배운 것이라곤 별로 없습니다."

이 말을 끝맺고 다시 말을 이을 때는 기침을 한 번 하고 목청을 올렸다.

"제가 강습회에서도 가장 많이 물은 이야기입니다마는, 우리가 먼저 깨달아야 할 것이 하나 있습니다. 그것은 다름 아니라 지금이 가장 어렵고 무서운 시국이라는 것입니다. 까딱 잘못하다가는 죽을 죄를 짓기 쉽고 일을 아니하고 놀려고만 생각하면 농사도 못 짓게 됩니다. 불경기不景氣, 불경기 하지만 얼마 오래갈 것이 아니며 한 고비만 넘기면 호경기好景氣가 온다는 것입니다. 들으니까 요사이에 감옥에 가장 많이 갇힌 죄수들은 일하기가 싫어서 남들까지 일을 못 하게 한 놈들이래요. 말하자면 공산주의자라나요. 공연히 알지도 못하고 그런 놈들의 말을 들었다가는 부치던 땅까지 못 부치게 될 것이니 결국은 농군들의 손해가 아니겠소?"

듣고 있던 사람들은 길서의 얼굴만 쳐다보며 멍하니 앉아 있었다.

"또 무슨 전쟁이 일어날 것도 같습니다. 하라는 일을 아니하면 우리가 어떻게 되는지도 모르지요. 그러나 같은 값이면 마음놓고 하라는 일을 잘하며 살아야 하겠어요. 에에, 우리는 일을 부지런히 합시다. 그러면 굶어 죽는 법이 없으니깐요. 유명하게 된 사람들은 전부

부지런했던 덕택이었다는 것을 우리는 잘 알지 않습니까!"

말을 끝내고 한참이나 서 있다가 앉을 때, 옆에 앉았던 늙은이가 이마를 긁으며 물었다.

"너, 서울 가서 그런 말도 배웠니?"

길서는 그저 웃었다. 의숙이도 재미있게 듣는 동네 사람들을 볼 때 길서가 더 훌륭한 것 같은 생각이 들었다.

"그런데 호경긴가 하는 것은 언제 온대든?"

아닌 밤중에 홍두깨 내밀 듯 기억이가 한참 동안 잔잔하던 공기를 깨뜨리고 말했다. 대답에 궁했던 길서는 한참이나 생각하다가,

"얼마 안 있으면 온대드라……."

라고 대답했으나 어째서 불경기니 호경기니 하는 것이 생기느냐고 캐어 물을 때에는 모르겠다는 솔직한 대답밖에 더 할 수가 없었다. 농민들이 나날이 못살게 되어 가는 것이 불경기 때문만이냐고 묻는다면 자신 있게 그렇다고 대답했을는지 모른다.

"암만 호경기가 온다 해두 팔아먹을 것이 있어야 호경기지, 팔 거 없는 놈에게 호경기는 무슨 소용이냐, 호경기가 되면 쌀이 많이 생기기나 하나?"

이러한 기억의 말은 아무런 생각도 없이 나온 듯했으나 호경기가 쌀을 많이 가져다주는 것이 아니라는 것을 아는 그들은 길서의 말보다도 더 그럴 듯하게 생각되었다.

아무리 불경기라 해도 십 리 밖 읍내에 있는 지주 서徐 재당은 금년에 맏아들을 분가시키고 고래 같은 기와집을 지어 주었다.

쌀값이 조금 오르면 고무신 값이 오르고, 쌀값이 떨어지면 물건 값도 떨어지는 것을 잘 아는 그들은 불경기니 호경기니 해도 그것이

그들에게는 아무 관계가 없는 것 같이 생각되었으며, 돈 있는 사람들이 불경기에 땅 팔았다는 말을 못 들었으므로 경기라는 것이 무엇인지 참으로 알 수 없었다.

그러나 그러면서도 길서가 어려운 말을 자기들보다 많이 아는 사람같이 생각하며 집으로 돌아갔다.

다음 날, 서울 갈 때 입었던 누런 양복을 벗고 무명 잠방 적삼을 갈아입은 뒤, 논에 나가 모를 꽂고 들어온 길서는 컴컴한 저녁때쯤 해서 의숙의 집 뒤 모퉁이로 의숙을 만나러 갔다.

기쁨을 기쁘다고 말하지 못하던 의숙도 이날만은 자기도 모르게 웃음이 솟아오르며, 무슨 말이든 가슴이 시원하게 털어놓고 싶었다. 길서가 서울서 사 왔다고 파란 비누를 손에 쥐어 줄 때 의숙은 진정이 뜨거운 눈초리로 길서의 손을 듬뿍 잡았다.

비누 세수라고는 평생 못해 본 의숙이 비누 세수를 하면 금시 자기의 탄 얼굴이 희어지며 예뻐질 것 같아 춤을 추고 싶게 기뻤다.

"내 다음 일본 가게 되면 더 좋은 거 사다 줄게……."

"언제 또 가세요?"

"가을에는 도에서 세 사람을 뽑아 일본 시찰을 보낸다는데 뽑히거나 할는지 모르지만……."

"뽑히겠지요. 뭐……."

자신 있는 듯이 의숙이가 말할 때 컴컴한 데서 사람 소리를 들은 강아지가 깡깡 짖으며 뛰어나왔다. 무서운 호랑이라도 본 것처럼 그들은 뒤돌아볼 새도 없이 굴뚝 뒤로 몸을 움츠렸다.

가슴속에서 뛰는 심장의 고동을 제각기 남의 가슴속에서 들었다.

"그놈의 개새끼가 사람을 놀라게 하눈……."

숨을 내쉬고 일어설 때 그들의 손은 꼭 쥐어져 있었다.

의숙이는 길서를 떠나서, 몰래 집 안으로 들어가 비누를 궤 속 깊이 넣었다가 한번 다시 꺼내 보고는 마당으로 나와 어머니와 오빠, 동생이 앉아 있는 멍석으로 갔다. 그러나 길서의 품에 안겼던 생각만이 가슴에서 떠나질 않았다.

"그래 사 원 팔십 전을 받고 팔았단 말인가?"

그의 어머니가 성두에게 하는 말이었다.

"그럼 어떡헙니까? 그거라두 팔아서 용돈을 써야지요. 우선 지세두 밀리구, 아직 보리 벨 때까지 먹을 보리두 사야 하지 않어요. 또 단오 명절두 가까워 오는데 돈 쓸 데가 없어서 그러십니까?"

"아니. 그런 줄은 알지만 큰돈을 만들려구 했던 돼지를 너무 일찍 팔았단 말이다."

"누구는 모르나요? 여름에는 풀을 깎아다 주기만 하면 거름을 잘 만들고, 먹일 것도 겨울보다 흔해서 기르기도 쉽구…… 그러다가 가을철에 들어 팔면 큰돈 될 것두 알기는 하지만 어떻게 합니까?"

성두의 얼굴은 푸르락푸르락 했다.

"오빠! 오빠의 잔치는 어떻게 합니까? 돼지를 팔구……."

의숙이가 옆에 앉았다가 눈을 흘기는 것 같으면서도 웃는 얼굴로 말을 했다.

"글쎄 말이다. 내 말이 그 말이 아닌가?"

어머니는 차마 꺼내지 못했던 말이 나와서 시원한 듯했다.

길서는 새벽에 일어나 감자밭에 나가 벌레를 잡고 뽕나무 묘목 밭을 한번 돌아보고는 서울 갈 때 입었던 누런 양복을 입고 읍내로 들어갔다.

먼저 보통학교 교장에게 가서 제 손으로 만든 빗자루 다섯 개를 쓰라고 주고 모를 다 냈으니 비료를 사야겠다고 이십오 원을 빌려 가지고는 뽕나무 묘목에 대한 이야기를 하려고 면사무소로 들어갔다.

"리 상, 잘 왔소. 한턱내야지, 오늘은 리 상의 점심을 얻어먹어야겠군……."

세금 못 낸 사람을 잘 치기로 유명한 뚱뚱한 서기가 들어서자마자 말을 했다.

"한턱은 점심때 내기루 하구, 묘목은 언제 가져갑니까? 퍽 자랐는데…… 이번에는 돈을 좀 실하게 받아야겠는데요."

"한턱만 내면야 잘 팔아 주지……. 내게만 곱게 보이란 말이야. 값을 정해서 갖다 맡기면 그만이니까. 누가 감히 무슨 소리를 하겠나?"

면서기는 농담 비슷하게 웃었으나 허리를 구부리고 복종하는 농부들은 절대로 마음대로 할 자신이 있다는 듯한 호걸웃음*을 웃었다.

"일본으루 보내는 사람을 뽑을 때두 면장을 시켜서 잘 말하도록 할 테니 그저 한턱만 내요."

"그것은 염려 마십시오. 술 한 병이면 녹초가 될걸……. 그러면서두 얼마나 먹는 듯이…… 하하하……."

길서는 진정으로 한턱내고 싶기도 했다. 묘목만 잘 팔아 주면 예산 외의 돈이 들어온다는 것을 모를 리 없었다. 그때 뚱뚱한 몸에 맵시 없는 의복을 입은 면장이 들어와서 길서 앞에 섰다. 길서는 인사를 하고 서울 갔던 이야기를 보고했다.

"그런데 이번 호세*는 자네 동네에서도 조금 많이 부담해야겠네.

모범 경작생 131

보통학교를 육 학급으로 증축해야겠으니까……."
하고, 길지도 않은 수염을 쓸며 호세 이야기를 했다.
 "거야 제가 압니까?"
 "아니야, 자네 동네서야 자네만 승낙하면 되는 게니까. 그렇다구 자네에게 해로운 것은 없을 게고……."
 "글쎄요……."
 길서는 면장의 말에 무엇이라고 대답할 수가 없었다. 만약 그에게 조금이라도 재미없는 말을 해서 비위에 거슬리게 하면 자기도 끼니를 굶고 지내는 동네 소작인들이나 다름없는 생활을 해야 할 것을 잘 알고 있었다. 일본은 둘째로 하고라도 묘목도 못 팔아먹을 것이며, 그런 말이 보통학교 교장 귀에 들어가면 돈도 빌려다 쓸 수가 없게 된다.
 그러면 묘목 심었던 밭에 조를 심게 되고, 면사무소 사무원들과 학교 선생들에게 팔던 감자와 파도 썩히게 되는 것이다.
 삼백 평밖에 안 되는 논에 비료를 많이 내지 않으면 미곡품평회에 출품도 못해 볼 것이며, 그러면 상금을 못 탈 뿐 아니라 벼가 겨우 넉 섬밖에 소출이 안 될 것이다.
 그러면 동네 사람들과 꼭 같이 일 년 양식도 부족할 것이 아닌가?
 "자네 동네 사람들은 얌전하게 근심 없이 사는 모양이던데……."
 면장이 다시 말을 꺼낼 때 길서는 곧 대답했다.
 "그러믄요. 근심이 조금도 없다고야 할 수 없지마는 무던한 편은 됩니다."

 벼는 누릇누릇해서 이삭들이 뭉친 것이 황금덩이 같았다. 그러나 얼굴의 주름살을 편 사람이라고는 하나도 없었다.

강충이*가 먹어 예년에 비해서 절반도 곡식을 거둘 수가 없었기 때문이었다.

길서만이 평양 가서 북어 기름을 통으로 사다가 쳤기 때문에 그의 논만은 작년보다도 더 잘 되었으나 다른 논들은 털 빠진 황소가죽같이 민숭민숭*해졌다.

이 虫 새끼만 한 작은 벌레까지도 못살게 하는 것이 원통했으나 여름내 땀을 배고도 제 입으로 들어올 것이 없을 것을 생각하니 눈물이 솟아오를 지경이었다.

그들은 할 수 없어서 성두의 말대로 길서를 시켜 읍내 지주 서 재당에게 가서 금년만 도지를 조금 감해 달래 보자고 했다.

그러나 길서는 자기와 관계가 없을 뿐 아니라, 정해 놓은 도지를 곡식이 안 되었다고 감해 달라는 것은 흔히 일어나는 소작쟁의*와 같은 당치 않은 것이라고 해서 거절했다. 그러고는 며칠 있다가 일본 시찰단으로 뽑혀 떠나가 버렸다.

동네 사람들은 어찌할 줄을 몰랐다. 더구나 금번 겨울에는 기어이 잔치를 하려고 하던 성두는 가끔 우는 얼굴을 하곤 했다.

그들은 할 수 없이 큰마음을 먹고 떼를 지어 읍내로 들어가 재당에게 사정을 말해 보았으나 물론 들어주지 않았다. 오히려 아들을 분가시킨 관계로 돈이 몰린다는 근심까지 들었다.

"너희들 마음대로 그렇게 하려거든 명년부터는 논을 내놓아라."

하는 말에는 더 할 말이 없이, 갈 때보다도 더 기운 없이 돌아왔다. 그들은 돌아가는 길에 길서의 논 앞에 서서 '모범 경작생'이라고 쓴 말뚝을 부럽게 내려다보았다.

볏대가 훨씬 큰 데다 이삭이 한 길만큼 늘어선 것이 여간 부럽지 않았다. 그러나 말도 잘하고 신망도 있다 해서 대신 교섭을 해달라고 부탁했음에도 불구하고 못 들은 채 들어주지 않은 길서가 미웠다.

"나도 내 땅이 있어 비료만 많이 하면 이삼 곱을 내겠다 그까짓 거······."

기억이 침을 탁 뱉으며 말했다. 며칠 뒤 그들이 다시 놀란 것은 값도 모르는 뽕나무 값이 엄청나게 비싸진 것과, 십삼 등 하던 호세가 십일 등으로 올라간 것이었다.

그것보다도 십 등 하던 길서네만은 그대로 십 등에 있는 것이 너무도 이상했다. 길서네는 그래도 작년에 돈을 모아 빚을 주었으나, 다른 사람들은 흉년까지 만나 먹고살 수도 없는데 호세만 올랐다는 것이 우스우면서도 기막힌 일이었다.

무엇을 보고 호세를 정하는지 알 수 없었다.

흉년. 그러면서도 도지를 그대로 바쳐야 하는 데다가 호세까지 오른 그들은 눈앞이 캄캄했다.

"아마 북간도나 만주로 바가지를 차고 떠나야 하는가 보다."

성두는 혼자 생각했다. 그들은 마을에 대한 애착심도 잊었고 제 고장이라는 것도 생각하기 싫었다. 다만 못 살 놈의 땅만 같았다.

마을 사람들은 길서의 장난으로 호세까지 올랐다는 것을 다음에야 알고 누구 하나 그를 곱게 이야기하는 이가 없게 되었다. 길서 때문에 동네를 떠나야 하겠다는 오빠의 말을 들은 의숙이도 눈물을 흘리며 길서가 그렇지 않기를 속으로 바랐다.

길서는 일본서 돌아오는 길에 자기의 논두렁에서 가슴이 서늘함을 느꼈다.

논에 박은 '김길서'라고 쓴 푯말은 간 곳도 없고 '모범 경작생'이라고 쓴 말뚝은 쪼개져서 흩어져 있었다.

심술궂은 애들이 장난을 했는가 하고 생각하려 했으나 그 한 짓으로 보아서 반드시 무슨 일이 일어난 것 같은 예감이 들었다.

동네에 들어섰을 때 동네에는 어른이라고 한 사람도 찾아볼 수 없었다.

읍내 서 재당집에 가서 저녁때가 되도록 아직 돌아오지 않았다는 말을 듣자 서울 갔다 돌아왔을 때보다도 더 의기양양해 온 길서의 마음은 조각조각 깨어지고 말았다.

보지도 못했고 이름조차 들어 보지 못했던 바나나를 가지고 밤이 이슥했을 무렵 의숙이를 찾아갔지만 그를 본 의숙이도 얼굴을 돌리고 울기만 했다.

뒤에서 몽둥이를 들고 따라오던 사람의 숨소리를 듣는 듯 가슴이 떨렸다. 불길한 징조가 눈에 보이는 듯했다.

성두가 충혈된 눈으로 아랫문으로 뛰어들었을 때 길서는 들고 왔던 바나나를 들고 뒷문으로 도망쳤다.

낱말 풀이

강충이 몸은 매미와 비슷하나 작고, 더듬이는 길고 홑눈이 두 개다. 벼 줄기를 깎아 먹어 벼를 마르게 한다.

금새 물건의 값

마코 일제 강점기의 담배 이름

못단 보통 서너 움큼씩 묶은 볏모나 모종의 단

민숭민숭 몸에 털이 있어야 할 곳에 털이 없어 번번한 모양

샛밥 농사꾼이나 일꾼들이 끼니 외에 참참이 먹는 음식

소작쟁이 소작권과 소작료 따위의 이해관계를 둘러싸고 지주와 소작인 사이에 벌어지는 투쟁

수심가 구슬픈 가락의 민요. 인생의 허무를 한탄하는 사설로 평양의 수심가가 가장 유명하다.

어슬어슬 날이 어두워지거나 밝아질 무렵에 둘레가 조금 어두운 모양

호걸웃음 호탕한 웃음

호세 호별세(戶別稅). 예전에 살림살이를 하는 집을 표준으로 하여 집집마다 징수하던 지방세

회연 일제 강점기의 담배 이름

훌떡훌떡 자꾸 빠르게 뒤집거나 뒤집히는 모양

영수증

박태원 1909~1986년

서울에서 태어나 숙부와 숙모가 의사와 교사로 일하는 개화적인 집안 분위기에서 자랐다. 경성제일고등보통학교와 도쿄 호세이대학 등에서 수학했다. 1926년 《조선문단》에 시 〈누님〉이 당선되었고, 1930년 《신생》에 단편 소설 〈수염〉을 발표해서 등단했다. 1933년 구인회에 가담한 이후 반계몽·반계급주의 문학을 하면서 세태 풍속을 착실하게 묘사한 〈소설가 구보씨의 일일〉, 〈천변풍경〉 등을 발표했다. 광복 후에는 조선문학가동맹에 가담하고, 6·25전쟁 중에 이태준, 오장환, 안회남 등과 함께 월북했다. 1953년에 평양문학대학 교수로 취임하고, 1956년 남로당 계열로 몰려 창작 금지 조처를 받기도 했다. 당뇨병과 고혈압 등으로 고생하다가 1986년에 세상을 떠났다.

작품 해제

갈래 순수 소설
배경 1930년대 서울
시점 전지적 작가 시점
제재 영수증
주제 착한 마음씨를 잃지 않는 동심과 각박한 세상 인심
출전 《매일신보》(1933년 11월)

줄거리

열다섯 살 노마는 부모를 잃고 우동집에서 온갖 심부름을 하며 살아간다. 친척은 오로지 아저씨뿐인데, 아저씨도 철공장에 다니며 넉넉하지 못한 형편이다. 노마는 우동집에서 먹고 자면서 고단한 일상을 살아간다. 그러나 우동집은 새로 생긴 우동집 때문에 장사가 되지 않아 문을 닫을 지경에 처한다.

노마는 아저씨 집에 찾아간다. 아저씨는 월급을 받지 못한 노마를 걱정하며 외출을 한다. 그런데 아저씨는 노마가 쓰고 온 우산을 들고 나가는 바람에 하염없이 아저씨를 기다린다. 술을 마시고 들어온 아저씨는 우동집 주인에게 야단을 쳤기 때문에 월급을 받게 될 것이라고 말한다. 노마가 우동집에 가니 주인아저씨는 쓸쓸하게 혼자 술을 마시고 있었다. 주인아저씨는 노마에게 돈 사 원을 주고 밀린 월급은 줄 수 없다며 대신 외상값을 받아 쓰라고 말한다. 노마와 주인아저씨는 우동 그릇을 앞에 두고 엉엉 울고 만다.

노마는 외상 우동을 먹은 오서방을 찾아가지만, 오서방은 이 핑계 저 핑계로 갚을 생각을 하지 않다가 영수증을 써오라는 구실을 댄다. 노마는 영수증을 써들고 일곱 번째 찾아가지만 허탕을 친다. 오서방을 기다리다 지쳐 겨울 밤중의 쓸쓸한 거리를 달음질쳐 가던 노마는 전신주 아래에서 영수증을 부욱 찢어 버리고 엉엉 소리 내어 울면서 어둔 길을 걸어간다.

영수증

이제 이야기를 하나 하겠습니다. 이렇게 제가 말하면 여러분은 응당, "옛날 어느 나라에 임금이 있었습니까?" 하고 미리 앞질러 말씀하시겠지요.

그러나 제가 지금 하려는 이야기는 옛날이야기가 아닙니다. 또 임금의 이야기도 아닙니다.

"그러면 무슨 얘기?"

네, 자꾸 그렇게 묻지 마시고 조용히 앉아 들으십시오.

여러분은 우동집에 들어가셔서 우동을 잡수신 일이 있습니까?

"아니오. 그런 짓을 하면 선생님이 꾸지람을 하십니다."

네, 옳습니다. 이것은 제가 잘못하였습니다. 여러분은 그러한 곳에 다녀서는 안 됩니다. 그러나 여러분은 길거리에 혹은 골목 안에 우동을 파는 집이 있는 것을 보셨겠지요. 그리고 그런 우동집에는 으레 심부름하는 아이가 하나씩은 있는 것도 여러분은 잘 알고 계시겠지요. 제가 이제 여러분께 들려 드리려는 것은 이러한 우동집에서 심부름하는 아이의 이야기입니다.

그 아이의 이름은……. 복동이냐고요? 아니올시다. 복동이가 아니라 노마올시다.

노마는 올해 열다섯 살입니다. 키는 글쎄요, 열다섯 살 먹은 아이로서는 좀 작은 편이겠지요. 얼굴은 동그랗고 약간 주근깨가 있는 것이, 고 눈이며 코며 입이 매우 귀여운 아입니다. 여러분이 한 번이라도 노마하고 만나시는 일이 있다면 아마 틀림없이 여러분은 그 애하고 동무가 되고 싶어하실 것입니다.

"그러나 마음이 어떤 아인지 알아야지."

이렇게 여러분은 말씀하시겠지요. 그러나 그런 것은 조금도 염려 마십시오. 노마는 마음도 퍽이나 순하고 착한 아이랍니다.

잘 들으십시오. 노마에게는 아버지도 어머니도 안 계십니다. 물론 집도 없지요.

"그러나 아저씨는?"

네, 아저씨는 한 분 계십니다. 그렇지만 그 아저씨는 철공장에서 벌어 오는 돈으로 자기네 집안 살림도 하여 갈지 말지 한 딱한 처지니 어떻게 노마를 먹여 살리고 학교에 보내고 할 수가 있겠습니까.

그래 노마는 아저씨 집을 나와서 이렇게 우동집에서 심부름을 하지 않으면 안 되는 것이랍니다.

우동집에서 심부름하는 것은 물론 유쾌한 일이 아닙니다. 교실에서 선생님께 글 배우고 운동장에서 동무하고 같이 놀고 할 수 있는 여러분은 노마가 얼마나 고생살이를 하고 있는 것인지 아마 모르실 것입니다.

노마더러 제 이야기를 하라고 하여 보십시오. 노마는 이야기를 하기 전에 우선 '후유' 하고 한숨을 쉴 것이니요. 열다섯이나 그밖에 안 된 아이의 입에서 한숨이 나온다는 것은 웬만큼 딱한 일이 아닙니다. 그 증거로는 여러분이 이제까지 엉엉 소리를 내어 우신 일은 여러 번 있지마는 한 번이라도 가만히 한숨 쉬신 일은 없지 않습니까.

설혹 여러분이 노마의 친한 동무라 하더라도 여러분은 노마하고 같이 노실 수는 없습니다. 원체가 우동집 심부름이란 늘 고되고 바쁘니까요.

"노마야, 새로 연 하나 샀다. 같이 놀리자."
하고 여러분이 노마 보고 말씀하셨다 합시다.

그러면 노마는 쓸쓸한 웃음을 입가에 띠고 이렇게 대답할 것입니다.

"고맙다. 그렇지만 어디 놀러 나갈 수가 있니? 이제 싸전가게 골목에 우동 두 그릇 배달해야지, 오는 길에 수동 모퉁이 약국집이 가서 그릇 찾아와야지, 또 서너 군데 외상값 받아 와야 하구."

그나 그뿐입니까. 그렇게 말하는 중에도 안에서,

"얘, 간장이 없다."

"노마야, 고춧가루 가져오너라."
하고 손님들이 소리를 지르지요.

"네."
하고 들어가서 시중을 들려면 이번에는 또 돈을 바꾸어 오래서 길 건너편 잡화상으로 일 원짜리 지전紙錢을 손에 쥐고 뛰어가지요. 담배 사오라면 담배 사 와야지요. 참말 바쁩니다.

더구나 종일 심부름에 지쳐 참아도 참아도 자꾸만 졸리운 것을 이를 악물고 견디어 가며 자정 너머까지 어떤 때는 새로 한 점 두 점까지 깨 있노라면 공연한 일에도 짜증을 내고 싶고 엉엉 울고 싶고 하지요.

그야 여러분도 그렇게 늦도록 깨어 있으신 일이 있기는 하겠지요. 가령 섣달 그믐날 밤 같은 때 자면 눈썹이 센다는 통에 온밤을 새우기도 하였겠고, 제삿날 제사 참례하느라고* 또는 고사 지내는 구경하느라고 늦도록 잠 안 주무신 일이 더러 있겠지요.

그러나 노마는 매일입니다. 매일 그렇게 늦도록 깨어 있어야만 합니다. 더구나 그렇게 깨어 있다고 비빔밥이 생기는 것도 아니요, 시루 팥떡이 차례 오는 것도 아닙니다.

인제는 죽어도 더 참을 수 없게 졸릴 때 주인은,

"그만 문 닫어라."

하고 말합니다. 그러나 문만 닫고 곧 잘 수 있는 것은 아닙니다. 설거지를 해야지요. 우동 그릇을 말짱하게 닦아서 선반에 올려놓고 개수통의 물을 버리고 상을 훔치고 해야지요. 참말 일이 고됩니다. 아무렴 어른이라도 고되지요.

더구나 겨울에는 견딜 수 없는 노릇입니다. 배불리 먹지 못하고 뜨뜻하게 입지 못한 노마는 아무리 배에다 힘을 주고 으스러지라고 이를 악물고 해도 쉴 사이 없이 온몸이 덜덜덜 떨립니다. 두어 군데 배달을 갔다만 와도 손발이 꽁꽁 얼지요. 그 뜨뜻한 우동 국물을 흠씬 좀 마셨으면 한결 나을 듯 싶습니다마는 누가 그걸 먹으라고 줍니까?

배달 한 가지만 하더라도 자전거가 있으면 얼마쯤 낫겠지요. 그러나 노마가 있는 우동집에는 자전거가 없습니다. 그래 겨울이면 노마는 꽁꽁 언 행길 위를 또는 눈 쌓인 거리 위를 모가지를 움츠리고 나다니지 않으면 안 됩니다. 손등이 겨우내 터지는 것은 말할 것도 없고 발가락이 제일이 빠지는 것같이 아픈 때는 노마는 남몰래 울기까지 합니다.

어느 일요일.

동짓달이건만 궂은비가 아침부터 내리는 날이었습니다. 노마는 찢어진 지우산*을 받고 아저씨 집을 찾아갔습니다. 동소문을 나서 삼선평 벌판을 지나 그래도 조금 더 가야 아저씨 집입니다.

일요일이라 아저씨는 집에 있었습니다. 노마가 들어오는 것을 보고 방에서 신문을 보고 있던 아저씨가,

"너 오래간만이로구나."

부엌에서 아침 설거지를 하고 있던 아주머니가,

"아이그, 비 오는데 어떻게 왔니?"

바지 괴춤*을 여미면서 뒷간에서 나오던 올해 일곱 살 되는 사촌 동생이,

"언니, 무어 사 왔수?"

노마는 아저씨와 아주머니에게 차례로 인사를 하고 다음에 사촌 아우를 향하여 말하였습니다.

"오! 돌석이 잘 있었니? 저…… 이번에도 못 사 왔단다."

하고 노마는 얼굴에 호젓한 웃음을 띠었습니다.

"난 싫여. 난 싫여!"

하고 돌석이는 몸부림을 하면서,

"지난번에두 안 사 오구, 이번엔 꼭 사 온다더니 이번에두 안 사 오구…… 난 싫여. 난 싫여……."

하고 연해 노마를 조르는 것을 아저씨가,

"저놈이 암만 해두 매를 맞으려구 저러지."

아주머니가,

"언니 올 때마다 그렇게 조르면 인제 다시 언니가 안 온다."

그리고 노마를 향하여,

"어서 방으로 들어가거라. 추운데 한데 섰지 말구."

노마가 방으로 들어가자,

"이리 와 앉어라."

하고 아저씨는 아랫목으로 노마를 끌어 앉히고,

"그래, 우동 장사는 잘 되는 모양이냐?"

"아주 세월이 없에요*."

"그래두 요지막은 날씨가 추우니까 더 좀 팔리겠지."

"웬걸, 그렇지 못 해요."

"웬일까? 게가 우동 장사하기는 아까울 만치 자리가 좋은데……."

"그런 게 아니라 그 건넛집이 말이에요."

"건넛집이라니 잡화상?"

"아니오. 두 집 걸러 왜 담배 가게 있죠?"

"그래 그래."

"그 집에서 한 달 전부터 우동 장사를 시작했답니다."

"허허……."

"그 집인, 주인집보다 돈두 많죠, 안두 넓죠, 게다가 자전거가 있죠. 그러니 경쟁이 되겠습니까?"

"허허…… 그거 안됐구나."

"……."

"그래두 더러야 손님이 있겠지."

"그야 더러두 없어서야 어떡허겠습니까?"

아저씨는 잠깐 고개를 끄덕이다가 생각난 듯이,

"그래두 네 월급이야 주겠지."

"월급이 뭡니까? 이 달째 두 달치나 못 받았답니다."

"그래서야 어떡허니. 자꾸 채근을 해라."

"그야 때때루 말해 봅니다마는, 며칠만 참어라 며칠만 참어라 하구 어디 주어야죠? 또 실상 돈두 없긴 하죠."

"그래두 안 된다. 그런 것 두 달 석 달 밀리면 뜨기 쉽다. 너 얼마지? 사 원?"

"삼 원이요."

"그리면 두 달치면 육 원이로구나."

아저씨는 몸을 잠깐 좌우로 흔들면서 수염도 아니 난 턱을 손으로 어루만지고 있다가,

"오늘이래두 비가 좀 뜸하면 내 가서 주인 보구 말하마."

이런 이야기를 하고 있을 때 문밖에서,

"성칠이!"

하고 아저씨 찾는 소리가 들립니다.

아저씨를 찾아온 손님은 아저씨와 한 공장에 다니는 사람입니다.

"자, 나가세."

"어디로?"

"이 사람아, 넓은 장안 천지에 갈 데 없겠나?"

"그래도 비가 오니……."

"비? 여기 우산 있네."

"글쎄, 우산이야 어떻든."

"어서 잔말 말고 따라 나기만 하게."

"글쎄……."

손님과 아저씨는 이러한 말을 주고받고 한 뒤에 끝끝내 아저씨는 옷을 갈아입고 손님을 따라나섰습니다.

"내 잠깐 다녀 들어올 테니 노마 가지 말고 있거라."

이렇게 말하고 아저씨가 나간 뒤에 노마는 아주머니하고 이 얘기 저 얘기 하느라고 시간 가는 줄 모르고 앉아 있다가 오정 뚜 부는 소리에 놀라,

"어이, 그만 가 봐야죠."

"왜, 어느새 갈려구 그러니? 점심이나 먹구 천천히 놀다 가지."
하고 아주머니는 버선 깁던 손 멈추고 말하였습니다.

그야 아주머니가 그렇게 말하지 않더라도 노마는 할 수만 있으면 그렇게 하고 싶었습니다. 밖에 비가 오고 날이 춥고 한 만치 따뜻한 아랫목에가 두 시간이나 자리를 잡고 있는 엉덩이는 아주 들기가 싫었고, 오랫동안 음식다운 음식을 먹어 보지 못한 노마는 다만 통김치 한 가지만으로라도 밥 한 주발 다 먹고 싶었습니다.

그러나 우동집 주인에게,

"잠깐 다녀오겠습니다. 오정 안에는 오죠."
하고 말하고 나온 것을 생각하면 그만 일어나 가 봐야만 하였습니다.

"오늘은 그만 가 봐야 해요. 또 틈 있는 대로 오죠."
하고 노마는 마루로 나왔습니다.

그러나 그가 신발을 신고 섬돌을 내려서 보니, 가지고 온 우산이 없습니다.

"무얼 그렇게 찾니?"
하고 마루로 따라나온 아주머니가 묻습니다.

"우산이오. 분명히 여기다 아까 세워 놓았는데요."

"그럼, 그게 어디 갈 리가 없는데 웬일일까?"

그러나 그것은 찾아보아야 아무 소용이 없었습니다. 노마 우산은 아저씨가 받고 나갔던 것입니다. 아저씨의 박쥐우산* 은 저번에 비가 오던 밤에 어디서 술이 취하여 살을 셋이나 부러뜨려 가지고 온 채 이때까지 고치지를 않았던 것입니다.

"네 우산을 받고 나가셨으니 곧 오시겠지. 점심이나 먹고 좀더 앉 었으렴."

아주머니는 퍽 미안해하며 이렇게 말하였습니다.

"글쎄요."

하고 마루 끝에 가 앉아서 노마는 어떻게 해야 좋을지를 몰랐습니다.

언제 돌아올지 알 수도 없는 아저씨를 멀거니 앉아서 기다리고 있을 수도 없는 일이요, 그렇다고 해서 우산 없이 갈 마음도 생기지 않습니다. 그것이 노마 우산이면야 무슨 상관 있겠습니까마는 성미 까다로운 주인의 우산이라 만약 아저씨가 잘못하여, 심하게 부는 바람에 뒤집혀나 놓는다든지 하면 그를 어쩌나 하고 염려가 무척 됩니다.

노마가 그런 걱정을 하고 있거나 말거나 상관하는 일 없이 아저씨는 다저녁때나 돼서야 돌아왔습니다.

어디서 또 술을 먹었는지 얼굴이 시뻘건 것이 보기에 무섭고 허청허청* 걷는 걸음걸이가 퍽이나 위태하였습니다마는, 그래도 무어 술주정을 하여 남을 못살게 군다거나 그러는 사람은 아닙니다. 다만 술을 먹은 뒤에 잔소리가 심한 것이 병통이라면 병통입니다마는.

아저씨는 방으로 들어와서 방바닥에가 펄썩 주저앉더니 '후유' 하고 술김을 뿜은 뒤에 옆에 노마와 돌석이가 있는 것도 모르는 듯이 한참은 고개를 푸욱 숙이고 있다가 생각난 듯이 주머니를 뒤져 담뱃갑을 꺼냈습니다. 그리고 성냥을 찾는 모양이더니 그제야 노마가 한구석에서 풀이 죽어서 앉아 있는 것을 보고 눈을 휘둥그렇게 떴습니다.

"너 노마 아니냐?"

"네."

하고 노마는 역시 풀이 죽어 대답하였습니다.

"우동집 주인이 찾을 텐데 왜 어서 가 보지 않구 그러구 앉았니, 응?"

아저씨는 술 먹어 시뻘게진 눈을 홉뜨고 꾸짖는 듯이 말하였습니다.

"……."

노마는 대답을 안 했습니다.

"얘, 노마야."

"……."

"얘, 왜 어른이 부르는데 대답을 안 하니, 응?"

"……."

"노마야."

하고 아저씨는 소리를 질렀습니다. 노마는 풀이 죽은 데다 거의 울가망*이 되어,

"네."

하고 간신히 대답하였습니다.

"남의 집에서 일 보는 아이가 밖에 나왔으면 잠깐 다녀 들어갈 것이지 왜 입때 이러고 있니?"

하고 아저씨는 자기가 노마 우산을 가지고 나가서 이제야 들어오기

때문이라는 것은 전연 생각 않고 또 한 번 노마를 나무랐습니다.

그러자 노마가 채 그 말에 대답할 수 있기 전에 부엌에서 저녁 준비를 하고 있던 아주머니가 말하였습니다.

"노마가 어디 있구 싶어서 있었수? 임자가 그 애 우산을 가지구 나가서 이제야 들어오니 그렇게 됐지. 임자가 일을 그렇게 만들어 놓고 공연한 아이 탓은……"

아저씨는 깜짝 놀란 눈을 하여 가지고 그 말을 듣고 있다가 무릎을 탁 치고,

"옳아 옳아, 일이 그렇게 됐군……"

하고 노마 편을 향하여,

"참, 내가 네 쥔을 만나 보구 왔다."

"언제요?"

"언제는 지금이지. 지금 바로지."

"……"

노마는 못 미더운 듯이 아저씨의 얼굴을 쳐다보았습니다. 아저씨는 그런 것 알은체하지 않고,

"내가 쥔 보구 막 야단쳤다. 아이를 죽도록 부려먹구 두 달씩 돈 안 주는 법이 어디 있냐구 막 야단쳤다……. 아무렴 막 야단쳤지. 파출소로 가자구 막 야단쳤지. 그랬더니 그놈이 아주 겁이 나서 빌더라. 또 누구 하나 우동 먹으러 왔던 작자두 용서해 주라구 빌구……. 그래 용서해 줬지. 그러구 게서 그 작자 하구 또 한잔했지. 하구…… 외상으로 먹는 것 보니까 단골인가 보드라. 놈이 누구 하구 쌈을 했는지 온통 머리에다 붕대루 모자를 썼드라."

노마는 '그러면 그것이 오서방이로구나' 하고 생각하면서 그러나

그런 것보다도 정말 아저씨가 주인에게 가서 그렇게 막 으르딱딱거리고* 왔다면 걱정인데 하고 적잖이 걱정이 됩니다.

노마는 풀이 죽어서 아저씨 집을 나섰습니다.

"이왕 늦었으니 아주 저녁을 먹구 가렴."

하고 아주머니가 말하고 또 아저씨도,

"그놈 내가 그렇게 말해 놨으니 관계없다. 천천히 놀다가 가렴."

하고 호기 있게 늘어놓았건만 노마는 그냥 나와 버렸습니다. 사실은 아주머니 말대로 저녁이라도 아주 먹고 갈까 하고 생각 안 해본 것이 아닙니다마는 아저씨가 그렇게 호기 있는 말을 하는 것을 들었을 때 노마는 그곳에서 그렇게 태평으로 앉아 있을 수가 없었던 것입니다.

아저씨는 정신을 잃도록 술이 취한 것은 아니었습니다. 그러니까 그가 한 말은 터무니없는 거짓말이 아닐 것입니다. 아저씨가 자기 친구와 술을 먹으러 나갔다가 노마 있는 우동집에 들른 것은 아마 사실일 것입니다. 단골로 와서 외상을 먹고는 월말에 계산하는 오서방과 만난 것이 그 증거일 것입니다.

노마는 동소문을 지나오며 아저씨가 하던 말을 되생각하여 보았습니다.

"내가 주인 보구 막 야단쳤다. 아이를 죽도록 부려먹구 두 달씩 돈 안 주는 법이 어디 있냐구 막 야단쳤다……. 아무렴 막 야단쳤지."

하고 신이 나게 이야기하던 것을 생각하면 노마는 제풀에 찔끔하지 아니할 수 없었습니다. 더구나,

"파출소루 가자구 막 야단쳤지."

하던 것을 보면 엔간하나 법석을 했는지도 모를 일입니다.

만약 주인이 아저씨한테 정말 그렇게 야단을 만난 것이라면 인제

그 앙갚음이 노마에게 돌아올 것이 아니겠습니까?

'공연히 아저씨는 술이 취해 가지구.'

하고 노마는 은근히 아저씨를 원망하였습니다. 사실 말이지 아저씨가 그렇게 야단을 쳤다고 '그러면, 자 옜수' 하고 얼른 두 달치 월급을 갖다 바칠 것도 아닐 것입니다.

더구나 주인은 이후 열흘에 한 번이라도 다시 아저씨에게 야단을 만날 것은 아닐 테요, 밤낮 얼굴을 맞대는 것이 만만한 노마니까 이제 노마는 죽도록 부려 먹히게 될 것입니다. 아니 오늘 당장으로 어떠한 앙갚음을 받을지 모르는 일입니다.

"차 타구 가거라."

하고 아저씨가 준 십 전짜리 백동전이 주머니에 있었습니다마는 노마는 버스를 탈 생각도 않고, 비 오는 거리를 터덜터덜 걸어가며 되풀이 되풀이 그 생각만을 하였습니다.

자기가 내어디디는 한 걸음 한 걸음이 자기의 주인이 기다리고 있는 우동집과 가까워지는 것이라는 것을 생각할 때 노마는 다리에 기운이 없었습니다. 노마의 눈앞에 쉴 사이 없이 주인의 성난 얼굴이 떠올랐습니다.

'어쩌면 좋아. 어쩌면 좋아.'

하고 노마는 쌀쌀하게 부는 바람에 몇 번인가 부르르 몸을 떨면서 애를 태웠습니다.

그러나 무슨 좋은 도리라고는 하나도 없는 듯싶었습니다.

저도 모를 사이에 어느 틈엔가 우동집 앞에까지 와 있는 제 자신을 깨달았을 때 노마는 질겁을 하다시피 한 걸음 뒤로 물러났습니다. 그리고 또 잠깐 동안 망설거리다가,

'경을 칠 듯하거든 아저씨한테로 도망가지.'
하고 마음을 정하고 조심조심 안으로 들어갔습니다.

안에는 주인 한 사람만이 가마 앞에가 멀거니 앉아 있었습니다. '후루룩후루룩' 소리를 내어가며 우동을 먹고 있는 손님은 한 사람도 없었습니다.

노마가 들어오는 것을 보고도 주인은 모른 체하고 있습니다. 노마는 흘낏흘낏 주인의 기색을 살피면서,

"지금 오는 길이에요."

하고 인사를 하였습니다.

주인은 아무 대답도 안 했습니다. 그러나 그렇게 보아서 그런지 좀더 이맛살을 찌푸린 것같이 생각되었습니다.

노마는 지우산을 한옆으로 놓고 행주를 들어 탁자를 훔쳤습니다. 주인이 자기를 노려보는 모양이 곁눈에 느껴졌습니다.

"바쁜데 온종일 나가 있으면 어떡헌단 말이냐?"

하고 주인은 마침내 입을 열었습니다.

노마는 '인제 시작이로구나. 인제 벼락이 내리려나 보다' 하고 찔끔하였습니다. 그러면서도 손님 한 사람 없이 쓸쓸하기가 그야말로 배신 질분전 같은데, 바쁘니 무어니 하는 주인의 말이 퍽이나 우습다고 노마는 생각하였습니다. 그러나 그 즉시 이렇게 손님이 없어 궁상만 하고 있는 데다가 술이 잔뜩 취한 노마 아저씨에게 난데없이 그런 야단을 만났으니 그 처지가 딱하다고 주인의 마음속을 동정하기조차 하였습니다.

"고려 모자점하고 약국집이 갔다 오너라."

하고 주인은 노마를 더 나무라지 않고 심부름을 시킵니다.

"배달입니까?"

하고 노마는 속으로 '그래도 한두 그릇은 팔리는군' 하고 생각하려니까,

"아니, 외상값을 받아 오너라."

하고 주인은 제풀에 볼멘소리를 합니다.

노마가 모자 가게에서 십 전하고 약국집에서 오 전하고 도합 십오 전을 받아 오니까 주인은 그중에서 오 전을 도로 노마를 주며 '마코'를 한 갑 사 오라고 합니다. 노마는, 담배도 먹지도 못하고 초연하게 앉아서 자기가 돌아오면 외상값이나 받아 오랄 작정으로 있었을 주인의 정경*을 생각하니 제 월급을 두 달치나 안 준 주인이건만 역시 가엾은 생각을 금할 수 없었습니다.

이 집과 반대로 한길 건너 과자 가게에서 하는 우동 장사는 아주 번창할 대로 번창하였습니다. 아이 하나, 자전거 한 대로는 이루 당해내지 못하도록 주문이 들어오고 그러니까 물론 안으로 들어가서 먹는 사람도 많았습니다. 원래가 밑천이 있이 하는 장사라 그와 경쟁을 하려면 이편에도 웬만큼 돈이 있어야 하는 것을, 이렇게 그날 당장 못 팔면 마코 한 갑 사먹는 데도 쩔쩔매게 되는 형편이라 승부는 뻔한 일이었습니다.

섣달 초아흐렛날은 노마의 생일입니다. 부모 없고 집 없는 노마에게 생일이라고 별일이야 있겠습니까마는 그래도 동소문 밖 아저씨가 아침을 먹으러 오라고 전날 기별을 하였습니다.

아침에 노마는 몇 번인가 주저한 끝에 주인을 보고 말하였습니다.

"잠깐만 저…… 아저씨 집엘 다녀와야겠는데요."

주인은 무표정한 얼굴로 고개를 끄덕였습니다. 노마가 낮은 목줄

모를 집어 쓰고 밖으로 나가려 할 때 주인은 생각난 듯이,

"노마야."

하고 불렀습니다.

"오늘이 참 네 생일이라지……."

그리고 잠깐 있다가 주머니에서 오십 전 은화를 한 푼 꺼내서 노마의 손에 쥐여주며,

"무어 먹고 싶은 거래도 사 먹어라."

노마는 어제 종일 수입이 육십오 전밖에 안 되는 것을 잘 알고 있습니다. 그것을 알고 있는 노마이었던 까닭에 제 월급을 석 달째 못 받고 있음에도 불구하고 그 은전을 말없이 주인에게서 받기가 어려웠습니다. 그래 노마는 주인을 보고 말하려 하였습니다. 그러나 주인은 미리 손을 내저으며,

"어서 가 봐라."

하고 외면을 합니다.

노마는 또 잠깐 그곳에 서 있다가 마침내,

"그럼 다녀오겠습니다."

하고 인사한 뒤 밖으로 나왔습니다.

밖은 몹시 춥고 또 살을 에는 바람이 진저리치게 불고 있었습니다. 노마는 돌석이 갖다줄 왜떡*을 십 전어치 사 들고 전차를 타고 동소문으로 갔습니다.

"오느라고 퍽 추웠겠구나. 어서 방으로 들어가자."

하고 아주머니가 물 묻은 손을 행주치마에 씻으며 부엌에서 나왔습니다.

"언니."

하고 돌석이가 방에서 소리쳤습니다. 아저씨는 공장에 나가고 없었습니다.

"돌석아, 너 좋아하는 것 사 왔다. 자, 먹어라."

노마는 과자 봉지를 내놓았습니다.

"돈 귀한데 무얼 또 사왔니?"

아주머니는 절반 노마를 책망하듯이 말하고,

"참, 네 월급이나 좀 받았니?"

"받긴 무얼 받아요. 그대루죠. 사실 돈 몇 환이라도 주인 주머니 속에 있는 눈치를 보아야 말이라두 해 보죠."

"그렇게 흥정이 없니?"

"어제 종일 판 게 육십오 전이랍니다."

"저런……."

"그저께는 칠십 전이구요. 근래 와서 일 원 넘어 팔아본 일이란 몇 번 못 되니까요."

"그래서야 어디 집세나마 치러 가겠니?"

"집세가 다 무엇입니까. 오늘 제가 나올 때 맥없이 앉았다가 무어 먹고 싶은 거라도 사 먹으라고 오십 전 한 푼을 꺼내줄 땐 퍽이나 가여운 생각까지 들어요."

이날 오정이 넘어 노마가 우동집으로 돌아왔을 때 밖에 빈지가 닫혀 있었습니다. 대낮에 장사도 안 하고 이게 웬일일까 하고 노마는 뒤로 돌아갔습니다. 그러나 뒷문 역시 닫혀 있었습니다. 노마는 잠깐 망설거리다가 그래도 그 안에서 무슨 소리가 나는 듯싶었으므로 가만히 문을 잡아 흔들었습니다. 아무 대답도 들리지 않았습니다.

노마는 또 잠깐 있다가 다시 문을 흔들었습니다.

"누, 누구요?"

주인의 혀 꼬부라진 목소리가 갑자기 들립니다.

"저예요. 노마예요."

하고 노마는 말하였습니다.

"가만 있거라. 문 열어 줄게."

안에서 이렇게 말하는 소리가 들립니다.

주인은 대낮에 그렇게 가게 빈지를 닫아 놓고 혼자 들어앉아 술을 먹고 있었던 것입니다.

그는 도저히 밑천 없이 이 장사를 더 계속하여 가지 못할 것을 깨달았던 것입니다. 자기가 한길 건너 과자 가게와 경쟁을 해갈 수 없다는 것을 속 깊이 느꼈던 것입니다. 서울 바닥에서 비싼 집세를 물어 가며 하루에 육칠십 전 수입으로 무슨 장사를 해가겠습니까. 하루라도 더 장사를 계속한다면 하루라도 더 밑지고 말 것이 아니겠습니까.

주인은 노마가 들어온 뒤에 뒷문을 다시 걸어 놓고 노마를 보고 가마에 불을 지피라고 말하였습니다. 노마는 '왜요?' 하고 물어보려 하였습니다마는 그렇게 말하는 주인의 말소리에 어딘지 모르게 비통한 느낌이 있었으므로 말없이 가마에 불을 지폈습니다.

주인은 노마가 가마 앞에가 붙어 있는 사이에도 짠지 쪽을 안주 삼아 혼자서 연거푸 술잔을 기울이고 있었습니다. 그리다가 생각난 듯이 노마를 돌아보고,

"얘, 가서 고기 십 전어치만 사오너라. 오는 길에 담배 한 갑하고······."

노마는 그 심부름을 하였습니다.

주인은 자리에서 일어나 가마 앞으로 왔습니다. 그리고 자기 재주껏 맛나게 우동 두 그릇을 만들었습니다.

"얘, 노마야, 이리 와 앉아라."

하고 주인은 노마를 맞은편에다 앉히고,

"자, 우리 같이 우동을 먹자."

노마는 말없이 자리에 앉아 젓가락을 들었습니다. 주인의 이러한 행동이 무엇을 의미하는 것인지 어린 노마는 확실히 알아내지를 못하였습니다마는 그래도 어쩐지 언짢고 슬픈 생각을 금할 수가 없었습니다. 두 사람은 서로 말없이 한동안을 '후루룩 후루룩' 소리를 내어가며 우동만 먹었습니다.

그러자 노마는 '후루룩' 소리 말고 다른 소리를 들은 듯이 생각하였습니다. 그는 이때까지 숙이고 있던 고개를 들어 맞은편에 앉아 있는 주인을 보았습니다. 주인은 반도 채 못 먹은 우동 그릇을 앞에다 놓고 '흑흑' 느껴 울고 있었습니다.

"왜 그러세요? 왜 우세요?"

하고 노마는 황급하게 물었습니다마는 주인은 대답 없이 소리조차 내어서 울기만 합니다.

주인은 이제 이 장사를 그만두려는 것이었습니다. 그래 손님이 와서 사 먹지도 않는 술을 홧김에 자기 혼자 실컷 들이켠 것입니다. 노마를 보자 노마 월급을 이제까지 주지 못한 것이며 추운데 손등이 온통 터진 것이며…… 그러한 것이 생각되어 노마가 퍽이나 가여웠으므로 마지막으로 그렇게 우동을 만들어 먹인 것입니다.

그 말을 듣고 노마도 슬퍼져서 저도 모르게 '엉엉' 주인을 따라 울

었습니다. 얼마 있다 주인은 울음을 그치고,

"노마야."

하고 불렀습니다. 그리고 어디서 어떻게 변통을 하였는지 돈 사 원을 꺼내 노마 앞에 놓았습니다.

"내가 장사를 그만둘 때 그만두더라도 부모두 없는 어린 네 월급이야 어떻게든 해 주려 하였건만 그것도 여의하게는 안 되는구나. 석 달치 구 원에서 사 원밖에는 못 하겠다. 외상값 못 받은 것을 모두 쳐 보니 이러저러 십팔 원 된다마는 몇 달 전에 못 받고 못 받고 한 것들이니 한 반이라도 걷어 받기는 힘이 들 게다. 내 모두 네게 맡기는 것이니 받을 수 있는 건 받아서 너나 써라……"

주인은 말을 하고 나서 '후유' 하고 한숨을 내쉬었습니다.

밖에는 어느 틈엔가 싸락눈이 내리기 시작합니다.

섣달그믐이 가까운 날이었습니다. 노마는 고려 모자점으로 오서방을 찾아갔습니다. 노마는 오서방이 우동집에 지고 있는 외상값 오십오 전을 받으려는 것입니다.

물론 이번이 처음 찾아가는 것이 아닙니다. 처음이 무어예요. 쳐 보면 주인이 우동집을 고만둔 뒤로 꼭 일곱 번째입니다.

첫 번 네 번은 일껏 모자점으로 찾아가서도 만나지를 못하였습니다. 오서방이란 사람은 그 모자점에 있는 사람이 아니라 거기 놀러 다니는 사람인 까닭에요. 직업은 어느 회사 외교원이라 하지만 물론 자세한 것을 노마는 알 수 없었습니다.

다섯 번째 가서 겨우 만났는데 당장 가진 돈이 없다는 구실로 사흘 뒤에 오라고 기한을 줍니다. 노마는 사흘 뒤에 다시 가 보았지요. 그

랬더니 더 핑계 댈 것도 없던지 오서방이란 사람은 생각 생각 끝에,

"영수증을 써 오너라."

하고 불쑥 그런 말을 합니다그려.

노마는 잠깐 동안 어이없이 오서방의 얼굴만 쳐다보았습니다.

사실 그럴밖에 더 있겠습니까? 그래 어떤 우동집에서 아는 손님한테 외상을 주어놓고 나중에 받을 때 영수증을 쓰지 않으면 안 되는 데가 있겠습니까?

노마는 한참이나 오서방 얼굴을 쳐다보면서 이런 사람에게 단돈 일 원도 못 되는 것을 받으러 동소문 밖 아저씨 집에서부터 몇 번씩이나 이렇게 찾아오고 찾아오고 한 것을 생각하니 슬며시 눈물조차 나려 합니다. 우동집 같은 데서 심부름하던 아이라고, 아무도 돌보아주지 않는 아이라고 그렇게 사람을 업신여기고 놀리고 시달리고 해도 좋습니까?

그런 것을 생각하니 견디지 못하게 분하고 슬퍼 거의 울가망이 되어 노마는 소리쳤던 것입니다.

"영수증을 써 오라구요? 그러면 언제 당신은 우동 먹을 때 다만 얼마라도 계약금 내고 자셨에요?"

이것이 바로 어제 저녁때 일입니다. 노마는 악이 나서 오늘 일곱 번째 오서방을 찾아간 것입니다. 그의 주머니 속에, 공책에서 뜯어낸 종이 한 장이 들어 있습니다. 그곳에는 서투른 솜씨로 이러한 글씨가 씌어 있었습니다.

'영수증 일금 오십 전.'

그러나 모자집에 오서방은 없었습니다. 전후 사정을 다 알고 있는 모자점의 젊은 점원은 노마를 가엾다고 생각하였던지 난로 옆으로

와 앉으라고 자리를 주고 그리고 어쩌면 조금 있으면 오서방이 돌아 올 듯싶으니 기다리라고 일러 줍니다.

노마는 그곳에서 세 시간이나 있었습니다. 저녁 전에 온 것이라 밥때도 놓쳐 배도 엔간히 고팠습니다마는 그래도 그는 오서방 오기를 기다리고 있었습니다. 그러는 동안에 포근한 난로 옆에서 어느 틈엔가 노마는 잠이 들었던가 봅니다.

"애, 어디서 자니? 깨라, 깨라."

후끈후끈한 통에 저도 잠깐 졸고 있었던 젊은 점원이 노마를 흔들어 깨웠습니다. 쳐다보니 기둥에 걸린 시계는 벌써 열 점 반을 가리키고 있습니다.

'이제 얼마 안 있어 오서방이 오겠지. 오서방을 만날 때까지는 밤이 새도록 예서 기다리리라.'

이렇게 잠깐 생각한 노마이었습니다마는 어인 까닭일까요. 저 모르게 눈물이 두 줄 뺨을 흘러내립니다. 노마는 젊은 점원에게 보이지 않으려고 눈물 흐르는 얼굴을 잔뜩 수그리고 있었습니다마는 갑자기 참지 못하고 걸상에서 몸을 일으켜 밖으로 나갔습니다.

그리고 앞뒤 생각 없이 겨울 밤중의 쓸쓸한 거리를 달음질쳐 갔습니다. 전등 달린 전신주 밑에까지 와서 노마는 걸음을 멈추었습니다. 그리고 생각난 듯이 주머니에서 그 영수증을 꺼내 들었습니다.

노마는 잠깐 그것을 들여다보고 있다가 부욱 두 쪽으로 찢었습니다. 그리고 또 잠깐 있다가 기운 없이 그것을 한길 위에 내어 버리고 노마는 '엉엉' 소리조차 내어 울면서 어둔 길을 걸어갔습니다.

낱말 풀이

괴춤 '고의춤'의 준말. 고의나 바지의 허리를 접어서 여민 사이
박쥐우산 가는 쇠로 살을 만들고 헝겊으로 씌운 우산. 펴면 박쥐가 날개를 편 것과 같은 모양이다.
세월이 없다 장사가 잘 되지 않는다.
왜떡 밀가루나 쌀가루를 반죽하여 얇게 늘여서 구운 과자
울가망 근심스럽거나 답답하여 기분이 나지 않음. 또는 그런 상태
으르딱딱거리다 무서운 말로 위협하며 억누르다.
정경(情景) 사람이 처해 있는 모습이나 형편
지우산 대오리로 만든 살에 기름 먹인 종이를 발라 만든 우산
짠지 무를 통째로 소금에 짜게 절여서 묵혀 두고 먹는 김치
참례하다 예식, 제사, 전쟁 따위에 참여하다.
허청허청 다리에 힘이 없어 잘 걷지 못하고 자꾸 비틀거리는 모양

강소천의 〈꿈을 찍는 사진관〉, 김동리의 〈아버지와 아들〉, 나도향의 〈전차 차장의 일기 몇 절〉, 나혜석의 〈경희〉, 박영준의 〈모범 경작생〉, 박태원의 〈영수증〉에 나오는 단어를 활용하여 낱말 퍼즐을 풀어 보세요(낱말 풀이 참조).

🗝 가로 열쇠

1. 사기로 만든 접시
2. 예전에 살림살이를 하는 집을 표준으로 하여 집집마다 징수하던 지방세
3. 소작권과 소작료 따위의 이해관계를 둘러싸고 지주와 소작인 사이에 벌어지는 투쟁
4. 구름이 뭉게뭉게 피어나다.
5. 일정한 직업 없이 여기저기 떠돌아다니는 듯한 인상
6. 바로 곧
7. 가만히 있지 못하고 자꾸 움직이는 것
8. 정밀하고 예리하다.
9. 길게 늘어뜨린 머리털

🗝 세로 열쇠

1. 직업소개소
2. 장사가 잘 되지 않는다.
3. 왕래가 잦아 소식이 끊이지 않다.
4. 몹시 힘들고 어려우며 고생스럽다.
5. 음탕한 여자와 방탕한 남자를 이르는 말
6. 작은 눈알을 이따금씩 굴리다.
8. 정묘하고 아름다운 빛깔
9. 머리맡에 놓고 물건을 놓기도 하고 그 위에 쌓기도 하는 단층으로 된 장

멀리 간 동무

백신애 1908~1939년

경상북도 영천에서 태어나 대구사범학교 강습과를 졸업하고, 경산자인보통학교 교사를 지냈다. 1929년에 단편 〈나의 어머니〉가 《조선일보》 신춘문예에 최초로 여성 작가로 당선되어 문단에 나왔다. 여성동우회·여자청년동맹 등에 가입하여 여성 계몽운동을 했으며, 이 무렵 러시아의 블라디보스토크에 다녀와 〈꺼래이〉(1934년)를 집필했다. 1929년에 일본으로 유학해 니혼대학 예술과에서 문학과 연극을 공부하다 1932년에 귀국했다. 귀국한 후에는 창작에 전념했는데, 주로 민중의 궁핍한 삶과 여성의 해방문제를 다루는 작품을 사실주의 수법으로 그려 냈다. 20여 편 작품을 남긴 그는 32세에 위장병으로 요절했다.

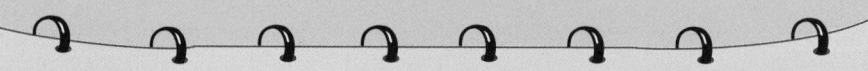

작품 해제

갈래 소년 소설
배경 1930년대 서울의 어느 마을
시점 1인칭 주인공 시점
제재 동무
주제 친구와의 애틋한 우정
출전 《소년중앙》 창간호(1935년 1월)

줄거리

　나는 학교에서 한 반이며 집도 가까운 웅칠이와 친하다. 웅칠이네는 월사금을 내지 못할 정도로 가난하지만, 웅칠이는 한 번도 결석하지 않고 씩씩하게 학교를 다닌다. 어느 날 선생님이 웅칠이를 혼내는데, 아버지가 준 돈을 다른 데 썼다고 생각한 것이다. 나는 벌떡 일어나서 웅칠이네는 정말로 돈이 없고, 아버지에게 돈을 달라고 하면 학교에 못 가게 한다고 웅칠이를 변호했다.
　며칠 뒤부터 웅칠이는 학교에 나오지 않았다. 나는 형님이 사다준 잡지책과 그림책을 웅칠이와 함께 보려고 대문을 나서는데, 대문 앞에서 웅칠이를 만났다. 웅칠이는 눈물을 흘리며 "나는 인제 너하고 같이 놀지 못한단다"고 말한다. 웅칠이 아버지가 돈을 벌기 위해 가족을 데리고 만주로 떠나기로 했다고 한다. 나는 웅칠이에게 만주에 가지 말라고 하는데, 웅칠이는 오늘 저녁에 떠난다고 말한다.
　나는 어머니에게 웅칠이네에 돈을 빌려주라고 간청하지만 꾸지람만 듣는다. 결국 웅칠이를 배웅하면서 다시 돌아와 함께 학교에 다니자고 말한다. 웅칠이는 만주에서도 공부를 한다고 하고, 둘은 끌어안고 울음을 터트린다.

멀리 간 동무

그래도 벌써 몇 년 전 일입니다.

우리 집 가까이 내가 참 좋아하는 동무 한 사람이 살고 있었습니다. 그의 이름은 응칠이라고 부르는데, 나이는 그때 열두 살인 나와 동갑이었고 학교도 나와 한 반으로 오 학년 일 반이었습니다. 이 응칠 군이야말로 씩씩하고 용기 있는 무척 좋은 동무였습니다.

응칠 군의 아버지는 고기 장사를 하는데 사흘만큼 한 번씩 열리는 장날마다 고기 뭉치를 지고 가서 팝니다. 그의 어머니는 날마다 집에서 일을 하기도 하고 어떤 때는 남의 집에 가서 빨래도 해 주고 또 농사철에는 남의 밭도 매 주고 모도 심어 준답니다. 그리고 그의 동생은 열 살짜리 계집아이 순금이하고 일곱 살짜리 응팔이, 세 살 되는 응구하고 도합* 셋이었는데, 순금이는 날마다 놀 사이 없이 어머니 일을 거들어서 참 부지런한 것 같습니다만 거의 날마다 그의 어머니에게 얻어맞고 담 모퉁이에서 울고 있었습니다. 응팔이는 응구를 업고 길가에 나와 놀다가 무거우면 그냥 땅바닥에 응구를 내려놓고 저는 저대로 놀고 있으면, 웅구는 코를 잴잴 흘리며 흙투성이가 되어 냅다 소리를 질러 울기를 잘 했습니다.

웅칠이는 그래도 하루도 빠지지 않고 학교에 잘 다녔습니다. 공부는 나보다 조금 나을까요. 평균점은 꼭 같이 갑*이었으니까요.

웅칠이는 마음도 좋고, 기운도 세고 한 까닭에 우리 반 생도生徒뿐만 아니라 아무하고도 잘 놀았습니다. 아이들이 싸움을 하면 반드시 복판에 뛰어 들어가서 커다란 소리로 웃기고 떠들고 하여 싸움 중재를 일쑤 잘해 주기도 했습니다. 그러나 선생님에게는 거의 날마다 꾸지람을 받았습니다.

"왜 월사금을 가져오지 않느냐. 왜 습자지를 가지고 안 왔느냐. 왜 공책을 사 오지 않았느냐."

하고 벌을 서기도 자주였습니다.

그런데 어느 날 습자習字 시간이었습니다.

"웅칠이는 왜 청서*를 한 번도 내지 않느냐."

하는 선생님의 말소리에 습자 쓰느라고 쩍 소리 없이 엎드려 있던 우리 반 생도는 모두 일제히 웅칠에게로 고개를 돌렸습니다. 웅칠이는 신문지 조각에 글자를 쓰던 붓을 멈추고 아무 대답이 없었습니다.

"웅칠이 너 이리 오너라."

선생님은 웬일인지 몹시 노해 계셨습니다.

웅칠이는 교단 앞으로 나와서 고개를 숙이고 섰습니다.

"왜 너는 월사금도 벌써 반 년치나 가져오지 않고, 잡기장*도 습자지도 도화용지도 아무것도 사지도 않고 학교에는 왜 다니느냐?"

하고, 선생님이 꾸지람을 하셨습니다.

"아버지가 돈이 없다고 안 주었어요."

응칠이는 얼굴이 새빨갛습니다.

"왜 아버지가 돈이 없어. 네가 돈을 받아 가지고는 좋지 못한 데 써 버리는 것이겠지."

"아닙니다."

"잡기장도 안 사 줄 리가 있나. 네가 정녕코 돈을 다른 데 써 버린 것이지."

"아닙니다."

"바른대로 말해."

선생님은 그만 응칠이 뺨을 한 번 휘갈겼습니다.

"선생님, 용서하십시오. 아버지가 안 사 줘요."

응칠이는 뺨에다 손을 대고 금방 소리쳐 울 것 같이 보였습니다.

그때 나는 가슴이 터질 것 같이 두근거리며 응칠이가 가엾어 못 견디겠습니다.

그래서 그만 벌떡 일어나서,

"선생님, 정말 응칠이 집에는 돈이 없어요. 잡기장 사려고 돈을 달라면 학교에 못 가게 합니다. 응칠이 아버지는 돈이 없어 밥도 못 먹는다고 야단을 합디다."

하고 나도 모르게 크게 소리가 터져 나왔습니다.

"그래, 너는 어떻게 아느냐?"

하고 선생님이 나를 노려보셨습니다.

나는 가슴이 막히는 것 같았습니다. 처음 응칠이를 학교에 보낼 때는 응칠이 아버지도 돈벌이가 좋으셨는데 응칠이가 사 학년 때부터는 돈벌이가 조금도 없었으므로 그의 아버지는 응칠이도 학교를 그만두고 집에서 무슨 일이라도 하라고 했습니다. 그러므로 월사금이나 학용품을 사려고 돈을 달라면 가지 못하게 하며 학교는 왜 자꾸 다니면서 돈을 달라 하느냐고 야단을 했습니다. 그래서 응칠이는 오 학년에 오른 후로는 거의 돈 한 푼 아버지에게 얻어 보지 못했습니다.

돈을 달라면 학교에 못 가게 하고, 돈 없이 월사금도 바치지 못하니 선생님이 꾸지람을 하시고, 정말 응칠이 사정은 딱했습니다. 나는 이 모든 사정을 잘 알고 있었으므로 응칠이가 무척 가여웠습니다.

그러나 그 후 얼마 되지 않아서 응칠이는 그만 학교에 오지 않았습니다.

그런데 어느 날입니다. 그날도 나는 형님이 사다 주신 잡지책과 그림책을 들고, 어서 응칠에게 갖다 보이려고 집을 나섰습니다. 막 대문을 나서서 응칠이 집 가는 편으로 다섯 자국도 못 걸어갔을 때, 웬일입니까. 응칠이가 담 모퉁이에 붙어 서서 우리 집 대문을 엿보고 있지 않습니까. 나는 어떻게 반가운지,

"너, 우리 집에 놀러 오는 길이냐?"
하고 곁으로 달려갔습니다.

"응!"

웬일인지 응칠이는 몹시 기운이 없어 보였습니다.

'요즘은 제 아버지가 아주 돈벌이를 못해서 밥을 못 먹나 보다.'
하는 생각이 들었습니다. 그래서 나는 응칠이 어깨를 잡고 우리 집으로 가자고 끌었습니다.

"아니, 네 집에는 안 간다."

응칠이는 나의 팔을 뿌리쳤습니다.

"왜 문간까지 와서 안 들어갈 테냐. 이것 봐라, 이것. 형님이 사다

주신 건데 너하고 같이 읽자꾸나."

"아니."

응칠이는 그렇게 좋아하는 잡지와 그림을 보고도 기뻐하지 않았습니다.

"나는 인제 너하고 같이 놀지 못한단다."

응칠이는 멍하니 서 있는 나를 바라보며 금방 울 것 같이 말했습니다.

나는 응칠의 이 한 말에 깜짝 놀랐습니다. 얼마 전부터 만주로 돈벌이 간다고 하는 응칠이 아버지 말이 생각났습니다.

"너 만주 가니?"

응칠이는 대답 대신 머리를 끄덕였습니다.

"아니, 만주에는 마적*이 많아서 사람을 막 죽인다는데, 애야 가지 마라."

하고 나는 응칠에게 다가섰습니다.

"내 맘대로 할 수 있나. 우리 아버지가 기어이 가신다는데 머……."

"그러면 언제 가니?"

"오늘 저녁에 간단다."

나는 어떻게 했으면 좋을지 몰랐습니다. 어느 사이엔지 우리들은 어깨동무를 해 가지고 느껴 울고 있었습니다. 울면서 걸어온 것이 응칠이 집 앞이었습니다. 다 찌그러져 가는 그의 집 방 안에는 시커먼 커다란 보퉁이 한 개가 놓여 있고 건넌방에 곁방살이*하는 순덕이네 방에는 응칠이 집 식구가 모두 둘러앉아 밥을 먹고 있었습니다.

"응칠아, 너 어디 갔다 오냐. 어서 밥을 먹어야 가지!"

멀리 간 동무 171

하는 순덕이 어머니의 얼굴을 바라본 나는 눈물이 자꾸 더 흘러내렸습니다.

"인제 이 집은 순덕이네 집이 됐단다. 우리가 간다고 순덕이네 집에서 밥을 했다나."

하고 응칠이는 삽짝*에 붙어 섰습니다.

"어서 들어가거라."

"잘 있어라. 나는 밥 먹고 곧 간단다."

하고 응칠이는 순덕이네 방으로 들어갔습니다. 나는 얼른 눈물을 씻고 집으로 달려와서 어머니보고 응칠이 이야기를 했습니다. 그리고 돈을 좀 주어서 응칠이 아버지가 만주에 가지 않더라도 돈벌이할 수 있도록 하자고 떼를 써 보았습니다마는 어머니에게 무척 꾸지람만 듣고 집을 쫓겨났습니다. 나는 하는 수 없이 정거장 가는 길인 서문거리에서 응칠이 집 사람이 오기를 기다렸습니다.

이윽고 커다란 짐을 진 응칠이 아버지와 응구를 업은 어머니, 아무것도 가지지 않은 응팔이, 보퉁이를 인 순금이, 또 조그만 궤짝을 걸머진 응칠이가 순덕 어머니, 아버지와 함께 걸어왔습니다.

"너 여기서 뭣 하니? 잘 있거라. 이제 언제나 또 만나겠니."

하며 제일 앞선 응칠이 어머니가 나를 보고 말했습니다. 나도 제일 뒤떨어져 가는 응칠이 뒤를 따라 걸었습니다.

"어서 돈벌이하거든 돌아오너라. 또 같이 학교에 다니게, 응."

하며 나는 응칠이가 걸머진 궤를 만졌습니다.

"이 궤 속에는 내 책이 들어 있단다. 만주 가서도 틈만 있으면 공부할 터이다."

하고 응칠이는 힘 있게 말했습니다. 나도 가슴속으로 어서 공부를 해서 훌륭한 사람이 되어 응칠이와 다시 만나게 될 테다, 하고 굳게 결심했습니다.

"자, 그만 들어가소."

벌써 서문 고개를 넘었으므로 응칠이 아버지는 돌아서 순덕이네를 보고 하직했습니다.

"그러면 잘들 가소. 죽지만 않으면 다시 만나리."

순덕이네 엄마는 그만 울어 버렸습니다.

나도 응칠이 목을 안고 터져 오르는 울음소리를 억지로 참으며 느껴 울었습니다. 응칠이도 커다란 눈에 눈물이 고였습니다.

나는 가슴이 터져 나가는 것같이 아팠습니다. 그래서 서로 목을 안은 채 참다못해 소리쳐 울고 말았습니다.

응칠이 아버지는 내 어깨를 쓰다듬으며 달래 주셨습니다.

그의 눈에도 눈물이 고여 흐르고 있었습니다.

"……울지 말고 어서 돌아가거라."

하며 응칠이 팔을 잡아끌었습니다.

나는 발버둥을 치며 응칠이 뒤를 따르려 했으나 순덕이 어머니가 나를 꼭 붙잡고 놓지 않았습니다.

한 걸음 한 걸음 우리 사이는 멀어져 갔습니다.

낱말 풀이

갑甲 차례나 등급을 매길 때 첫째를 이르는 말
곁방살이 남의 집 곁방을 빌려서 생활하는 일
도합 모두
마적 말을 타고 떼를 지어 다니는 도둑
삽짝 '사립짝'의 준말. 나뭇가지를 엮어서 만든 문짝
잡기장 여러 가지 잡다한 내용을 적는 공책
청서 정서淨書. 초草(초서) 잡았던 글을 깨끗이 베껴 쓰다.

[21~26] 다음 글을 읽고 물음에 답하시오.

(가) "㉠마누라 말을 들으니 복받을 말이로세 ㉡내 말을 들어보소 내가 길가에서 얻은 돈도 아니오 누가 나를 그저 준 돈도 아니라 ㉢읍내에서 들어보니 이 고을 김부자를 ㉣어떤 놈이 얼거서 ㉤영문營門에 정하였는데 지금 김부자는 앓고 누구던지 대신 가서 볼기 삼십 개만 맞고 오면 돈 삼십 냥에 닷 냥을 노자로 주니 그 아니 횡재인가 감영에 가서 눈 끔쩍하고 볼기 삼십 개만 맞었으면 돈 삼십 냥이 횡재 아닌가" 흥부 안해 이 말 듣고 깜짝 놀라 하는 말이 "여보시오, 아이 아버지 매품팔이 웬 말이오 남의 죄를 어찌 알고 대신이라니 웬 말이오 살인죄에 범행했는지 강도죄에 범행했는지 기인취재欺人取財* 범하얏는지 남의 죄를 어찌 알고 만일 영문에 올라갔다 여러 날 굶은 몸에 영문 곤장 맞게 되면 몇 안 맞어 죽을 터이니 어서 가서 그 일 파의하고 마오 마오 가지 마오 만일에 갈 터이거든 나를 죽여 묻고 가오 나 곧 죽어 모르면 그는 응당 가려니와 살려두고는 못가리다 가지 마오 마오 제발 내 말대로 가지 마오 갔다가 매 맞어 죽게 되면 뭇 초상이 날 터이니 부대 내 말 끌시 마오"

― 〈흥부전〉에서

(나) "잔소리 마라! 어린 게 무얼 안다고 주착없이 할 소리 못 할 소리 무람없이……."

부친은 듣기에도 싫었지만 아비된 성검을 세우려는 것이다.

덕기는 잠자코 앉았을 수밖에 없었다. 그러나 말이 난 김이니 하고 싶던 말은 다 하고야 말겠다고 단단히 결심하였다.

"어쨌든 그 애가 불쌍하지 않습니까? 그 애까지야 무슨 죄로 희생이 됩니까? 제가 감히 아버니의 잘잘못을 말씀하려는 게 아닙니다마는 뒷갈망을 하셔야 하지 않습니까?"

"나더러 무슨 뒷갈망을 하라는 말이냐? 그 자식은 내 자식이 아니야!"
하고 부친은 소리를 한층 더 버럭 지른다.
"그건 무슨 말씀입니까? 저도 그저께 저녁에 가 보고 왔습니다만 어째서 그런 말씀을 하십니까? 안할 말씀으로 아버니께서 책임을 <u>모피하시려고</u>—허물을 저편에 <u>들쒸우고</u> 발을 <u>빼</u>시려고 그렇게 모함을 잡으신 것은 설마 아니시겠지요?"

— 염상섭의 〈삼대〉에서

(다) "당신은 고등 교육까지 받은 지식인입니다. 조국은 지금 당신을 요구하고 있습니다. 당신은 위기에 처한 조국을 버리고 떠나 버리렵니까?
"중립국."

ⓐ "나는 당신보다 나이를 약간 더 먹었다는 의미에서, 친구로서 충고하고 싶습니다. 조국의 품으로 돌아와서, 조국을 재건하는 일꾼이 돼 주십시오. 낯설은 땅에 가서 고생하느니, 그 쪽이 당신 개인으로서도 행복이라는 걸 믿어 의심치 않습니다. 나는 당신을 처음 보았을 때, 대단히 인상이 마음에 들었습니다. 뭐 어떻게 생각지 마십시오. 나는 동생처럼 여겨졌다는 말입니다. 만일 남한에 오는 경우에, 개인적인 조력을 제공할 용의가 있습니다. 어떻습니까?"

명준은 고개를 쳐들고, 반듯하게 된 천막 천정을 올려다보았다. 한층 가락을 낮춘 목소리로 혼잣말 외듯 나직이 말했다.
"중립국."

설득자는 손에 들었던 연필 꼭지로 테이블을 툭 치면서, 곁에 앉은 미군을 돌아보았다. 미군은 어깨를 추스르며, 눈을 찡긋하고 웃었다.

나오는 문 앞에서 서기의 책상 위에 놓인 명부에 이름을 적고 천막을 나서자, 그는 마치 재채기를 참았던 사람처럼 몸을 벌떡 뒤로 젖히면서, ⓑ<u>마음껏 웃음을 터뜨렸다.</u> 눈물이 찔끔찔끔 번지고, 침이 걸려서 캑캑거리면서도 그의 웃음은 멎지 않았다.

　　중립국. 아무도 나를 아는 사람이 없는 땅. 하루 종일 거리를 싸다닌대도 어깨 한 번 치는 사람이 없는 거리.

— 최인훈의 〈광장〉에서

기인취재(欺人取財) 사람을 속이고 재물을 빼앗음

21. (가), (나), (다)에 공통적으로 나타나 있는 것은?
① 주저하는 이유를 설명함
② 바꾸어 생각하기를 청함
③ 깨닫고 사죄하기를 바람
④ 현실에 대한 분개를 부추김
⑤ 가련한 처지를 한탄함

22. (가)에서, 시간상으로 가장 먼저 일어난 행위는?
① ㉠　② ㉡　③ ㉢　④ ㉣　⑤ ㉤

23. (나)에서, 대화가 전개되는 양상으로 가장 알맞은 것은?
① 잠정적 화해
② 긍정의 반복
③ 절충적 타협
④ 암묵적 동조
⑤ 갈등의 고조

24. (나)의 밑줄 친 의미를 잘못 파악한 것은?
① 무람없이 — 버릇없이
② 성검을 세우려는 — 위엄을 부리려는
③ 뒷갈망을 — 사리 판단을
④ 모피하시려고 — 일부러 피하시려고
⑤ 들쒸우고 — 억지로 떠넘기고

25. ⓗ에 내포된 심리적 상황을 가장 잘 설명한 것은?
① 심경과 행동의 괴리를 나타내고 있다.
② 일이 다 끝난 것에 안도하고 있다.
③ 사태의 전개에 당황하고 있다.
④ 희망이 보이는 미래를 예상하고 있다.
⑤ 사람들의 무관심에 서운해 하고 있다.

26. ⓐ에 나타난 '설득자'의 주장은?
① 나는 당신보다 나이를 약간 더 먹었다는 의미에서 친구로서 충고하고 싶습니다.
② 조국의 품으로 돌아와서 조국을 재건하는 일꾼이 돼 주십시오.
③ 낯설은 땅에 가서 고생하느니, 그쪽이 당신 개인으로서도 행복하리라는 걸 믿어 의심치 않습니다.
④ 나는 당신을 처음 보았을 때, 대단히 인상이 마음에 들었습니다.
⑤ 만일 남한에 오는 경우에, 개인적인 조력을 제공할 용의가 있습니다.

정답 : 21-②, 22-④, 23-⑤, 24-③, 25-①, 26-②

1999년 대학수학능력시험   언어 영역

[40~44] 다음 글을 읽고 물음에 답하시오.

"너 아범은 내가 어서 죽었으면 시원할 것이다. 너도 못 오게 하느라고 저희끼리 짜고 전보까지 새에서 못 치게 한 게 아니냐."
조부가 이런 소리를 할 제 덕기는,
"그럴 리가 있겠습니까?"
고 하기는 하였지마는 덕기도 의아는 하였다. 부친이 설마 그렇게까지 하랴 싶으나 창훈 아저씨라든지 최참봉이 부친에게 되돌아 붙어서 무슨 일을 하는 것인지 그도 모를 일이라고 의심이 난다. 그러나 아무래도 수원집과 부친이 악수를 할 리는 없고 창훈이와 부친의 새가 금시로 풀렸을 리도 없으니 십중팔구는 수원집이 중심이 되어서 무슨 농간이 있을 것이라고 생각된다.
"제 아무리 그래야 밥이나 안 굶게 하여 주지, 그 외에는 막무가내하다."
조부는 이런 소리도 하였다.
"왜 그런 말씀을 하셔요. 그까짓 재산이 무업니까. 그런 걱정은 모두 병환 중이시니까 신경이 피로하셔서 안 하실 걱정을 하십니다. 얼마 있으면 꼭 일어납니다."
덕기는 조부를 안위시키려고 애썼다.
"네 말대로 되었으면 작히나 좋으랴만 다시 일어난대도 나는 폐인이나 다름없을 것이다. 어쨌든 이 금고 열쇠를 맡아라. 어떤 놈이 무어라고 하든지 소용없다. 이 열쇠 하나를 네게 맡기려고 그렇게 급히 부른 것이다. 이것만 맡겨 놓으면 인제는 나도 마음 놓고 눈을 감겠다. 그러나 내가 죽기까지는 네 마음대로 한만히 열어 보아서는 아니 된다. 금고 속에는 네 도장까지 있다마는 내가 눈을 감기 전에는 네 도장이라도 네 손으로 써서는 아니 된다. 이 열쇠는 맡아 두었다가 내가 천행으로 일어나면 그대로 내게 다시 다오."
조부는 수원집까지 내보내 놓고 머리맡의 조그만 손금고를 열라고 하여 열쇠 꾸러미를 꺼내 맡기고 이렇게 일러 놓았다.

"아직 제가 맡을 것이야 있습니까? 저는 할아버지 병환만 웬만하시면 곧 다시 갈 텐데요! 그리고 아범을 제쳐 놓고 제가 어떻게 맡습니까?"

덕기로서는 도리로 보아도 그렇지만 공부를 집어치우고 살림꾼으로 들어앉을 수도 없는 일이었다.

"다시 간다고? 못 간다. 내가 살아난대도 다시는 못 간다. 잔소리 말고 나 하라는 대로 할 뿐이다."

하고 조부는 절대 엄명이었다.

"하던 공부를 그만둘 수야 있습니까. 불과 한 달이면 졸업인데요."

"공부가 중하냐? 집안 일이 중하냐? 그것도 네가 없어도 상관없는 일이면 모르겠지만 나만 눈 감으면 이 집 속이 어떻게 될지 너도 아무리 어린애다만 생각해 봐라. 졸업이고 무엇이고 다 단념하고 그 열쇠를 맡아야 한다. 그 열쇠 하나에 네 평생의 운명이 달렸고 이 집안 가운이 달렸다. 너는 그 열쇠를 붙들고 사당을 지켜야 한다. 네게 맡기고 가는 것은 사당과 그 열쇠—두 가지뿐이다. 그 외에는 유언이고 뭐고 다 쓸데없다. 이때까지 공부를 시킨 것도 그 두 가지를 잘 모시고 지키게 하자는 것이니까 그 두 가지를 버리고도 공부를 한다면 그것은 송장 내놓고 장사 지내는 것이다. 또 공부도 그만큼 했으면 지금 세상에 행세도 넉넉히 할 게 아니냐."

조부는 이만큼 이야기하기에도 기운이 폭 빠졌다. 이마에는 기름땀이 쭉 솟고 숨이 차서 가슴을 헤치려고 한다.

"살림은 아직 아범더러 맡으라고 하시지요."

덕기는 그래도 간하여 보았다.

"쓸데없는 소리 마라! 싫거든 이리 다오. 너 아니면 맡길 사람이 없겠니. 그 대신 내일부터 문전 걸식을 하든 어쩌든 나는 모른다."

조부는 이렇게 화는 내면서도 그 열쇠를 다시 넣어 버리려고는 아니하였다.

덕기는 병인을 거슬려서는 아니 되겠기에 추후로 다시 어떻게 하든지 아직은 순종하리라고 가만히 고개를 떨어뜨리고 있으려니까 밖에서 부석부석 옷 스치는 소리가 나더니 수원집이 얼굴이 발개서 들어온다. 이때까지 영창 밑에 바짝 붙어 앉아서 방 안의 수작을 한마디도 놓치지 않고 엿듣고 앉았던 것이다.

덕기는 수원집이 들어오는 것을 보자 앞에 놓인 열쇠를 얼른 집어 들고 일어서 버렸다.

"애 아범, 잠깐 거기 앉게."

수원집의 얼굴에는 살기가 돌면서 나가려는 덕기를 붙든다.

수원집은 열쇠가 놓였으면 우선 그것부터 집어 놓고서 따지려는 것이라서 덕기가 성큼 넣어 버리는 것을 보니 인제는 절망이다. 영감이 좀더 혼돈 천지로 앓거나 덕기가 이 집에서 초혼 부르는 소리가 난 뒤에 오거나 하였더라면 머리맡 철궤 안의 열쇠를 한 번은 만져 볼 수가 있었을 것이다. 금고 열쇠를 한 번만 만져 볼 틈을 타면 일은 피는 것이었다. 그러나 그 틈을 탈 새가 없이 이 집에 사자가 다녀 나가기 전에 덕기가 먼저 온 것이다. 덕기의 옴이 빨랐던지 사자의 옴이 늦었던지? 저희들의 일 꾸밈이 어설프고 굼뜬 탓이었던지? 어쨌든 인제는 만사 휴의 萬事休矣다!

— 염상섭의 〈삼대〉에서

40. '열쇠'가 덕기에게 뜻하는 바로 적절하지 않은 것은? [2점]
① 집안의 재산을 물려받는 것을 의미한다.
② 학업을 더 이상 계속할 수 없음을 의미한다.
③ 권한은 없으면서 책임만 지는 것을 의미한다.
④ 가장으로서 집안을 유지·발전시켜야 한다는 것을 의미한다.
⑤ 자신이 원하는 일을 제대로 할 수 없게 하는 족쇄를 의미한다.

41. 조부가 덕기에게 말하는 방식에 대한 설명으로 적절하지 않은 것은?
① 덕기의 욕심을 자극하여 회유하고 있다.

② 위중한 병세를 내세워 감정에 호소하고 있다.
③ 덕기에 대한 신뢰감을 내비치며 설득하고 있다.
④ 복잡한 집안 사정을 들어 결단을 촉구하고 있다.
⑤ 선택의 여지가 없다는 점을 단정적으로 말하고 있다.

42. 윗글에서 '수원집'이 처한 상황을 잘 드러낸 것은?
① 까마귀 날자 배 떨어졌네.
② 도둑이 제 발 저린다더니.
③ 닭 쫓던 개 지붕 쳐다보는 꼴이군.
④ 하룻강아지 범 무서운 줄 모른다더니.
⑤ 열 길 물 속은 알아도 한 길 사람 속은 모른다더니.

43. 윗글에 나타난 조부의 성격에 대한 설명으로 적절한 것은?
① 가문을 중시하는 것으로 보아 가부장적 인물이다.
② 손자의 뜻을 받아 주는 것으로 보아 자상한 인물이다.
③ 덕기 아버지에 대한 태도로 보아 이기적인 인물이다.
④ 집안 일을 처리하는 방식으로 보아 우유부단한 인물이다.
⑤ 재산을 관리하는 방식으로 보아 돈에 결벽증이 있는 인물이다.

44. 윗글을 제대로 감상하는 효과적인 태도와 거리가 먼 것은? [2점]
① 조부의 심리 상태를 추측해 본다.
② 덕기의 취미 생활에 대해 생각해 본다.
③ 방 안의 분위기가 어떠할지 생각해 본다.
④ 전보가 왜 덕기에게 전달되지 않았는지 추리해 본다.
⑤ 덕기 아버지가 열쇠를 받지 못하는 이유를 추리해 본다.

정답 : 40-③, 41-①, 42-③, 43-①, 44-②

염상섭의 〈삼대〉

작품 해제

갈래 세태 소설, 가족사 소설
배경 1920~1930년대 서울 중산층 일가
시점 전지적 작가 시점
제재 중산층 가문의 현실 대응과 몰락
주제 일제 강점기의 세대간 갈등과 돈을 매개로 한 계층간의 분쟁

줄거리

조의관은 고루한 봉건 의식의 소유자다. 어렵사리 모은 거액의 재산으로 집안의 크고 작은 제사를 받들고, 가문의 명예를 키워나가는 것을 가장 큰 일로 삼는다. 칠순 노인이면서 부인과 사별한 후 서른을 갓 넘긴 수원댁을 후취後娶로 들여 네살박이 딸까지 두었다. 조의관이 가장 못마땅하게 여기는 사람은 바로 아들 조상훈이다. 맏아들이면서도 집안일은 안중에 없고 오로지 교회 사업에 골몰해 집안의 돈을 바깥으로 빼돌리고, 더구나 조의관이 가장 소중하게 여기는 가문의 제사를 기독교 교리에 어긋나는 우상 숭배라고 반대하고 전혀 돌보지 않는다.

조상훈은 미국 유학까지 마친 인텔리에다 신실한 기독교 신자요, 교회 장로인 그는 교회를 통한 사회 운동과 교육 사업에 큰 뜻을 품고 집안의 재산으로 그런 사업에 직접 투자하기도 하고 민족 운동가의 가족을 돌보기도 한다. 그러나 정작 그의 실생활은 구린내 나는 축첩蓄妾과 노름, 술로 얼룩진 만신창이 난봉꾼의 그것이다.

조상훈의 아들 덕기는 할아버지나 아버지와는 다른 신세대의 인물이다. 그러나 그는 친구 김병화처럼 마르크스주의자는 아니다. 김병화가 하는 일에 심정적으로 동조를 하기는 해도 그 자신은 법과를 마쳐 판사나 변호사가 되려는 꿈을 품고 있다. 김병화는 목사인 아버지와 사상 대립으로 가출해서 이곳저곳 떠돌면서 기식하는

형편이지만, 자신의 뜻은 절대 굽히지 않는다. 반면, 덕기는 할아버지나 아버지와 충돌하는 경우는 없다. 오히려 상황에 따라 세대를 달리하는 그들의 사고방식과 행동을 이해하고 동정한다.

그런데 조부의 임종을 앞두고 재산 분배 과정에서 조씨 가문의 불화와 암투가 드러난다. 수원집과 그를 조의관에게 소개해준 최참봉 등은 재산을 가로챌 욕심으로 유서 변조를 계획하고 조의관을 독살한다. 의사들의 배설물 검사로 비소 중독이 판명되자 조상훈은 명확한 사인 규명을 위해 사체 부검을 주장한다. 그러나 덕기가 나타나 수원집 일당의 계획은 수포로 돌아가고 재산 관리권은 덕기의 수중에 들어오게 된다. 이에 불만을 품은 조상훈은 법적 상속인인 자신을 건너뛰고 아들인 덕기에게 권리가 넘어가자 유서와 토지 문서가 든 금고를 훔쳐 달아나다 경찰에 붙잡힌다.

조상훈에게 농락당하고 아이까지 낳은 후 버림받았던 홍경애는 비록 술집 여급으로 나가면서 생계를 꾸려가지만, 해외의 독립 운동가인 이우삼과 연계를 가지면서 그를 뒤에서 돕는다. 그녀는 김병화와 자주 만나는 사이에 그에게 애정을 느끼게 된다. 그들은 조그마한 잡화상을 경영하며 경찰의 눈을 속이지만, 그것이 다른 운동가인 장훈 일파들의 오해를 사게 되어 테러를 당하기도 한다. 한편, 이우삼이 국내를 다녀간 뒤 서울에서는 대대적인 검거 선풍이 불어 닥친다. 비밀 조직인 장훈 일파는 물론 가게를 운영하며 경찰의 눈을 피해 있던 김병화와 홍경애도 검거된다.

덕기도 김병화에게 자금을 대주었다는 혐의로 연행되어 조사를 받는다. 조사가 진행되는 과정에서 장훈은 비밀 유지를 위해 코카인으로 음독자살을 한다. 장훈의 자살로 갑자기 조사가 미궁에 빠지자 연행되거나 검거되었던 사람들은 모두 풀려 나오게 된다. 상훈도 결국 훈방 조치로 풀려난다. 덕기는 할아버지의 죽음으로 인한 공백을 느끼면서 이제 자신의 어깨 위에 얹힌 조씨 가문의 유업을 어떻게 이끌어 나갈 것인지 망연해 한다.

금수회의록

안국선 1878~1926년

개화기를 대표하는 지식인의 한 사람이자 신소설 작가다. 초기에는 민족의식을 고취하는 작품을 썼으나 뒤에는 친일 성향을 보였다. 1895년 관비 유학생으로 일본에 건너가서 정치학을 공부하고 돌아왔다. 강단에서 정치와 경제를 가르치면서 교재로 쓰기 위해 《외교통의》와 《정치원론》 등을 썼으며, 당시 유행하던 사회 계몽 수단인 연설 토론의 교본으로 《연설법방》을 짓기도 했다. 1908년에 내놓은 〈금수회의록〉은 우리나라 최초의 판매 금지 소설이 되었다. 1915년 우리 문학사상 최초의 근대적 단편 소설집으로 꼽히는 《공진회共進會》를 펴내기도 했다.

작품 해제

- **갈래** 우화 소설, 액자 소설, 계몽 소설
- **배경** 개화기 '나'의 꿈속 금수회의소
- **시점** 1인칭 관찰자 시점(내부 이야기), 1인칭 주인공 시점(외부 이야기)
- **제재** 동물들의 회의
- **주제** 인간 사회의 모순과 비리와 타락상에 대한 비판과 풍자
- **출전** 〈금수회의록〉(1908년)

줄거리

　나는 악에 물든 인간 사회를 한탄하다가 잠이 드는데, 꿈속에서 난데없이 '금수회의소'에 떠밀려 들어간다. 나는 그곳에서 동물들의 회의를 방청하게 된다. 먼저 회장 동물이 나와 인간의 책임, 인간 행위의 옳고 그름, 인간의 자격에 대해 토론하자고 제의한다. 그러자 까마귀, 여우, 개구리, 벌, 게, 파리, 호랑이, 원앙의 여덟 동물이 차례대로 나와 저마다 제 종족을 옹호하는 한편 인간의 악행을 성토하는 연설을 한다.

　까마귀는 인간들의 불효를 꼬집고, 여우는 외세에 기대어 출세하려는 사람들의 의식을 까발린다. 개구리는 바깥 정세에 어두운 사람들을 비웃고, 벌은 겉과 속이 달라 서로 속이고 싸우는 인간들을 고발한다. 게는 인간들의 지조와 절개 없음을 나무라고, 파리는 인간들의 간사함과 동포애 없음을 지적한다. 호랑이는 인간들의 포악한 정치와 폭력을 규탄하고, 원앙은 인간들의 음란함을 꾸짖는다.

　회장 동물은 인간이야말로 가장 어리석고 더러운 존재라고 결론 내리면서 폐회를 선언하고, 이를 지켜본 나는 인간의 반성과 회개를 촉구하는 한편 구원의 길을 생각한다.

금수회의록 禽獸會議錄

서언 序言

　머리를 들어 하늘을 우러러보니 일월日月과 성신星辰이 천추*의 빛을 잃지 아니하고, 눈을 떠서 강을 굽어보니 강해江海와 산악山岳이 만고의 형상을 변치 아니하도다. 어느 봄에 꽃이 피지 아니하며, 어느 가을에 잎이 떨어지지 아니하리오.
　우주는 의연히 백대百代에 한결같거늘, 사람의 일은 어찌하여 고금이 다르뇨? 지금 세상 사람을 살펴보니 애닯고, 불쌍하고, 탄식하고, 통곡할 만도다.
　전인의 말씀을 듣든지 역사를 보든지 옛적 사람은 양심이 있어 천리를 순종하여 하나님께 가까웠거늘, 지금 세상은 인문이 결딴나서 도덕도 없어지고 의리도 없어지고 염치도 없어지고 절개도 없어져서, 사람마다 더럽고 흐린 풍상에 빠지고 헤어 나올 줄 몰라서 온 세상이 다 악한 고로, 그름 옳음을 분별치 못하여 악독하기로 유명한 도척盜跖이 같은 도적놈은 청천백일에 사마士馬를 달려 왕궁 극도에 횡행하되 사람이 보고 이상히 여기지 아니하고, 안자*같이 착한 사람이 누항陋巷에 있어서 한 도시락밥을 먹고 한 표주박 물을 마시며 가난을 견디지 못하되 한 사람도 불쌍히 여기지 아니하니, 슬프다! 착한 사람과 악한 사람이 거꾸로 되고 충신과 역적이 바뀌었도다. 이같이 천리가 어기어지고 덕의가 없어서 더럽고 어둡고 어리석고 악독하여 금수禽獸만도 못한 이 세상을 장차 어찌하면 좋을꼬? 나도 또한 인간의 한 사람이라, 우리 인류 사회가 이같이 악하게 됨을 근심하여 매양 성현의 글을 읽어 성현의 마음을 본받으려 하더니, 마침 서창에 곤히 든 잠이 춘풍에 이익한 바 되매 유흥을 금치 못하여 죽장망혜*로 녹수를 따르고 청산을 찾아서 한 곳에 다다르니, 사면에 기화요초*는 우거졌고, 시냇물 소리는 종종하며 인적이 고요한데, 흰 구름 푸른 수풀 사이에 현판懸板 하나가 달렸거늘, 자세히 보니 다섯 글자를 크게 썼으되 '금수회의소'라 하고 그 옆에 문제를 걸었는데 '인류를 논박할 일'이라 하였고, 또 광고를 붙였는데, '하늘과 땅 사이에 무슨 물건이든지 의견이 있거든 의견을 말하고 방청을 하려거든 방청하되 각기 자유로 하라' 하였는데, 그곳에 모인 물건은 길짐승 날짐승 버러지 고기 풀 나무 돌 등물等物이 다 모였더라. 혼자 마음으로 가만히 생각하여 보니, 대저 사람은 만물지중에 가장 귀하고 제일 신령하여 천지의 화육*을 도우며 하나님을 대신하여 세상 만물의 금수 초목까지도 다 맡아 다스리는 권능이 있고, 또 사람이 만일 패악한* 일이 있으면 천히 여겨 금수 같은 행위라 하며, 사람이 만일 어리석고 하는 일이 없으면 초목같이 아무 생각도 없는 물건이라고 욕하나니, 그러면 금수 초목은 천하고 사람은 귀하며, 금수 초목은 아무것도 모르고 사람은 신령하거늘, 지금 세상은 바뀌어서 금수 초목이 도리어 사람의 무도패덕* 함을 공격하려 하니, 괴상하고 부끄럽고 절통切痛 분하여 열었던 입을 다물지도 못하고 정신없이 섰더니.

개회 취지開會趣旨

별안간 뒤에서 무엇이 와락 떠다밀며,

"어서 들어갑시다, 시간 되었소."

하고 바삐 들어가는 서슬에 나도 따라 들어가서 방청석에 앉아 보니 각색 길짐승 날짐승, 모든 버러지 물고기 등물이 꾸역꾸역 들어와서 그 안에 빽빽하게 서고 앉았는데, 모인 물건은 형형색색이나 좌석은 제제창창* 한데 장차 개회하려는지 규칙 방망이 소리가 똑똑 나더니, 회장인 듯한 한 물건이 머리에는 금색이 찬란한 큰 관을 쓰고 몸에는 오색이 영롱한 의복을 입은 이상한 태도로 회장석에 올라서서 한 번 읍하고, 위의威儀가 엄숙하고 형용이 단정하게 딱 서서 여러 회원을 대하여 하는 말이,

"여러분이여, 내가 지금 여러분을 청하여 만고에 없던 일대 회의를 열 때에 한마디 말씀으로 개회 취지를 베풀려 하오니 재미있게 들어 주시기를 바라오.

대저 우리들이 거주하여 사는 이 세상은 당초부터 있던 것이 아니라 지극히 거룩하시고 지극히 전능하신 하나님께서 조화로 만드신 것이라. 세계 만물을 창조하신 조화주를 곧 하나님이라 하나니, 일만 이치의 주인 되시는 하나님께서 세계를 만드시고 또 만물을 만들어 각색 물건이 세상에 생기게 하셨으니, 이같이 만드신 목적은 그 영광을 나타내어 모든 생물로 하여금 인자한 은덕을 베풀어 영원한

행복을 받게 하려 함이라. 그런 고로 세상에 있는 모든 물건은 사람이든지 짐승이든지 초목이든지 무슨 물건이든지 다 귀하고 천한 분별이 없은즉, 어떤 것은 높고 어떤 것은 낮다 할 이치가 있으리오. 다 각각 천지의 기운을 타고 생겨서 이 세상에 사는 것인즉, 다 각기 천지 본래의 이치만 좇아서 하나님의 뜻대로 본분을 지키고 한편으로는 제 몸의 행복을 누리고 한편으로는 하나님의 영광을 나타낼지니, 그중에도 사람이라 하는 물건은 당초에 하나님이 만드실 때에 특별히 영혼과 도덕심을 넣어서 다른 물건과 다르게 하셨은즉, 사람들은 더욱 하나님의 뜻을 순종하여 천리 정도를 지키고 착한 행실과 아름다운 일로 하나님의 영광을 나타내어야 할 터인데, 지금 세상 사람의 하는 행위를 보니 그 하는 일이 모두 악하고 부정하여 하나님의 영광을 나타내기는 고사하고 도리어 하나님의 영광을 더럽게 하며 은혜를 배반하여 제반악증*이 많도다. 외국 사람에게 아첨하여 벼슬만 하려 하고, 제 나라가 다 망하든지 제 동포가 다 죽든지 불고不顧하는 역적 놈도 있으며, 인군人君을 속이고 백성을 해롭게 하여 나랏일을 결딴내는 소인 놈도 있으며, 부모는 자식을 사랑치 아니하고 자식은 부모를 효도로 섬기지 아니하며 형제간에 재물로 인연하여 골육상잔하기*를 일삼고 부부간에 음란한 생각으로 화목지 아니한 사람이 많으니, 이 같은 인류에게 좋은 영혼과 제일 귀하다 하는 특권을 줄 것이 무엇이오. 하나님을 섬기던 천사도 악한 행실을 하다가 떨어져서 마귀가 된 일이 있거든 하물며 사람이야 더 말할 것 있소. 태곳적 맨 처음에 사람을 내실 적에는 영혼과 덕의심을 주셔서 만물 중에 제일 귀하다 하는 특권을 주셨으되 저희들이 그 권리를 내버리고 그 성품을 잃어버리니 몸은 비록 사람의 형상이 그대로 있을지라도 만물 중에 가장 귀하다 하는 인류의 자격은 있다 할 수가 없소.

여러분 금수라 초목이라 하여 사람보다 천하다 하나, 하나님이 정하신 법대로 행하여 기는 자는 기고 나는 자는 날고 굴에서 사는 자는 깃들임을 침노치 아니하며, 깃들인 자는 굴을 빼앗지 아니하고, 봄에 생겨서 가을에 죽으며 여름에 나와서 겨울에 들어가니, 하나님의 법을 지키고 천지 이치대로 행하여 정도에 어김이 없은즉, 지금 여러분 금수 초목과 사람을 비교하여 보면 사람이 도리어 낮고 천하며, 여러분이 도리어 귀하고 높은 지위에 있다 할 수 있소. 사람들이 이같이 제 자격을 잃고도 거만한 마음으로 오히려 만물 중에 제가 가장 귀하다 높다 신령하다 하여 우리 족속 여러분들을 멸시하니 우리가 어찌 그 횡포를 받으리오. 내가 여러분의 마음을 찬성하여 하나님께 아뢰고 본 회의를 소집하였는데, 이 회의에서 결의할 안건은 세 가지 문제가 있소.

제일, 사람 된 자의 책임을 의론하여 분명히 할 일.

제이, 사람의 행위를 들어서 옳고 그름을 의논할 일.

제삼, 지금 세상 사람 중에 인류 자격이 있는 자와 없는 자를 조사할 일.

이 세 가지 문제를 토론하여 여러분과 사람의 관계를 분명히 하고, 사람들이 여전히 악한 행위를 하여 회개치 아니하면 그 동물의 사람이라 하는 이름을 빼앗고 이등 마귀라 하는 이름을 주기로 하나님께 상주上奏할 터이니, 여러분은 이 뜻을 본받아 이 회의에서 결의한 일을 진행하시기를 바라옵나이다."

회장이 개회 취지를 연설하고 회장석에 앉으니, 한 모퉁이에서 우렁찬 소리로 회장을 부르고 일어서서 연단으로 올라간다.

제일석, 반포의 효反哺之孝 – 까마귀

프록코트를 입어서 전신이 새까맣고 똥그란 눈이 말똥말똥한데, 물 한 잔 조금 마시고 연설을 시작한다.

"나는 까마귀올시다. 지금 인류에 대하여 소회를 진술할 터인데 반포의 효라 하는 문제를 가지고 잠깐 말씀하겠소. 사람들은 만물 중에 제가 제일이라 하지마는, 그 행실을 살펴볼 지경이면 다 천리에 어기어져 하나도 그 취할 것이 없소. 사람들의 옳지 못한 일을 모두 다 들어 말씀하려면 너무 지루하겠기에 다만 사람들의 불효한 것을 가지고 말씀할 터인데, 옛날 동양 성인들이 말씀하기를 효도는 덕의 근본이라, 효도는 일백 행실의 근원이라, 효도는 천하를 다스린다 하였고, 예수교 계명에도 부모를 효도로 섬기라 하였으니, 효도라 하는 것은 자식 된 자가 고연한* 직분으로 당연히 행할 일이올시다. 우리 까마귀의 족속은 먹을 것을 물고 돌아와서 어버이를 기르며 효성을 극진히 하여 망극한 은혜를 갚아서 하나님이 정하신 본분을 지키어 자자손손이 천만 대를 내려가도록 가법家法을 변치 아니하는 고로 옛적에 백낙천*이라 하는 분이 우리를 가리켜 새 중의 증자라 하였고, 《본초강목》에는 자조慈鳥라 일컬었으니, 증자라 하는 양반은 부모에게 효도 잘하기로 유명한 사람이요, 자조라 하는 뜻은 사랑하는 새라 함이니, 부모는 자식을 사랑하고 자식은 부모에게 효도함이 하나님의 법이라.

우리는 그 법을 지키고 어기지 아니하거늘, 지금 세상 사람들이 말하는 것을 보면 낱낱이 효자 같으되, 실상 하는 행실을 보면 주색

잡기*에 침혹하여* 부모의 뜻을 어기며, 형제간에 재물로 다투어 부모의 마음을 상케 하며, 제 한 몸만 생각하고 부모가 주리되 돌아보지 아니하고, 여편네는 학식이라고 조금 있으면 주제넘은 마음이 생겨서 온화 유순한 부덕을 잊어버리고 시집가서는 시부모 보기를 아무것도 모르는 어리석은 물건같이 대접하고 심하면 원수같이 미워하기도 하니, 인류 사회에 효도 없어짐이 지금 세상보다 더 심함이 없도다. 사람들이 일백 행실의 근본 되는 효도를 알지 못하니 다른 것은 더 말할 것 무엇 있소. 우리는 천성이 효도를 주장하는 고로 출천지효성出天之孝誠 있는 사람이면 우리가 감동하여 노래자*를 도와서 종일토록 그 부모를 즐겁게 하여 주며, 증자의 갓 위에 모여서 효자의 이름을 천추에 전케 하였고, 또 우리가 효도만 극진할 뿐 아니라 자고 이래로 《사기》에 빛난 일이 한두 가지가 아니오니 대강 말씀하오리다.

  우리가 떼를 지어 논밭으로 내려갈 때 곡식을 해하는 버러지를 없애려고 가건마는 사람들은 미련한 생각에 그 곡식을 파먹는 줄로 아는도다! 서양 책력 일천팔백칠십사 년의 미국 조류학자 삐이루 하는 사람이 우리 까마귀 족속 이천이백오십팔 마리를 잡아다가 배를 가르고 오장을 꺼내어 해부하여 보고 말하기를, 까마귀는 곡식을 해하지 아니하고 곡식에 해되는 버러지를 잡아먹는다 하였으니, 우리가 곡식밭에 가는 것은 곡식에 이가 되고 해가 되지 아니하는 것은 분명하고, 또 우리가 밤중에 우는 것은 공연히 우는 것이 아니요, 나라에서 법령이 아름답지 못하여 백성이 도탄에 침륜하여* 천하에 큰 병화가 일어날 징조가 있으면 우리가 아니 울 때에 울어서 사람들이 깨닫고 허물을 고쳐서 세상이 태평무사하기를 희망하고 권고함이요, 강소성江蘇省 한산사寒山寺에서 달은 넘어가고 서리 친 밤에 쇠북을 주둥이로 쪼아 소리를 내서 대망*에게 죽을 것을 살려준 은혜를 갚았고, 한나라 효문제孝文帝가 아홉 살 되었을 때에 그 부모는 왕망王莽의 난리에 죽고 효문제 혼자 달아날새 날이 저물어 길을 잃었거늘 우리들이 가서 인도하였고, 연燕 태자 단이 진秦나라에 볼모 잡혀 있을 때에 우리가 머리를 희게 하여 그 나라로 돌아가게 하였고, 진문공晉文公이 개자추를 찾으려고 면산에 불을 놓으매 우리가 연기를 에워싸고 타지 못하게 하였더니 그 후에 진나라 사람이 그 산에 '은연대'라 하는 집을 짓고 우리의 은덕을 기념하였으며, 당나라 이의부는 글을 짓되 상림에 나무를 심어 우리를 준다 하였고, 또 물병에 돌을 던지니 이솝Aesop이 상을 주고, 탁자의 포도주를 다 먹어도 프랭클린이 사랑하도다. 우리 까마귀의 사적事績이 이러하거늘, 사람들은 우리 소리를 듣고 흉한 징조라 길한 징조라 함은 저희들 마음대로 하는 말이요, 우리에게는 상관없는 일이라. 사람의 일이 흉하든지 길하든지 우리가 울 일이 무엇 있소? 그것은 사람들이 무식하고 어리석어서 저희들이 좋지 아니한 때에 흉하게 듣고 하는 말이로다. 사람들이 염병이니 괴질이니 앓아서 죽게 될 때에 우리가 어찌하여 그 근처에 가서 울면, 사람들은 못생겨서 저희들이 약도 잘못 쓰고 위생도 잘못하여 죽는 줄은 알지 못하고 우리가 울어서 죽는 줄로만 알고, 저희끼리 욕설하려면 염병에 까마귀 소리라 하니 아, 어리석기는 사람같이 어리석은 것은 세상에 또 없도다. 요순堯舜 적에도 봉황이 나왔고 왕망이 때도 봉황이 나오매, 요순 적 봉황은 상서祥瑞라 하고 왕망 때 봉황은 흉조처럼 알았으니, 물론 무슨 소리든지 사람이 근심 있을 때에 들으면 흉조로 듣고 좋은 일 있을 때에 들으면 상서롭게 듣는 것이라. 무엇을 알고 하는 말은 아니요, 길하다 흉하다 하는 것은 듣는 저희에게 있는 것이요, 하는 우리에게 있는 것이 아니어늘, 사람들은 말하기를 까마귀는 흉한 일이 생길 때에 와서 우는 것이라 하여 듣기 싫어하니, 사람들은 이렇듯 이치를 알지 못하는 어리석은 동물이라, 책망하여 무엇 하겠소. 또 우리는 아침에 일찍 해뜨기 전에 집을 떠나서 사방으로 날아다니며 먹을 것을 구하여 부모 봉양도 하고 나뭇가지를 물어다가 집도 짓고 곡식에 해되는 버러지도 잡아서 하나님 뜻을 받들다가, 저녁이 되면 반드시 내 집으로 돌아가되 나가고 돌아올 때에 일정한 시간을 어기지 않건마는, 사람들은 점심 때까지 자빠져서 잠을 자고 한번 집을 떠나서 나가면 혹은 협잡질하기 혹은 술장* 보기 혹은 계집의 집 뒤지기 혹은 노름하기, 세월이 가는 줄을 모르고 저희 부모가 진지를 잡수었는지 처자가 기다리는지 모르고 쏘다니는 사람들이 어찌 우리 까마귀의 족속만 하리오. 사람은 일 아니하고 놀면서 잘 입고 잘 먹기를 좋아하되, 우리는 제가 벌어 제가 먹는 것이 옳은 줄 아는 고로 결단코 우리는 사람들 하는 행위는 아니하오. 여러분도 다 아시거니와 우리가 사람에게 업수이 여김을 받을 까닭이 없음을 살피시오."

손뼉 치는 소리에 연단을 내려가니, 또 한편에서 아리땁고도 밉살스러운 소리로 회장을 부르면서 깡똥깡똥 연설단을 향하여 올라가니, 어여쁜 태도는 남을 가히 홀릴 만하고 갸웃거리는 모양은 본색이 드러나더라.

제이석, 호가호위狐假虎威 – 여우

여우가 연설단에 올라서서 기생이 시조를 부르려고 목을 가다듬는 것처럼 기침 한 번을 캑 하더니 간사한 목소리로 연설을 시작한다.

"나는 여우올시다. 점잖으신 여러분 모이신 데 감히 나와서 연설하옵기는 방자한 듯하오나, 저 인류에게 대하여 소회가 있삽기 호가호위라 하는 문제를 가지고 두어 마디 말씀을 하려 하오니, 비록 학문은 없는 말이나 용서하여 들어주시기 바라옵니다.

사람들이 옛적부터 우리 여우를 가리켜 말하기를 요망한 것이라, 간사한 것이라 하여 저희들 중에도 요망하든지 간사한 자를 보면 여우 같은 사람이라 하니, 우리가 그 더럽고 괴악한* 이름을 듣고 있으나 우리는 참 요망하고 간사한 것이 아니요, 정말 요망하고 간사한 것은 사람이오. 지금 우리와 사람의 행위를 비교하여 보면 사람과 우리와 명칭을 바꾸었으면 옳겠소.

사람들이 말하기를 간교하다 하는 것은 다름 아니라 《전국책》이라 하는 책에 기록하기를, 호랑이가 일백 짐승을 잡아먹으려고 구할 새 먼저 여우를 얻은지라. 여우가 호랑이더러 말하되, 하나님이 나로 하여금 모든 짐승의 어른이 되게 하셨으니 지금 자네가 나의 말을 믿지 아니하거든 내 뒤를 따라와 보라. 모든 짐승이 나를 보면 다 두려워하느니라. 호랑이가 여우의 뒤를 따라가니 과연 모든 짐승이 보고 벌벌 떨며 두려워하거늘, 호랑이가 여우의 말을 정말로 알고 잡아먹지 못한지라. 이는 저들이 여우를 보고 두려워한 것이 아니라 여우 뒤의 호랑이를 보고 두려워한 것이니 여우가 호랑이의 위엄을 빌려서 모든 짐승으로 하여금 두렵게 함인데, 사람들은 이것을 빙자하여 우리 여우더러 간사하니 교활하니 하되, 남이 나를 죽이려 하면 어떻게 하든지 죽지 않도록 주선하는 것은 당연한 일이라. 호랑이가 아무리 산중 영웅이라 하지마는 우리에게 속은 것만 어리석은 일이라. 속인 우리야 무슨 불가한 일이 있으리오.

지금 세상 사람들은 당당한 하나님의 위엄을 빌려야 할 터인데, 외국의 세력을 빌려 의뢰하여 몸을 보전하고 벼슬을 얻어 하려 하며 타국 사람을 부동附同하여 제 나라를 망하고 제 동포를 압박하니, 그것이 우리 여우보다 나은 일이오? 결단코 우리 여우만 못한 물건들이라 하옵네다. (손뼉 치는 소리 천지진동)

또 나라로 말할지라도 대포와 총의 힘을 빌려서 남의 나라를 위협하여 속국도 만들고 보호국도 만드니, 불한당이 칼이나 육혈포*를 가지고 남의 집에 들어가서 재물을 탈취하고 부녀를 겁탈하는 것이나 다를 것이 무엇 있소? 각국이 평화를 보전한다 하여도 하나님의 위엄을 빌려서 도덕상으로 평화를 유지할 생각은 조금도 없고 전혀 병장기의 위엄으로 평화를 보전하려 하니, 우리 여우가 호랑이의 위엄을 빌려서 제 몸의 죽을 것을 피한 것과 어떤 것이 옳고 어떤 것이 그르오? 또 세상 사람들이 구미호를 요망하다 하나 그것은 대단히 잘못 아는 것이라. 옛적 책을 볼지라도 꼬리 아홉 있는 여우는 상서라 하였으니,《잠학거류서》라 하는 책에는 말하였으되, 구미호가 도道 있으면 나타나고 나올 적에는 글을 물어 상서를 주문에 지었다 하였고, 왕포《사자강덕론》이라 하는 책에는 주周나라 문왕文王이 구미호를 응하여 동편 오랑캐를 돌아오게 하였다 하였고,《산해경》이라 하는 책에는 청구국青丘國에 구미호가 있어서 덕이 있으면 오느니라 하였으니, 이런 책을 볼지라도 우리 여우를 요망한 것이라 할 까닭이 없거늘, 사람들이 무식하여 이런 것은 알지 못하고 여우가 천 년을 묵으면 요사스러운 여편네로 화한다 하고 혹은 말하기를 옛적에 음란한 계집이 죽어서 여우로 태어났다 하니, 이런 거짓말이 어디 또 있으리오. 사람들은 음란하여 별일이 많되 우리 여우는 그렇지 않소. 우리는 분수를 지켜서 다른 짐승과 교통하는 일이 없고, 우리뿐 아니라 여러분이 다 그러하시되, 사람이라 하는 것들은 음란하기가 짝이 없소. 어떤 나라 계집은 개와 통간通姦한 일도 있고 말과 통간한 일도 있으니, 이런 일은 천하만국에 한두 사람뿐이겠지마는 한 숟가락 국으로 온 솥의 맛을 알 것이라. 근래에 덕의가 끊어지고 인도가 없어져서 세상이 결딴난 일을 이루 다 말할 수 없소. 사람의 행위가 그러하되 오히려 하나님을 두려워하지 아니하며 짐승을 부끄러워하지 아니하고, 대갓집 규중 여자가 논다니로 놀아나서 이 사람 저 사람 호리기와, 각부 아문 공청에서 기생 불러 노름 놀기, 전정前程이 만리 같은 각 학교 학도들이 청루青樓 방에 다니기와, 제 혈육으로 난 자식을 돈 몇 푼에 욕심나서 논다니로 내어놓기, 이런 행위를 볼짝시면 말하는 내 입이 더러워지오. 에 더러워, 천지간에 더럽고 요망하고 간사한 것은 사람이오. 우리 여우는 그렇지 않소. 저들끼리 간사한 사람을 보면 여우라 하니, 그러한 사람을 여우라 할진댄 지금 세상 사람 중에 여우 아닌 사람이 몇몇이나 있겠소? 또 저희들은 서로 여우 같다 하여도 가만히 듣고 있으되 만일 우리더러 사람 같다 하면 우리는 그 이름이 더러워서 아니 받겠소. 내 소견 같으면 이후로는 사람을 사람이라 하지 말고 여우라 하고, 우리 여우를 사람이라 하는 것이 옳은 줄로 아나이다."

제삼석, 정와어해井蛙語海 – 개구리

여우가 연설을 그치고 할금할금 돌아보며 제자리로 내려가니, 또 한편에서 회장을 부르고 아장아장 걸어와서 연단 위에 깡충 뛰어 올라간다. 눈은 톡 불거지고 배는 뚱뚱하고 키는 작달막한데 눈을 깜작깜작하며 입을 벌죽벌죽하고 연설한다.

"나의 성명은 말씀 아니하여도 여러분이 다 아시리다. 나는 출입이라고는 미나리논밖에 못 가 본 고로 세계 형편도 모르고, 또 맹꽁이를 이웃하여 산 고로 구학문의 맹자 왈 공자 왈은 대강 들었으나 신학문은 아는 것이 변변치 아니하나, 지금 정와의 어해라 하는 문제로 대강 인류 사회를 논란코자 하옵네다.

사람들은 거만한 마음이 많아서 저희들이 천하에 제일이라고, 만물 중에 저희가 가장 귀하다고 자칭하지마는, 제 나랏일도 잘 모르면서 양비대담*하고 큰소리 탕탕 하고 주제넘은 말 하는 것들 우습다. 우리 개구리를 가리켜 말하기를, 우물 안 개구리와 바다 이야기 할 수 없다 하니, 항상 우물 안에 있는 개구리는 우물이 좁은 줄만 알고 바다에는 가 보지 못하여 바다가 큰지 작은지 넓은지 좁은지 긴지 짧은지 깊은지 얕은지 알지 못하나 못 본 것을 아는 체는 아니하거늘, 사람들은 좁은 소견을 가지고 외국 형편도 모르고 천하대세도 살피지 못하고 공연히 떠들며 무엇을 아는 체하고 나라는 다 망하여 가건마는 썩은 생각으로 갑갑한 말만 하는도다. 또 어떤 사람들은 제 나라 안에 있어서 제 나랏일을 다 알지 못하면서 보도 듣도 못한 다른 나라 일을 다 아노라고 추척대니 가증하고 우습도다. 연전에 어느 나라 어떤 대관이 외국 대관을 만나서 수작할새 외국 대관이 묻기를,

'대감이 지금 내무대신으로 있으니 전국의 인구와 호수가 얼마나 되는지 아시오?'

한데 그 대관이 묵묵 무언하는지라. 또 묻기를,

'대감이 전에 탁지대신을 지내었으니 전국의 결총*과 국고의 세출 세입이 얼마나 되는지 아시오?'

한데 그 대관이 또 아무 말도 못 하는지라, 그 외국 대관이 말하기를,

'대감이 이 나라에 나서 이 정부의 대신으로 이같이 모르니 귀국을 위하여 가석하도다*.'

하였고, 작년에 어느 나라 내부에서 각 읍에 훈령하고 부동산을 조사하여 보아라 하였더니 어떤 군수는 보報하기를, '이 고을에는 부동산이 없다' 하여 일세의 웃음거리가 되었으니, 이같이 제 나라 일도 크나 적으나 도무지 아는 것 없는 것들이 일본이 어떠하니, 아라사*가 어떠하니, 구라파가 어떠하니, 아미리가*가 어떠하니, 제가 가장 아는 듯이 지껄이니 기가 막히오. 대저 천지의 이치는 무궁무진하여 만물의 주인 되시는 하나님밖에 아는 이가 없는지라. 《논어》에 말하기를, 하나님께 죄를 얻으면 빌 곳이 없다 하였는데, 그 주註에 말하기를 하나님은 곧 이치라 하였으니 하나님이 곧 이치요, 하나님이 곧 만물 이치의 주인이라. 그런 고로 하나님은 곧 조화주요, 천지만물의 대주재시니 천지만물의 이치를 다 아시려니와, 사람은 다만 천지간의 한 물건인데 어찌 이치를 알 수 있으리오. 여간 좀 연구하여 아는 것이 있거든 그 아는 대로 세상에 유익하고 사회에 효험 있게 아름다운 사업을 영위할 것이어늘, 조그만치 남보다 먼저 알았다고 그 지식을 이용하여 남의 나라 빼앗기와 남의 백성 학대하기와 군함 대포를 만들어서 악한 일에 종사하니, 그런 나라 사람들은 당초에 사람 되는 영혼을 주지 아니하였더면 도리어 좋을 뻔하였소. 또 더욱 도리에 어기어지는 일이 있으니, 나의 지식이 저 사람보다 조금 낫다고 하면 남을 가르쳐 준다 하고 실상은 해롭게 하며, 남

을 인도하여 준다 하고 제 욕심 채우는 일만 하며, 어떤 사람은 제 나라 형편도 모르면서 타국 형편을 아노라고 외국 사람을 부동하여 인군을 속이고 나라를 해치며 백성을 위협하여 재물을 도둑질하고 벼슬을 도둑하며 개화하였다 자칭하고, 양복 입고 단장 짚고 권련 물고 시계 차고 살죽경* 쓰고 인력거나 자행거* 타고 제가 외국 사람인 체하여 제 나라 동포를 압제하며, 혹은 외국 사람 상종함을 영광으로 알고 아첨하며 제 나라 일을 변변히 알지도 못하는 것을 가르쳐 주며, 여간 월급냥이나 벼슬낱이나 얻어 하느라고 남의 나라 정탐군이 되어 애매한 사람 모함하기, 어리석은 사람 위협하기로 능사를 삼으니, 이런 사람들은 안다 하는 것이 도리어 큰 병통이 아니오? 우리 개구리의 족속은 우물에 있으면 우물에 있는 분수를 지키고, 미나리논에 있으면 미나리논에 있는 분수를 지키고, 바다에 있으면 바다에 있는 분수를 지키나니, 그러면 우리는 사람보다 상등이 아니오니까? (손뼉 소리 짤각짤각)

또 무슨 동물이든지 자식이 아비 닮는 것은 하나님의 정하신 뜻이라. 우리 개구리는 대대로 자식이 아비 닮고 손자가 할아비를 닮되, 형용도 똑같고 성품도 똑같아서 추호도 틀리지 않거늘, 사람의 자식은 제 아비 닮는 것이 별로 없소. 요 임금의 아들이 요 임금을 닮지 아니하고, 순 임금의 아들이 순 임금과 같지 아니하고, 하우 씨와 은왕 성탕成湯은 성인이로되 그 자손 중에 포학하기로 유명한 걸桀·주紂 같은 이가 났고, 왕건 태조는 영웅이로되 왕우王偶·왕창王昌이가 생겼으니, 일로 보면 개구리 자손은 개구리를 닮되 사람의 새끼는 사람을 닮지 아니하도다. 그러한즉 천지자연의 이치를 지키는 자는 우리가 사람에게 비교할 것이 아니요, 만일 아비를 닮지 아니한 자식을 마귀의 자식이라 할진대 사람의 자식은 다 마귀의 자식이라 하겠소.

또 우리는 관가 땅에 있으면 관가를 위하여 울고 사사私私 땅에 있으면 사사를 위하여 울거늘, 사람은 한 번만 벼슬자리에 오르면 붕당을 세워서 권리 다툼하기와 권문세가에 아첨하러 다니기와 백성을 잡아다가 주리 틀고 돈 빼앗기와 무슨 일을 당하면 청촉請囑 듣고 뇌물 받기와 나랏돈 도적질하기와 인민의 고혈을 빨아먹기로 종사하니, 날더러 도적놈 잡으라 하면 벼슬하는 관인들은 거반 다 감옥서 감이요, 또 우리들의 우는 것이 울 때에 울고 길 때에 기고 잠잘 때에 자는 것이 천지 이치에 합당하거늘, 불란서라 하는 나라 양반들이 우리 개구리의 우는 소리를 듣기 싫다고 백성들을 불러 개구리를 다 잡으라 하다가 마침내 혁명당이 일어나서 난리가 되었으니, 사람같이 무도한 것이 세상에 또 있으리오? 당나라 때에 한 사람이 우리를 두고 글을 짓되, 개구리가 도의 맛을 아는 것 같아 연꽃 깊은 곳에서 운다 하였으니, 우리의 도덕심 있는 것은 사람도 아는 것이라. 우리가 어찌 사람에게 굴복하리오. 동양 성인 공자께서 말씀하시기를 아는 것은 안다 하고 알지 못하는 것은 알지 못한다 하는 것이 정말 아는 것이라 하였으니, 저희들이 천박한 지식으로 남을 속이기를 능사로 알고 천하만사를 모두 안 체하니, 우리는 이같이 거짓말은 하지 아니하오. 사람이란 것은 하나님의 이치를 알지 못하고 악한 일만 많이 하니 그대로 둘 수 없으니, 차후는 사람이라 하는 명칭을 주지 마는 것이 대단히 옳은 줄로 생각하오."

넙죽넙죽 하는 말이 소진蘇秦·장의張儀가 오더라도 당치 못할러라. 말을 그치고 내려오니 또 한편에서 회장을 부르고 나는 듯이 연설단에 올라간다.

제사석, 구밀복검 口蜜腹劍 – 벌

 허리는 잘록하고 체격은 조그마한데 두 어깨를 떡 벌리고 청량한 소리로 머리를 까딱까딱하면서 연설한다.
 "나는 벌이올시다. 지금 구밀복검이라 하는 문제를 가지고 잠깐 두어 마디 말씀할 터인데, 먼저 서양서 들은 이야기를 잠깐 하오리다.
 당초에 천지개벽할 때에 하나님이 에덴동산을 준비하사 각색 초목과 각색 짐승을 그 안에 두고 사람을 만들어 거기서 살게 하시니, 그 사람의 이름은 아담이라 하고 그 아내는 하와라 하였는데, 지금 온 세상 사람들의 조상이라. 사람은 특별히 모양이 하나님과 같고 마음도 하나님과 같게 하였으니 사람은 곧 하나님의 아들이라 하는 뜻을 잊지 말고 하나님의 마음을 본받아 지극히 착하게 되어야 할 터인데, 아담과 하와가 죄를 짓고 에덴동산에서 쫓겨난지라. 우리 벌의 조상은 죄도 아니 짓고 하나님의 뜻대로 순종하여 각색 초목의 꽃으로 우리의 전답을 삼고 꿀을 농사하여 양식을 만들어 복락을 누리니, 조상 적부터 우리가 사람보다 나은지라. 세상이 오래되어 갈수록 사람은 하나님과 더욱 멀어지고, 오늘날 와서는 거죽은 사람의 형용이 그대로 있지마는 실상은 시랑*과 마귀가 되어 서로 싸우고 서로 죽이고 서로 잡아먹어서, 약한 자의 고기는 강한 자의 밥이 되고 큰 것은 작은 것을 압제하여 남의 권리를 늑탈하여* 남의 재산을 속여 빼앗으며 남의 토지를 앗아 가며 남의 나라를 위협하여 망케 하니, 그 흉칙하고 악독함을 무엇이라 이르겠소? 사람들이 우리 벌을 독한 사람에게 비유하여 말하기를, 입에 꿀이 있고 배에 칼이 있다 하나 우리 입의 꿀은 남을 꾀려 하는 것이 아니라 우리 양식을 만드는 것이요, 우리 배의 칼은 남을 공연히 쏘거나 찌르는 것이 아니라 남이 나를 해치려 하는 때에 정당방위로 쓰는 칼이오. 사람같이 입으로는 꿀같이 말을 달게 하고 배에는 칼 같은 마음을 품은 우리가 아니오. 또 우리의 입은 항상 꿀만 있으되 사람의 입은 변화가 무쌍하여 꿀같이 단 때도 있고 고추같이 매운 때도 있고 칼같이 날카로운 때도 있고 비상같이 독한 때도 있어서, 맞대하였을 때는 꿀을 들어붓는 것같이 달게 말하다가 돌아서면 흉보고 욕하고 노여워하고 악담하며, 좋아지낼 때에는 깨소금 항아리같이 고소하고 맛있게 수작하다가 조금만 미흡한 일이 있으면 죽일 놈 살릴 놈하며 무성포 無聲砲가 있으면 곧 놓아 죽이려 하니, 그런 악독한 것이 어디 또 있으리오. 에, 여러분, 여보시오, 그래, 우리 짐승 중에 사람들처럼 그렇게 악독한 것들이 있단 말이오? (손뼉 소리 귀가 막막)

사람들이 서로 욕설하는 소리를 들으면 참 귀로 들을 수 없소. 별 흉악망측한 말이 많소. '빠가', '까뎀' 같은 욕설은 오히려 관계치 않소. '네밀 붙을 놈', '염병에 땀도 못 낼 놈' 하는 욕설은 제 입을 더럽히고 제 마음 악한 줄을 모르고 얼씬하면 이런 욕설을 함부로 하니 어떻게 흉악한 소리요. 에, 사람의 입에는 도덕상 좋은 말은 별로 없고 못된 소리만 지저귀니 그것들을 사람이라고? 그것들을 만물 중에 가장 귀한 것이라고? 우리는 천지간의 미물이로되 그렇지는 않소. 또 우리는 인군을 섬기되 충성을 다하고 장수를 뫼시되 군령이 분명하여 다 각각 직업을 지켜 일을 부지런히 하여 주리지 아니하거늘, 어떤 나라 사람들은 제 인군을 죽이고 역적의 일을 하며 제 장수의 명령을 복종치 아니하고 난병亂兵도 되며, 백성들은 게을러서 아무 일도 아니하고 공연히 쏘다니며 놀고먹고 놀고 입기 좋아하며 술이나 먹고 노름이나 하고 계집의 집이나 찾아다니고 협잡이나 하고 그렁저렁 세월을 보내어 집이 구차하고 나라가 가난하니, 사람으로 생겨나서 우리 벌들보다 낫다 하는 것이 무엇이오? 서양의 어느 학자가 우리를 두고 노래를 지었으니,

아침 이슬 저녁볕에
이곳 저곳 찾아가서
부지런히 꿀을 물고
제 집으로 돌아와서
반은 먹고 반은 두어
겨울 양식 저축하여
무한 복락 누릴 때에
하나님의 은혜라고
빛난 날개 좋은 소리
아름답게 찬미하네

그래, 사람 중에 사람스러운 것이 몇이나 있소? 우리는 사람들에게 시비 들을 것 조금도 없소. 사람들의 악한 행위를 말하려면 끝이 없겠으나 시간이 부족하여 그만둡네다."

제오석, 무장공자無腸公子 – 게

벌이 연설을 그치고 미처 연설단을 내려서기 전에 또 한편에서 회장을 부르고 나오니, 모양이 기괴하고 눈에 영채映彩가 있어 힘센 장수같이 두 팔을 쩍 벌리고 어깨를 추썩추썩하며 하는 말이,

"나는 게올시다. 지금 무장공자라 하는 문제로 연설할 터인데, 무

장공자라 하는 말은 창자 없는 물건이라 하는 말이니, 옛적에 포박자 抱朴子라 하는 사람이 우리 게의 족속을 가리켜 무장공자라 하였으니 대단히 무례한 말이로다. 그래, 우리는 창자가 없고 사람들은 창자가 있소. 시방 세상 사는 사람 중에 옳은 창자 가진 사람이 몇 명이나 되겠소? 사람의 창자는 참 썩고 흐리고 더럽소. 의복은 능라주의*로 지르르 흐르게 잘 입어서 외양은 좋아도 다 가죽만 사람이지 그 속에는 똥밖에 아무것도 없소. 좋은 칼로 배를 가르고 그 속을 보면 구린내가 물큰물큰 나오. 지금 어떤 나라 정부를 보면 깨끗한 창자라고는 아마 몇 개 없으리다. 신문에 그렇게 나무라고 사회에서 그렇게 시비하고 백성이 그렇게 원망하고 외국 사람이 그렇게 욕들을 하여도 모르는 체하니, 이것이 창자 있는 사람들이오? 그 정부에 옳은 마음먹고 벼슬하는 사람 누가 있소? 한 사람이라도 있거든 있다고 하시오. 만판* 경륜*이 인군 속일 생각, 백성 잡아먹을 생각, 나라 팔아먹을 생각밖에 아무 생각 없소. 이같이 썩고 더럽고 똥만 들어서 구린내가 물큰물큰 나는 창자보다는 우리의 없는 것이 도리어 낫소. 또 욕을 보아도 성낼 줄을 모르고 좋은 일을 보아도 기뻐할 줄 알지 못하는 사람이 많이 있소. 남의 압제를 받아 살 수 없는 지경에 이르되 깨닫고 분한 마음 없고, 남에게 그렇게 욕을 보아도 노여워할 줄 모르고 종노릇하기만 좋게 여기고 달게 여기며, 관리의 무례한 압박을 당하여도 자유를 찾을 생각이 도무지 없으니, 이것이 창자 있는 사람들이라 하겠소? 우리는 창자가 없다 하여도 남이 나를 해치려 하면 죽더라도 가위로 집어 한 놈 물고 죽소. 내가 한번 어느 나라에 지나다 보니 외국 병정이 지나가는데, 그 나라 부인을 건드려 젖통이를 만지려 하매 그 부인이 소리를 지르고 욕을 한즉, 그 병정이 발로 차고 손으로 때려서 행악行惡이 무쌍한지라. 그 나라 사람들이 모여 서서 그것을 구경만 하고 한 사람도 대들어 그 부인을 도와주고 구원하여 주는 사람이 없으니, 그 사람들은 그 부인이 외국 사람에게 당하는 것을 상관없는 줄로 알아서 그러한지 겁이 나서 그러한지, 결단코 남의 일이 아니라 저희 동포가 당하는 일이니 저희들이 당함이어늘, 그것을 보고 분낼 줄 모르고 도리어 웃고 구경만 하니, 그 부인의 오늘날 당하는 욕이 내일 제 어미나 제 아내에게 또 돌아올 줄을 알지 못하는가? 이런 것들이 창자 있다고 사람이라 자긍自矜하니 허리가 아파 못 살겠소. 창자 없는 우리 게는 어찌하면 좋겠소? 나라에 경사가 있으되 기뻐할 줄을 알지 못하여 국기 하나 내어 꽂을 줄 모르니 그것이 창자 있는 것이오? 그런 창자는 부럽지 않소.

창자 없는 우리 게의 행한 사적事跡을 좀 들어 보시오. 송나라 때 추호라 하는 사람이 채경에서 사로잡혀 소주蘇州로 귀양 갈 때 우리가 구원하였으며, 산주구세라 하는 때에 한 처녀가 죽게 된 것을 살려 내느라고 큰 뱀을 우리 가위로 잘라 죽였으며, 산신과 싸워서 호인의 배를 구원하였고, 객사한 송장을 드러내어 음란한 계집의 죄를 발각하였으니, 우리의 행한 일은 다 옳고 아름다운 일이오. 사람같이 더러운 일은 하지 않소. 또 사람들도 우리의 행위를 자세히 아는 고로 '게도 제 구멍이 아니면 들어가지 아니한다'는 속담이 있소. 참 그러하지요. 우리는 암만 급하더라도 들어갈 구멍이라야 들어가지, 부당한 구멍에는 들어가지 않소. 사람들을 보면 부당한 데로 들어가는 사람이 많소. 부모처자를 내버리고 중이 되어 산속으로 들어가는 이도 있고, 여염집 부인네들은 음란한 생각으로 불공한다 핑계하고 절간 초막으로 들어가는 이도 있고, 명예 있는 신사라 자칭하고 쓸데없는 돈 내버리러 기생집에 들어가는 이도 있고, 옳은 길 내버리고 그른 길로 들어가는 사람, 옳은 종교 싫다 하고 이단으로 들어가는 사람, 돌을 안고 못으로 들어가는 사람, 섶을 지고 불로 들어가는 사람, 이루 다 말할 수 없소. 당연히 들어갈 데와 못 들어갈 데를 분별치 못하고 못 들어갈 데를 들어가서 화를 당하고 패를 보고 해를 끼치니, 이런 사람들이 무슨 창자 있노라고 우리의 창자 없는 것을 비웃소? 지금 사람들을 보면 그 창자가 다 썩어서 미구未久에 창자 있는 사람은 한 개도 없이 다 무장공자가 될 것이니, 이다음에는 사람더러 무장공자라고 불러야 옳겠소."

제육석, 영영지극螢螢之極 – 파리

게가 입에서 거품이 부걱부걱 나오며 수용산출*로 하던 말을 그치고 엉금엉금 기어 내려가니, 파리가 또 회장을 부르고 나는 듯이 연단에 올라가서 두 손을 싹싹 비비면서 말을 한다.

"나는 파리올시다. 사람들이 우리 파리를 가리켜 말하기를, 파리는 간사한 소인이라 하니, 대저 사람이라 하는 것들은 저의 흉은 살피지 못하고 다만 남의 말은 잘하는 것들이오. 간사한 소인의 성품과 태도를 가진 것들은 사람들이오. 우리는 결단코 소인의 성품과 태도를 가진 것이 아니오. 《시전時傳》이라 하는 책에 말하기를 '영영한* 푸른 파리가 횃대에 앉았다' 하였으니, 이것은 우리를 가리켜 한 말이 아니라 사람들을 비유한 말이오. 옛글에 '방에 가득한 파리를 쫓아도 없어지지 않는다' 하는 말도 우리를 두고 한 말이 아니라 사람 중의 간사한 소인을 가리켜 한 말이오. 우리는 결코 간사한 일은 하지 아니하였소마는, 인간에는 참 소인이 많습디다. 사슴을 가리켜 말이라 하여 인군을 속인 것이 비단 조고趙高 한 사람뿐 아니라 지금 망하여 가는 나라 조정을 보면 온 정부가 다 조고 같은 간신이요, 천자를 끼고 제후에게 호령함이 또한 조조曹操 한 사람뿐 아니라 지금은 도덕은 떨어지고 효박한* 풍기를 보면 온 세계가 다 조조 같은 소인이라. 웃음 속에 칼이 있고 말 속에 총이 있어 친구라고 사귀다가 저 잘되면 차 버리고, 동지라고 상종타가 남 죽이고 저 잘되기, 누구누구는 빈천지교* 저버리고 조강지처 내쫓으니 그것이 사람이며, 아무아무 유지지사有志之士 고발하여 감옥서에 몰아넣고 저 잘되기 희망하니 그것도 사람인가? 쓸개에 가 붙고 간에 가 붙어 요리조리 알씬알씬하는 사람 정말 밉기도 밉습디다. 여러분도 다 아시거니와 그래 공담公談으로 말하자면 우리가 소인이오, 사람들이 간물奸物이오? 생각들 하여 보시오. 또 우리는 먹을 것을 보면 혼자 먹는 법 없소. 여러 족속을 청하고 여러 친구를 불러서 화락한 마음으로 한가지로 먹지마는, 사람들은 이利 끝만 보면 형제간에도 의가 상하고 일가간에도 정이 없어지며 심한 자는 서로 골육상쟁하기를 예사로 아니, 참기가 막히오. 동포끼리 서로 구제하는 것은 하나님의 이치어늘 사람들은 과연 저희 동포끼리 서로 사랑하는가? 저들끼리 서로 빼앗고 서로 싸우고 서로 시기하고 서로 흉보고 서로 총을 쏘아 죽이고 서로 칼로 찔러 죽이고 서로 피를 빨아 마시고 서로 살을 깎아 먹되, 우리는 그렇지 않소. 세상에 제일 더러운 것을 똥이라 하지마는, 우리가 똥을 눌 때 남이 다 보고 알도록 흰 데는 검게 누고 검은 데는 희게 누어서 남을 속일 생각은 하지 않소. 사람들은 똥보다 더 더러운 일을 많이 하지마는 혹 남의 눈에 보일까 남의 입에 오르내릴까 겁을 내어 은밀히 하되, 무소부지* 하신 하나님은 먼저 아시고 계시오. 옛적에 유형이라 하는 사람은 부채를 들고 참외에 앉은 우리를 쫓고, 왕사라 하는 사람은 칼을 빼어 먹을 먹는 우리를 쫓을새, 저 사람들이 그렇게 쫓되 우리가 가지 아니함을 성내어 하는 말이 파리는 쫓아도 도로 온다며 미워하니, 저희들이 쫓을 것은 쫓지 아니하고 아니 쫓을 것은 쫓는도다. 사람들은 우리를 쫓으려 할 것이 아니라 불가불 쫓아야 할 것이 있으니, 사람들아, 부채를 놓고 칼을 던지고 잠깐 내 말을 들어라. 너희들이 당연히 쫓을 것은 너희 마음을 수고롭게 하는 마귀니라. 사람들아 사람들아, 너희들은 너희 마음속에 있는 물욕을 쫓아 버려라. 너희 머릿속에 있는 썩은 생각을 내쫓으라. 너희 조정에 있는 간신들을 쫓아 버려라. 너희 세상에 있는 소인들을 내쫓으라. 참외가 다 무엇이며 먹이 다 무엇이냐? 사람들아 사람들아, 우리 수십 억만 마리가 일제히 손을 비비고 비나니, 우리를 미워하지 말고 하나님이 미워하시는, 너희를 해치는 여러 마귀를 쫓으라. 손으로만 빌어서 아니 들으면 발로라도 빌겠다."

의기가 양양하여 사람을 저희 똥만치도 못하게 나무라고 겸하여 충고의 말로 권고하고 내려간다.

제칠석, 가정맹어호 苛政猛於虎 – 호랑이

웅장한 목소리로 회장을 부르니 산천이 울린다. 연단에 올라서서 머리를 설레설레 흔들고 좌중을 내려다보니 눈알이 등불 같고 위풍이 늠름한데, 주홍 같은 입을 떡 벌리고 어금니를 부지직 갈며 연설하는데, 좌중이 종용하다.

"본원의 이름은 호랑인데 별호는 산군이올시다. 여러분 중에도 혹 아시는 이도 있을 듯하오. 지금 가정이 맹어호라 하는 문제를 가지고 두어 마디 할 터인데, 이것은 여러분 아시는 것과 같이 옛적 유명한 성인 공자님이 하신 말씀이라. 가정이 맹어호라 하는 뜻은 까다로운 정사政事가 호랑이보다 무섭다 함이니, 양자楊子라 하는 사람도 이와 같은 말이 있는데 혹독한 관리는 날개 있고 뿔 있는 호랑이와 같다 한지라, 세상에 사람들이 말하기를 제일 포악하고 무서운 것은 호랑이라 하였으니, 자고 이래로 사람들이 우리에게 해를 받은 자가 몇 명이나 되느뇨? 도리어 사람이 사람에게 해를 당하며 살육을 당한 자가 몇억만 명인지 알 수 없소. 우리는 설사 포악한 일을 할지라도 깊은 산과 깊은 골과 깊은 수풀 속에서만 횡행할 뿐이오, 사람처럼 청천 백일지하에 왕궁 국도에서는 하지 아니하거늘, 사람들은 대낮에 사람을 죽이고 재물을 빼앗으며 죄 없는 백성을 감옥서에 몰아넣어서 돈 바치면 내놓고 세 없으면 죽이는 것과, 인군은 아무리 인자하여 사전*을 내리더라도 법관이 용사用事하여 공평치 못하게 죄인을 조종하고, 돈을 받고 벼슬을 내어서 그 벼슬한 사람이 그 밑천을 뽑으려고 음흉한 수단으로 정사를 까다롭게 하여 백성을 못 견디게 하니, 사람들의 악독한 일을 우리 호랑이에게 비하여 보면 몇만 배가 될는지 알 수 없소. 또 우리는 다른 동물을 잡아먹더라도 하나님이 만들어 주신 발톱과 이빨로 하나님의 뜻을 받아 천성의 행위를 행할 뿐이어늘, 사람들은 학문을 이용하여 화학이니 물리학이니 배워서 사람의 도리에 유익한 옳은 일에 쓰는 것은 별로 없고, 각색 병기를 발명하여 군함이니 대포니 총이니 탄환이니 화약이니 칼이니 활이니 하는 등물을 만들어서 재물을 무한히 내버리고 사람을 무수히 죽여서, 나라를 만들 때의 만반 경륜은 다 남을 해하려는 마음뿐이라. 그런 고로 영국 문학박사 판스라 하는 사람이 말하기를

'사람이 사람에게 대하여 잔인한 까닭으로 수천만 명 사람이 참혹한 지경에 들어갔도다' 하였고, 옛날 진회왕이 초회왕을 청하매 초회왕이 진나라에 들어가려 하거늘 그 신하 굴평이 간하여 가로되, '진나라는 호랑이 나라이라 가히 믿지 못할지니 가시지 마소서' 하였으니, 호랑이의 나라가 어찌 진나라 하나뿐이리오. 오늘날 오대주 五大洲를 둘러보면, 사람 사는 곳곳마다 어느 나라가 욕심 없는 나라가 있으며 어느 나라가 포학하지 아니한 나라가 있으며 어느 인간에 고상한 천리天理를 말하는 자가 있으며 어느 세상에 진정한 인도를 의론하는 자가 있느뇨? 나라마다 진나라요, 사람마다 호랑이라. 세상 사람들이 말하기를, 호랑이는 포악 무쌍한 것이라 하되, 이것은 알지 못하는 말이로다. 우리는 원래 천품天稟이 은혜를 잘 갚고 의리를 깊이 아나니, 글자 읽은 사람은 짐작할 듯하오. 옛적에 진나라 곽무자라 하는 사람이 호랑이 목구멍에 걸린 뼈를 빼내어 주었더니 사슴을 드려 은혜를 갚았고, 영윤 자문을 나서 몽택에 버렸더니 젖을 먹여 길렀으며, 양위의 효성을 감동하여 몸을 물리쳤으니, 이런 일을 보면 우리가 은혜를 감동하고 의리를 아는 것이라. 사람들로 말하면 은혜를 알고 의리를 지키는 사람이 몇몇이나 되겠소? 옛적 사람이 말하기를, 호랑이를 기르면 후환이 된다 하여 지금까지 양호유환*이라 하는 문자를 쓰지마는, 되지 못한 사람의 새끼를 기르는 것이 도리어 정말 후환이 되는지라. 호랑이 새끼를 길러서 돈을 모으는 사람은 있으되 사람의 자식을 길러서 덕을 보는 사람은 별로 없소. 또 속담에 이르기를, '호랑이 죽음은 껍질에 있고, 사람의 죽음은 이름에 있다' 하니 지금 세상 사람에 정말 명예 있는 사람이 몇 명이나 있소? 인생 칠십 고래희라, 한세상 살 동안이 얼마 되지 아니한데 옳은 일만 할지라도 다 못하고 죽을 터인데, 꿈결 같은 이 세상을 구구히 살려 하여 못된 일 할 생각이 시꺼멓게 있어서 앞문으로 호랑이를 막고 뒷문으로 승냥이를 불러들이는 자도 있으니 어찌 불쌍치 아니하리오. 옛적 사람은 호랑이의 가죽을 쓰고 도적질하였으나 지금 사람들은 껍질은 사람의 껍질을 쓰고 마음은 호랑이의 마음을 가져서 더욱 험악하고 더욱 흉포한지라. 하나님은 지공무사*하신 하나님이시니, 이같이 험악하고 흉포한 것들에게 제일 귀하고 신령하다는 권리를 줄 까닭이 무엇이오? 사람으로 못된 일 하는 자의 종자를 없애는 것이 좋은 줄로 생각하옵네다."

제팔석, 쌍거쌍래雙去雙來 - 원앙

호랑이가 연설을 그치고 내려가니, 또 한편에서 형용이 단정하고 태도가 신중한 어여쁜 원앙새가 연단에 올라서서 애연한 목소리로 말을 한다.

"나는 원앙이올시다. 여러분이 인류의 악행을 공격하는 것이 다 절당切當한 말씀이로되, 인류의 제일 괴악한 일은 음란한 것이오. 하나님이 사람을 내실 때에 한 남자에 한 여인을 내셨으니, 한 사나이와 한 여편네가 서로 저버리지 아니함은 천리天理에 정한 인륜人倫이라. 사나이도 계집을 여럿 두는 것이 옳지 않고 여편네도 서방을 여럿 두는 것이 옳지 않거늘, 세상 사람들은 다 생각하기를 사나이는 계집을 많이 두고 호강하는 것이 좋은 것인 줄로 알고 처첩을 두셋씩 두는 사람도 있으며, 어떤 사람은 오륙 명 두는 자도 있으며, 혹은 장가든 뒤에 그 아내를 돌아다보지 아니하고 두 번 세 번 장가드는 자도 있으며, 혹은 아내를 소박하고 첩을 사랑하다가 패가망신

하는 자도 있으니, 사나이가 두 계집 두는 것은 천리에 어기어짐이라. 계집이 두 사나이를 두면 변고로 알고 사나이가 두 계집 두는 것은 예사로 아니 어찌 그리 편벽되며, 사나이가 남의 계집 도적함은 꾸짖지 아니하고 계집이 남의 사나이를 상관하면 큰 변인 줄 아니 어찌 그리 불공不公하오? 하나님의 천연한 이치로 말할진대 사나이는 아내 한 사람만 두고 여편네는 남편 한 사람만 좇을지라. 무론, 남녀 무론하고 두 사람을 두든지 섬기는 것은 옳지 아니하거늘, 지금 세상 사람들은 괴악하고 음란하고 박정하여* 길가의 한 가지 버들을 꺾기 위하여 백년해로하려던 사람을 잊어버리고, 동산의 한 송이 꽃을 보기 위하여 조강지처를 내쫓으며, 남편이 병이 들어 누웠는데 의원과 간통하는 일도 있고, 복을 빌어 불공한다 가탁하고* 중 서방 하는 일도 있고, 남편 죽어 사흘이 못 되어 서방 해갈 주선하는 일도 있으니, 사람들은 계집이나 사나이나 인정도 없고 의리도 없고 다만 음란한 생각뿐이라 할 수밖에 없소. 우리 원앙새는 천지간에 지극히 적은 물건이로되 사람과 같이 그런 더러운 행실은 아니하오. 남녀의 법이 유별하고 부부의 윤기倫紀가 지중한 줄을 아는 고로 음란한 일은 결코 없소. 사람들도 우리 원앙새의 역사를 짐작하기로 이야기하는 말이 있소. 옛날에 한 사냥꾼이 원앙새 한 마리를 잡았더니 암원앙새가 수원앙새를 잃고 수절하여 과부로 있은 지 일 년 만에 또 그 사냥꾼의 화살에 맞아 잡힌 바 된지라, 사냥꾼이 원앙새를 잡아 가지고 집으로 돌아와서 털을 뜯을새, 날개 아래 무엇이 있거늘 자세히 보니 거년去年에 자기가 잡아온 수원앙새의 대가리라. 이것은 암원앙새가 수원앙새와 같이 있다가 수원앙새가 사냥꾼의 화살을 맞아서 떨어지니, 그 창황* 중에도 수원앙새의 대가리를 집어 가지고 숨어서 일시의 난을 피하여 짝 잃은 한을 잊지 아니하고 서방의 대가리를 날개 밑에 끼고 슬피 세월을 보내다가 또한 사냥꾼에게 잡힌 바 된지라, 그 사냥꾼이 이것을 보고 정절이 지극한 새라 하여 먹지 아니하고 정결한 땅에 장사를 지낸 후에 그때부터 다시는 원앙새는 잡지 아니하였다 하니, 우리 원앙새는 짐승이로되 절개를 지킴이 이러하오. 사람들의 행위를 보면 추하고 비루하고 음란하여 우리보다 귀하다 할 것이 조금도 없소. 사람들의 행사를 대강 말할 터이니 잠깐 들어 보시오. 부인이 죽으면 불쌍히 여기는 남편이 몇이나 되겠소? 상처喪妻한 후에 사나이가 수절하였다는 말은 들어 보도 못하였소. 낱낱이 재취再娶를 하든지 첩을 얻든지, 자식에게 못 할 노릇하고 집안에 화근을 일으키어 화기和氣를 손상케 하고, 계집으로 말하면 남편 죽은 후에 수절하는 사람은 많으나 속으로 서방질 다니며 상부喪夫한 지 며칠이 못 되어 개가할 길 찾느라고 분주한 계집도 있고, 또 자식을 낳아서 개구멍이나 다리 밑에 내버리는 것도 있으며, 심한 계집은 간부에게 혹하여 산 서방을 두고 도망질하기와 약을 먹여 죽이는 일까지 있으니, 저희들의 별별 괴악한 일은 이루 다 말할 수 없소. 세상에 제일 더럽고 괴악한 것은 사람이라, 다 말하려면 내 입이 더러워질 터이니까 그만두겠소."

원앙새가 연설을 그치고 연단을 내려오니, 회장이 다시 일어나서 말한다.

폐회閉會

"여러분 하시는 말씀을 들으니 다 옳으신 말씀이오. 대저 사람이라 하는 동물은 세상에 제일 귀하다 신령하다 하지마는, 나는 말하자면 제일 어리석고 제일 더럽고 제일 괴악하다 하오. 그 행위를 들어 말하자면 한정이 없고, 또 시간이 진盡하였으니 그만 폐회하오."
하더니 그 안에 모였던 짐승이 일시에 나는 자는 날고, 기는 자는 기고, 뛰는 자는 뛰고, 우는 자도 있고, 짖는 자도 있고, 춤추는 자도 있어, 다 각각 돌아가더라.

  슬프다! 여러 짐승의 연설을 듣고 가만히 생각하여 보니, 세상에 불쌍한 것이 사람이로다. 내가 어찌하여 사람으로 태어나서 이런 욕을 보는고! 사람은 만물 중에 귀하기로 제일이요 신령하기도 제일이요 재주도 제일이요 지혜도 제일이라 하여 동물 중에 제일 좋다 하더니, 오늘날로 보면 제일로 악하고 제일 흉괴하고 제일 음란하고 제일 간사하고 제일 더럽고 제일 어리석은 것은 사람이로다. 까마귀처럼 효도할 줄도 모르고, 개구리처럼 분수 지킬 줄도 모르고, 여우보다도 간사하고, 호랑이보다도 포악하고, 벌과 같이 정직하지도 못하고, 파리같이 동포 사랑할 줄도 모르고, 창자 없는 일은 게보다 심하고, 부정한 행실은 원앙새가 부끄럽도다. 여러 짐승이 연설할 때 나는 사람을 위하여 변명하려 하나 현하지변*을 가지고도 쓸데가 없도다. 사람이 떨어져서 짐승의 아래가 되고 짐승이 도리어 사람보다 상등이 되었으니 어찌하면 좋을꼬? 예수 씨의 말씀을 들으니 하나님이 아직도 사람을 사랑하신다 하니, 사람들이 악한 일을 많이 하였을지라도 회개悔改하면 구원 얻는 길이 있다 하였으니, 이 세상에 있는 여러 형제자매는 깊이깊이 생각하시오.

낱말 풀이

가석하다 몹시 아깝다.

가탁하다 거짓으로 핑계를 대다.

결총結總 조선시대에 토지세 징수의 기준이 된 논밭 면적의 전체 수

경륜 일정한 포부를 가지고 일을 조직적으로 계획함. 또는 그 계획

고연하다 본디부터 그러하다.

골육상잔하다 가까운 혈족끼리 서로 해치고 죽이다.

괴악하다 말이나 행동이 이상야릇하고 흉악하다.

기화요초琪花瑤草 옥같이 고운 풀에 핀 구슬같이 아름다운 꽃

노래자老萊子 중국 춘추시대 초나라의 은사隱士로 70세에 어린아이 옷을 입고 장난을 하여 늙은 부모를 위안했다고 한다.

녹수 푸른 잎이 우거진 나무

늑탈하다 폭력이나 위력을 써서 강제로 빼앗다.

능라주의綾羅紬衣 비단옷과 명주옷을 아울러 이르는 말

대망 이무기

만판 마음껏 넉넉하고 흐뭇하게. 다른 것은 없이 온통 한 가지로

무도패덕無道悖德 말이나 행동이 인간으로서 지켜야 할 도리에 어긋나서 막되다.

무소부지 이르지 않는 곳이 없다.

박정하다 인정이 박하다.

백낙천 백거이의 성姓과 자字를 함께 이르는 이름

빈천지교貧賤之交 가난하고 천할 때 사귄 사이

사전 국가적인 경사가 있을 때 죄인을 용서해 놓아주는 일

살죽경 타원형으로 생긴 안경. 샐쭉경

수용산출水湧山出 물이 샘솟고 산이 솟아나온다는 뜻으로 생각과 재주가 샘솟듯 풍부하여 시나 글을 즉흥적으로 훌륭하게 짓는 것을

비유적으로 이르는 말이다.

술장 술마당. 술자리가 벌어진 마당

시랑 승냥이와 늑대

아라사 러시아의 음역어

아미리가 아메리카의 음역어

안자顔子 안회顔回. 춘추시대 노나라의 현인으로 공자의 제자

양비대담攘臂大談 소매를 걷어올리고 큰소리를 치다.

양호유환養虎遺患 범을 길러서 화를 남긴다. 화근이 될 것을 길러서 후환을 당하게 된다는 뜻이다.

영영하다 세력이나 이익 따위를 얻기 위해 몹시 분주하고 바쁘다.

육혈포 탄알을 재는 구멍이 여섯 개 있는 권총

자행거 자전거

제반악증諸般惡症 여러 가지 못된 짓

제제창창濟濟蹌蹌 몸가짐에 위엄이 있고 질서가 정연하다.

주색잡기 술과 여자와 노름을 아울러 이르는 말

죽장망혜竹杖芒鞋 대지팡이와 짚신. 먼 길을 떠날 때의 간편한 차림새

지공무사至公無私 지극히 공정하여 사사로움이 없다.

창황 미처 어찌할 사이 없이 매우 급작스럽다.

천추 오래고 긴 세월. 또는 먼 미래

침륜하다 재산이나 권세가 없어지고 보잘것없이 되다.

침혹하다 무엇을 몹시 좋아하여 정신을 잃고 거기에 빠지다.

패악하다 도덕이나 의리나 올바른 도리에 어긋나다.

현하지변懸河之辯 물이 거침없이 흐르듯 말을 잘하다.

화육 천지자연의 이치로 만물을 만들어 가름

효박하다 인정이나 풍속이 어지럽고 아주 각박하다.

고무신

오영수 1909~1979년

경상남도 울주에서 태어나 일본 오사카 나니와 중학에서 수학하고 1935년 도쿄 국민 예술원을 졸업했다. 그후 고향에서 청년회관을 열어 역사·한글·연극 등을 가르쳤다. 일제의 탄압으로 문을 닫게 되자 만주 등지를 방랑했으며, 광복 후에는 경남여고 교사로 있었다. 1949년 《서울신문》 신춘문예에 〈고무신〉(원제는 〈남이와 엿장수〉)이 당선되어 등단했다. 1955년에 《현대문학》 창간 멤버로 활동했으며, 1959년에 동물들의 세계를 통해 인간 세계의 모럴을 암시한 〈개개비〉로 아시아자유문학상을 수상했다. 그는 토속적인 생활을 배경으로 향토적인 서정성과 순박한 인간상을 그린 작가였다.

작품 해제

갈래 순수 소설
배경 어느 봄 산기슭 마을
시점 전지적 작가 시점
제재 고무신
주제 엿장수와 식모의 순수하고 애틋한 사랑
출전 《서울신문》(1949년 1월)

줄거리

철수가 저녁 밥상을 받자 영이와 윤이는 남이가 자신들을 때렸다고 일러바쳤다. 철수는 남이를 불러 조용하게 묻자, 남이는 철수가 작년 추석 때 비싼 돈을 주고 사 준 옥색 고무신을 영이와 윤이가 엿 바꿔 먹었기에 그랬다고 했다.

마을에 찾아온 엿장수에게 남이는 신을 내놓으라고 말했다. 엿장수는 히죽 웃으며 신을 찾아주든 사든지 할 테니 흥분을 가라앉히라며 했다. 그때 남이의 가슴패기로 벌이 날아들자, 엿장수는 벌을 손으로 잡다가 손을 벌에 쏘인다. 남이는 가슴에 손을 댄 엿장수의 행동에 자신이 민망스러워 했다.

엿장수는 그 후 계속 이 동네를 찾아와 아이들에게 인심도 쓰면서 지냈다. 엿장수는 단정하게 입고 철수네 집을 배회했다. 그 무렵 남이의 아버지가 남이를 결혼시키겠다며 찾아온다. 철수 내외는 너무 이른 것이 아니냐고 말했다. 눈물을 흘리며 남이는 재촉하는 아버지의 성화에 철수 내외가 마련해 준 혼수 보퉁이를 들고 아버지를 따라 나섰다.

그때 엿장수의 가윗소리에 남이는 영이와 윤이에게 엿을 사 주었다. 엿장수는 예쁘게 차려입은 남이를 보고 남이가 꽃놀이를 가는 줄 알고 울음고개로 질러갔다. 철수 내외는 남이의 옥색 고무신을 보며 궁금했으나 물어볼 수 없었다. 엿장수는 꽃놀이를 가는 줄 알았던 남이가 웬 영감을 따라가는 것을 그저 바라본다.

고무신

　보리밭 이랑에 모이를 줍는 낮닭 울음만이 이따끔씩 들려오는 고요한 이 마을에도 올봄 접어들어 안타까운 이별이 있었다.
　바다와 시가시 일부가 한꺼번에 내다보이는, 지대가 높고, 귀환 동포가 누더기처럼 살고 있는 산기슭 마을이었다. 그렇기에 마을 사람들은 철수 내외와 같이 가난뱅이 월급쟁이가 아니면 대개가 그날그날 날품팔이다.
　밤이면 모여들고 날이 새면 일터로 나가기가 바빴다. 다만 어린아이들만이 마을 앞 양지바른 담 밑에 모여 윤선*이 오고 가는 바다를 바라보고, 윤선도 보이지 않는 날은 무료에 지쳐 버린다.
　그러나 이 단조한* 마을, 무료한 아이들에게도 단 하나의 즐거움은 있었다. 그것은 날마다 단골로 찾아오는 젊은 엿장수였다.
　내려다보이는 아랫마을을 거쳐, 보리밭 사잇길로 이 마을을 향해 올라오는 엿장수는 가위를 째깍거리면서
　"자아 엿이야 엿— 맛 좋고 빛 좋은 울릉도 호박엿— 처녀가 먹으

면 시집을 가고 총각이 먹으면 장가를 들고—."

 언제나 귀 익은 타령이건만 이 마을 아이들에게는 언제나 새롭고 즐겁고 또 신이 나는 넋두리였다.

 엿장수가 마을 앞까지 채 오기도 전에 아이들은 벌써 길목에 쭉 모여 서서 개선장군이나 맞이하듯 기다리고 섰다.

 그러면 엿장수는 더한층 가윗소리를 째깍거리고 길목 돌 위에다 엿판을 턱 내려놓고는 자! 어떠냐? 하는 듯이 맛보기를 주면 아이들은 서로 다퉈 담을 치고 들여다본다. 그러나 막상 엿을 사 먹는 아이는 좀체 보이지 않고, 혹 떨어진 고무신짝이나 가지고 와서 바꿔 먹는 아이가 없지는 않으나, 그것도 매일 같이 있을 리 없다. 아이들은 사 먹지는 못할망정 보기만 해도 좋았다. 그 뽀오얗게 밀가루를 쓴 엿가락이 가지런히 누워 있는 엿판을 들여다보고 있을 양이면 저절로 입에 군침이 괴고 마음까지 흐뭇해지는 것이었다.

 이 마을 아이들에게 있어 엿장수의 존재는 커다란 매력이었다. 이 마을 아이들에게는 세상에서 가장 부러운 것이 엿장수였을는지도 모른다.

 철수가 마악 저녁 밥상을 받자, 그보다 먼저 저녁을 먹은 여섯 살짜리 영이와 네 살짜리 윤이 놈이 상머리에 와 앉는다. 영이 놈이 시무룩한 상을 하고 누가 묻기나 한 듯이

 "어머닌 외가 갔어!"

한다. 즉 저희들을 안 데리고 갔다는 불평인 눈치다. 이런 때 저희들을 동정하는 눈치를 보이기만 하면 투정을 부리는 줄 알기 때문에 철수는 시치미를 뚝 떼고

 "흐음!"

했을 뿐 더는 대꾸를 않았다.

　윤이는 밥술 오르내리는 것만 하염없이 바라보고 있는데, 영이는 제 말한 것이 아무 반응이 없어 계면쩍이* 앉았다가 갑자기 생각난 듯이 앉은걸음으로 한 걸음 앞으로 다가앉으면서

　"아부지!"

하고는 채 대답도 듣기 전에

　"아지마가 오늘 윤이 때리고 날 꼬집고 했어!"

한다. 철수는 밥을 씹다 말고

　"으응 정말?"

　"그래!"

하고는 팔을 걷어 보이나 꼬집힌 흔적은 보이지 않았다.

　그러자 작은놈도 밑이 타진* 바지를 젖히고 볼기짝을 가리키면서

　"에게 에게 때려……."

하는 것을 보아 거짓말은 아닌 것 같다. 의욋일이었다.

　그것은 식모아이 분수로서 함부로 애들을 때리고 꼬집었다든가 하는 무슨 명분을 가려서가 아니라, 남이(식모아이의 이름)가 이 집에 온 이후 오늘까지 한 번이라도 애들에게 손찌검을 하거나 또 했다거나 하는 것을 보지도 듣지도 못했기 때문이었다.

　만일 남이가 저희들 말과 같이 때리고 꼬집기까지 했을 때는 이만저만한 일로써가 아니리라.

　"그래, 왜 아지마가 때리고 꼬집더냐?"

　"……."

　"응?"

　"……."

한 놈도 대답이 없다.

철수는 부엌에서 저녁 설거지를 하고 있는 남이를 불렀다. 남이 역시 대답이 없다. 대답은 없으나 마루께로 걸어오는 발자국 소리는 들린다. 부엌에서 할 대답을 방문을 열고서야

"예엣!"

하는 남이의 태도도 역시 여느 때와는 다르다.

철수는 부드러운 목소리로

"오늘 왜 윤이를 때리고 영이를 꼬집었냐?"

"……."

"아니 때리고 꼬집은 것을 나무람이 아니라, 애들이 무슨 저지레*를 했느냐 말이다?"

그제야 남이는 옆눈으로 영이와 윤이를 한번 흘겨보고는

"오늘 뒷개울에 빨래를 간 새, 영이와 윤이가 제 고무신을 들어다 엿을 바꿔 먹었어요!"

어이없는 소리다. 철수는

"뭣이 어쩌고 어째?"

하고는 밥술을 걸쳐 놓고 남이에게로 돌아앉으면서

"아아니 그래, 넌 빨래 갈 때 신을 벗고 갔더냐?"

"아니요!"

"그럼?"

"집에서 신는 헌 신 말고요, 옥색 신을요!"

철수는 또 한 번 놀라지 않을 수 없었다.

"응, 옥색 신이다?"

"예!"

이 옥색 고무신으로 말하면 바로 작년 팔월 대목이었다. 철수가 남이더러 추석치레로 뭣을 해 주면 좋으냐고 물었을 때, 남이는 옥색 바탕에 흰 테두리 한 고무신이 소원이라고 했다. 옷은 작년에 지어 둔 것이 있다는 말을 철수는 그의 아내에게서 들었기 때문에, 한껏 해야 크림이나 한 통 사 줄 생각으로 말한 것이 의외에도 옥색 고무신이라는 데는 철수도 당황하지 않을 수 없었다. 그러나 한번 해 준다고 한 이상 과하니 어쩌니 할 수도 없고 해서 좀 무리를 해서 일금 삼백육십 원을 주고 사 줬던 것이다. 남이는 무척 기뻐했고 그만큼 또 그 신을 아꼈다. 제가 쓰는 궤짝 속에 감춰 두고 특별한 출입—일테면 명절날이나, 또는 심부름 갈 때나, 학교 운동회 때나—이 아니면 좀체 신질 않았고, 또 한 번 신기만 하면 기어코 비누로 씻고 닦고 했다. 그렇기에 신어서 닳기보담 닦아서 닳는 것이 더했으리라.

"그래 그 신을 어디다 뒀길래?"

"마루 끝에, 엎어 둔 걸요!"

"왜 마루 끝에 뒀니?"

"씻어서 말린다고요!"

철수는 한숨을 내쉬며 영이와 윤이를 돌아보니 영이 놈은 맹꽁이처럼 볼을 부르켜* 가지고 한결같이 고개를 숙이고 있고, 윤이 놈은 밥상을 노려만 보고 앉았다.

남이는 또 말을 계속했다.

"지가 빨래를 해 가지고 오니, 골목에서 영이와 윤이가 엿을 먹고 있기에 웬 엿이냐니까 싱글싱글 웃기만 하고 달아나는데 이웃 아이들의 말이, 옆집 순이가 헌 고무신 한 짝을 갖고 와서 엿을 바꿔 먹는 것을 보고, 윤이가 집으로 들어가서 신 한 짝을 들고 나와 엿장수에게 팽개치다시피 하고 엿을 바꿔 가지고 갔는데, 조금 뒤에 영이가 또 한 짝을 마저 갖다 주고 엿을 바꿨대요."
　남이가 말을 마치자마자 영이는 눈을 해뚝거리면서*
　"지(윤이를 말함)가 와 그래 와 좀 안 주노 와!"
하는 것은 윤이가 엿을 바꿔 나눠 먹지 않기에 저도 그랬다는 뜻이다.
　이러는 동안 윤이는 밥상에 얹힌 계란 부침을 먹어 버렸다.
　"그래 그 엿장수는 어느 놈인데?"
　"매일 단골로 오는……."
　"머리 텁수룩하고 젊은 총각 놈 말이지, 으음……."
　철수는 밥상을 내밀었다. 남이는 남이대로
　"이놈의 엿장수 오기만 와 봐라!"
고 벼르면서 밥상을 내갔다. 영이 놈도 슬며시 일어나서 윤이 옆에 가서 잘 작정을 한다. 부엌에서는 남이가 엿장수에 대한 앙갚음을 하는 셈인지 솥전*에 바가지 닥뜨리는* 소리가 요란하다. 철수는
　"얘 남아, 신을 도로 찾아 주든지 아니면 새로 사 주든지 할 테니 바가지 너무 닥뜨리지 말고 그릇 조심해라!"
　그러고는 담배를 붙여 물었다.
　그러나 세상이 도둑판이고, 따라서 요즘 엿장수란 엿 파는 빙자*로 빈집을 노려 요강, 대야 훔쳐 가기가 예사고, 심지어는 빨래까지 걷어 가는 판인데 신으로 말하면 도둑질해 간 것도 아닌 이상, 그놈을 잡고 힐난*을 한댔자 쉽사리 찾아질 것 같지도 않았다.
　영이와 윤이는 어느새 잠이 들었다. 웃옷을 벗기고 베개를 베어 주고 철수도 옷을 갈아입고 자리에 누웠다.
　밖은 물기 먹은 초열흘 달이 희붓한데*, 남이는 설거지를 마쳤는

지 부엌은 조용하다. 어디서 아낙네들의 웃음소리가 먼 듯 가까운 듯 들려오고 밤은 간지럽게 깊어 갔다.

남이가 세숫대야에 걸레랑 헌 양말이랑 담아 옆에 끼고 마악 대문 밖으로 나서는데 엿장수의 가윗소리가 들려왔다. 엿장수는 마을 중턱 보리밭 사잇길을 올라오고 있었다. 남이는 대문 설주*에 몸을 붙이고 엿장수를 기다렸다. 엿장수는 마을 옆에 오자 한층 더 목청을 높여

"자아— 떨어진 고무신이나 백철* 부서진 거나 삼베 속곳* 떨어진 거나…… 째깍째깍."

"저놈의 엿장수 미쳤는가 베!"

고 입속말로 중얼거렸고, 마을 아이들은 어느새 엿장수를 둘러쌌다.

엿장수가 엿판을 길목에 내리자 남이는 가시처럼 꼭 찌르는 소리로

"보소!"

엿장수는 놀란 듯 힐끗 한 번 돌아보고는 담을 싼 아이들을 헤치고 남이에게로 오는데 남이는 입을 샐쭉하면서 대뜸

"내 신 내놓소!"

했다. 엿장수는 걸음을 멈추고 한참 동안 남이를 바라보다 말고 은근한 말투로

"신은 웬 신요?"

하고는 상대편에 의심을 받을 만큼 히죽이 웃어 보이자, 남이는 눈을 까칠해 가지고

"잡아떼면 누가 속을 줄 아는가 베!"

그러나 엿장수는 수양버들 봄바람 맞듯 연식 히죽거리며

고무신 227

"뭘요, 그믐밤에 홍두깨도 분수가 있지?"

남이는 발끈하고

"신 말이오!"

"신을요?"

"어제 우리 집 아이들을 꾀어 간 옥색 고무신 말요!"

엿장수는 머리를 벅벅 긁으며

"꾀기는 누가……"

하고는 한 걸음 앞으로 다가서서 길 아래 위를 살핀 다음 낮은 소리로

"그 신이 당신 신이던교?"

"누구 신이든 내놔요, 빨리!"

엿장수는 또 머리를 긁으면서

"당신 신인 줄 알았으면야, 이놈이 미친놈이 아닌 댐에야……"

하고 지나치게 고분거리는데 남이는 한결같이 앙살*을 부린다.

"내놔요 빨리!"

엿장수는 손짓으로 어루듯 달래듯

"가만있소, 도가都家에 가 보고 신이 그냥 있으면야 갖다 주고 말고. 만일 신이 없으면 새 신이라도 사다 줄게요. 염려 마소!"

하고는 남이의 발을 눈잼* 하는데, 이때 난데없이 굵다란 벌 한 마리가 날아와 남이의 얼굴 주위를 잉잉 날아돈다. 남이는 상을 찌푸리고 한 손을 내저어 벌을 쫓고, 목을 돌리고 하는데, 벌은 갑자기 남이 저고리 앞섶에 붙어 가슴패기로 기어오르고 있다.

이것을 조마조마 보고 있던 엿장수는

"가 가만……"

하고는 한걸음에 뛰어들어

"요놈의 벌이……."

하고 손바닥으로 벌을 딱 덮어 눌렀다.

옆에서 보기에도 민망스런 순간이었다.

남이는 당황하면서도 귀 언저리를 붉히고 한 걸음 뒤로 물러서자 함께, 엿장수 손아귀에는 벌이 쥐어졌다. 쥐킨* 벌은 고스란히 있을 리가 없다. 한 번 잉 소리를 내고는 그만 손바닥을 쏘아 버렸다. 동시에 엿장수는

"앗!"

하고 쥐었던 손을 펴 불며 털며 앙감질*을 하는 꼴이 남이는 어떻게나 우스웠던지 그만 손등으로 입을 가리고 킥킥하고 웃어 버렸다. 엿장수는 반은 울상 반은 웃는 상 남이를 바라보는데, 남이의 송곳니가 무척 예뻐 보였다. 남이는 엿장수와 눈이 마주치자 무색해서* 눈을 땅바닥으로 떨어뜨렸다. 살을 쏘아 버린 벌이 꽁무니에 흰 실 같은 것을 달고, 거추장스럽게 기어가고 있다. 남이의 시선을 따라온 엿장수 눈이 이것을 보자 그만 그 억센 발로

"엥이 엥이 엥이."

하고 망깨* 다지듯 짓밟고 문질러 자취도 없이 해 버리자 남이는 또 웃음이 나올 것만 같아 문을 밀고 안으로 들어가 버렸다.

엿장수는 무슨 발작이나 막 하고 난 사람처럼 맥이 없었다. 어깨와 두 팔을 축 늘어뜨리고 남이가 들어간 문 쪽을 한참 동안 멍하니 바라보고 나서야 비로소 어슬렁어슬렁 엿판께로 돌아왔다.

엿판가에는 아이들이 파리 떼처럼 붙어 있다. 보아하니 윤이는 아랫배에 두 손을 붙여 도사리고* 앉아 엿을 노리고 있고, 영이는 서서 아이들과 어느 것이 굵으니 작으니 하면 태태거리고* 있다.

엿은 애들이 그새 얼마나 손질을 했기에 가루가 벗어지고 노르스름한 알몸이 드러난 것이 따끈한 봄볕에 쬐여 노그라질* 대로 노그라졌다. 이런 엿은 누가 시험 삼아 입에 넣어 볼 양이면 단맛보다는 먼저 짭짤한 맛이리라.

엿장수는 아이들과 엿판을 번갈아 보다 말고 무슨 생각에선지 엿을 몇 가락 움켜쥐고는 가위로 때려 부숴 둘러선 아이들에게 한 동강이씩 선심을 쓰는데 그중에도 영이와 윤이는 제일 큰 것을 받았다.

엿장수는 한쪽 어깨에 비스듬히 엿판을 메고 연신 힐끗힐끗 철수네 집을 보아 가며 다음 마을로 건너갔다. 그러나 해 질 무렵 해서 또다시 가윗소리가 들렸으나 엿장수는 엿판을 내리지도 않았고 또 아이들도 채 모이기도 전에 아랫마을로 내려가 버렸다.

다음 날도 좋은 날씨였다. 먼 산은 선잠 깬 여인의 눈시울처럼 자꾸만 선이 희미해 오고 수양버들은 아지랑이가 간지러운 듯 한들거렸다. 보리 싹은 제법 파릇하고 남향 담 밑에는 민들레가 놀란 듯 활짝 피었다.

오늘따라 엿장수는 일찍 왔다. 엿장수가 오는 시간을 누구보담 더 잘 알고 있는 이 마을 아이들에게 있어서는 적지 않은 사건이었다. 또 하나 의욋일은 한 담배 참* 씩이면 다음 마을로 가 버리는 엿장수가 오늘은 제법 아이들과 시시덕거리고 놀기를 시작한 것이다. 그뿐만 아니라, 길목 타작마당에서 아이들과 뜀뛰기까지 하다가 점심때 가까이 해서야 다음 마을로 건너가는 것이었다.

아이들은 어제 모양으로 엿을 한 동강이씩 주지 않고 가는 것이 퍽이나 섭섭한 눈초리로 뒤 꼴을 바라보았으나, 보리쌀 삶을 즈음해서 엿장수는 또 왔고, 해가 져서야 돌아갔다.

다음 날도 그랬고 그다음 날도 그랬다. 다만 전날과 다른 것은 영이와 윤이에게 엿을 한 가락씩 쥐여 주고 간 것이다. 동네 아이들은 영이와 윤이가 무척 부러웠다.

날씨는 한결같이 좋았다. 산기슭 잔디 언덕에는 쑥 싹을 캐는 소년들의 색 낡은 분홍 치마가 애틋하게 정다워 보이고 개울가에는 냉이랑 독새랑 여뀌랑 미나리랑 싹이 뾰족뾰족 돋아났다.

엿장수는 한결같이 왔고 와서는 갈 줄을 몰랐다. 어떤 날은 벙글벙글 웃었고, 웃는 날은 애들에게 엿을 나눠 주었으나 벙어리처럼 덤덤히 앉았다가 가는 날은 엿 맛을 못 보았다. 그렇기에 아이들은 엿장수가 오면 엿판보다 먼저 엿장수 눈치부터 보는 버릇이 생겼다.

요즘은 그 텁수룩한 머리에다 기름 칠갑*을 해 가지고는 억지로 빗어 넘기고 또 옥색 인조견* 조끼도 입었다. 낯익은 동네 아낙네들이

"엿장수 요새 장가갔는가 베?"

고 할라치면 엿장수는 수줍게도 씩 웃으며 그 펑퍼짐한 얼굴을 모로 돌리곤 했다.

하루는 철수가 저녁을 딴 데서 치르고 늦게 돌아오는데, 어떤 젊은 사내가 대문 틈으로 정신없이 집 안을 들여다보고 있었다. 철수는 이놈이 바로 좀도둑이거나 하고 손가방으로 궁둥짝을 후려치며

"웬 놈이냐?"

하고 고함을 질렀다. 사나이는 그야말로 뱀이나 밟은 것처럼 기급*을 하고는 철수를 보자 이내 한 손을 머리로 올리고 꾸뻑꾸뻑 절만을 했다.

"뭣을 훔치려고 노리는 거야?"

"아 아니올시더, 예 예, 저 댁의 강아지가 예 헤헤……."

"강아지가 어쨌단 거야?"

"예 저 아니올시더, 헤헤."

연신 허리를 꾸뻑거리고는 비슬비슬 달아나 버렸다.

"그놈 미친놈이군!"

했을 뿐 그 사나이가 엿장순 줄을 철수는 몰랐다.

밤이면 개 짖는 소리가 요란했고 그런 밤이면 마을 사람들은 안팎문을 꼭꼭 걸어 닫았다.

어떤 사람은 철수네 집 담 밑에서 도둑놈을 보았다고 했고 또 어떤 사람은 길목에서도 보았다고들 했다. 개울 빨래터에서도 보았고 동네 우물가에서도 보았다고들 했다. 그러나 막상 도둑을 맞은 사람은 한 사람도 없건만 마을에서는 도둑 소문이 자자한 채 달도 바뀌고 제비 올 무렵 어느 날 저녁녘에 우연히도 남이 아버지가 찾아왔다.

철수 내외가 남이 아버지를 맨 나중 만나기는 지금으로부터 삼 년 전 윤이가 나던 해였다. 그리고 꼭 삼 년이 지났다. 삼 년 동안 남이 아버지는 많이도 변해졌다. 머리는 검은 털보다는 흰 털이 훨씬 더 많았고, 그 길숨한* 얼굴은 유지를 비벼 논 것처럼 주름살이 잡혔다. 저녁을 먹고 나서 남이 아버지는

"내가 달리 온 것이 아님더!"

하고는 담배를 잰다*. 철수 내외는 암만해도 이 영감이 딸을 보러만 온 것이 아니라고 짐작은 하면서도

"무슨 일인데요? 새삼스리?"

그러나 남이 아버지는

"안 그런가요, 내가 나이 칠십에 내일 죽을지 모레 죽을지……."

그리고는 담배를 쭉쭉 소리를 내어 빨고 나서,

"내가 오늘 온 것은 다름이 아니올시더—저 넘이 말임더, 저것을 내 산 동안에 짝을 맞촤 놔야 안 되겠는교?"
하고는 또 담배를 빨기 시작한다.
 철수는
"그야 짝을 맞출 때가 되면 그래야죠!"
한즉
"아니올시더, 지집애가 나이 열여덟이면 과년했거던요!"
"……."
"우리 동네 말임더, 나이 올해 스무 살 먹은 얌전한 신랑이 있는데, 모자 단둘이고요, 뱃일이고 바닷일이고 입댈 것 없지요……."
 철수는 듣다못해
"그래서 영감은 거기다 남이를 시집보내겠단 말씀이죠?"
"아암요!"
 그러자 철수 아내가
"보이소. 나도 스물한 살 때 이 집에 시집을 왔는데, 뭣이 그리 급해서, 더구나 남이는 나이만 열여덟이라 뿐이지 원래 좀 된 편이라 숙성한 애들의 열대여섯밖에는 안 뵈는데……."
"아니올시더, 부모 갖고 살림 있으면야 한 해 두 해 늦어도 까딱없지요, 아암 까딱없고말고……."
"그렇잖아도 스무 살은 안 넘길 작정을 하고 또 그리 준비도 하고 있소!"
 스무 살이라는 말에 남이 아버지는 그만 질색을 하면서
"언머어이 무슨 말인교? 당찮심더*!"
하고는 낯까지 붉히었다. 철수 아내가 또 무슨 말을 하려는 것을 철

수는 손짓으로 막고

"영감 잘 알았소. 그만 건너가서 편히 쉬이소."

하자 그제야 남이 아버지는 안심이 되는 듯 일어서며

"내일 아침에 일찍 가겠심더. 안 그런교? 기왕 남의 권식* 될 바야 하루라도 일찍 보내는 기 좋지 않겠는교."

하고 또 뭐라고 중얼중얼하면서 건너갔다.

남이는 여느 때와 조금도 다름없이 부엌에서 아침 차비를 하고 있다. 다만 다른 것은 눈시울이 약간 부은 것뿐이다.

이날 철수 내외는 둘 다 결근을 했다. 철수 아내는 그동안 장만해 두었던 남이의 옷감을 꺼냈다. 그리 좋은 것은 아니나 그래도 저고릿감이 네 벌, 치맛감이 세 벌, 그 밖에 자기가 시집올 때 해 온 무색 옷* 중에서 시속*에 맞지 않고, 색이 너무 난한* 것을 추려 몇 벌, 또 속옷 이것저것 해서 한 보퉁이는 좋이 되었다. 아침을 치르고 나서 철수 내외는 남이를 불러 갈 차비를 하라고 이르고, 그의 아내는 밀쳐 둔 보퉁이를 헤치고 이것은 뭣이고, 이것은 언제 입는 옷이고 또 이것은 다시 고쳐 하고 하면서 일일이 일러 주는데, 남이는 듣는 둥 마는 둥 하고

"아직 설거지도 안 했는데……."

하고 일어선다.

"내가 내가 할 테니 그만두고, 어서 머리 빗어라. 그리고 옷은 이걸 입고, 버선은 요전번에 신던 것 신고……."

그러나 남이는

"물도 안 길었어요!"

하고 또 밖으로 나가려고 한다.

"그만둬라!"

"요새 물이 달려서 일찍 가야 해요!"

그러자 건넌방에서는 남이 아버지가

"남아 준비 다 됐나? 차 시간 놓칠라, 속히 가자!"

하고 소리를 질렀다. 남이는 건넌방 쪽을 흘겨보고

"가고 싶거던 혼자 가지……."

하고 중얼거리면서 또 밖을 나가려는 것을 이번에는 철수가 불러들여

"가 보고 마땅찮거든 다시 오더라도 가도록 해야지, 차 시간도 있고 하니 빨리 차비를 해라!"

하고 타이르는데, 남이 아버지는 벌써 뜰에 나와 기다리고 있다. 남이는 그제야 낯을 씻고 제가 일상 쓰던 물건들을 챙겼다. 크림통과 가루분 통이 하나씩, 그리고 한쪽 모가 떨어져 삼각이 된 거울이 한 개, 얼레빗과 참빗, 그 밖에 숫본*, 골무, 베갯모, 색헝겊, 당새기*, 허드레옷 해서 그것도 한 보퉁이가 실하다.

분홍 치마에 흰 반호장저고리*를 입고 맑은 때가 묻을락 말락 한 버선을 신은 남이는 딴사람같이 이뻐 보였다. 어디다 내세우더라도 얌전한 색싯감이었다. 남이 아버지는 대문짝에 담뱃대를 딱딱 뚜드리면서 헛기침을 하는 것은 빨리 나오라는 재촉일 게다. 철수 아내는 이모저모 옷맵시를 보아 주고

"어서 가거라, 너 잔치할 때에는 너 아저씨가 가든지 내가 가든지 꼭 할 테니……."

그러나 남이는 한마디 인사말도 없이 영이와 윤이를 찾는다. 골목에 나가 놀고 있던 영이와 윤이는 남이의 달라진 모양을 보고 눈이 뚱그레져서

"아지마 어데 가노?"

하고 묻는다.

남이는 대답도 않고 두 아이를 데리고 건넌방으로 들어가, 영이와 윤이를 세운 채 두 팔로 가둬 안고

"윤이야, 아지마 가먼 니 빠빠 누가 줄고?"

하자, 영이가 또

"아지마 어데 가노?"

하고 묻는다. 남이는 목멘 낮은 소리로

"우리 집에 간다!"

그러나 영이는

"거짓말이다. 이거 너거 집 앙이고 머고?"

하고 발까지 구르며 짜증을 낸다. 갑자기 윤이가 그 넓적한 입을 삐죽거리면서 억실억실한* 눈에 눈물을 함빡 가둔다. 남이는 지그시 팔에 힘을 준다. 윤이 눈에서 눈물 한 방울이 떨어져 남이의 자줏빛 옷고름에 얼룩이 진다.

바로 이때다. 골목에서 엿장수 가윗소리가 들려왔다. 남이는 재빨리 윤이를 업고, 영이의 손목을 잡은 채 밖으로 나갔다. 남이 아버지는 벌써 저만치 철수와 하직을 하면서 내려가고, 엿장수는 마악 철수네 집 앞에서 대문을 나서는 남이와 마주쳤다. 엿장수는 얼빠진 사람처럼 남이를 바라보는데 남이의 눈에는 순간 어두운 그림자가 지나갔다.

남이는 윤이를 업은 채 허리를 굽히고, 몸을 약간 둘러 치맛자락을 걷고 빨간 콩주머니에서 십 원짜리 두 장을 꺼내 엿장수를 주었다. 엿장수는 그제야 눈을 돌려 남이와 돈을 번갈아 보다 말고, 신문지

조각에 엿을 네댓 가락 싸서 아무 말도 없이 돈과 함께 내민다. 남이는 약간 망설이다가 역시 암말도 없이 한 손으로 받아 가지고는 영이를 앞세우고 안으로 들어왔다. 엿장수는 멍하니 대문만 쳐다보고 있다가 침을 한 번 꿀꺽 삼키고 나서 엿판을 둘러메고는 혼잣말로

"꽃놀음을 가면 자지내紫川 골짝이지, 그럼 한 걸음을 앞서 울음고개로 질러감 되겠지!"

이렇게 중얼대면서 엿장수는 빠른 걸음으로 담 모퉁이를 돌아 울음고개로 향해 갔다. (자지내 골짝은 이 근방 사람들이 단골로 가는 봄가을의 놀이터다.)

남이는 그 엿장수에게 받은 엿을 영이에게 둘, 윤이에게 둘 각각 손에 쥐여 주고서도 한 동강이 잘라 입에 넣고는 손수건으로 윤이 눈물 자국과 영이 코 밑을 닦아 주고서야 보통이를 들고 일어섰다.

영이와 윤이는 엿 먹기에 여념이 없었다.

철수 아내는 보통이 한 개를 들고 따라 나오면서 남이에게 귓속말로 뭣을 일러 주고…… 이래서, 남이는 떠나간다. 다만 한 가지 철수 내외에게 수수께끼는 마을 중턱에서 남이를 보내고 서서 그의 뒷모양을 바라보는데, 남이가 어이한* 옥색 고무신을 신고 가는 것이다. 더구나 한 번도 신지 않은 새것을…….

철수 내외는 서로 얼굴만 쳐다볼 뿐 도로 물어본달 수도 없고 해서 그만두었다.

보리밭 사이 조그만 언덕길로 옥색 고무신을 신은 남이는 갔다. 자지내 골짜기로 꽃놀음을 가는 줄만 알았던 남이는 난데없는 영감 하나를 따라가고 있는 광경을 엿장수는 울음고개 위에서 멀거니 바라보고 있는 것을 남이 자신이야 알 리도 없었다.

낱말 풀이

계면쩍다 쑥스럽거나 미안하여 어색하다.
권식 한집에 사는 식구
기급 '기겁'의 사투리
길숨하다 '길쭉하다'의 사투리
난하다 빛깔이나 글씨, 무늬 따위가 깔끔하지 않고 무질서하여 어지럽고 어수선하다.
노그라지다 축 늘어지다.
눈잼 눈짐작. 눈으로 보아 헤아려 보는 짐작
닥뜨리다 닥쳐오는 사물에 부딪다.
단조하다 사물이 단순하고 변화가 없어 새로운 느낌이 없다.
당새기 고리버들의 가지나 대오리 따위로 엮어서 상자같이 만든 물건
당찮다 말이나 행동이 이치에 마땅하거나 적당하지 않다.
도사리다 팔다리를 함께 모으고 몸을 웅크리다.
망깨 토목 공사에서 여러 일꾼이 들었다 놓았다 하면서 땅을 단단하게 다지는 도구
무색옷 물감을 들인 천으로 만든 옷
무색하다 겸연쩍고 부끄럽다.
반호장저고리 깃, 고름, 끝동에 다른 색의 천을 대어 지은 여자의 저고리
백철 함석, 양은, 니켈 따위의 빛이 흰 쇠붙이
부르키다 '부르트다'의 사투리
빙자 말막음을 위해 핑계를 내세우다.
설주 문짝을 끼워 달기 위해 문의 양쪽에 세운 기둥
속곳 속옷
솥전 솥 몸의 바깥 중턱에 납작하게 둘러댄 전. 솥을 들거나 걸 때 쓴다.

숫본 수를 놓기 위해 어떤 모양을 종이나 헝겊 따위에 그려 놓은 도안

시속 그 시대의 풍속

앙감질 한 발은 들고 한 발로만 뛰는 짓

앙살 엄살을 부리며 버티고 겨루는 짓

어이하다 '어찌하다'를 예스럽게 이르는 말

억실억실하다 얼굴 모양이나 생김새가 선이 굵고 시원시원하다.

윤선 물레바퀴 모양의 추진기를 단 배의 한 종류

인조견 사람이 만든 명주실로 짠 비단

재다 담뱃대에 연초를 넣다.

저지레 일이나 물건에 문제가 생기게 만들어 그르치는 일

쥐키다 '쥐어지다'의 사투리

참 일을 시작해서 일정하게 쉬는 때까지의 사이

칠갑 물건의 겉면에 다른 물질을 흠뻑 칠해 바르다.

타지다 꿰맨 데가 터지다.

태태거리다 불평을 내뱉다.

해뚝거리다 눈알을 깜찍하게 뒤집으며 살짝살짝 자꾸 곁눈질을 하다.

희붓하다 희끄무레하게 부옇다.

힐난 트집을 잡아 거북할 만큼 따지고 들다.

표구된 휴지

이범선 1920~1981년

평안남도 안주에서 태어났으며, 진남포 공립상공학교를 졸업하고 평양에서 은행원으로 근무하다가 일제 말기에 평안북도 풍천 탄광에서 일했다. 광복 후 월남하여 동국대학교 국문과를 졸업하고 거제고등학교에서 3년간 교편을 잡다가 1955년 김동리의 추천으로 《현대문학》에 단편 〈암표〉와 〈일요일〉을 발표했다. 1959년에 발표한 그의 대표작이자 동인문학상 수상작인 〈오발탄〉은 사회 고발의식이 짙은 사실주의 문학으로 손꼽힌다. 그는 어두운 사회의 단면과 무기력한 인간상을 객관적으로 묘사했으며, 고향을 잃은 슬픔과 전쟁 체험을 그려 내는 작품을 많이 발표했다.

작품 해제

갈래 순수 소설
배경 1960년대의 어느 화실
시점 1인칭 주인공 시점
제재 표구된 휴지
주제 사소한 것에서 오는 삶의 의미
출전 《문학사상》 1월호(1972년 1월)

줄거리

　화가인 나는 피곤할 때면 화실 안쪽 벽에 걸린 조그만 액자의 편지를 읽는 버릇이 생겼다. 편지는 시골에 있는 늙은 아버지가 서울에 돈 벌러 올라온 아들에게 서툰 한글로 쓴 것이었다. 편지는 3년 전 가을, 은행에 근무하는 친구가 은행 고객인 어떤 청년이 동전을 싸 온 구겨진 휴지를 표구해 달라고 부탁한 것이었다.

　은행에 하루도 거르지 않고 저금하러 오는 청년은 처음 은행에 올 때, 라면 봉지에 꼬깃꼬깃한 백 원짜리 지폐 다섯 장과 목도장을 들고 와서 생전 처음 통장을 만들었다. 다음 날부터 청년은 매일 저녁 은행에 들러 모은 돈을 꼬박꼬박 저금했는데, 어느 날 그는 저금통을 깨뜨려 동전을 종이에 싸 왔던 것이다. 나는 친구의 부탁으로 그 종이를 표구사에 맡겼는데, 그 뒤로 그 편지를 감감히 잊어버렸다.

　그런데 친구가 어느 외국 지점으로 전근을 가자 나는 그 편지 생각이 나서, 그 길로 표구사에 가서 표구된 편지를 찾아왔다. 나는 친구가 외국으로 떠나고 이태 동안 그 액자를 간간이 바라보고 있는 사이에 차츰 그 친구의 심정을 느껴 알 것 같아졌다.

표구된 휴지

니무슨주변에고기묵건나. 콩나물무거라. 참기름이나마니쳐서무 그라.

누렇게 뜬 창호지에다 먹으로 쓴 편지의 일절*이다. 언제부터인가 나는 피곤할 때면 화실 안쪽 벽에 걸린 그 조그만 액자의 편지를 읽는 버릇이 생겼다. 그건 매우 서투른 글씨의 편지다. 앞부분과 끝부분은 없고 중간의 일부분만인 그 편지는 누가 누구에게 보낸 것인지도 알 수 없다. 다만 그 내용으로 미루어 시골에 있는 늙은 아버지—어쩌면 할아버지일지도 모른다—가 서울에 돈 벌러 올라온 아들에게 쓴 편지라는 것이 대충 짐작될 따름이다. 사실은 그 편지가 노인이 쓴 것으로 생각되는 까닭은, 그 내용도 내용이려니와 그보다 더 그 편지의 종이나 글씨에 있는지 모른다. 아마 어느 가을에 문을 바르고 반 장쯤 남았던 창호지를 용케 생각해 내어 벽장 속을 뒤져 먼지를 떨고 손바닥으로 몇 번이나 쓸어 펴서 적당히 두루마리 모양이 나게 오린 것이리라. 누렇게 뜬 종이 가장자리가 삐뚤삐뚤하다. 거기에 사연을 먹으로 썼다. 순 한글 — 아니 이 편지에서만은 언문이라는 말이 좀더 어울릴까 — 로 쓴 그 글씨가 재미있다. 붓으로 썼다기보다 무슨 꼬챙이에다 먹을 찍어서 그린 것 같은 글자는 단 한 자도 그 획의 먹 농도가 고른 것이 없다. 그뿐만 아니라, 글자의 획들이 모두 사개*가 물러나서 이상스레 헐렁한데 그런 글자들이 또 제각기 제멋대로 방향을 잡고 아무렇게나 눕고 서고 했다. 그러니 글줄이 바를 리는 만무이고.

니떠나고메칠안에서**송아지낫다**. 그녀석눈도큰게잘자란다. 애비보다제에미를더달맛다고덜한다.

이 대목에서는 송아지 석 자가 딴 글자보다 좀 크고 먹 색깔도 진하다. 나는 언제나 이 액자를 보면 그 사연보다 그 글씨로 하여 먼저 미소 짓게 된다.

베적삼 고름은 헐렁하니 풀어 헤쳤고 잠방이 허리는 흘러내려 배꼽이 다 드러난 촌로들이 마을 어귀 느티나무 그늘에 모여, 더러는 마주하고 장기를 두고, 옆의 한 노인은 부채질을 하다 졸고, 또 어떤 노인은 장죽을 쑤시는가 하면, 때가 새까만 목침을 베고 누운 흰머리는 서툰 가락의 시조를 읊고.

그 크고 작고, 진하고 연하고, 삐뚤삐뚤한 글자들. 나는 거기서 노인들의 구수한 농(弄)지거리를 들을 수 있다.

압논벼는전에만하다. 뒷밧콩은전해만못하다. 병정갓던덕이돌아왓

다. 니서울돈벌레갓다니까, 소우숨하더라.

이 편지 액자는 사실은 내 것이 아니다.

3년 전 가을이었다. 저녁 무렵 친구가 찾아왔다. 어느 은행 지점장인가 지점장 대리인가 하는 그 친구는 퇴근길에 잠깐 들렀다는 것이었다.

"부탁이 있는데."

"부탁? 설마 은행가가 가난한 화가더러 돈을 꾸잔 건 아닐 게고."

나는 농담으로 그를 맞아들였다.

"그런 건 아니고……이거 좀 보게."

그는 신문지로 돌돌 만 것을 불쑥 내밀었다.

"뭔데. 그림인가?"

"글쎄 펴 보게. 그림이라면 그림이고 글이라면 글인데 그게……국보급이야."

친구는 장난기 어린 눈으로 안경 속에서 웃고 있었다. 나는 조심조심 신문지를 폈다. 그건 아무렇게나 구겨져 던졌던 휴지를 다시 편 것이었다.

"뭔가, 이건?"

"한번 읽어 보게나."

친구는 눈으로 내가 들고 있는 휴지를 가리켰다. 나는 그 구겨졌던 종이 위에 먹으로 쓴 글자를 한 자 한 자 읽으면서 속으로 철자법을 교정해야 했다.

"무슨 편지 같군."

"그래."

"무슨 편진가?"

"나도 모르지."

"그런데!"

"어쨌든 재미있지 않나. 뭔가 뭉클하는 게 있단 말야."

"바가지에 담아 내놓은 옥수수 냄새 같은, 뭐 그런 게 있잖아."

"흠, 자넨 역시 길을 잘못 들었어."

나는 웃었다. 그는 나와 중학교 동창이다. 그 시절 그는 문학 서적에 취해 있는 문학 소년이었다. 선생님들도 그의 소질을 인정하고 있었다. 그런데 그는 결국 상과 대학엘 갔다. 고등학교에서의 배치에 의해서였다.

"그거 표구*할 수 있겠지?"

"표구?"

"그래."

"그야 할 수 있겠지. 창호지니까."

"난 그런 걸 잘 모르지 않나. 그래, 화가인 자네 생각을 했지 뭔가. 자네가 어디 적당한 표구사表具師에 맡겨서 좀 해 주지 않겠나?"

"그야 어렵지 않지만…… 자네도 어지간히 호사가*군. 이걸 표구해서 뭘 하나. 도대체 어디서 주워 온 건가. 이 휴지는?"

"아닌게 아니라 정말 휴지통에서 주운 거지."

그 친구 은행 창구에 저녁때면 날마다 빼지 않고 들르는 지게꾼이 있단다. 은행 문 앞에 지게를 벗어 세워 놓고는 매우 죄송스러운 태도로 조용히 은행 안으로 들어서는 스물댓 나 보이는 그 꺼먼 얼굴의 청년을 처음엔 안내원이 막았다.

"뭐지요?"

"예, 예, 저어……."

"여긴 은행이요, 은행!"

"예, 그러니까 저 돈을……."

청년은 어리둥절해서 말도 제대로 하지 못했다.

"글쎄, 은행이라니까!"

"예, 그런데 그 조금두 할 수 있습니까?"

"조금이라니 뭘 말이오?"

"저금을 조금두 할 수 있습니까?"

"저금요?"

은행 안의 모든 시선들이 그 지게꾼에게로 쏠렸다.

청년은 점점 더 당황하였다. 얼굴이 붉어져서 돌아서 나가려는 그를 불러 세운 것이 예금 창구의 여직원이었다. 청년은 손에 말아 쥐고 있던 라면 봉지에 꼬깃꼬깃한 백 원짜리 지폐 다섯 장과 새로 새긴 목도장을 꺼내어 떨리는 손으로 여직원에게 바쳤다. 청년은 저만치 한구석으로 가 서서 불안스러운 눈으로 멀리 여직원을 지켜보고 있었다.

한참 만에 그는 흠칫 놀랐다. 생전 처음 그는 씨 자가 붙은 자기 이름을 들었던 것이다. 그는 여직원 앞으로 달려와 빳빳한 통장을 받았다. 청년은 여직원과 안내원에게 굽실굽실 절을 하고는 한 손에 통장을 받쳐 든 채, 들어올 때처럼 조심스럽게 유리문을 열고 나갔다. 통장을 확인할 경황도 없이.

다음 날부터 그 청년은 매일 저녁 무렵이면 꼭꼭 들렀다. 하루에 2백 원 혹은 3백 원, 또 어떤 날은 5백 원, 그의 통장에는 입금만 있고 출금란은 비어 있었다. 이제는 제법 안내원과는 익숙해졌으나 여직원 앞에서는 여전히 얼굴을 붉히며 수고를 끼쳐서 대단히 죄송하다는 표정 그대로였다.

그러던 어떤 날이었다. 그날은 여느 날보다 조금 일찍 청년이 은행엘 들렀다.

"오늘은 일찍 오셨네요. 얼마 넣으시겠어요?"

여직원이 미소로 물었다.

"예, 기게 오늘은 좀……."

청년은 무언가 종이 뭉텅이를 들고 머뭇거렸다.

"왜요?"

"이거 정말 죄송합니다. 이거 얼마 되지도 않는 걸 동전으루…… 그동안 저금통에 넣었던 걸 오늘 깼죠. 기래 여기 이렇게……."

청년은 종이에 싼 것을 내밀었다.

"아이, 많이 모셨네요."

"죄송합니다. 정말 이거……."

청년은 뒤통수를 긁적거리며 언제나 그가 서서 기다리던 구석으로 갔다.

"이게 바로 그 지게꾼 청년이 동전을 싸 가지고 온 종이지."

친구는 내 손의 편지를 가리켰다.

"그래, 그럼 그의 집에서 그 청년에게 보낸 편지란 말인가?"

"글쎄, 반드시 그렇다고는 할 수 없겠지. 동전을 세는 여직원을 거들어 주다가 우연히 발견하고 재미있다고 생각돼서 가지고 온 것뿐이니까."

우물집할머니하루앓고갔다. 모두잘갓다한다. 장손이장가갓다. 색씨

는너머마을곰보영감딸이다. 구장네탄실이시집간다. 신랑은읍의서기
라더라. 압집순이가어제저녁감자살마치마에가려들고왓더라. 순이는
시집안갈끼라하더라. 니는빨리장가안들어야건나.

나는 비시시 웃음이 새어 나왔다. 편지 내용도 그렇고 친구의 장
난기도 그랬다.

어쨌든 나는 그 창호지를 아는 표구사에 맡겼다. 그게 어떤 편지
냐고 묻는 표구사 주인한테는,

"굉장한 겁니다. 이건 정말 국보급입니다."

하고 얼버무렸다. 표구사 주인은 머리를 기웃거렸다.

그 후 나는 그 창호지 편지를 감감히* 잊어버리고 있었다. 그런데
은행 친구가 어느 외국 지점으로 전근이 되었다. 비행기가 떠날 때
나는 문득 그 편지 생각이 났다.

니떠나고메칠안이서송아지나앗다.

그 길로 나는 표구사로 갔다. 구겨진 휴지였던 그 편지는 깨끗이
펴져서 액자 속에 들어 있었다. 그렇게 치장하고 보니 그게 정말 무
슨 국보나 되는 것 같았다.

돈조타. 그러나너거엄마는돈보다도너가더조타한다. 밥묵고배아프
면소금한줌무그라하더라.

그날부터 그 액자는 내 화실에 그냥 걸어 두었다. 그저 걸어둔 거

다. 그런데 그게 이상하게도 차츰 내 화실의 중심점이 되어 갔다. 그건 그림 같기도 하고 글 같기도 하다. 아니 그건 분명 그 둘이 합쳐진 것이었다.

나는 친구가 외국으로 떠나고 이태 동안 그 액자를 간간 바라보고 있는 사이에 차츰 그 친구의 심정을 느껴 알 것 같아졌다.

니무슨주변에고기묵건나. 콩나물무거라. 참기름이나마니처서무그라. 순이는시집안갈끼라하더라. 니는빨리장가안들어야건나. 돈조타. 그러나너거엄마는돈보다너가더조타한다.

그리고 채 이어지지 못하고 끊어진 맨 끈 줄.

밤에는솟적다솟적다하며새는운다마는

낱말 풀이

감감하다 어떤 사실을 전혀 모르거나 잊다.
사개 상자 따위의 모퉁이를 끼워 맞추기 위해 서로 맞물리는 끝을 들쭉날쭉하게 파낸 부분
일절 한 마디, 한 구절
표구 병풍이나 족자 따위를 꾸미는 일
호사가 일을 벌이기를 좋아하는 사람

[32~36] 다음 글을 읽고 물음에 답하시오.

　그 날의 첫 모험은 우리들 가슴 속에 깊이 남아 있는 하나의 신비한 꿈이었다. 사실상 내가 수병으로 입대한 것도 그 신비로운 꿈을 실현시켜 보려는 하나의 방법이었을지도 모른다.
　파도는 높고 하늘은 흐렸지만 그 속에 솟구막치면서 흐르는 나의 머릿속을 스치고 지나가는 영상은 푸르고 맑은 희망이었다.
　나는 어떻게 누구의 손에 의해서 구원됐는지도 모른다. 병원에서 내가 의식이 회복되었을 땐 다만 한 쪽 다리에 관통상을 입었다는 것을 알았을 뿐이다.
　대개 병원에 입원했던 부상병이 퇴원할 즈음이 되면 곧잘 모여 낮은 자리에서 자기가 산 것을 기적같이 말하곤 했다. 그러나 나는 이런 말을 듣고 있으면서도 한 번도 나 자신이 살아난 것을 기적이라고 생각해 본 적은 없었다.
　물론 그 날의 일은 모두가 과거요, 추억이지만 그 날 내가 본 신기한 꿈은 과거의 것이 아니라 그 때까지는 미래에 속하여 있었다. 내가 나의 생환을 기적이라고 생각지 않은 원인도 이런데 있었는지도 모른다. 어떤 절망에 빠졌어도 꿈을 갖는다는 것은 소중한 일이다.
　파도에 떠 흐르는 동안 내가 의식을 잃기 전까지는 이런 소중한 꿈을 갖고 있었던 까닭에 나는 기적적으로 살아난 것 같지가 않았다.
　나의 부상은 경상이었다. 그러나 나는 그때부터 불구자가 되었다. 관절의 자유를 잃은 나는 한 쪽 다리를 마음대로 쓸 수가 없었다. 그렇다고 내가 배를 타는 데 무슨 부자유가 있었던 것은 아니다. 나는 배에 오르면 성한 사람 못지않게 일을 할 수 있는 능력이 있었지만 군복을 벗을 때까지 두 번 다시 배를 타지 못하였다.
　수병의 자랑은 배에 올라 일하는 때라고 나는 생각한다. 그러한 자신이 육지에 있어야 했고, 저는 다리로 걸어야 한다는 것은 나에게 더할 수 없는 모욕이기도 했다.

바다의 아침이란, 우리가 일찍이 느껴보지 못한 장엄한 풍경이다. 그러나 제 아무리 장엄한 풍경이라 해도 우리를 매혹시키지는 못했다.

주림과 피곤에 지친 우리들은 이러한 풍경을 바라다 볼 기력도 없이 주저앉아 있기 마련이었다. 우리 세 동갑 중 가장 치밀하고 슬기있는 것이 상운이다. 치밀이라고 할까 또는 슬기라고나 할까 어떻든 그 날 아침 불안과 절망에 묻혀 있는 우리들에게 새로운 희망을 가져다 준 것은 상운이었다.

"됐어 됐어! 자 이것 봐……. 이것만 있으면 문제는 해결될 수 있지 않아……."

그가 중얼거리며 선창에서 끌어당길 때 나는 그것이 무엇인지를 모르고 있었다.

"야! 살았다. 살았어……."

순복이가 이런 소리를 칠 때야 겨우 나는 그것이 무엇인지를 알 수 있었다.

그물이다…….

그물……. 내 마음 속에서도 그들모양 생기가 꿈틀거렸다.

매듭과 매듭으로 그물이 짜여 있듯이 새로운 불안이 우리들의 가슴을 얽어 매었다. 우리는 지금까지 그물을 친다는 것은 겨우 투망질하는 것을 보았을 뿐이다. 그런데 이 큰 그물을 어떻게 다루어야 할 것인지 통 엄두가 나지 않았다.

"어떻게 하지……."

나의 물음에 상운이도 대답을 잃은 채 그물만 들고 뒤적거리고 있었다. 나는 새로운 기적을 바라듯 멍청히 하늘을 쳐다 보았다. 하늘도 제 빛을 차지하여 파란 바탕으로 우리들의 머리 위를 뒤덮고 있었다. 그 때 나는 확실히 어떤 꿈을 꾸고 있었다. 꿈이 아니라 어제 일을 머릿속에 그리고 있었다. 머리 위에 빙빙 돌며 우리들의 길 안내를 해 주던 갈매기는 어디로 갔을 까? 나는 가장 중요한 일이 갈매기의 방향을 찾는 일이라고 생각했다. 결국 우리들이 길을 잃은 것은 갈매기의 그림자를 잃은 때부터였던 까닭이다.

　그러나 갈매기의 울음소리는 비어 있는 하늘 아래 아무데서도 들려 오질 않았다. 나는 모든 희망을 포기할 수밖에 없었다. 그 이상의 기적을 바라는 자신의 어리석은 것 같아 털썩 주저앉아 버리고 말았다. 나는 놀라지 않을 수 없었다. 그것은 상운이와 순복이가 큰 그물을 칼로 자르고 있는 것을 보았던 까닭이다.
　"어떻게 하지?"
　놀란 나의 목소리는 떨고 있었다.
　"무엇을……?"
　나는 대답에 궁했다. 상운과 순복은 번갈아 나의 표정을 쳐다 보며 일손을 멈추지 않는다. 그들의 표정에 가벼운 노기가 있음을 나는 느낄 수 있었다. 아버지의 배는 아니지만 아버지가 선주에게 빌린 배다. 그물도 역시 그러했다. 그물이 중요하다는 것은 상운과 순복이도 알고 있었을 것이다. 그러나 이 때처럼 우리 식구들의 생명이 그물코에 달려 있다는 것을 절실히 느껴본 적은 없었다.
　무거운 침묵이 가슴을 누르고 있었다. 햇살이 퍼진 탓에 누긋한 바람이 목덜미를 씻고 지나갔다. 눈 앞에 두 번 세 번 떠오르는 아버지의 얼굴을 잊으려고 나는 눈을 감고 있었다.
　"그물이 중하지……."
　뱃머리를 두드리는 파도 소리보다도 그 목소리는 고요 속에 어떤 무게를 가지고 있었다.
　"그물도 중하지만 우리가 살아야 한다는 것은 더 절박한 일이야."
　㉠나는 이 말에 이상한 감동을 느꼈다.
　　　　　　　　　　　　　　　　　― 정한숙의 〈IYEU도〉

32. 윗글의 내용에서 이끌어 낼 수 있는 삶의 지혜로 가장 적절한 것은?
　① 현실 상황에서는 고난과 환희가 늘 교차하게 마련이다.
　② 언제 닥칠지 모르는 비극적 상황에 항시 대비하여야 한다.

③ 몸이 불편한 상황에서도 의지만 있으면 무슨 일이든 할 수 있다.
④ 고난의 체험은 훗날 삶의 위기를 극복하는 힘이 된다.
⑤ 자신에게 기적이 일어나리라는 믿음은 불가능을 가능하게 해 준다.

33. 윗글의 서술상 특징과 효과를 정리한 것으로 적절하지 않은 것은?
① 회상을 통해 과거의 두 체험을 관련지어 작품의 주제를 효과적으로 표현했다.
② 한 인물이 사건을 자기 나름으로 해석하여 사건이 지닌 다양한 의미를 잘 드러냈다.
③ 인물이 처한 상황과 심리를 상징적 사물을 통해 그림으로서 전달 효과를 높이고 있다.
④ 사건을 체험한 사람이 직접 서술하는 방식을 취해 작품 내용을 보다 신빙성 있게 하였다.
⑤ 서술자가 인물을 객관적으로 묘사하여 독자가 직접 바라보고 있는 것 같은 느낌이 들게 하였다.

34. 윗글의 '세 동갑'이 처한 상황을 가장 잘 나타낸 것은?
① 고립무원孤立無援
② 일진일퇴一進一退
③ 오리무중五里霧中
④ 암중모색暗中摸索
⑤ 점입가경漸入佳境

35. ㉠의 이유로 가장 적절한 것은?
① 아버지의 얼굴이 떠올랐기 때문에
② 동료의 성숙한 상황 판단 때문에
③ 다시 살아날 수 있다는 기대감 때문에
④ 투망질을 했던 추억이 되살아났기 때문에
⑤ 그물의 소중함을 새삼 깨달았기 때문에

36. 주인공 '나'의 성격을 바르게 이해한 것은? [0.8점]
① 위험 속에서도 희망을 잃지 않으나 소심한 편이다.
② 환상적인 꿈을 쫓고 미래를 낙천적으로 생각한다.
③ 개인적 신념이 투철하며 냉정하게 현실에 대처해 나간다.
④ 현실 파악은 다소 느리지만 저돌적으로 자기 목표를 실현한다.
⑤ 매사를 치밀하게 파악하고 절박한 상황에서도 희망을 잃지 않는다.

정한숙의 〈IYEU도〉

작품 해제

갈래 순수 소설
배경 6·25 전쟁 전후 제주 디딤바윗골
시점 1인칭 주인공 시점
제재 IYEU도
주제 이상향에 대한 그리움과 좌절, 극복 의지

줄거리

순복과 상운이와 나는 이 마을에 같은 해 같은 날에 태어난 동갑이다. 지금은 상운은 전사하고, 순복은 자살했지만, 유년 시절의 기억은 그들과의 행복했던 나날만이 남아 있다. 어린 시절 나는 그들과 함께 배를 타고 멀리 대해로 나간 적이 있다. 넓은 바다에서 우리는 노리가 선 오색 비단이 깔린 바다를 보았다. 그곳은 다른 무엇과도 비교할 수 없을 정도로 아름다운 모습이었다. 우리는 결국 표류하다가 다른 배의 도움으로 집에 돌아올 수 있었지만, 그때의 기억만은 잊을 수가 없다.

그런 표류의 모험 이후 나는 이여도의 환상만을 쫓으며 사는 현실 도피자가 되었다. 순복이 역시 그 모험적인 항해에서 돌아온 뒤 나는 같은 환상에 사로잡히기도 하지만 그는 곧 이여도가 현실이 아니라 하나의 상징적 세계일 뿐이라는 사실을 깨닫는다. 순복은 예술제를 계기로 가까워진 길자와 결혼하여 가장 평범한 가정생활 속에서 이여도의 꿈을 실현시키고자 한다. 그러나 6·25 전쟁이 나서 군대에 갔다가 상운은 전사하고 나와 순복이도 귀향하지만 전쟁은 그에게서 모든 행복한 꿈을 깨고 만다.

순복은 아내 길자의 행방이 묘연해지자 아내를 찾아 인천으로 서울로 헤매이다 실의와 좌절만을 겪고 돌아온다. 결국 그는 나의 제안대로 어릴 적 표류했을 때 도와준 사람처럼 밀수선을 타기로 하고 다른 의미의 '이여도'를 찾아 바다로 나갔다가 어둠 속에서 이여도가 아닌 절망의 그림자를 보고는 바닷속에 투신하고 만다. 순복이가 자살을 한 뒤 길자가 돌아오고 나는 순복의 죽음에 대해 자책감을 느끼는데, 나는 단지 순복과 상운이 없는 곳에서 배를 타며, 인생을 살아나가고 있을 따름이다.

그의 아들 길남이는 나를 자꾸 졸라 배를 타고 바다로 나가고 싶어한다. 길남이는 아버지가 이여도에 있다고 믿는다. 나는 길남이가 자라지 않아서 가지 못한다고 이야기한다. 나는 팔뚝에 힘을 주며 노를 당겼다. 그리고 대대로 살아온 디딤바윗골 사람들이 남긴 유일한 기쁨이란 멀고 아득한 이여도에 모든 희망과 행복마저도 맡기고 살아야 하는 일이라고 생각한다.

정답 : 32-④, 33-⑤, 34-①, 35-②, 36-①

남극의 가을밤

이익상 1895~1935년

전라북도 전주에서 태어난 이익상의 본명은 이윤상으로 소설가이자 언론인이다. 서울 보성중학교와 경성보통고등학교를 졸업하고 일본대학 사회학과에서 공부했다. 일본 유학 시절 《폐허》 동인으로 활동하고, 1921년에는 도쿄 조선인 유학생 학우회에서 발행한 잡지 《학지광》에서 편집을 맡았다. 1923년 김기진·박영희 등과 함께 신경향파 문학운동에 참가하고 1925년 카프의 발기인으로 참가했다. 1926년을 전후로는 잡지를 통해 작품을 발표했다. 그는 진보적 연극 단체인 '백조회'를 결성하고, 동양영화사를 출범시키기도 하는 한편 영화산업의 진흥을 위해 '찬영회'를 조직했다.

작품 해제

갈래 순수 소설
배경 1920년대 어느 마을
시점 1인칭 주인공 시점
제재 해와 달 이야기
주제 어린 시절의 추억
출전 《신여성》 1월호(1925년 1월)

줄거리

　가을밤 나는 어머니, 누이와 함께 등잔불 밑에서 시간을 보냈다. 어머니는 바느질이 끝나면 책을 읽었고, 나는 어머니가 책 읽는 소리를 들었다. 어머니는 늦게까지 자지 않는다고 나를 꾸짖기도 했지만, 나는 어머니가 들려주는 옛날이야기나 수수께끼가 좋아서 밤늦도록 어머니의 일이 끝나기를 기다렸다. 나는 해와 달을 바라볼 때마다 어머니에게서 들었던 '해와 달' 이야기가 떠오른다.
　옛날에 과부가 어린 자식 셋을 키우고 살았다. 과부는 부잣집 일을 해 주고 떡어 만들어 돌아오던 중 호랑이를 만난다. 호랑이는 과부의 떡을 빼앗아 먹고 옷을 빼앗고, 결국 과부마저 잡아먹었다. 호랑이는 과부의 집으로 가서 아이들을 잡아먹으려고 한다. 막내 아기는 잡아먹히지만, 두 남매는 우물가 나무 위에 올라간다. 두 남매는 하느님께 "우리를 살리려거든 새 동아줄을 내려 주시고, 죽이려거든 썩은 동아줄을 내려 주십시오" 하고 빈다.
　다행히 두 남매는 새 동아줄을 타고 하늘로 올라가 누이는 해가 되고 동생은 달이 된다. 호랑이는 썩은 동아줄을 타고 올라가다가 수수밭에 떨어져 죽고 말았다. 나는 어머니가 들려준 이 이야기가 머릿속에 깊이 새겨지고, 그 이야기를 떠올릴 때마다 알 수 없는 쓸쓸함을 느낀다.

남극의 가을밤

지평선 위에 걸린 해와 창공에 오른 달을 바라볼 때마다 나는 나의 옛날에 들은 바 해와 달 이야기를 아니 생각할 수 없습니다. 새빨갛게 이글이글하게 달은 해와 얼음덩어리처럼 싸늘하고도 맑은 달이 나의 어린 마음에 깊이깊이 뿌리박았던 것이 오늘까지에도 오히려 그대로 남아 있는 것인가 합니다.

이것은 내가 7,8세 되었을 때 어느 가을밤 일이었습니다. 그러니 이 일처럼 나의 어렸을 때의 모든 기억 가운데 분명히 남아 있는 것은 다시없다고 생각합니다.

어머니는 언제와 마찬가지로 등잔불 아래에서 바느질을 하고 있었습니다. 그때는 가을이라 겨울옷 준비에 매우 바쁜 것이 어린 나에게도 알려 줄 만하였습니다. 등잔불이라 하여도 오늘 같은 전기등 같은 것은 물론 아니었습니다. 더구나 내 집은 시골이었으므로, 그리고 가난하였으므로 램프 불 같은 것조차 얻어볼 수 없었습니다. 새 양철 등잔에 대추씨만 한 불송이가 어두컴컴한 빛을 방 안에 가득히 던지었을 뿐이었습니다. 이것이 다만 하나의 광명光明이었습니다.

그러나 그때에는 이것만으로 아무 부자유스러운 것 없이 바느질도 하고 책도 읽고 한 것입니다. 밤마다 밤마다 이러한 등잔불 밑에 제일 가까이 앉은 것은 어머니였습니다. 그다음에는 누이였습니다. 제일 많이 등잔불과 거리를 두고 떨어져 앉아 있는 이는 언제든지 어린 나였습니다. 이것은 어떠한 이유인지 알 수 없으나, 사내자식이 등잔불 밑에 쪼그리고 앉은 것은 보기 싫다 하여 어머니에게 가끔가끔 꾸지람을 들었으므로, 밤이 되면 등잔불과 멀리 떨어져 앉는 것이 어린 나의 매우 주의하는 일의 하나가 되었던 것입니다.

그날은 달이 특별히 밝아 보였습니다. 지금 생각하면 그때는 아마 구월 보름께나 되었던 것입니다. 방 안에 등잔불이 있는데도 오히려 창 바깥의 달빛이 창살에 푸르스름하게 비칠 만큼 밝았습니다.

어머니는 바느질이 거의 끝났을 때에 이야기책을 그 등잔불 밑에서 보기 시작하였습니다. 어머니는 아버지가 돌아가신 뒤로 그러한 이야기책을 보시는 것이 유일한 위안이었던 것을 지금에도 넉넉히 상상할 수 있습니다. 지금 그러한 책 이름을 일일이 기억할 수는 없습니다마는, 또는 그러한 책을 지금에는 본 일도 별로 없습니다마는 《하씨선행록》*이니, 《전우치전》이니, 《삼국지》니 하는 모두 이러한 것이었습니다. 물론 우리나라 언문으로 베낀 책이었습니다. 책장이 해질까 염려하여 종이에 기름까지 바른 것이었습니다. 지금 생각해 보면, 내가 늦도록 잠을 자지 않고 앉았던 것은 어머니의 책을 읽는 소리 가운데에서 한마디 한마디씩 귀에 들어오는 말을 주워 모아 가지고 내껏* 어떠한 해석을 해 보는 것이 큰 재미였던 것입니다.

어떠한 때에는 어머니가,

"너는 잠도 오지 않느냐? 너만 할 때에는 밥만 먹으면 거꾸러져 자게 될 터인데……. 별 아이도 다 보았지!"

꾸지람도 같고, 귀여워하는 듯도 한 말을 흔히 들은 일이 있었습니다. 그리고 또 어머니가 옛날이야기나 수수께끼 같은 것도 하며 나에게 흔히 들려주었습니다. 그래서 밤이 늦도록 잠을 자지 않고 어머니의 틈 나기를 나는 기다렸던 것입니다.

어머니가 바느질을 끝내고 책을 볼 때였으므로 밤은 꽤 깊었습니다. 어머니는 책 보던 눈을 나에게로 돌리며,

"저 소리 들어 보아라! 너는 저게 무슨 소린 줄 아느냐?"
라고 별안간에 물었습니다.

나도 누님도 따라서 귀를 기울이게 되었습니다. 그러나 귀에 분명히 들릴 만큼 나오는 소리는 없었습니다. 다만 조용하던 방 안이 더욱 고요하여졌을 뿐이었습니다. 누이는 한참이나 귀를 기울이고 있더니, 무슨 소리를 알아들은 것처럼 손가락으로 방문을 가리켜 주었습니다. 나는 가리키는 방문에 더욱 주의를 하였습니다.

그리하였더니 과연 그 방문에서 무슨 "뚝딱뚝딱" 쪼는 소리 같은 것이 들리었습니다. 어머니는 나더러,

"그게 무슨 소린 줄 아느냐?"
고 물었습니다. 나는 모른다고 대답하였습니다. 어머니는 그것이,

"문살각시 다듬이 하는 소리다."
라고 설명하였습니다.

우리 시골에는 이러한 말이 있습니다. 이 문살각시 다듬이 소리란 것은 그때에 처음 알았습니다. 더욱 주의를 하고 들었더니, 그것은 과

연 먼 곳에서 울려오는 다듬이 소리와 조금도 틀림없이 들렸습니다.

누이는 곁에 누웠던 자를 집어 방문을 한 번 탁 쳤습니다. 그런 뒤에는 "뚝딱뚝딱" 하는 소리가 뚝 그쳐 버리고 말았습니다.

어머니는 다시 가을이 되면 문살각시도 일이 바빠서 다듬이질을 한다고 설명하여 주었습니다. 나는 무서운 생각이 났습니다. 그래서 어머니 곁으로 바짝 가까이 앉았습니다. (이 문살각시 이야기는 내가 그 뒤에 보통학교에서 이과를 배울 때에 선생에게 물어보았더니, 그것은 귀신이 아니요 가을이 되면 그러한 벌레가 있어서 문 앞으로 쪼는 소리라 하였습니다. 그리하여 비로소 벌레인 줄 알았던 것입니다.)

한참이나 있었더니 또다시 "뚝딱뚝딱" 소리가 났습니다. 그때에는 누이가 일부러 방문을 열었습니다. 문살각시는 또다시 다듬이를 그쳤습니다. 우리 어머니나 누이는 이것을 다른 귀신처럼 무섭게 여기지 않고 무슨 친근한 귀여운 벗처럼 여기는 줄 알았습니다. 누이는 문을 열고 바깥마루로 나아갔습니다.

나도 무시무시한 생각을 하면서 뒤를 따라 나아갔습니다. 물론 그때에는 달빛이 회푸른지 하늘빛이 검푸른지 알 수 없었으나, 달밤의 엄숙한 기운이 비록 어린 나에게도 황홀을 느끼게 한 것은 사실인 듯합니다. 이때에 나는 누이에게 이러한 질문을 받았습니다.

"너는 저 달이 얼마나 큰지 알겠니?"

나는 그렇게 애써 생각도 않고 바로 대답하였습니다.

"우리 집 방석만 하지!"

이것은 우리 집에서 베나 고추 같은 것을 말릴 때 쓰는 둥근 방석만을 본 나였으므로, 이것도 보이는 달의 크기 그것만으로 하면 이 대답보다도 더 쉬울 게 우리 집에 있는 둥근 소반이나, 또는 쟁반 같은 것을 가리켜 비교하였을 것이었습니다. 그러나 만일 나의 눈에 보이는 그것만 한 것만 생각하고 그대로 대답하여도 관계찮은 것이면 누이가 달의 크기가 얼마나 한 것을 물을 리가 없다는 것을 어린 마음에도 생각하였으므로, 나의 눈에 보이는 그것보다는 좀더 클 것이라 생각하고 에누리* 하여 방석만 하다고 대답한 것이었습니다.

누이는 "하하"라 웃어 버렸습니다. 나는 이러한 웃음을 두 번째 누이에게서 듣게 되었습니다. 한 번은 내가 하늘을 만져 보러 앞산에 올라가자고 누이에게 청하다가 이러한 웃음을 받은 적이 있었습니다. 이것은 내가 하도 우연히 하늘을 만져볼 생각이 났던 것입니다. 앞산 봉우리와 하늘이 꼭 닿은 것같이 생각한 까닭에, 앞산 위에만 올라가면 하늘은 아무 어려울 것 없이 만져 보리라고 생각한 것이었습니다. 달의 크기가 방석만 하다고 한 나의 대답을 들은 누이는 다시 내가 말한 것보다는 더 크다는 것을 말하였습니다.

그런데 나에게는 둥글고도 큰 것으로 아는 것이 또 하나가 있었습니다. 그것은 우리 시골의 D라는 큰 연못이었습니다. 그 연못은 주위가 십 리나 된다고 합니다. 그래서 "D방죽만 하지!"라 하였습니다. 누이는 웃으며 훨씬 더 크다고 말하였습니다. 나는 D방죽보다도 더 큰 것으로 둥근 것을 보지 못하였으므로, 다시 더 말할 수 없었습니다.

그러다가 이 달의 크기 문제로 필경* 은 어머니에게 가서 어떠한 것을 물어보게 되었습니다.

어머니는 그때까지 이야기책을 보고 있었습니다. 내가 누이의 말에 불복한 듯이 달은 얼마나 크냐고 어머니께 물었더니 어머니는 웃

으면서,

"조선 팔도보다도 더 크다."

고 대답하였습니다.

  지금 생각하여 보면, 아마 어머니가 아시는 것으로 제일 큰 것은 조선 팔도이었던 것인지도 알 수 없습니다.

  물론 그때에 나는 조선 팔도라는 것이 어떠한 것인지 알 수 없었습니다. 다만 둥글고 큰 것은 조선 팔도인 줄 짐작하게 되었습니다.

  이때에 어머니는 달이 얼마나 크냐고 묻는 말에 달과 해 이야기 생각이 났던지, 나에게 해와 달 이야기를 해 주었습니다. 어머니는 손에 들었던 이야기책을 방바닥에 내려놓고 이야기를 시작하셨습니다. 그런데 그 이야기의 내용은 대강 이러하였습니다.

  어떠한 산중에 과부 한 사람이 어린 자식 셋을 데리고 가난한 살림을 하였습니다. 물론 고운 의복과 맛있는 음식을 입을 수도 없고, 먹을 수도 없었습니다. 그러나 이 과부는 다만 어린 자식들이 커 가는 것만 큰 기쁨으로 삼고 살아오던 터였습니다. 어떠한 가을날에 어머니는 어린 자식을 먹이려고 잔등* 넘어 장자*집으로 밥을 얻으러 갔습니다. 과부는 집에 어린아이들만 남겨 두고 가는 것이 마음이 놓이지 않았으나, 주린 배를 어떻게 채울 수 없어 방문 단속을 단단히 하고 잔등 넘어 장자의 집으로 갔습니다.

  가을 해가 거의 저물었을 때에 과부는 장자집의 방아를 찧어 주고 그 방아 밑으로 범벅떡을 만들어 가지고 자기 집으로 급히 돌아오던 길이었습니다. 과부는 어서 집에 돌아가 어린아이들에게 이 범벅떡을 주어서 그 기뻐하는 얼굴을 보고 싶다 생각하며 한 잔등을 넘어왔습니다. 이때에 급히 가는 길을 막아서는 큰 호랑이가 있었습니다. 과부는 깜짝 놀랐습니다. 이때에 호랑이는,

"그 떡 하나 주면 안 잡아먹지!"

하며 앞길을 막아섰습니다.

과부는 할 수 없이 떡을 하나 던져 주었습니다. 호랑이는,

"또 한 덩이 주면 안 잡아먹지!"

여러 번 되풀이하여 과부의 가진 떡을 다 빼앗아서 먹어 버렸습니다. 그러고 난 뒤에 호랑이는 다시,

"저고리 벗어 주면 안 잡아먹지!"

"치마를 벗어 주면 안 잡아먹지!"

고개를 넘을 때마다 앞을 가로막으며 위협하여 다 빼앗아 갔습니다. 과부는 집에서 기다리는 자기 자식들 일을 생각하고 어떻게든지 목숨이나 보전하랴 하여 호랑이가 달라는 대로 의복까지 다 벗어 주었습니다. 그러나 흉측한 호랑이는 의복까지 다 빼앗아서 입고, 나중에는 이 과부를 잡아먹었습니다.

과부를 잡아먹은 호랑이는 그 과부의 옷을 입고 과부로 둔갑을 하여 가지고 집에 남아 있는 어린아이들을 잡아먹으러 갔습니다. 집에 있는 어린아이들은 고픈 배를 참아 가며 자기 어머니가 돌아오기만 기다리고 있었습니다. 그러나 어머니는 그렇게 쉽게 돌아오지 않았습니다. 어린 아기는 자기 어머니를 기다리다 못하여 어느덧 잠이 들었습니다. 누이와 동생 두 어린아이는 잠도 자지 않고 자기 어머니 오기만 기다렸습니다. 이와 같이 기다리는 때에 어머니로 둔갑한 호랑이가 집으로 들어와서 방문을 열라고 하였습니다.

그러나 문 열라고 부르는 소리는 그들의 어머니 말소리와 달랐으므로 영리한 누이는,

"당신은 우리 어머니가 아니오."
라고 말하고 문을 열어 주지 않았습니다.

호랑이는 자기가 틀림없는 너의 어머니니 문을 열어 달라고 몇 번이나 말하였습니다. 나중에는 먹을 것을 많이 가지고 와서 짐이 무거우니 문을 속히 열라고 재촉하였습니다. 이때에 누이는 문 앞으로 가까이 가서 만일 우리 어머니일 것 같으면 손을 문틈으로 보이라고 하였습니다. 호랑이는 문틈으로 손을 내밀었습니다. 손은 맨 털빛이었습니다. 아이들은 이상하여 우리 어머니 손에는 이렇게 털이 나지 않았다고 물어보았습니다. 호랑이는 오늘 밤은 너무나 추워서 털토시를 끼었다고 대답하였습니다.

동생 되는 어린아이는,

"어머니! 너무나 추우셨겠소. 어서 들어오시오."
하며, 문을 열어 주었습니다.

어머니로 둔갑한 호랑이는 들어오더니, 여러 말 하지 않고 한편 구석에서 곤히 자는 어린 아기를 붙들고 부엌으로 들어가면서,

"너희들은 어서 자거라. 밥을 지어 줄 터이니……."
라 말하였습니다.

남매 두 아이들은 먹을 것을 줄 줄 알고 한참이나 기다렸으나, 아무것도 주지 않고 부엌에서 무엇인지 깨무는 소리만 들렸습니다.

동생 되는 아이는 하도 갑갑하여,

"어머니! 무엇을 먹소? 우리도 좀 주오!"
라 말하였습니다.

호랑이는,

"아니다! 너희들 먹을 것이 아니다. 내가 좀 시장해서 콩을 먹어 본다!"

라 대답하였습니다.

그러나 이 소리는 콩을 깨무는 소리와는 다르므로, 남매 두 아이는 문구멍으로 부엌을 내다보았습니다. 그랬더니 지금까지 어머니로 여겼던 것이 어머니가 아니라 큰 호랑이였습니다. 그리고 가장 사랑하는 어린 동생을 부엌에서 깨물어 먹는 소리가 그렇게 방에까지 들린 것이었습니다.

두 남매는 겨우 뒷문을 열고 밖으로 도망하여 우물 곁에 있는 큰 나무 위로 올라갔습니다.

호랑이는 어린 아기를 다 먹고는 다시 방에 있는 두 아이를 잡아먹으려고 하였으나, 벌써 두 사람은 거기에 있지 않았습니다. 호랑이는 사면팔방*으로 찾아다녔습니다. 열린 뒷문으로 우물가에까지 왔습니다.

그래서 우물 속을 들여다보았습니다.

마침 이때 나무 그림자가 그 우물 가운데에 비추었습니다. 우물 가운데에 비친 두 아이의 그림자를 본 호랑이는 이것을 건지려고 여러 가지 건질 물건을 가지고 와서,

"조리로 건지나, 두레박으로 건지나."

라 콧노래를 부르며 우물가에로 돌아다니었습니다.

이 호랑이의 하는 짓이 하도 우스웠던지 남매 두 아이는 나무 위에서 웃어 버렸습니다. 지금까지 두 아이가 우물 안에 빠졌다고만

생각하던 호랑이는 깜짝 놀라 나무 위를 쳐다보았습니다. 나무 위에는 두 아이가 앉아 있었습니다.

호랑이는 위협하듯이 물었습니다.

"너희들은 어떻게 올라갔느냐?"

"장자네 집에 가 참기름 얻어다 바르고 올라왔지!"

라고 누이가 대답하였습니다.

호랑이는 참기름을 바르고 올라오려고 하였으나, 더욱 미끄러웠을 뿐이었습니다.

아무 철도 모르는 동생 아이는,

"장자네 집에 가 도끼를 얻어다가 콕콕 하고 올라왔지!"

라고 일러 주었습니다.

호랑이는 참으로 도끼를 가지고 왔습니다. 그래서 도끼로 발 붙일 자국을 만들어 가며 올라왔습니다. 얼마 아니면 이 남매 두 아이도 호랑이의 밥이 되려 할 때에 두 아이는 하느님께,

"우리를 살리려거든 새 동아줄을 내려 주시고, 죽이려거든 썩은 동아줄을 내려 주십시오."

하고 빌었습니다.

이때에 새 동아줄이 주르륵 내려왔습니다. 그리하여 남매 두 아이는 줄을 붙잡고 하늘로 올라갔습니다. 이 뒤에 올라온 호랑이도 어린아이를 본을 받아 하느님께 빌었습니다. 썩은 동아줄이 내려왔습니다. 호랑이는 이것을 붙잡고 올라갔습니다. 얼마 아니 되어 줄이 끊어져 버렸습니다. 그리하여 이 줄을 붙잡았던 호랑이는 수백 길이나 되는 공중에서 수수밭으로 떨어졌습니다. 그때에 막 베어낸 수수깡이 꽁무니에 찔려 죽어 버렸습니다. 그리하여 수수에 피가 묻은

것은 이러한 까닭이라 합니다.

　그리고 하늘로 올라간 남매 두 사람은 하느님 앞에 불려 가서 누이는 해가 되고, 동생은 달이 되었다고 합니다. 이것도 처음에 하느님이 누이더러 달이 되라 하였으나, 달은 밤에 있는 것이라 여자로 밤에 다니는 것은 무섭다 하여 낮의 해가 되었다 합니다. 한낮에 다니면 여러 사람이 너무나 물긋물긋* 바라보니까, 이것을 피하려고 눈이 현란하여 찬찬히 보지 못할 만큼 해는 반짝거리게 되었다 합니다. 그리하여 여자인 해는 사람 눈으로 하여금 똑바로 보지 못하게 한다 합니다.

　어린 나는 이 이야기를 어머니에게서 들을 때에 얼마나 슬프고도 우스웠는지 알 수 없습니다. 그리고 어머니는 이 이야기를 내놓을 때에 맨 처음부터 우리 집과 비교하며 말하였습니다. 우리 집과 같이 가난하게 지내었다는 둥, 또는 너희들 남매간과 같이 의좋게 지내었다는 둥, 여러 가지 우리 집과 같은 것을 말하였습니다.

　그래서 듣고 있는 나도 이야기가 다른 사람의 일처럼 생각지는 않았습니다. 자기 자신에 당한 일이나 조금도 다름없이 알았습니다. 더구나 이 이야기하는 어머니는 그때의 광경을 그대로 듣는 사람에게 연상시킬 만큼 얼굴의 표정을 변하여 가며 말하였습니다. 이 이야기를 듣는 동안에 나는 몇 번이나 어머니 앞으로 가까이 가까이 갔는지 알 수 없습니다.

　그리고 특별히 "옷 벗어 주면 안 잡아먹지!", "떡을 주면 안 잡아먹지!" 하는 호랑이의 흉녕한* 소리를 어머니가 우리 지방의 고유한 악센트를 붙여 호랑이가 바로 그 곁에서 부르짖는 것처럼 말씀할 때에, 나는 전신에 소름이 끼쳤습니다. 또는 나무 위에 올라앉아 숨어

남극의 가을밤

있으면서, 무엇이 우스워 그렇게 웃어 버렸는지 나는 알 수 없었습니다.

어쨌든 이 하룻밤 이야기가 영원히 영원히 나의 머리에 슬어* 있게 되었습니다. 그래서 지금에도 이 이야기를 다시 생각할 때마다 나에게는 무엇이라 형언할 수 없는 적막*이 찾아와서 나의 가슴을 오롯이 점령하게 됩니다.

낱말 풀이

내껏 내 나름으로

물긋물긋 죽이나 풀 따위가 매우 묽은 듯한 모양

사면팔방 '사방팔방'과 같은 말. 여기저기 모든 방향이나 방면

슬다 쇠붙이에 녹이 생기거나 곰팡이가 생기다. 여기에서는 이야기가 잊히지 않을 만큼 머릿속에 강하게 남았다는 뜻이다.

에누리 실제보다 보태거나 깎아서 말하는 일

잔등 '산봉우리'의 사투리

장자長者 큰 부자를 점잖게 이르는 말

적막 고요하고 쓸쓸함

필경 끝장에 가서는

《하씨선행록》 일부다처제의 사회에서 남편을 두고 벌어지는 여성 간의 갈등을 그린 중국 고전소설

흉녕하다 성질이 흉악하고 사납다.

꺼삐딴 리

전광용 1919~1988년

함경남도 북청에서 태어나 경성고등상업학교와 서울대학교 문리대를 졸업했다. 일찍이 문학에 심취하여 1939년 《동아일보》에 동화 〈별나라 공주와 토끼〉가 입선되고, 1955년에는 단편 〈흑산도〉가 《조선일보》 신춘문예에 당선되었다. 〈흑산도〉는 흑산도에 대한 학술조사 체험을 바탕으로 이 섬에 운명적으로 매달려 있는 어민들의 생태를 그린 작품이다. 그의 대표작 중 하나인 〈사수〉는 인물의 내면적인 심리묘사가 뛰어나며, 친구 사이에 운명적으로 내재해 있는 승부 의식과 대결 의식을 긴장감 있게 그려 냈다. 1962년에는 세속적 출세주의자를 풍자한 〈꺼삐딴 리〉로 동인문학상을 받았다.

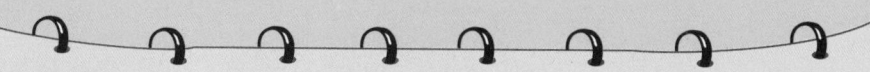

작품 해제

갈래 풍자 소설
배경 광복과 6·25 전쟁을 전후한 시기의 남한과 북한
시점 전지적 작가 시점
제재 기회주의적인 인물
주제 시대와 상황에 따라 변절적으로 순응해가는 기회주의자에 대한 풍자
출전 《사상계》 제109호(1962년 7월)

줄거리

　이인국은 종합병원을 운영하는 외과 전문의다. 병원은 매우 정결하지만, 치료비가 다른 병원보다 갑절이나 비싸다. 어느 날, 미국으로 가기 위해 미 대사관의 브라운과 만날 시간을 맞추려고 회중시계를 꺼내 보다가 30년 전 과거를 회상한다. 이인국은 일제시대에 제국대학을 졸업할 때, 회중시계를 부상으로 받는다. 잠꼬대로 일본어를 할 정도로 완전한 황국 신민으로 동화되어 철저히 일본인으로 살아왔다.

　광복 후의 격변기 속에서 그는 소련군 점령하에 사상범으로 낙인 찍혀 감옥 생활을 하게 된다. 여기에서 이질 환자를 발견하고 이인국은 수용소에서 응급 치료를 맡는 행운을 얻는다. 그는 이 기회를 이용하여 소련군 스텐코프 장교의 뺨에 붙은 혹을 제거하는 수술에 성공하여 영화를 누린다. 그는 1·4 후퇴 때 가족과 함께 월남하여 거제도 수용소에서 아버지를 잃게 된다. 이인국은 미군 주둔 시에도 그 상황에 맞는 처세술로 현실에 적응한다.

　대사관에서 브라운을 만난 이인국은 고려청자를 그에게 선물하며, 한국인으로서 자책감보다는 그의 취향을 생각하며 고민한다. 아무튼 이인국은 그 특유의 처세술로 브라운을 만족시키면서, 국무성 초청장을 받는 목적을 달성한다. 미국에 가서도 반드시 성공을 거두리라고 생각한다.

꺼삐딴 리

수술실에서 나온 이인국李仁國 박사는 응접실 소파에 파묻히듯이 깊숙이 기대어 앉았다.

그는 백금 무테 안경을 벗어 들고 이마의 땀을 닦았다. 등골에 축축이 밴 땀이 잦아들어감에 따라 피로가 스며 왔다. 두 시간 이십 분의 집도*. 위장 속의 균종菌腫 적출*. 환자는 아직 혼수 상태에서 깨지 못하고 있다.

수술을 끝낸 찰나 스쳐 가는 육감, 그것은 성공 여부의 적중률을 암시하는 계시 같은 것이다. 그러나 오늘은 웬일인지 뒷맛이 꺼림칙하다.

그는 항생질抗生質 의약품이 그다지 발달하지 않았던 일제시대부터 개복 수술에 최단 시간의 기록을 세웠던 것을 회상해 본다.

맹장염이나 포경 수술, 그 정도의 것은 약과다. 젊은 의사들에게 맡겨 버리면 그만이다. 대수술의 경우에는 그렇게 방임할 수만은 없다. 환자 측에서도 대개 원장의 직접 집도를 조건부로 입원시킨다.

그는 그것을 자랑으로 삼아 왔고 스스로 집도하는 쾌감마저 느꼈다.

그의 병원 부근은 거의 한 집 건너 병원이랄 수 있을 정도로 밀집한 지대다. 이름 없는 신설 병원 같은 것은 숫제 비장날 시골 전방*처럼 한산한 속에 찾아오는 손님을 기다리고 있는 형편이다.

그러나 이인국 박사는 일류 대학 병원에서까지 손을 쓰지 못하여 밀려오는 급환자들 틈에 끼여 환자의 감별에는 각별한 신경을 쓰고 있다.

그것은 마치 여관 보이가 현관으로 들어서는 손님의 옷차림을 훑어보고 그 등급에 맞는 방을 순간적으로 결정하거나 즉석에서 서슴지 않고 거절하는 경우와 흡사한 것이라고나 할까.

이인국 박사의 병원은 두 가지의 전통적인 특징을 가지고 있다.

병원 안이 먼지 하나도 없이 정결하다는 것과 치료비가 여느 병원의 갑절이나 비싸다는 점이다.

그는 새로운 환자의 초진初診에서는 병에 앞서 우선 그 부담 능력을 감정하는 데서부터 시작한다. 신통하지 않다고 느껴지는 경우에는 무슨 핑계를 대든가, 그것도 자기가 직접 나서는 것이 아니라 간호원더러 따돌리게 하는 것이다.

그렇게 중환자가 아닌 한 대부분의 경우, 예진豫診은 젊은 의사들이 했다. 원장은 다만 기록된 진찰 카드에 따라 환자의 증세와 아울러 경제 제도를 판정하는 최종 진단을 내리면 된다.

상대가 지기知己나 거물급이 아닌 한 외상이라는 명목은 붙을 수가 없었다. 설령, 있다 해도 이 양면 진단은 한 푼의 미수나 결손도 없게 한, 그의 인생을 통한 의술 생활의 신조요 비결이었다.

그러기에 그의 고객은 왜정시대는 주로 일본인이었고, 현재는 권력층이 아니면 재벌의 셈속*에 드는 축이어야만 했다.

그의 일과는 아침에 진찰실에 나오자 손가락 끝으로 창틀이나 탁자 위를 훑어 무테 안경 속 움푹한 눈으로 응시하는 일에서 출발한다.

이때 손가락 끝에 먼지만 묻으면 불호령이 터지고, 간호원은 하루 종일 원장의 신경질에 부대껴야만 한다.

아무튼 그의 단골 고객들은 그의 정결한 결벽성에 감탄과 경의를 표해 마지않는다.

1·4 후퇴 때 청진기가 든 손가방 하나를 들고 월남한 이인국 박사다. 그는 수복되자 재빨리 셋방 하나를 얻어 병원을 차렸다. 그러나 이제는 평당 오십만 환을 호가하는 도심지에 타이루를 바른 이층 양옥을 소유하게 되었다. 그는 자기 전문인 외과 외에 내과, 소아과, 산부인과 등 개인 병원을 집결시켰다. 운영은 각자의 호주머니 셈속이었지만, 종합병원의 원장 자리는 의젓이 자기가 차지하고 있다.

이인국 박사는 양복 조끼 호주머니에서 십팔금 회중시계를 꺼내어 시간을 보았다.

두 시 사십 분!

미국 대사관 브라운 씨와의 약속 시간은 이십 분밖에 남지 않았다. 이 시계에도 몇 가닥의 유서 깊은 이야기가 숨어 있다. 이인국 박사는 시계를 볼 때마다 참말 '기적'임에 틀림없었던 사태를 연상하게 된다.

왕진 가방과 삼팔선을 넘어온 피난 유물의 하나인 시계, 가방은 미군 의사에게서 얻은 새것으로 갈아매어 흔적도 없게 된 지금, 시계는 목숨을 걸고 삶의 도피행을 같이한 유일품이요, 어찌 보면 인생의 반려伴侶이기도 한 것이다.

　밤에 잘 때에도 그는 시계를 머리맡에 풀어 놓거나 호주머니에 넣은 채로 버려두지 않는다. 반드시 풀어서 등기 서류, 저금통장 등이 들어 있는 비상용 캐비넷 속에 넣고야 잠자리에 드는 것이었다. 거기에는 또 그럴 만한 연유가 있었다. 이 시계는 제국대학을 졸업할 때 받은 영예로운 수상품이다. 뒤쪽에는 자기 이름이 새겨져 있다.

　그 후 삼십여 년, 자기 주변의 모든 것이 변하여 갔지만 시계만은 옛 모습 그대로다. 주변뿐만 아니라, 자기 자신은 얼마나 변한 것인가. 이십대 홍안*을 자랑하던 젊음은 어디로 사라진 것인지 머리카락도 반백이 넘었고, 이마의 주름은 깊어만 간다. 일제시대, 소련국 점령하의 감옥 생활, 6·25 사변, 삼팔선, 미군 부대, 그동안 몇 차례의 아슬아슬한 죽음의 고비를 넘긴 것인가.

　'월삼 17석*.'

　우여곡절 많은 세월 속에서 아직도 제 시간을 유지하는 것만도 신기하다. 시간을 보고는 습성처럼 째각째각 소리에 귀 기울이는 때의 그의 가느다란 눈매에는 흘러간 인생의 축도縮圖가 서리는 것이었다. 그 속에서도 각모角帽와 쓰메에리* 학생복을 벗어 버리고 신사복으로 갈아입던 그날의 감회를 더욱 새롭게 해 주는 충동을 금할 길 없는 것이었다.

　이인국 박사는 수술 직전에 서랍에 집어넣었던 편지에 생각이 미쳤다.

　미국에 가 있는 딸 나미. 본래의 이름은 일본식의 나미코奈美子다. 해방 후 그것이 거슬린다기에 나미로 불렀고 새로 기류계*에 올릴 때에는 코子를 완전히 떼어 버렸다.

나미짱! 딸의 모습은 단란하던 지난날의 추억과 더불어 떠올랐다.

온 집안의 재롱둥이였던 나미, 그도 이젠 성숙했다. 그마저 자기 옆에서 떠난 지금, 새로운 정에서 산다고는 하지만 이인국 박사는 가끔 물밀어 오는 허전한 감을 금할 길이 없었다.

아내는 거제도 수용소에 있을 때 죽었고, 아들의 생사는 지금껏 알 길이 없다.

서울에서 다시 만나 후처로 들어온 혜숙蕙淑, 이십 년의 연령 차에서 오는 세대의 거리감을 그는 억지로 부인해 본다. 그러나 혜숙의 피둥피둥한 탄력에 윤기가 더해 가는 살결에 비해 자기의 주름 잡힌 까칠한 피부는 육체적 위축함마저 느끼게 하는 때가 없지 않았다.

그들 사이에서 난 돌 지난 어린것, 앞날이 아득한 이 핏덩이만이 지금의 이인국 박사의 곁을 지켜 주는 유일한 피붙이다.

이인국 박사는 기대와 호기에 가득 찬 심정으로 항공 우편의 피봉*을 뜯었다.

전번 편지에서 가타부타* 단안斷案은 내리지 않고 잘 생각해서 결정하라고 한 그 후의 경과다.

'결국은 그렇게 되고야 마는 건가……'

그는 편지를 탁자 위에 밀어 놓았다. 어쩌면 이러한 결말은 딸의 출국 이전에서부터 이미 싹튼 것인지도 모른다는 생각이 들었다.

대학에서 영문과를 택한 딸, 개인 지도를 해 준 외인 교수, 스칼라십*을 얻어 준 것도 그고, 유학 절차의 재정 보증인을 알선해 준 것도 그가 아닌가. 우연한 일은 아니다.

그러한 시류에 따라 미국 유학을 해야만 한다고 주장한 것은 오히려 아버지 자기가 아닌가.

　동양학을 연구하고 있는 외인 교수. 이왕이면 한국 여성과 결혼했으면 좋겠다던 솔직한 고백에 자기의 학문을 위한 탁월한 견해라고 무심코 찬의贊意를 표한 것도 자기가 아니던가. 그것도 지금 생각하면 하나의 암시였음이 분명하지 않은가.

　이인국 박사는 상아로 된 오존 파이프를 앞니에 힘을 주어 지그시 깨물며 눈을 감았다.

　꼭 풀 쑤어 개 좋은 일을 한 것만 같은 분하고도 허황한 심정이다.

　'코쟁이 사위.'

　생각만 해도 전신의 피가 역류하는 것 같은 몸서리가 느껴졌다.

　'더러운 년 같으니, 기어코……'

　그는 큰기침을 내뱉었다.

　그의 생각은 왜정시대 내선일체內鮮一體의 혼인론이 떠돌던 이야기에 꼬리를 물었다. 그때는 그것을 비방하거나 굴욕처럼 느끼지는 않았다. 오히려 당연한 것으로 해석했고 어찌 보면 우월한 것으로 생각하지 않았던가. 그런데 이 경우는…….

　그는 딸의 편지 구절을 곱씹었다.

　'애정에 국경이 있어요?'

　이것은 벌써 진부하다. 아비도 학창 시절에 그런 풍조는 다 마스터했다. 건방지게, 이게 새삼스레 애비에게 설교조로…… 좀더 솔직하지 못하고…….

　그러니 외딸인 제가 그런 국제 결혼의 시금석*이 되겠단 말인가.

　'아무튼 아버지께서 쉬 한번 오신다니 최종 결정은 아버지의 의향에 따라 결정할 예정입니다만…….'

그래 아버지가 안 가면 그대로 정하겠단 말인가.

이인국 박사는 일대 잡종의 유전 법칙이 떠오르자 머리를 내저었다. '횐둥이 손자', 생각만 해도 징그럽다.

그는 내던졌던 사진을 다시 집어 들었다.

대학 캠퍼스 같은 석조전의 거대한 건물, 그 앞의 정원, 뒤쪽에 짝을 지어 걸어가는 남녀 학생, 이 배경 속에 딸과 그 외인 교수가 나란히 어깨를 짚고 서서 웃음을 짓고 있다.

'흥, 놀기는 잘들 논다……'

응, 신음 소리를 치며 그는 자리에서 일어섰다. 아무튼 미스터 브라운을 만나 이왕 가는 길이면 좀더 서둘러야겠다. 그 가장 대우가 좋다는 국무성 초청 케이스의 확정 여부를 빨리 확인해야겠다는 생각이 조바심을 쳤다.

그는 아내 혜숙이 있는 살림방 쪽으로 건너갔다.

"여보, 나미가 기어코 결혼하겠다는구려."

"그래요……."

아내의 어조에는 별다른 감동이나 의아도 없음을 이인국 박사는 직감했다. 그는 가능한 한 혜숙이 앞에서 전실 소생의 애들 이야기를 하는 것을 삼가 왔다.

어떻게 보면 나미의 미국 유학을 간접적으로 자극한 것은 가정 분위기의 소치라는 자격지심*이 없지 않기도 했다.

나미는 물론 혜숙을 단 한 번도 어머니라고 불러준 일이 없었다.

혜숙이 또한 나미 앞에서 어머니라고 버젓이 행세한 일도 없었다.

지난날의 간호원과 오늘의 어머니, 그 사이에는 따져서 표현할 수 없는 미묘한 감정들이 복제되어 있었다.

"선생님의 일이라면 무엇이든지 돕겠어요."

서울에서 이인국 박사를 다시 만났을 때 마음속 그대로 털어놓은 혜숙의 첫마디였다.

처음에는 혜숙이도 부인의 별세를 몰랐고, 이인국 박사도 혜숙이의 혼인 여부를 참견하지 않았다.

혜숙은 곧 대학 병원을 그만두고 이리로 옮겨 왔다.

나미는 옛정이 다시 살아 혜숙을 언니처럼 따랐다.

이들의 혼인이 익어갈 때 이인국 박사는 목에 걸리는 딸의 의향을 우선 듣기로 했다.

딸도 아버지의 외로움을 동정하고 있었다. 자기 자신도 아버지의 시중이 힘에 겨웠고 또 그 사이 실지의 아버지 뒤치다꺼리를 혜숙이 해 왔으므로 딸은 즉석에서 진심으로 찬의를 표했다.

그러나 시간이 흐를수록 혜숙과 나미의 간격은 벌어졌고, 혜숙은 남편과의 정상적인 가정생활에서 나미가 장애물이 되는 것 같은 느낌을 차츰 가지게 되었다.

혜숙 자신도 처음에는 마음 놓고 이인국 박사를 남편이랍시고 일대일로 부르진 못했다.

나미의 출발, 그 후 어린애의 해산, 이러한 몇 고개를 넘는 사이에 이제 겨우 아내답게 늠름히 남편을 대할 수 있고, 이인국 박사 또한 제대로의 남편의 체모*로 아내에게 농을 걸 수 있게끔 되었다.

"기어코 그 외인 교수와 가까워지는 모양인데."

이인국 박사는 아내의 얼굴을 직시하지는 못하고 마치 독백하듯이 뇌까렸다.

"할 수 있어요. 제 좋다는 대로 해야지요."

마치 남의 이야기를 하는 것처럼 이인국 박사에게는 들려왔다.

"글쎄, 하기는 그렇지만……."

그는 입맛만 다시며 더 이상 계속하지 못했다.

잠을 깨어 울고 있는 어린것에게 젖을 물리고 있는 아내의 젊은 육체에서 자극을 느끼면서 이인국 박사는 자기 자신이 죄를 지은 것만 같은 나미에 대한 강박관념을 지울 수가 없었다.

저 어린것이 자라서 아들 원식元植이나 또 나미 정도의 말 상대가 될래도 아직 이십여 년의 세월이 흘러야 한다.

그때 자기는 칠십이 넘는 할아버지다.

현대 의학이 인간의 평균 수명을 연장하고, 암癌 같은 고질이 아닌 한 불의의 죽음은 없다 하지만, 자기 자신이 의사이면서 스스로의 생명 하나를 보장할 수 없다.

'마누라는 눈앞에서 나는 새 놓치듯이 죽이지 않았던가.'

아무리 해도 조놈이 대학을 나올 때까지는 살아야 한다. 아무렴, 때가 때인 만큼 미국 유학까지는 내 생전에 시켜 주어야지.

하기야 그런 의미에서도 일찌감치 미국 혼반*을 맺어 두는 것도 그리 해로울 건 없지 않나. 아무렴 우리보다는 낫게 사는 사람들인데. 남 좀 보기 체면이 안 서서 그렇지.

그는 자위인지 체념인지 모를 푸념을 곱씹었다.

"여보, 저걸 좀 꾸려요."

이인국 박사의 말씨는 점잖게 가라앉았다.

"뭐 말이에요?"

아내는 젖꼭지를 물린 채 고개만을 돌려 되묻는다.

"저 병 말이오."

그는 화장대 위에 놓은 골동품을 가리켰다.

"어디 가져 가셔요?"

"저 미 대사관 브라운 씨 말이야. 늘 신세만 졌는데……."

아내가 꼼꼼히 싸 놓은 포장물을 들고 이인국 박사는 천천히 현관을 나섰다. 벌써 석간 신문이 배달되었다.

아무리 생각해도 그것은 분명 기적임에 틀림없는 일이었다. 간헐적으로 반복되어 공포와 감격을 함께 휘몰아치는 착잡한 추억. 늘 어제 일마냥 생생하기만 하다.

1945년 팔월 하순.

아직 해방의 감격이 온 누리를 뒤덮어 소용돌이칠 때였다.

말복도 지난 날씨건만 여전히 무더웠다. 이인국 박사는 이 며칠 동안 불안과 초조에 휘몰려 잠도 제대로 자지 못했다. 무엇인가 닥쳐올 사태를 오들오들 떨면서 대기하는 상태였다.

그렇게 붐비던 환자도 얼씬하지 않고 쉴 사이 없던 전화도 뜸해졌다. 입원실은 최후의 복막염 환자였던 도청의 일본인 과장이 끌려간 후 텅 비었다.

조수와 약제사는 궁금증이 나서 고향에 다녀오겠다고 떠나갔고, 서울 태생인 간호원 혜숙만이 남아 빈집 같은 병원을 지키고 있었다.

이 층 십 조* 다다미방에 훈도시*와 유카타* 바람에 뒹굴고 있던 이인국 박사는 견디다 못해 부채를 내던지고 일어났다.

그는 목욕탕으로 갔다. 찬물을 퍼서 대야째로 머리에서부터 몇 번이고 내리부었다. 등줄기가 시리고 몸이 가벼워졌다. 그러나 수건으로 몸을 닦으면서도 무엇인가 짓눌려 있는 것 같은 가슴속의 갑갑증을 가서 낼 수는 없었다.

그는 창문으로 기웃이 한길 가를 내려다보았다. 우글거리는 군중들은 아직도 소음 속으로 밀려가고 밀려오고 있다. 굳게 닫혀 있는 은행 철문에 붙은 벽보가 한길을 건너 하얀 윤곽만이 두드러져 보인다. 아니, 그곳에 씌어 있는 구절.

'親日派(친일파), 民族反逆者(민족반역자)를 打倒(타도)하자.'

옆에 붙은 동그라미를 두 겹으로 친 글자가 그대로 눈앞에 선명하게 보이는 것만 같다. 어제 저물녘에 그것을 처음 보았을 때의 전율이 되살아났다.

순간 이인국 박사는 방 쪽으로 머리를 홱 돌렸다.

'나야 괜찮겠지……'

혼자 뇌까리면서 그는 다시 부채를 들었다. 그러나 벽보를 들여다보고 있을 때 자기와 눈이 마주치는 순간, 일그러지는 얼굴에 경멸인지 통쾌인지 모를 웃음이 비죽거리면서 아래위로 훑어보던 그 춘석春錫이 녀석의 모습이 자꾸만 머릿속으로 엄습하여 어두운 밤에 거미줄을 뒤집어쓴 것처럼 꺼림텁텁하기만* 했다. '그깐 놈' 하고, 머리에서 씻어 버리려도 거머리처럼 자꾸만 감아 붙는 것만 같았다.

벌써 육 개월 전의 일이다. 형무소에서 병보석으로 가출옥되었다는 중환자가 업혀져 왔다. 휑뎅그런 눈에 앙상하게 뼈만 남은 몸을 제대로 가누지도 못하는 환자. 그는 간호원의 부축으로 겨우 진찰을 받았다.

청진기의 상아 꼭지를 환자의 가슴에서 등으로 옮겨 두 줄기의 고무줄에서 감득*되는 숨소리를 감별하면서도 이인국 박사의 머릿속은 최후 판정의 분기점을 방황하고 있었다. 입원시킬 것인가, 거절할 것인가…….

환자의 몰골이나 업고 온 사람의 옷매무새로 보아 경제 정도는 뻔한 일이라 생각되었다. 그러나 그것보다도 더 마음에 켕기는 것이 있었다. 일본인 간부급들이 자기 집처럼 들락날락하는 이 병원에 이런 사상범을 입원시킨다는 것은 관선 시의원이라는 체면에서도 떳떳지 못할 뿐더러, 자타가 공인하는 모범적인 황국신민의 공든 탑이 하루아침에 무너지는 결과를 가져오는 것이라는 생각이 들었다. 순간 그는 이런 경우의 가부 결정에 일도양단*하는 자기 식으로 찰나적인 단안을 내렸다. 그는 응급치료만 해 주고 입원실이 없다는 가장 떳떳하고도 정당한 구실로 애걸하는 환자를 돌려보냈다.

환자의 집이 병원에서 멀지 않은 건너편 골목 안에 있다는 것은 후에 간호원에게서 들었다. 그러나 그쯤은 예사로운 일이었기에 그는 그대로 아무렇지도 않게 흘려버렸다.

그런데 며칠 전 시민대회 끝에 있은 해방 경축 시가행진을 자기도 흥분에 차서 구경하느라고 혜숙이와 함께 대문 앞에 나갔다가, 자위대 완장을 두르고 대열에 끼인 젊은이와 눈이 마주쳤다. 이쪽을 노려보는 청년의 눈에서 불똥이 튀는 것 같은 살기를 느꼈다. 무슨 영문인지 모르고 어리벙벙하던 이인국 박사는, 그것이 언젠가 입원을 거절당한 사상범 환자 춘석이라는 것을 혜숙에게서 듣고야 슬금슬금 주위의 눈치를 살피며 집으로 기어 들어왔다.

그 후 그는 될 수 있는 대로 거리로 나가는 것을 피했지마는 공교롭게도 어제 저녁에 그 벽보 앞에서 마주쳤다.

갑자기 밖이 왁자지껄 떠들어 대었다. 머리에 깎지를 끼고 비스듬히 누워서 갈피를 잡을 수 없는 생각에 골몰하던 이인국 박사는 일어나 앉아 한길 쪽에 귀를 기울였다. 들끓는 소리는 더 커갔다. 궁금증에 견디다 못해 그는 엉거주춤 꾸부린 자세로 밖을 내다보았다. 포도에 뒤끓는 사람들은 손에 손에 태극기와 적기赤旗를 들고 환성을 올리고 있었다.

'무엇일까?'

그는 고개를 갸웃하며 다시 자리에 주저앉았다.

계단을 구르며 급히 올라오는 발자국 소리가 들려 왔다. 혜숙이다.

"아마 소련군이 들어오나 봐요. 모두들 야단법석이에요……."

숨을 헐떡이며 이야기하는 혜숙의 말에 이인국 박사는 아무 대꾸도 없이 눈만 껌벅이며 도로 앉았다. 여러 날째 라디오에서 오늘 입성 예정이라고 했으니 이제 정말 오는가 보다 싶었다.

혜숙이 내려간 뒤에도 이인국 박사는 한참 동안 아무 거동도 못하고 바깥쪽을 내다보고만 있었다.

무엇을 생각했던지 그는 움찔 자리에서 일어났다. 그러고는 벽장문을 열었다. 안쪽에 손을 뻗쳐 액자들을 끄집어내었다.

'國語常用(국어상용)의 家(가)'

해방되던 날 떼어서 집어넣어 둔 것을 그동안 깜박 잊고 있었다.

그는 액자의 뒤를 열어 음식점 면허장 같은 두터운 모조지를 빼내어 글자 한 자도 제대로 남지 않게 손끝에 힘을 주어 꼼꼼히 찢었다.

이 종잇장 하나만 해도 일본인과의 교제에 있어서 얼마나 떳떳한 구실을 할 수 있었던 것인가. 야릇한 미련 같은 것이 섬광처럼 머릿속을 스쳐갔다.

환자도 일본 말 모르는 축은 거의 오는 일이 없었지만, 대외 관계는 물론 집 안에서도 일체 일본 말만을 써 왔다. 해방 뒤 부득이 써 오는 제 나라 말이 오히려 의사 표현에 어색함을 느낄 만큼 그에게는 거리가 먼 것이었다.

마누라의 솔선수범하는 내조지공內助之功도 컸지만 애들까지도 곧잘 지켜 주었기에 이 종잇장을 탄 것이 아니던가. 그것을 탄 날은 온 집안이 무슨 경사나 난 것처럼 기뻐들 했다.

"잠꼬대까지 국어로 할 정도가 아니면 이 영예로운 기회야 얻을 수 있겠소."

하던 국민 총력 연맹 지부장의 웃음 띤 치하* 소리가 떠올랐다.

그 순간 자기 자신은 아이들을 소학교부터 일본 학교에 보낸 것을 얼마나 다행으로 여겼던 것인가.

그는 후 한숨을 내뿜었다. 그러고는 지금 통장의 잔액을 깡그리 내주던 은행 지점장의 호의에 새삼 고마움을 느끼는 것이었다.

그것마저 없었더라면…… 등골에 오싹하는 한기가 느껴왔다.

무슨 정치가 오든 그것만 있으면 시내 사람의 절반 이상이 굶어 죽기 전에야 우리 집 차례는 아니겠지. 그는 손금고가 들어 있는 안방 단스*를 생각하면서 혼자 중얼거렸다.

이인국 박사는 무슨 일이 일어나도 꼭 자기만은 살아남을 것 같은 막연한 기대를 곱씹고 있다.

주위가 어두워 왔다.

지축地軸이 흔들리는 것 같은 동요와 소음이 가까워졌다. 군중들의 환호성이 터져 나왔다. 만세 소리가 연방 계속되었다.

세상 형편을 알아보려고 거리에 나갔던 아내가 돌아왔다.

"여보, 탱크 부대가 들어왔어요. 거리는 온통 사람들 사태가 났는데 집 안에 처박혀 뭘 하구 있어요."

"뭘 하기는?"

"나가 보아요. 마우재*가 들어왔어요."

어둠 속에서 아내의 음성은 격했으니 감격인지 당황인지 알 길이 없었다.

'계집이란 저렇게 우둔하구두 대담한 것일까······.'

이인국 박사는 엷은 어둠 속에서 마누라 쪽을 주시하면서 입맛을 다셨다.

"불두 여태 안 켜구."

마누라가 전등 스위치를 틀었다. 이인국 박사는 백 촉 전등이 너무 환한 것이 못마땅했다.

"불은 왜 켜는 거요?"

"그럼 켜지 않구, 캄캄한데······ 자, 어서 나가 봅시다."

마누라가 이끄는 데 따라 이인국 박사는 마지못하면서 시침을 떼고 따라나섰다.

헤드라이트의 눈부신 광선. 탱크 부대의 진주는 끝을 알 수 없이 계속되고 있다.

이인국 박사는 부신 불빛을 피하면서 가로수에 기대어 섰다. 박수와 환호성, 만세 소리가 그칠 줄 모르는 양안兩岸을 끼고 탱크는 물밀듯 서서히 흘러간다. 위 뚜껑을 열고 반신을 내민 중대가리의 병정은 간간이 '우라―' 하면서 손을 내혼들고 있다.

이인국 박사는 자기와는 아무 관련도 없는 이방 부대라는 환각을 느끼면서 박수도 환성도 안 나가는 멋쩍은 속에서 멍하니 쳐다보고만 있다. 그는 자기의 거동을 주시하지나 않나 해서 주위를 두리번거렸다.

그러나 아무도 그에게는 관심을 두는 일 없이 탱크를 향하여 목청이 터지도록 거듭 만세만 부르고 있지 않은가.

'어떻게 되겠지…….'

그는 밑도 끝도 없는 한마디를 뇌면서 유유히 집으로 들어왔다.

민요 뒤에 계속되던 행진곡이 그치고 주둔군 사령관의 포고문이 방송되고 있다.

이인국 박사는 라디오 앞에 다가앉아 귀를 기울였다.

시민의 생명 재산은 절대 보장한다. 각자는 안심하고 자기의 직장을 수호하라. 총기銃器, 일본도日本刀 등 일체의 무기 소지는 금하니 즉시 반납하라는 등의 요지였다.

그는 문득 단스 속에 넣어둔 엽총에 생각이 미치었다. 그러면 저거도 바쳐야 하는 것일까. 영국제 쌍발, 손때 묻은 애완물같이 느껴져 누구에게 단 한 번 빌려 주지 않았던 최신형 특제품이었다.

이인국 박사는 다이얼을 돌렸다. 대체 서울에서는 어떻게들 하고 있는 것일까.

거기도 마찬가지다. 민요가 아니면 행진곡이 나오고 그러다가는 건국 준비 위원회의 누구인가의 연설이 계속된다.

대체 앞으로 어떻게 될 것인가 궁금증을 해결할 방법이 없다.

해방 직후 이삼 일 동안은 자기도 태연하였지만 번지르르하게 드나들던 몇몇 친구들도 소련군 입성이 보도된 이후부터는 거의 나타나질 않는다. 그렇다고 자기 자신이 뛰어다니며 물을 경황은 더욱 없다.

밤이 이슥해서야 중학교와 국민학교를 다니는 아들딸이 굉장한 구경이나 한 것처럼 탱크와 로스케*의 이야기를 늘어놓으며 들어왔다.

그들은 아버지의 심중은 아랑곳없다는 듯이 어머니, 혜숙이와 함께 저희들 이야기에만 꽃을 피우고 있었다.

이인국 박사는 슬그머니 일어나 이 층으로 올라와 다다미방에서 혼자 뒹굴었다.

앞일은 대체 어떻게 전개될 것인지 뛰어넘을 수가 없는 큰 바다가 가로놓인 것만 같았다. 풀어낼 수 있는 실마리가 전혀 다듬어지지 않는 뒤헝클어진 상념 속에서 그래도 이인국 박사는 꺼지려는 짚불을 불어 일으키는 심정으로 막연한 한 가닥의 기대만을 끝내 포기하지 않은 채 천장을 멍청히 쳐다보고만 있었다.

지난 일에 대한 뉘우침이나 가책 같은 건 전혀 있을 수 없었다.

자동차 속에서 이인국 박사는 들고 나온 석간을 펼쳤다.

일면의 제목을 대강 훑고 난 그는 신문을 뒤집어 꺾어 삼면으로 눈을 옮겼다.

'北韓蘇聯留學生(북한 소련 유학생) 西獨(서독)으로 脫出(탈출).'

바둑돌 같은 굵은 활자의 제목. 왼편 전단을 차지한 외신 기사. 손바닥만 한 사진까지 곁들여 있다.

그는 코허리에 내려온 안경을 올리면서 눈을 부릅떴다.

그의 시각은 활자 속을 헤치고, 머릿속에는 아들의 환상이 뒤엉켜 들이차 왔다. 아들을 모스크바로 유학시킨 것은 자기의 억지에서였던 것만 같았다.

출신 계급, 성분, 어디 하나나 부합될 조건이 있었단 말인가. 고급 중학을 졸업하고 의과대학에 입학한 바로 그해다.

이인국 박사는 그때나 지금이나 자기의 처세 방법에 대하여 절대적인 자신을 가지고 있다.

"얘, 너 그 노어 공부를 열심히 해라."

"왜요?"

아들은 갑자기 튀어나오는 아버지의 말에 의아를 느끼면서 반문했다.

"야 원식아, 별수 없다. 왜정 때는 그래도 일본 말이 출세를 하게 했고, 이제는 노어가 또 판을 치지 않니. 고기가 물을 떠나서 살 수 없는 바에야 그 물속에서 살 방도를 궁리해야지. 아무튼 그 노서아* 말 꾸준히 해라."

아들은 아버지 말에 새삼스러이 자극을 받는 것 같진 않았다.

"내 나이로도 인제 이만큼 뜨내기 회화쯤은 할 수 있는데, 새파란 너의 낫세*로야 그걸 못 하겠니?"

"염려 마세요, 아버지……."

아들의 대답이 그에게는 믿음직스럽게 여겨졌다.

이인국 박사는 심각한 표정으로 말을 이었다.

"어디 코 큰 놈이라구 별것이겠니, 말 잘해서 진정이 통하기만 하면 그것들두 다 그렇지……."

이인국 박사는 끝내 스텐코프 소좌의 배경으로 요직에 있는 당 간부의 추천을 받아 아들의 소련 유학을 결정짓고야 말았다.

"여보, 보통으로 삽시다. 거저 표나지 않게 사는 것이 이런 세상에선 가장 편안할 것 같아요. 이제 겨우 죽을 고비를 면했는데 또 쟤까지 그 '높이 드는' 복판에 휘몰아 넣으면 어쩔라구……."

"가만 있어요, 호랑이두 굴에 가야 잡는 법이오. 무슨 세상이 되든

할대로 해 봅시다."

"그래도 저 어린것을 어떻게 노서아까지 보낸단 말이오."

"아니, 중학교 애들도 가지 못해 골들을 싸매는데, 대학생이 못 가견딜라구."

"그래도 어디 앞일을 알겠소……."

"괜한 소리, 쟤가 소련 바람을 쏘이구 와야 내게 허튼 소리 하는 놈들도 찍소리를 못할 거요. 어디 보란 듯이 다시 한 번 살아 봅시다."

아들의 출발을 앞두고 걱정하는 마누라를 우격다짐으로 무마시키고 그는 아들의 유학을 관철했다.

'흥, 혁명 유가족두 가기 힘든 구멍을 이인국의 아들이 뚫었으니 어디 두고 보자…….'

그는 만장의 기염을 토하며 혼자 중얼거리고는 희망에 찬 미소를 풍겼다.

그 다음 해에 사변이 터졌다.

잘 있노라는 서신이 계속하여 왔지만 동란 후 후퇴할 때까지 소식은 두절된 대로였다.

마누라의 죽음은 외아들을 사지로 보낸 것 같은 수심에도 그 원인이 있었다고 그는 생각하고 있다.

이인국 박사는 신문 다치키리* 속에 채워진 글자를 하나도 빼지 않고 다 읽어 내려갔다. 그러나 아들의 이름에 연관되는 사연은 한 마디도 없었다.

'이 자식은 무얼 꾸물꾸물하느라고 이런 축에도 끼지 못한담……사태를 판별하고 임기응변의 선수를 쓸 줄 알아야지, 맹추같이…….'

그는 신문을 포개어 되는 대로 말아 쥐었다.

'개천에서 용마龍馬가 난다는데, 이건 제 애비만도 못한 자식이야……'

그는 혀를 찍찍 갈겼다.

'어쩌면 가족이 월남한 것조차 모르고 주저하고 있는 것이 아닐까. 아니 이제는 그쪽에도 소식이 가서 제게도 무언중의 압력이 퍼져 갈 터인데…… 역시 고지식한 놈이 아무래도 모자라……'

그는 자동차에서 내리자 건 가래침을 내뱉었다.

'독또르* 리, 내가 책임지고 보장하겠소. 아들을 우리 조국 소련에 유학시키시오.'

스텐코프의 목소리가 고막에 와 부딪히는 것만 같았다.

자위대가 치안대로 바뀐 다음 날이다. 이인국 박사는 치안대에 연행되었다. 시멘트 바닥에 무릎을 꿇고 앉은 그는 입술이 파랗게 질려 있었다. 하반신이 저려 오고 옆구리가 쑤신다. 이것만으로도 자기의 생애를 통한 가장 큰 고역이라고 그는 생각하고 있다. 그러나 그것보다는 앞으로 닥쳐올 예기할 수 없는 사태가 공포 속에 그를 휘몰았다.

지나가고 지나오는 구둣발 소리와 목덜미에 퍼부어지는 욕설을 들으면서 꺾이듯이 축 늘어진 그의 머리는 들릴 줄을 몰랐다.

시간만이 흘러가고 있었다.

그의 머릿속에는 짓눌렸던 생각들이 하나씩 꼬리를 치켜들기 시작했다.

'이럴 줄 알았다면 어디든지 가 숨거나, 진작 남으로라도 도피했을걸…… 그러나 이 판국에 나를 감싸줄 사람이 어디 있담. 의지할 곳은 다 나와 같은 코스를 밟았거나 조만간에 밟을 사람들이 아닌가. 일본인! 가장 믿었던 성벽이 다 무너지고 난 지금 누구를…….'

'그래도 어떻게 되겠지…….'

이 막연한 기대는 절박한 이 순간에도 그에게서 완전히 떠나 버리지는 않았다.

'다행이다. 인민 재판의 첫 코에 걸리지 않은 것만 해도. 끌려간 사람들의 행방은 전혀 알 길이 없다. 즉결 처형을 당했다는 소문도 떠돈다. 사흘의 여유만 더 있었더라면 나는 이미 이곳을 떴을지도 모른다. 다 운명이다. 아니 그래도 무슨 수가 있겠지…….'

"쪽발이 끄나풀, 야, 이 새끼야."

고함 소리에 놀라 이인국 박사는 흠칫 머리를 들었다.

때도 묻지 않은 일본 병사 군복에 완장을 찬 젊은이가 쏘아보고 있다. 춘석이다.

이인국 박사는 다시 쳐다볼 힘도 없었다. 모든 사태는 짐작되었다.

이제는 죽는구나, 그는 입속으로 뇌까렸다.

"왜놈의 밑바시*, 이 개새끼야."

일본 군용화가 그의 옆구리를 들이찬다.

"이 새끼, 어디 죽어 봐라."

구둣발은 앞뒤를 가리지 않고 전신을 내지른다.

등골 척수에 다급한 충격을 받자 이인국 박사는 비명을 지르고 고꾸라졌다.

그는 현기증을 일으켰다. 어깻죽지를 끌어 바로 앉혀도 몸을 가누지 못하고 한쪽으로 쓰러졌다.

"민족과 조국을 팔아먹은 이 개돼지 같은 놈아, 너는 총살이야, 총살……."

어렴풋이 꿈속에서처럼 들려왔다. 그러나 그에게는 그 말도 아무런 반항을 일으키지 못했다.

시간이 얼마나 흘렀을까. 자기 앞자락에서 부스럭거리는 감촉과 금속성의 부스럭거리는 소리를 듣고 어렴풋이 정신을 차렸다.

노란 털이 엉성한 손목이 시곗줄을 끄르고 있다. 그는 반사적으로 앞자락의 시계 주머니를 부둥켜 쥐면서 손의 임자를 힐끔 쳐다보았다. 눈동자가 파란 중대가리 소련 병사가 시곗줄을 거머쥔 채 이빨을 드러내고 히죽이 웃고 있다.

그는 두 손으로 있는 힘을 다해 양복 안주머니를 감싸 쥐었다.

"흥…… 야뽄스키*……."

병사의 눈동자는 점점 노기를 띠어 갔다.

"아니, 이것만은!"

그들의 대화는 서로 통하지 않는 대로 손아귀와 눈동자의 대결은 그대로 지속되고 있었다.

병사는 됫박만 한 손으로 이인국 박사의 손을 뿌리치면서 시계를 채어 냈다. 시곗줄은 끊어져 고리가 달린 끝머리가 이인국 박사의 손가락 끝에서 달랑거렸다.

병사는 밖으로 나가 버렸다.

'죽음과 시계…….'

이인국 박사는 토막 난 푸념을 되풀이하고 있다.

양쪽 팔목에 손목시계를 둘씩이나 차고도 만족이 안 가 자기의 회중시계까지 앗아 가는 그 병정의 모습을 머릿속에 똑똑히 되새겨갈

뿐이다.

감방 속은 빼곡히 찼다.

그러나 고참자와 신입자의 서열은 분명했다. 달포가 지나는 사이에 맨 안쪽 똥통 위에 자리 잡았던 이인국 박사는 삼 분지 이의 지점으로 점차 승격되었다.

그는 하루 종일 말이 없었다. 범인 속에 섞여 있던 감방 밀정*이 출감된 다음 날부터 불평만을 늘어놓던 축들이 불려 나가 반송장이 되어 들어왔지만, 또 하루 이틀이 지나자 감방 속의 분위기는 여전히 불평과 음식 이야기로 소일되었다.

이인국 박사는 자기의 죄상이라는 것을 폭로하기도 싫었지만 예전에 고등계 형사들에게서 실컷 얻어들은 지식이 약이 되어 함구령*이 지상 명령이라는 신념을 일관하고 있었다.

그는 간밤에 출감한 학생이 내던지고 간 노어 회화 책을 첫 장부터 꼼꼼히 뒤지고 있을 뿐이다.

등골이 쏘고 옆구리가 결려 온다. 이것으로 고질이 되는가 하는 생각이 없지 않다. 아침저녁으로 기온이 사뭇 내려가고 있다. 아무리 체념한다면서도 초조감을 막을 길 없다.

노어 책을 읽으면서도 그의 청각은 늘 감방 속의 이야기를 놓치지 않고 있다. 그들이 예측하는 식대로의 중형으로 치른다면 자기의 죄상은 너무도 어마어마하다. 양곡 조합의 쌀을 몰래 팔아먹은 것이 칠 년, 양민을 강제로 보국대報國隊에 동원했다는 것이 십 년, 감정적인 즉결이 아니라 법에 의한 처단이라고 내대지만 이 난리 판국에 법이고 뭣이고 있을까. 마음에만 거슬리면 총살일 판인데…….

'친일파, 민족 반역자, 반일 투사 치료 거부, 일제의 간첩 행

위······.'

 이건 너무도 어마어마한 죄상이다. 취조할 때 나열하던 그대로 한다면 고작해야 무기 징역, 사형감인지도 모른다.

 그는 방 안을 둘러보며 후 큰숨을 내쉬었다.

 처마 밑에 바싹 달라붙은 환기창에서 들이비치던 손수건만 한 햇살이 참대자처럼 길어졌다가 실오리만큼 가늘게 떨리며 사라졌다. 그 창살을 거쳐 아득히 보이는 가을 하늘이 잊었던 지난 일을 한 덩어리로 얽어 휘몰아 오곤 했다. 가슴이 짜릿했다.

 밖의 세계와는 영원한 단절이다.

 그는 눈을 감았다. 마누라, 아들, 딸, 혜숙이, 누구누구······. 그러다가 외과계의 원로 이인국 박사에 이르자, 목구멍이 타는 것같이 꽉 막혔다.

 그는 헛기침을 하고 침을 삼켰다.

 '그럼, 어쩐단 말이야, 식민지 백성이 별수 있었어. 날구 뛴들 소용이 있었느냐 말이야, 어느 놈은 일본 놈들한테 아첨을 안 했어. 주는 떡을 안 먹은 놈이 바보지. 흥, 다 그놈이 그놈이었지.'

 이인국 박사는 자기 변명을 합리화하고 나면 가슴이 좀 후련해 왔다.

 거기다 어저께의 최종 취조 장면에서 얻은 소련 고문관의 표정은 그에게 일루*의 희망을 던져 주는 것이 있었다. 물론 그것이 억지의 자위일지도 모른다고 생각되었지만.

 아마 스텐코프 소좌라고 했지. 그 혹부리 장교, 직업이 의사라고 했을 때, 독또르 독또르 하고 고개를 기웃거리던 순간의 표정, 그것이 무슨 기적의 예감 같기만 했다.

이인국 박사는 신음 소리에 놀라 눈을 떴다.

복도에 켜져 있는 엷은 전등 불빛이 쇠창살을 거쳐 방 안에 줄무늬를 놓으며 비쳐 들어왔다. 그는 환기창 쪽을 올려다보았다. 아직도 동도 트지 않은 깜깜한 밤이다.

생똥 냄새가 코를 찌른다. 바짓가랑이 한쪽이 축축하다. 만져본 손을 코에 갔다 댔다. 구역질이 난다. 역시 똥 냄새다.

옆에 누운 청년의 앓는 소리는 계속되고 있다. 찬찬히 눈여겨보았다. 청년 궁둥이도 젖어 있다.

'설산가 보다.'

그는 살창문을 흔들며 교화 소원所員을 고함쳐 불렀다.

"뭐야!"

자다가 깬 듯한 흐린 소리가 들려왔다.

"환자가…… 이거, 봐요."

창살 사이로 들여다보는 소원의 얼굴은 역광 속에서 챙 붙은 모자 밑의 둥그스름한 윤곽밖에 알려지지 않는다.

이인국 박사는 청년의 궁둥이께를 손가락으로 가리키며 들여다보고 있다.

"이거, 피로군, 피야."

그는 그제서야 붉은빛을 발견하곤 놀라 소리를 쳤다.

"적리야, 이질……."

그는 직업 의식에서 떠오르는 대로 큰 소리를 질렀다.

"뭐, 적리?"

바깥 소리는 확실히 납득이 안 간 음성이다.

"피똥 쌌소, 피똥을…… 이것 봐요."

그는 언성을 더욱 높였다.
"응, 피똥······."
아우성 소리에 감방 안의 사람들은 하나둘 눈을 뜨며 저마다 놀란 소리를 쳤다.
"적리, 이건 전염병이오, 전염병."
"뭐, 전염병······."
그제서야 교화 소원이 문을 열고 들어왔다.
얼마 후 환자는 격리되었고 남은 사람들은 똥을 닦느라고 한참 법석을 치고 다시 잠을 불러일으키질 못했다.
이튿날 미결감* 다른 감방에서 또 같은 증세의 환자가 두셋 발생했다. 날이 갈수록 환자는 늘기만 했다.
이 판국에 병만 나면 열의 아홉은 죽는 길밖에 없다고 생각한 이인국 박사는 새로운 위험에 사로잡히기 시작했다.
저녁 후 이인국 박사는 고문관실로 불려 나갔다.
"동무는 당분간 환자의 응급 치료실에서 일하시오."
이게 무슨 청천벽력 같은 기적일까, 그는 통역의 말을 의심했다.
소련 장교와 통역관을 번갈아 쳐다보고 있는 그의 눈동자는 생기를 띠어 갔다.
"알겠소 엥······?"
"네."
다짐에 따라 이인국 박사는 기쁨을 억지로 감추며 평범한 어조로 대답했다.
'글쎄 하늘이 무너져도 솟아날 구멍은 있다니까.'
그는 아무 표정도 나타내지 않으려고 이를 악물었다.

죽어 넘어진 송장이 개 치우듯 꾸려져 나가는 것을 보고 이인국 박사는 꼭 자기 일같이만 느껴졌다.

'의사, 이것은 나의 천직이다.'

그는 몇 번이고 감격에 차 중얼거렸다. 그는 있는 힘을 다해 자기 담당의 환자를 치료했다. 이러한 일은 그의 실력이 흑부리 고문관의 유다른 관심을 끌게 한 계기를 만들어 주었다.

사상범을 옥사시키는 경우는 책임자에게 큰 문책이 온다는 것은 훨씬 후에야 그가 안 일이다.

소련 군의관에게 기술이 인정된 이인국 박사는 계속 병원에서 근무하게 되었다. 그러나 죄상 처벌의 결말에 대해서는 알 길이 없었다.

그는 이 절호의 기회를 최대한으로 활용하고 싶었다. 이제는 죽어도 여한이 없을 것만 같았다.

어떻게 하여 이 보이지 않는 구속에서까지 완전히 벗어날 수는 없을까.

그는 환자의 치료를 하면서도 늘 스텐코프의 왼쪽 뺨에 붙은 오리알만 한 혹을 생각하고 있었다.

불구라면 불구로 볼 수 있는 그 혹을 가지고 고급 장교에까지 승진했다는 것은, 소위 말하는 당성黨性이 강하거나 그렇지 않으면 전공戰功이 특별했음에 틀림없다는 생각이 들었다.

그것 하나만 물고 늘어지면 무엇인가 완전히 살아날 틈새기가 생길 것만 같았다.

이인국 박사의 뜨내기 노어도 가끔 순시하는 스텐코프와 인사말을 주고받을 수 있을 정도로 진전되었다.

이 안에서의 모든 독서는 금지되었지만 노어 교본과 당사黨史만은 허용되었다.

이인국 박사는 마치 생명의 열쇠나 되는 듯이 초보 노어 책을 거의 암송하다시피 했다.

크리스마스를 전후하여 장교들의 주연이 베풀어지는 기회가 거듭되었다.

얼근히* 주기를 띤 스텐코프가 순시를 돌았다.

이인국 박사는 오늘의 이 기회를 놓치지 않겠다고 마음먹었다.

수일 전 소군 장교 한 사람이 급성 맹장염이 터져 복막염으로 번졌다. 그 환자의 실을 뽑는 옆에 온 스텐코프에게 이인국 박사는 말 절반 손짓 절반으로 혹을 수술하겠다는 의사를 표명했다.

스텐코프는 '하라쇼*'를 연발했다.

그 후 몇 번 통역을 사이에 두고 수술 계획에 대한 자세한 의사를 진술할 기회가 생겼다.

이인국 박사는 일본인 시장의 혹을 수술하던 일을 회상하면서 자신있는 설복*을 했다.

'동경 경응 대학 병원에서도 못하겠다는 것을 내가 거뜬히 해치우지 않았던가.'

그는 혼자 머릿속에서 자문자답하면서 이번 일에 도박 같은 심정으로 생명을 걸었다.

소련 군의관을 입회시키고 몇 차례의 예비 진단이 치러졌다.

수술 일은 왔다.

이인국 박사는 손에 익은 자기 병원의 의료 기재를 전부 운반하여 오게 했다.

군의관 세 사람이 보조하기로 했지만 집도는 이인국 박사 자신이

했다. 야전 병원의 젊은 군의관들이란 그에게 있어선 한갓 풋내기로밖에 보이지 않았다.

그는 수술을 진행하는 동안 그들 군의관들을 자기 집 조수 부리듯 했다. 집도 이후의 수술대는 완전히 자기 진단하의 왕국이라고 생각되었다.

그러나 아까 수술 직전에 사인한, 실패되는 경우에는 총살에 처한다는 서약서가 통일된 정신을 순간순간 흐려 놓곤 한다.

수술대에 누운 스텐코프의 침착하면서도 긴장에 찼던 얼굴, 그것도 전신 마취가 끝난 후 삼 분이 못 갔다.

간호부는 가제로 이인국 박사의 이마에 내맺힌 땀방울을 연방 찍어 내고 있다.

기구가 부딪는 금속성과 서로의 숨소리만이 고촉高燭의 반사등이 내리비치는 방 안의 질식할 것 같은 침묵을 헤살짓고* 있다.

수술은 예상 이상의 단시간으로 끝났다.

위생복을 벗은 이인국 박사의 전신은 땀으로 흠뻑 젖었다.

완치되어 퇴원하는 날, 스텐코프는 이인국 박사의 손은 부서져라 쥐면서 외쳤다.

"꺼삐딴* 리, 스바씨보*."

이인국 박사는 입을 헤벌리고 웃기만 했다. 마음의 감옥에서 해방된 것만 같았다.

"아진*, 아진……오첸* 하라쇼."

스텐코프는 엄지손가락을 높이 들면서 네가 첫째라는 듯이 이인국 박사의 어깨를 치며 칭찬했다.

다음 날 스텐코프는 이인국 박사를 자기 방으로 불렀다.

그가 이인국 박사에게 스스로 손을 내밀어 예절적인 악수를 청한 것은 이것이 처음이었다.

'적과 적이 맞부딪치면서 이렇게 백팔십도로 전환될 수가 있을까. 노랑 대가리도 역시 본심에서는 하나의 인간임에는 틀림없는 것이 아닌가.'

"내일부터는 집에서 통근해도 좋소."

이인국 박사는 막혔던 둑이 터지는 것 같은 큰 숨을 삼켜 가면서 내쉬었다.

이번에는 이인국 박사가 스텐코프의 손을 잡았다.

"스바씨보, 스바씨보."

"혹 나한테 무슨 부탁이 없소?"

이인국 박사는 문득 시계가 머리에 떠올랐다.

그러면서도 곧이어 이 마당에 그런 이야기를 꺼낸다는 것은 오히려 쬐쬐하게 보이지 않을까 하는 생각이 뒤따랐다. 그러나 아무래도 그 미련이 가셔지지 않았다.

이인국 박사는 비록 찾지 못하는 경우가 있더라도 솔직히 심중을 털어놓으리라고 마음먹었다.

그는 통역의 보조를 받아 가며 시간과 장소를 정확히 회상하면서 시계를 약탈 당한 경위를 상세히 설명했다.

스텐코프는 혹이 붙었던 뺨을 쓰다듬으면서 긴장된 모습으로 듣고 있었다.

"염려 없소, 독또르 리. 위대한 붉은 군대가 그럴 리가 없소. 만약 있었다 하더라도 그것은 무슨 착각이었을 것이오. 내가 책임지고 찾도록 하겠소."

 스텐코프의 얼굴에 결의를 띤 심각한 표정이 스쳐 가는 것을 이인국 박사는 똑바로 쳐다보았다.

 '공연한 말을 끄집어내어 일껏 잘 되어 가는 일이 부스럼을 만드는 것은 아닐까.'

 그는 솟구치는 불안과 후회를 짓눌렀다.

 "안심하시오, 독또르 리, 하하하."

 스텐코프는 말을 큰 웃음으로 넌지시 말끝을 막았다.

 이인국 박사는 죽음의 직전에서 풀려나 집으로 향했다.

 어느 사이 저렇게 노어로 의사 표시를 할 수 있게 되었느냐고 스텐코프가 감탄하더라는 통역의 말을 되뇌이면서…….

 차가 브라운 씨의 관사 앞에 닿았다.

 성조기를 보면서 이인국 박사는 그날의 적기와 돌려온 시계를 생각하고 있었다.

 응접실에 안내된 이인국 박사는 주인이 나오기를 기다리면서 방 안을 둘러보았다. 대사관으로는 여러 번 찾아갔지만 집으로 찾아온 것은 이번이 처음이다.

 삼 년 전 딸이 미국으로 갈 때부터 신세진 사람이다.

 벽쪽 책꽂이에는 《조선왕조실록》, 《대동야승 大東野乘》 등 한적 漢籍 이 빼곡이 차 있고, 한쪽에는 고서의 질책 帙冊 이 가지런히 쌓여져 있다.

 맞은편 책상 위에는 작은 금동 불상 곁에 몇 개의 골동품이 진열되어 있다. 십이 폭 예서 隸書 병풍 앞 탁자 위에 놓인 재떨이도 세월의 때문은 백자기다.

저것들도 다 누군가가 가져다 준 것이 아닐까 하는 데 생각이 미치자 이인국 박사는 얼굴이 화끈해졌다.

그는 자기가 들고 온 상감진사象嵌辰砂 고려청자 화병에 눈길을 돌렸다. 사실 그것을 내놓는 데는 얼마간의 아쉬움이 없지 않았다. 국외로 내어 보낸다는 자책감 같은 것은 아예 생각해 본 일이 없는 그였다.

차라리 이인국 박사에게는 저렇게 많으니 무엇이 그리 소중하고 달갑게 여겨지겠느냐는 망설임이 더 앞섰다.

브라운 씨가 나오자 이인국 박사는 웃으며 선물을 내어놓았다. 포장을 풀고 난 브라운 씨는 만면에 미소를 띠며 기쁨을 참지 못하는 듯 탱큐를 거듭 부르짖었다.

"참 이거 귀중한 것입니다."

"뭐, 대단한 것이 아닙니다만 그저 제 성의입니다."

이인국 박사는 안도감에 잇닿은 만족을 느끼면서 브라운 씨의 기쁨에 맞장구를 쳤다.

브라운 씨가 영어 반 한국말 반으로 섞어 하는 이야기를 들으면서 이인국 박사는 흐뭇한 기분에 젖었다.

"닥터 리는 영어를 어디서 배웠습니까?"

"일제시대에 일본 말 식으로 배웠지요. 예를 들면 '잣도 이즈 아 갓도' 식으루요."

"그런데 지금 발음은 좋은데요. 문법이 아주 정확한 스텐더드 잉글리시입니다."

그는 이 말을 들을 때 문득 스텐코프의 말이 연상되었다. 그리고 보면 영국에 조상을 가진다는 브라운 씨는 알R 발음을 그렇게 나타내지 않는 것 같게 여겨졌다.

"얼마 전부터 개인 교수를 받고 있습니다."

"아, 그렇습니까?"

이인국 박사는 자기의 어학적 재질에 은근히 자긍을 느꼈다.

브라운 씨가 부엌 쪽으로 갔다 오더니 양주 몇 병이 놓인 쟁반이 따라 나왔다.

"아무 거라도 마음에 드는 것으로 하십시오."

이인국 박사는 보드카 한 잔을 신통한 안주도 없이 억지로라도 단숨에 들이켜야 속이 시원해 하던 스텐코프를 브라운 씨 얼굴에 겹쳐 보고 있다.

그는 혈압 때문에 술을 조절해야 하는 자기 체질에 알맞게 스카치 한 잔을 핥듯이 조금씩 목을 축이면서 브라운 씨의 이야기를 들었다.

"그거, 국무성에서 통지 왔습니다."

이인국 박사는 떨 듯이 기뻤으나 솟구치는 흥분을 억제하면서 천천히 손을 내밀어 악수를 청했다.

"탱큐, 탱큐."

어쩌면 이것은 수술 후의 스텐코프가 자기에게 하던 방식 그대로인지도 모른다는 생각이 들었다.

이인국 박사는 지성이면 감천이라고, 나의 처세법은 유에스에이에도 통하는구나 하는 기고만장한 기분이었다.

청자병을 몇 번이고 쓰다듬으면서 술잔을 거듭하는 브라운 씨도 몹시 즐거운 표정이었다.

"미국에 가서의 모든 일도 잘 부탁합니다."

"네, 염려 마십시오. 떠나실 때 소개장을 써 드리지요."

"감사합니다."

"역사는 짧지만, 미국은 지상의 낙토*입니다. 양국의 우호와 친선에 도움이 되기를 바랍니다."

"탱큐……."

다음 날 휴전선 지대로 같이 수렵하러 가기로 약속하고 이인국 박사는 브라운 씨 대문을 나섰다.

이번 새로 장만한 영국제 쌍발 엽총의 짙푸른 총신을 머리에 그리면서 그의 몸은 날기라도 할 듯이 두둥실 가벼웠다. 이인국 박사는 아까 수술한 환자의 경과가 궁금했으나 그것은 곧 씻겨져 갔다.

그의 마음속에는 새로운 포부와 희망이 부풀어 올랐다.

신체검사는 이미 끝난 것이고 외무부 출국 수속도 국무성 통지만 오면 즉일 될 수 있게 담당 책임자에게 교섭이 되어 있지 않은가? 빠르면 일주일 내에 떠나게 될지도 모른다는 브라운 씨의 말이 떠올랐다.

대학을 갓 나와 임상 경험도 신통치 않은 것들이 미국에만 갔다 오면 별이라도 딴 듯이 날치는 꼴이 사나왔다.

'어디 나두 댕겨오구 나면 보자!'

문득 딸 나미와 아들 원식의 얼굴이 한꺼번에 망막으로 휘몰아 왔다. 그는 두 주먹을 불끈 쥐며 얼굴에 경련을 일으키듯 긴장을 띠다가 어색한 미소를 흘려 보냈다.

'흥, 그 사마귀 같은 일본 놈들 틈에서도 살았고, 닥싸귀* 같은 로스케 속에서 살아났는데, 양키라고 다를까……. 혁명이 일겠으면 일구, 나라가 바뀌겠으면 바뀌구, 아직 이 이인국의 살 구멍은 막히

지 않았다. 나보다 얼마든지 날뛰던 놈들도 있는데, 나쯤이야…….'
 그는 허공을 향하여 마음껏 소리치고 싶었다.
 '그러면 우선 비행기 회사에 들러 형편이나 알아볼까…….'
 이인국 박사는 캘리포니아 특산 시가를 비스듬히 문 채 지나가는 택시를 불러 세웠다.
 그는 스프링이 튈 듯이 부스에 털썩 주저앉았다.
 "반도 호텔로……."
 차창을 거쳐 보이는 맑은 가을 하늘이 이인국 박사에게는 더욱 푸르고 드높게만 느껴졌다.

낱말 풀이

가타부타 어떤 일에 대해 옳다 그르다 하다.
감득 느껴서 앎
기류계 본적지 이외의 일정한 곳에 주소나 거처를 두는 일
꺼림텁텁하다 마음이나 배 속이 언짢고 시원하지 않다.
꺼삐딴 '캡틴captain'에 해당하는 러시아어
낙토 늘 즐겁고 행복하게 살 수 있는 좋은 곳
낫세 '나쎄'의 잘못. 그만한 나이를 속되게 이르는 말
노서아 러시아의 음역어
다치키리 신문의 박스형 기사의 일본 말
닥싸귀 도꼬마리. 국화과의 한해살이풀
단스たんす 장롱, 옷장의 일본 말
독또르 '닥터doctor'의 러시아 발음
로스케Ruskii 러시아 사람을 낮잡아 이르는 말
마우재 '러시아 인'의 함경도 방언
미결감 미결수를 가두어 두는 감방
밀정 남몰래 사정을 살피거나 그런 사람
밑바시 밑받이
설복 알아듣도록 말해 수긍하게 함
셈속 돌아가는 사실의 내용. 겉으로 드러내지 않는 속내
스바씨보 '탱큐thank you'에 해당하는 러시아어
스칼라 십 장학금
시금석 가치, 능력, 역량 따위를 알아볼 수 있는 기준이 되는 기회나 사물을 비유적으로 이르는 말
쓰메에리つめえり 목을 둘러 바싹 여미게 지은 양복

아진 '넘버 원number 1'에 해당하는 러시아어

야뽀스키 '일본 놈'을 뜻하는 러시아어

얼근하다 술이 취해 정신이 조금 어렴풋하다.

오첸 '정말, 매우'을 뜻하는 러시아어

월삼 17석 '월삼'은 1950년대에 유행한 시계이자, 그 시계를 만든 미국의 회사 이름 '월섬Waltham'을 의미한다. '17석Jewel'은 시계에 박혀 있는 보석의 수가 17개라는 뜻이다.

유카타ゆーかた 아래위에 걸쳐서 입는 두루마기 모양의 긴 무명 홑옷

일도양단一刀兩斷 칼로 무엇을 대번에 쳐서 두 도막을 내다.

일루 한 오리의 실이라는 뜻으로 몹시 미약하거나 불확실하게 유지되는 상태를 이르는 말

자격지심自激之心 자기가 한 일에 대해 스스로 미흡하게 여기는 마음

적출 끄집어내거나 솎아내다.

전방 물건을 늘어놓고 파는 가게

조 돗자리를 세는 단위로, 1조는 180×90센티미터다.

집도 수술이나 해부를 하기 위해 메스를 잡다.

체모 체면

치하 남이 한 일에 대해 고마움이나 칭찬의 뜻을 표시함

피봉 겉봉

하라쇼 '최고'라는 뜻의 러시아어

함구령 어떤 일의 내용을 말하지 말라는 명령

헤살짓다 일을 짓궂게 훼방하다.

혼반 서로 혼인을 맺을 양반의 지체

홍안 붉은 얼굴이라는 뜻으로 젊어서 혈색이 좋은 얼굴을 이르는 말

훈도시ふんどし 일본식 복장으로 남자의 음부를 가리는 폭이 좁고 긴 천

백신애의 〈멀리 간 동무〉, 안국선의 〈금수회의록〉, 오영수의 〈고무신〉, 이범선의 〈표구된 휴지〉, 이익상의 〈남극의 가을밤〉, 전광용의 〈꺼삐딴 리〉에 나오는 단어를 활용하여 낱말 퍼즐을 풀어 보세요(낱말 풀이 참조).

1	1 기		3			7	
	화					6	
	요	2	2		4		
	초						
				3			8
5 꺼			6			7	
삐							
딴					8 헤	9 살	짓	다
				9			

🗝 가로 열쇠

1. 여러 가지 잡다한 내용을 적은 공책
2. 아메리카의 음역어
3. '최고'라는 뜻의 러시아어
5. 마음이나 배 속이 언짢고 시원하지 않다.
6. 러시아의 음역어
7. '종이'의 사투리
8. 일을 짓궂게 훼방하다.
9. 끝장에 가서는

🗝 세로 열쇠

1. 옥같이 고운 풀에 핀 구슬같이 아름다운 꽃
2. 미결수를 가두어 두는 감방
3. 실제보다 보태거나 깎아서 말하는 일
4. 몹시 아깝다.
5. '닥터'의 러시아 발음
6. 일부다처제의 사회에서 남편을 두고 벌어지는 여성 간의 갈등을 그린 중국 고전소설
7. 비단옷과 명주옷을 아울러 이르는 말
8. '어찌하다'를 예스럽게 이르는 말
9. 타원형으로 생긴 안경

사랑손님과 어머니

주요섭 1902~1972년

평안남도 평양에서 태어나 중학교 3학년 때 일본으로 건너갔다. 3·1 운동 후 귀국하여 지하신문을 발간하다가 10개월간 옥고를 치르기도 했다. 중국 후장대학과 미국 스탠퍼드대학에서 공부했다. 1921년에 〈깨어진 항아리〉를 발표해 문단에 나온 후 〈인력거꾼〉, 〈살인〉 등 하층계급의 생활과 반항을 담아낸 신경향파적 작품을 집필했다. 1930년대에는 〈사랑손님과 어머니〉, 〈아네모네의 마담〉 등 인간의 내면세계를 서정적이면서 사실주의적으로 그린 작품을 발표했다. 광복 이후에는 사회고발적인 강렬한 현실 의식을 반영한 리얼리즘 소설을 집필했다.

작품 해제

갈래 순수 소설, 애정 소설
배경 1930년대 어느 시골의 작은 마을
시점 1인칭 관찰자 시점
제재 사랑손님과 어머니
주제 사랑손님과 어머니의 은근하고 애틋한 사랑과 이별
출전 《조광》 창간호(1935년 12월)

줄거리

홀로 된 어머니와 단둘이 살고 있는 우리 집에 아버지의 친구였다는 아저씨가 학교 선생님으로 오며 하숙을 하게 된다. 사랑에 기거하게 된 아저씨는 나와 금방 친해진다. 아버지 없는 나로서는 아저씨가 아버지가 되어 주었으면 좋겠다는 말을 꺼냈더니 아저씨는 얼굴을 붉히며 못쓴다고 말한다. 또 어머니를 기쁘게 하려고 유치원에서 빨간 꽃을 가져다가 사랑 아저씨가 엄마 갖다 주라고 했더니 어머니의 얼굴도 빨개진다.

어느 날 아저씨가 밥값 봉투를 옥희에게 건네주라고 하자, 어머니는 봉투를 받고 몹시 당황하면서 봉투를 연다. 그날 밤, 어머니는 달빛 속에서 아버지의 옷을 장롱 속에서 꺼내 보고 있었다. 아저씨나 어머니는 나로서는 잘 알 수 없으나 모두 깊은 시름에 빠져 있는 듯하다.

어머니가 종이가 든 아저씨 손수건을 나를 통해 전한 며칠 뒤 아저씨는 예쁜 인형을 나에게 주고 영영 하숙집을 나가 버린다. 어머니는 나의 손을 잡고 뒷동산으로 올라가 아저씨가 탔을 기차를 멀리 바라본다. 요즈음 어머니가 가끔 치시던 풍금 뚜껑은 다시 닫히고 찬송가 책갈피에 끼워 있던 마른 꽃송이도 버려진다. 매일 사던 달걀도 이젠 사지 않게 되었다.

사랑손님과 어머니

1

나는 금년 여섯 살 난 처녀 애입니다. 내 이름은 박옥희이구요. 우리 집 식구라구는 세상에서 제일 이쁜 우리 어머니와 단 두 식구뿐이랍니다. 아차 큰일 났군, 외삼춘을 빼놓을 뻔했으니.

지금 중학교에 다니는 외삼춘은 어디를 그렇게 싸돌아다니는지 집에는 끼니때나 외에는 별로 붙어 있지를 않으니까 어떤 때는 한 주일씩 가도 외삼춘 코빼기도 못 보는 때가 많으니까요. 깜빡 잊어버리기도 예사지요, 무얼.

우리 어머니는, 그야말로 세상에서 둘도 없이 곱게 생긴 우리 어머니는, 금년 나이 스물네 살인데 과부랍니다. 과부가 무엇인지 나는 잘 몰라도 하여튼 동리 사람들이 나더러 '과부 딸'이라고들 부르니까 우리 어머니가 과부인 줄을 알지요. 남들은 다 아버지가 있는데 나만은 아버지가 없지요. 아버지가 없다고 아마 '과부 딸'이라나 봐요.

2

외할머니 말씀을 들으면 우리 아버지는 내가 이 세상에 나오기 한 달 전에 돌아가셨대요. 우리 어머니하고 결혼한 지는 일 년 만이고요. 우리 아버지의 본집은 어데 멀리 있는데, 마침 이 동네 학교에 교사로 오게 되기 때문에 결혼 후에도 우리 어머니는 시집으로 가지 않고 여기 이 집을 사고(바로 이 집은 우리 외할머니 댁 옆집이지요) 여기서 살다가 일 년이 못 되어 갑자기 돌아가셨대요. 내가 세상에 나오기도 전에 아버지는 돌아가셨다니까 나는 아버지 얼굴도 못 뵈었지요. 그러기 아무리 생각해 보아도 아버지 생각은 안 나요. 아버지 사진이라는 사진은 나도 한두 번 보았지요. 참으로 훌륭한 얼굴이야요. 아버지가 살아 계시다면 참말로 이 세상에서 제일가는 잘난 아버지일 거야요. 그런 아버지를 보지도 못한 것은 참으로 분한 일이야요. 그 사진도 본 지가 퍽 오래되었는데, 이전에는 그 사진을 늘 어머니 책상 위에 놓아두시더니 외할머니가 오시면 오실 때마다 그 사진을 치우라고 늘 말씀하셨는데, 지금은 그 사진이 어디 있는지 없어졌어요. 언젠가 한번 어머니가 나 없는 동안에 몰래 장롱 속에서 무엇을 끄내 보시다가 내가 들어오니까 얼른 장롱 속에 감추는 것을 내가 보았는데, 그게 아마 아버지 사진인 것 같았어요.

아버지가 돌아가시기 전에 우리가 먹고살 것을 남겨 놓고 가셨대요. 작년 여름에, 아니로군, 가을이 다 되어서군요. 하루는 어머니를 따라서 저 여기서 한 십 리나 가서 조고만 산이 있는 데를 가서 거기서 밤도 따 먹고 또 그 산 밑에 초가집에 가서 닭고깃국을 먹고 왔는데, 거기 있는 땅이 우리 땅이래요. 거기서 나는 추수로 밥이나 굶지 않게 된다구요. 그래두 반찬 사고 과자 사고 할 돈은 없대요. 그래서 어머니가 다른 사람의 바느질을 맡아서 해 주지요. 바느질을 해서 돈을 벌어서 그걸루 청어도 사고 달걀도 사고 또 내가 먹을 사탕도 사고 한다구요.

그리구 우리 집 정말 식구는 어머니와 나와 단둘뿐인데 아버님이 계시던 사랑방이 비어 있으니까 그 방도 쓸 겸 또 어머니의 잔심부름도 좀 해 줄 겸 해서 우리 외삼춘이 사랑방에 와 있게 되었대요.

3

금년 봄에는 나를 유치원에 보내 준다고 해서 나는 너무나 좋아서 동무 아이들한테 실컷 자랑을 하고 나서 집으로 들어오누라니까 사랑에서 큰외삼춘이(우리 집 사랑에 와 있는 외삼춘의 형님 말이야요) 웬 낯선 사람 하나와 앉아서 이야기를 하고 있었습니다. 큰외삼춘이 나를 보더니, "옥희야" 하고 부르겠지요.

"옥희야, 이리 온. 와서 이 아저씨께 인사드려라."

나는 어째 부끄러워서 비슬비슬하니까*, 그 낯선 손님이

"아, 그 애기 참 곱다. 자네 조카딸인가?"

하고 큰삼춘더러 묻겠지요. 그러니까 큰삼춘은

"응, 내 누이의 딸…… 경선 군의 유복녀 외딸일세."

하고 대답합니다.

"옥희야, 이리 온, 응! 그 눈은 꼭 아버지를 닮았네그려."

하고 낯선 사람이 말합니다.

"자, 옥희야, 커단 처녀가 왜 저 모양이야. 어서 와서 이 아저씨께 인사해여. 너의 아버지의 옛날 친구신데 오늘부터 이 사랑에 계실 텐데 인사 여쭙고 친해 두어야지."

나는 이 낯선 손님이 사랑방에 계시게 된다는 말을 듣고 갑자기 즐거워졌습니다. 그래서 그 아저씨 앞에 가서 사붓이* 절을 하고는 그만 안마당으로 뛰어 들어왔지요. 그 낯선 아저씨와 큰외삼춘은 소리를 내서 크게 웃드군요.

나는 안방으로 들어오는 나름으로 어머니를 붙들고

"엄마, 사랑에 큰삼춘이 아저씨를 하나 데리구 왔는데에, 그 아저씨가아, 이제 사랑에 있는대."

하고 법석을 하니까

"응, 그래."

하고 어머니는 벌써 안다는 듯이 대수롭잖게 대답을 하드군요. 그래서 나는,

"언제부텀 와 있나?"

하고 물으니까,

"오늘부텀."

"에구 좋아."

하고 내가 손뼉을 치니까 어머니는 내 손을 꼭 붙잡으면서

"왜 이리 수선*이야."

"그럼 작은외삼춘은 어데루 가나?"

"외삼춘두 사랑에 계시지."

"그럼 둘이 있나?"

"응."

"한방에 둘이 있어?"

"왜, 장짓문 닫구 외삼촌은 아랫방에 계시구 그 아저씨는 웃방에 계시구, 그러지."

4

나는 그 아저씨가 어떠한 사람인지는 몰랐으나 첫날부터 내게는 퍽 고맙게 굴고 나도 그 아저씨가 꼭 마음에 들었어요. 어른들이 저희끼리 말하는 것을 들으니까 그 아저씨는 돌아가신 우리 아버지와 어렸을 적 친구라구요. 어데 먼 데 가서 공부를 하다가 요새 돌아왔는데, 우리 동리 학교 교사로 오게 되었대요. 또 우리 큰외삼춘과도 동무인데, 이 동리에는 하숙도 별로 깨끗한 곳이 없고 해서 우리 사랑으로 와 계시게 되었다구요. 또 우리도 그 아저씨한테서 밥값을 받으면 살림에 보탬도 좀 되고 한다구요.

그 아저씨는 그림책들을 얼마든지 있어요. 내가 사랑방으로 나가면 그 아저씨는 나를 무릎에 앉히고 그림책을 보여 줍니다. 또 가끔 과자도 주구요.

어느 날은 점심을 먹고 이내 살그머니 사랑에 나가 보니까 아저씨는 그때에야 점심을 잡수셔요. 그래 가만히 앉아서 점심 잡숫는 걸 구경하고 있노라니까, 아저씨가

"옥희는 어떤 반찬을 제일 좋아하누?"

하고 묻겠지요. 그래 삶은 달걀을 좋아한다고 했더니 마침 상에 놓인 삶은 달걀을 한 알 집어 주면서 나더러 먹으라구 합니다. 나는 그 달걀을 벗겨 먹으면서

"아저씨는 무슨 반찬이 제일 맛나우?"

하고 물으니까, 그는 한참이나 빙그레 웃고 있드니,

"나두 삶은 달걀."

하겠지요. 나는 좋아서 손뼉을 짤깍짤깍 치고

"아, 나와 같네, 그럼. 가서 어머니한테 알려야지."

하면서 일어서니까, 아저씨가 꼭 붙들면서

"그러지 말어."

그러시지요. 그래두 나는 한번 맘을 먹은 댐엔 꼭 그대루 하고야 마는 성미지요. 그래서 안마당으로 뛰쳐 들어가면서,

"엄마, 엄마, 사랑 아저씨두 나처럼 삶은 달걀을 제일 좋아한대."

하고 소리를 질렀지요.

"떠들지 말어."

하고, 어머니는 눈을 홀기십니다.

그러나 사랑 아저씨가 달걀을 좋아하는 것이 내게는 썩 좋게 되었어요. 그것은 그다음부터는 어머니가 달걀을 많이씩 사게 되었으니까요. 달걀 장수 노친네가 오면 한꺼번에 열 알두 사고 스무 알도 사구 그래선 두고두고 삶아서 아저씨 상에두 놓고 또 으레 나도 한 알씩 주구 그래요. 그뿐만 아니라 아저씨한테 놀러 나가면 가끔 아저씨가 책상 서랍 속에서 달걀을 한두 알 꺼내서 먹으라고 주지요. 그래 그담부터는 나는 아주 실컷 달걀을 많이 먹었어요.

나는 아저씨가 매우 좋았어요. 마는 외삼춘은 가끔 툴툴하는 때가 있었어요. 아마 아저씨가 마음에 안 드나 봐요. 아니, 그것보다도 아저씨 상 심부름을 꼭 외삼춘이 하게 되니까 그것이 싫어서 그러나 봐요. 한번은 어머니와 외삼춘이 말다툼하는 것까지 내가 들었어요. 어머니가

"야, 또 어데 나가지 말구 사랑에 있다가 선생님 들어오시거든 상 내가야지."

하고 말씀하시니까, 외삼춘은 얼굴을 찡그리면서

"제길, 남 어데 좀 볼일이 있는 날은 으례이 끼니때에 안 들어오고

늦어지니……."

하고 툴툴하겠지요. 그러니까 어머니는

"그러니 어짜간니? 너밖에 사랑 출입할 사람이 어데 있니?"

"누님이 좀 상 들구 나가구려. 요샛세상에 내외합니까!"

어머니가 갑자기 얼굴이 발개지시고 아무 대답도 없이 그냥 외삼춘에게 향하야 눈을 흘기셨습니다. 그러니까 외삼춘은 흥흥 웃으면서 사랑으로 나갔지요.

5

나는 유치원에 가서 창가도 배우고 댄스도 배우고 하였습니다. 유치원 여자 선생님이 풍금을 아주 썩 잘 타요. 그런데 우리 유치원에 있는 풍금은 우리 예배당에 있는 풍금과는 아주 다른데, 퍽 조그마한 것이지마는 소리는 썩 좋아요. 그런데 우리 집 윗간에도 유치원 풍금과 꼭 같이 생긴 것이 놓여 있는 것이 갑자기 생각이 났어요. 그래 그날 나는 집으로 오는 길로 어머니를 끌고 윗간으로 가서

"엄마, 이거 풍금 아니유?"

하고 물으니까, 어머니는 빙그레 웃으시면서

"그렇단다. 그건 어찌 알았니?"

"우리 유치원에 있는 풍금이 이것과 꼭 같은데 무얼. 그럼 엄마두 풍금 탈 줄 아우?"

하고 나는 다시 물었습니다. 그것은 내가 이때껏 한 번도 어머니가 이 풍금 앞에 앉은 것을 본 일이 없기 때문입니다.

어머니는 아무 대답도 아니하십니다.

"엄마, 이 풍금 좀 타 봐!"

하고 재촉하니까 어머니 얼굴은 약간 흐려지면서

"그 풍금은 너의 아버지가 날 사다 주신 거란다. 너희 아버지 돌아가신 후에는 그 풍금은 이때까지 뚜껑두 한 번 안 열어 보았다……."

이렇게 말씀하시는 어머니 얼굴을 보니까 금방 또 울음보가 터질 것만 같아 보여서 나는 그만

"엄마, 나 사탕 주어."

하면서 아랫방으로 끌고 내려왔습니다.

6

아저씨가 사랑방에 와 계신 지 벌써 여러 밤을 잔 뒤입니다. 아마 한 달이나 되었지요. 나는 거의 매일 아저씨 방에 놀러 갔습니다. 어머니는 나더러 그렇게 가서 귀찮게 굴면 못쓴다고 가끔 꾸지람을 하시지만 정말이지 나는 조곰도 아저씨를 귀찮게 굴지는 않았습니다. 도리어 아저씨가 나를 귀찮게 굴었지요.

"옥희 눈은 아버지를 닮았다. 고 고운 코는 아마 어머니를 닮았지, 고 입하고! 응, 그러냐, 안 그러냐? 어머니도 옥희처럼 곱지, 응?……."

이렇게 여러 가지로 물을 적도 있었습니다. 그래서 나는

"아저씨, 입때 우리 엄마 못 봤수?"

하고 물었더니 아저씨는 잠잠합니다. 그래 나는

"우리 엄마 보러 들어갈까?"

하면서 아저씨 소매를 잡아댕겼더니, 아저씨는 펄쩍 뛰면서,

"아니, 아니, 안 돼. 난 지금 분주해서."

하면서 나를 잡아끌었습니다. 그러나 정말로는 무슨 그리 분주하지도 않은 모양이었어요. 그러기 나더러 가란 말도 않고 그냥 나를 붙들고 앉아서 머리도 쓰다듬어 주고 뺨에 입도 맞추고 하면서

"요 저구리 누가 해 주지? ……밤에 엄마하구 한자리에서 자니?"

라는 둥 쓸데없는 말을 자꾸만 물었지요!

그러나 웬일인지 나를 그렇게도 귀애해* 주든 아저씨도 아랫방에 외삼춘이 들어오면 갑자기 태도가 달라지지요. 이것저것 묻지도 않고 나를 꼭 껴안지도 않고 점잖게 앉아서 그림책이나 보여 주고 그러지요. 아마 아저씨가 우리 외삼춘을 무서워하나 봐요.

하여튼 어머니는 나더러 너무 아저씨를 귀찮게 한다고 어떤 때는 저녁 먹고 나서 나를 꼭 방 안에 가두어 두고 못 나가게 하는 때도 더러 있었습니다. 그러나 조곰 있다가 어머니가 바느질에 정신이 팔리어서 골몰하고 있을 때 몰래 가만히 일어나서 나오지요. 그런 때에는 어머니가 내가 문 여는 소리를 듣고서야 파딱 정신을 채려서 쫓아와 나를 붙들지요. 그러나 그런 때는 어머니는 골은 아니 내시고

"이리 온, 이리 와서 머리 빗고……."

하고 끌어다가 머리를 다시 곱게 땋아 주지요.

"머리를 곱게 땋고 가야지. 그렇게 되는대루 하구 가문 아저씨가 숭보시지 않니."

하시면서, 또 어떤 때에는 머리를 다 땋아 주시고는

"응, 저구리가 이게 무어냐?"

하시면서 새 저고리를 내어 주시는 때도 있었습니다.

7

어떤 토요일 오후였습니다. 아저씨는 나더러 뒷동산에 올라가자고 하셨습니다. 나는 너무나 좋아서 가자고 그러니까, 아저씨가

"들어가서 어머님께 허락 맡고 온."

하십니다. 참 그렇습니다. 나는 뛰쳐 들어가서 어머니께 허락을 맡었습니다. 어머니는 내 얼굴을 다시 세수시켜 주고 머리도 다시 땋고 그러고 나서는 나를 아스러지도록 한 번 몹시 껴안았다가 놓아주었습니다.

"너무 오래 있지 말고, 응."

하고 어머니는 크게 소리치셨습니다. 아마 사랑 아저씨도 그 소리를 들었을 거야.

뒷동산에 올라가서는 정거장을 한참 내려다보았으나 기차는 안 지나갔습니다. 나는 풀잎을 쭉쭉 뽑아 보기도 하고 땅에 누운 아저씨의 다리를 가서 꼬집어 보기도 하면서 놀았습니다. 한참 후에 아저씨와 손목을 잡고 내려오는데 유치원 동무들을 만났습니다.

"옥희가 아빠하구 어디 갔다 온다, 응."

하고 한 동무가 말하였습니다. 그 아이는 우리 아버지가 돌아가신 줄을 모르는 아이였습니다. 나는 얼굴이 빨개졌습니다. 그때 나는 얼마나 이 아저씨가 정말 우리 아버지였드라면 하고 생각했는지 모릅니다. 나는 정말로 한 번만이라도

"아빠!"

하고 불러 보고 싶었습니다. 그리고 그날 그렇게 아저씨하고 손목을 잡고 골목골목을 지나오는 것이 어찌도 재미가 좋았는지요.

나는 대문까지 와서

"난 아저씨가 우리 아빠래문 좋겠다."

하고 불쑥 말했습니다. 그랬더니 아저씨는 얼굴이 홍당무처럼 빨개져서 나를 몹시 흔들면서

"그런 소리 하문 못써."

하고 말하는데 그 목소리가 몹시도 떨렸습니다. 나는 아저씨가 몹시 성이 난 것처럼 보여서 아무 말도 못 하고 안으로 뛰어 들어갔습니다. 어머니가

"어데꺼지 갔댄?"

하고 나와 안으며 묻는데, 나는 대답도 못 하고 그만 쿨쩍쿨쩍 울었습니다. 어머니는 놀라서

"옥희야, 왜 그러니? 응?"

하고 자꾸만 물었으나 나는 아무 대답도 못 하고 울기만 했습니다.

8

이튿날은 일요일인 고로 나는 어머니와 함께 예배당에를 가려고 채리고 나서 어머니가 옷을 갈아입는 동안 잠깐 사랑에를 나가 보았습니다. '아저씨가 아직두 성이 났나?' 하고 가만히 방 안을 들여다보았더니 책상에 앉아서 무엇을 쓰고 있든 아저씨가 내다보면서 빙그레 웃었습니다. 그 웃음을 보고 나는 마음을 놓았습니다. 아저씨가 지금은 성이 풀린 것이 확실하니까요. 아저씨는 나를 이리 보고 저리 보고 훑어보더니

"옥희 오늘 어데 가노? 저렇게 곱게 채리구."

하고 물었습니다.

"엄마하구 예배당에 가."

"예배당에?"

하고 나서 아저씨는 잠시 나를 멍하니 바라다보더니,

"어느 예배당에?"

하고 물었습니다.

"요 앞에 예배당에 가지 뭐."

"응? 요 앞이라니?"

이때 안에서

"옥희야."

하고 부드럽게 부르는 어머니 목소리가 들렸습니다. 나는 얼른 안으로 뛰어 들어오면서 돌아다보니까, 아저씨는 또 얼굴이 빨갛게 성이 났겠지요. 내 원, 참으로 무슨 일로 요새는 아저씨가 그렇게 성을 잘 내는지 알 수 없었습니다.

예배당에 가서 찬미하고 기도하다가 기도하는 중간에 갑자기 나는, '혹시 아저씨두 예배당에 오지 않았나?' 하는 생각이 나서 눈을 뜨고 고개를 들어 남자석을 바라다보았습니다. 그랬더니 하, 바로 거기에 아저씨가 와 앉어 있겠지요. 그런데 아저씨는 어른이면서도 눈 감고 기도하지 않고 우리 아이들처럼 눈을 번히 뜨고 여기저기 두리번두리번 바라봅니다. 나는 얼른 아저씨를 알아보았는데 아저씨는 나를 못 알아보았는지 내가 방그레 웃어 보여도 웃지도 않고 멀거니 보고만 있겠지요. 그래 나는 손을 흔들었지요. 그러니까 아저씨는 얼른 고개를 숙이고 말드군요. 그때에 어머니가 내가 팔 흔드는 것을 깨닫고 두 손으로 나를 붙들고 끌어당기드군요. 나는 어머니 귀에다 입을 대고

"저기 아저씨두 왔어."

하고 속삭이니까 어머니는 흠칫하면서 내 입을 손으로 막고 막 끌어
잡아다가 옆에 앉히고 고개를 누르드군요. 보니까 어머니가 또 얼굴
이 홍당무처럼 빨개졌군요.

　그날 예배는 아주 젬병*이었지요. 웬일인지 예배 다 끝날 때까지
어머니는 성이 나서 강대*만 향하야 앞으로 바라보고 앉았고, 이전
모양으로 가끔 나를 내려다보고 웃는 일이 없었어요. 그리고 아저씨
를 보려고 남자석을 바라다보아도 아저씨도 한 번도 바라다보아 주
지도 않고 성이 나서 앉아 있고, 어머니도 나를 보지도 않고 공연히
꽉꽉 잡아당기지요. 왜 모두들 그리 성이 났는지! 나는 그만 으아
하고 한번 울고 싶었어요. 그러나 바로 멀지 않은 곳에 우리 유치원
선생님이 앉아 있는 고로 울고 싶은 것을 아주 억지로 참았답니다.

9

　내가 유치원에 입학한 후 처음 얼마 동안은 유치원에 갈 때나 올
때나 외삼춘이 바래다주었습니다. 그러나 여러 밤을 자고 난 뒤에는
나 혼자서도 넉넉히 다니게 되었어요. 그러나 언제나 내가 유치원에
서 돌아오는 때이면 어머니가 옆 대문(우리 집에는 대문이 사랑 대문과
옆 대문 둘이 있어서 어머니는 늘 이 옆 대문으로만 출입하시는 것이었습니다)
밖에 기다리고 섰다가 내가 달음질쳐 가면, 안고 집 안으로 들어가
군 하는 것이었습니다.

　그런데 하루는 어쩐 일인지 어머니가 대문간에 보이지를 않겠지
요. 어떻게도 화가 나든지요. 물론 머릿속으로는, '아마 외할머니
댁에 가셨나 부다' 하고 생각했지마는 하여튼 내가 돌아왔는데 문간
에서 기다리지 않고 집을 떠났다는 것이 몹시 나쁘게 생각되드군요.

그래서 속으로,

'오늘 엄마를 좀 곯려야겠다' 하고 생각하고 있는데, 옆 대문 밖에서

"아이고, 얘가 원 벌써 왔나?"

하고 어머니 목소리가 들리드군요. 그 순간 나는 얼른 신을 벗어 들고 안방으로 뛰어 들어가서 벽장문을 열고 그 속에가 들어가서 숨어 버렸습니다.

"옥희야, 옥희 너, 여태 안 왔니?"

하는 어머니 목소리가 바로 뜰에서 나더니

"여태 안 왔군."

하면서 밖으로 나가는 모양이었습니다. 나는 재미가 나서 혼자 흐흥 흐흥 웃었습니다.

한참을 있더니 집에서는 왼통 야단이 났습니다. 어머니 목소리도 들리고 외할머니 목소리도 들리고 외삼촌 목소리도 들리고!

"글쎄, 하루 종일 집이라군 안 떠났다가 옥희 유치원 파하구 오문 멕일 과자가 없기에 어머님 댁에 잠간 갔다 왔는데 고동안에 이런 변이 생긴걸……."

하는 것은 어머니 목소리,

"글쎄 유치원에선 벌써 이십 분 전에 떠났다는데 원 중간에서……."

하는 것은 외할머니 목소리.

"하여튼 내 나가서 돌아댕겨 볼웨다. 원 고것이 어델 갔담."

하는 것은 외삼촌의 목소리.

이윽고 어머니의 울음소리가 가늘게 들렸습니다. 외할머니는 무

어라고 중얼중얼 이야기하는 모양이었습니다. '이젠 그만하고 나갈까?' 하고도 생각했으나, '지난 주일날 예배당에서 성냈던 앙갚음을 해야지' 하는 생각이 나서 나는 그냥 벽장 안에 누워 있었습니다. 벽장 안은 답답하고 더웠습니다. 그래서 이윽고 부지중에 나는 슬며시 잠이 들고 말았습니다.

 얼마 동안이나 잤는지요? 이윽고 잠을 깨어 보니 아까 내가 벽장 안으로 들어왔든 것을 잊어버리고 참 이상스러운 데가 내가 누워 있거든요. 어두컴컴하고 좁고 덥고……. 나는 갑자기 무서운 생각이 나서 엉엉 울기 시작했지요. 그러자 갑자기 어데 가까운 데서 어머니의 외마디 소리가 나더니 벽장문이 벌컥 열리고 어머니가 달려들어서 나를 안아 내렸습니다.

 "요 망할 것아."
하면서 어머니가 내 엉뎅이를 댓 번 때렸습니다. 나는 더욱더 소리를 내서 울었습니다. 그때에는 어머니는 나를 끌어안고 어머니도 따라 울었습니다.

 "옥희야, 옥희야, 응, 인젠 괜찮다. 엄마 여기 있지 않니, 응. 울지 마라, 옥희야. 엄마는 옥희 하나문 그뿐이다. 옥희 하나만 바라구 산다. 난 너 하나문 그뿐이야. 세상 다 일이 없다. 옥희만 있으문 엄마는 산다. 옥희야, 울지 말라. 응, 울지 마라."

 이렇게 어머니는 나더러 자꾸 울지 말라고 하면서도 어머니는 끊이지 않고 그냥 자꾸자꾸 울었습니다. 외할머니는

 "원 고것이 도깨비가 들렸단 말일까, 벽장 속엔 왜 숨는담."
하고 앉아 있고, 외삼춘은,

 "에, 재수, 메유*다."

하면서 밖으로 나갔습니다.

10

이튿날 유치원을 파하고 집으로 오게 된 때 나는 갑자기 어제 벽장 속에 숨었다가 어머니를 몹시 울게 했든 생각이 나서 집으로 돌아가기가 어찌 부끄러워졌습니다. '오늘은 어머니를 좀 기쁘게 해 드려얄 텐데…… 무엇을 갖다 드리문 기뻐할까?' 하고 생각했습니다. 그러자 문득 유치원 안의 선생님 책상 위에 놓여 있든 꽃병 생각이 났습니다. 그 꽃병에는 나는 이름도 모르나 곱고 빨간 꽃이 꽂히어 있었습니다. 그 꽃은 개나리도 아니고 진달래도 아니었습니다. 그런 꽃은 나도 잘 알고 또 그런 꽃은 벌써 폈다가 져 버린 후이었습니다. 무슨 서양 꽃이려니 하고 나는 생각하였습니다. 나는 우리 어머니가 꽃을 사랑하는 줄을 잘 압니다. 그래서 그 꽃을 갖다가 드리면 어머니가 몹시 기뻐하려니 하고 생각하였습니다.

그래서 나는 도로 유치원 방 안으로 들어갔습니다. 마침 방 안에는 아무도 없었습니다. 선생님도 잠깐 어데를 가셨는지 보이지 않았습니다. 그래 나는 그 꽃을 두어 개 얼른 빼들고 달음질쳐 나왔지요.

집에 오니 어머니는 문간에서 기다리고 있다가 나를 안고 들어왔습니다.

"그 꽃은 어데서 났니? 퍽 곱구나."

하고 어머니가 말씀하셨습니다. 그러나 나는 갑자기 말문이 막혔습니다. '이걸 엄마 드릴라구 유치원서 가져왔어' 하고 말하기가 어찌 몹시 부끄러운 생각이 들었습니다. 그래 잠깐 망설이다가

"응, 이 꽃! 저, 사랑 아저씨가 엄마 갖다 주라구 줘."

하고 불쑥 말했습니다. 그런 거짓말이 어데서 그렇게 툭 튀어나왔는지 나도 모르지요.

　꽃을 들고 냄새를 맡고 있든 어머니는 내 말이 끝나기가 무섭게 무엇에 몹시 놀란 사람처럼 화닥닥하였습니다*. 그러고는 금시에 어머니 얼굴이 그 꽃보다 더 빨갛게 되었습니다. 그 꽃을 든 어머니 손구락이 파르르 떠는 것을 나는 보았습니다. 어머니는 무슨 무서운 것을 생각하는 듯이 방 안을 휘 한 번 둘러보시더니

　"옥희야, 그런 걸 받아 오문 안 돼."
하고 말하는 목소리는 몹시 떨렸습니다. 나는 꽃을 그렇게도 좋아하는 어머니가 이 꽃을 받고 그처럼 성을 낼 줄은 참으로 뜻밖이었습니다. 어머니가 그렇게도 성을 내는 것을 보니까 그 꽃을 내가 가져왔다고 그러지 않고 아저씨가 주더라고 거짓말을 한 것이 참 잘되었다고 나는 속으로 생각했습니다. 어머니가 성을 내는 까닭을 나는 모르지만 하여튼 성을 낼 바에는 내게 내는 것보다 아저씨에게 내는 것이 내게는 나었기 때문입니다. 한참 있더니 어머니는 나를 방 안으로 데리고 들어와서,

　"옥희야, 너 이 꽃 이 얘기 아무보구두 하지 말아라, 응."
하고 타일러 주었습니다. 나는

　"응."
하고 대답하면서 고개를 여러 번 까닥까닥했습니다.

　어머니가 그 꽃을 곧 내버릴 줄로 나는 생각했습니다마는 내버리지 않고 꽃병에 꽂아서 풍금 위에 놓아두었습니다. 아마 퍽 여러 밤 자도록 그 꽃은 거기 놓여 있어서 마지막에는 시들었습니다. 꽃이 다 시들자 어머니는 가위로 그 대를 잘라 내버리고 꽃만은 찬송가

갈피에 곱게 끼워 두었습니다.

　내가 어머니께 꽃을 갖다 주든 날 밤에 나는 또 사랑에 놀러 나가서 아저씨 무릎에 앉아서 그림책을 보고 있었습니다. 갑자기 아저씨 몸이 흠칫하였습니다. 그러고는 귀를 기울입니다. 나도 귀를 기울였습니다.

　풍금 소리!

　그 풍금 소리는 분명 안방에서 흘러나오는 것이었습니다.

　"엄마가 풍금을 타나 부다."

하고 나는 벌떡 일어나서 안으로 뛰어왔습니다. 안방에는 불을 켜지 않았습니다. 그러나 그때는 음력으로 보름께가 되어서 달이 낮같이 밝은데 은빛 같은 흰 달빛이 방 한 절반 가득히 차 있었습니다. 나는 흰옷을 입은 어머니가 풍금 앞에 앉아서 고요히 풍금을 타는 것을 보았습니다.

　나는 나이 지금 여섯 살밖에 안 되었지마는 하여튼 어머니가 풍금을 타시는 것을 보는 것은 오늘이 처음이었습니다. 어머니는 우리 유치원 선생님보다도 풍금을 더 잘 타시는 것이었습니다. 나는 어머니 곁으로 갔습니다마는 어머니는 내가 곁에 온 것도 깨닫지 못하는지 그냥 까딱 아니하고 앉아서 풍금을 탔습니다. 조꼼 있더니 어머니는 풍금 곡조에 맞추어서 노래를 부르기 시작하였습니다. 어머니의 목소리가 그렇게도 아름다운 것도 나는 이때까지 모르고 있었습니다. 어머니는 참으로 우리 유치원 선생님보다도 목소리가 훨씬 더 곱고 또 노래도 훨씬 더 잘 부르시는 것이었습니다. 나는 가만히 서서 어머님 노래를 들었습니다. 그 노래는 마치 은실을 타고 저 별나라에서 내려오는 노래처럼 아름다웠습니다.

그러나 얼마 오래지 않아 목소리는 약간 떨리기 시작했습니다. 가늘게 떨리는 노랫소리, 그에 따라 풍금의 가는 소리도 바르르 떠는 듯했습니다. 노랫소리는 차차 가늘어지더니 마지막에는 사르르 없어져 버렸습니다. 풍금 소리도 사르르 없어졌습니다. 어머니는 고요히 풍금에서 일어나시더니 옆에 섰는 내 머리를 쓰다듬었습니다. 그 다음 순간 어머니는 나를 안고 마루로 나오셨습니다. 어머니는 아모 말씀도 없이 그냥 나를 꼭꼭 껴안는 것이었습니다. 달빛을 함뿍* 받는 내 어머니 얼굴은 몹시도 쌔하얗다고 생각되었습니다. 우리 어머니는 참으로 천사 같다고 생각하였습니다.

우리 어머니의 쌔하얀 두 뺨 위로는 쉴 새 없이 두 줄기 눈물이 줄줄 흘러내리고 있는 것을 나는 보았습니다. 그것을 보니 나도 갑자기 울고 싶어졌습니다.

"어머니, 왜 울어?"

하고 나도 쿨쩍거리면서 물었습니다.

"옥희야."

"응?"

한참 동안 어머니는 아무 말씀도 없었습니다. 그러다가 한참 후에,

"옥희야, 난 너 하나문 그뿐이다."

"엄마."

어머니는 다시 대답이 없으셨습니다.

11

하루는 밤에 아저씨 방에서 놀다가 졸려서 안방으로 들어오려고 일어서니까 아저씨가 하-얀 봉투를 서랍에서 꺼내어 내게 주었습니다.

"옥희, 이거 갖다가 엄마 드리고 지나간 달 밥값이라구, 응?"

나는 그 봉투를 갖다가 어머니에게 드렸습니다. 어머니는 그 봉투를 받아 들자 갑자기 얼굴이 파랗게 질렸습니다. 그 전날 달밤에 마루에 앉았을 때보다도 더 쌔하얗다고 생각되었습니다. 어머니는 그 봉투를 들고 어쩔 줄을 모르는 듯이 초조한 빛이 나타났습니다. 나는,

"그거 지나간 달 밥값이래."

하고 말을 하니까 어머니는 갑자기 잠자다 깨나는 사람처럼

"응?"

하고 놀라더니 또 금시에 백지장같이 쌔하얗든 얼굴이 발갛게 물들었습니다. 봉투 속으로 들어갔든 어머니의 파들파들 떨리는 손고락이 지전을 몇 장 끌고 나왔습니다. 어머니는 입술에 약간 웃음을 띠면서 후 하고 한숨을 내쉬었습니다. 그러나 그것도 잠깐, 다시 어머니는 무엇에 놀랐는지 흠칫하더니 금시에 얼굴이 쌔하얘지고 입술이 바르르 떨었습니다. 어머니의 손을 바라다보니 거기에는 지전 몇 장 외에 네모로 접은 하―얀 조이*가 한 장 잡혀 있는 것이었습니다.

어머니는 한참을 망설이는 모양이었습니다. 그러더니 무슨 결심을 한 듯이 입술을 악물고 그 조이를 채근채근 펴 들고 그 안에 쓰인 글을 읽었습니다. 나는 그 안에 무슨 글이 씌어 있는지 알 도리가 없었으나 어머니는 그 글을 읽으면서 금시에 얼굴이 파랬다 발갰다 하고 그 조이를 든 손은 이제는 바들바들이 아니라 와들와들 떨리어서 그 조이가 부석부석 소리를 내게 되었습니다.

한참 후에 어머니는 그 조이를 아까 모양으로 네모지게 접어서 돈과 함께 봉투에 도루 넣어 반짇그릇에 던졌습니다. 그러고는 정신 나간 사람처럼 멀거니 앉아서 전등만 쳐다보는데 어머니 가슴이 불

룩불룩합니다. 나는 어머니가 혹시 병이나 나지 않았나 하고 염려가 되어서 얼른 가서 무릎에 안기면서

"엄마, 잘까?"

하고 말했습니다.

엄마는 내 뺨에 입을 맞추어 주었습니다. 그런데 어머니의 입술이 어쩌면 그리도 뜨거운지요. 마치 불에 달군 돌이 볼에 와 닿는 것 같았습니다.

한참을 자고 나서 잠이 채 깨지는 않았으나 어렴풋한 정신으로 옆을 쓸어 보니 어머니가 없었습니다. 가끔가다가 나는 그런 버릇이 있어요. 어렴풋한 정신으로 옆을 쓸면 어머니의 보드러운 살이 만져지지요. 그러면 다시 나는 잠이 들어 버리군 하는 것이었습니다.

어머니가 자리에 없다는 것을 알게 되자 나는 갑자기 무서워졌습니다. 그래서 잠은 다 달아나고 눈을 번쩍 뜨고 고개를 둘러 살펴보았습니다. 방 안에는 불은 안 켰지만 어슴푸레하게* 밝습니다. 뜰로 하나 가득한 달빛이 방 안에까지 희미한 밝음을 던져 주는 것이었습니다. 윗목을 보니 우리 아버지의 옷을 넣어 두고 가끔 어머니가 꺼내서 쓸어 보시는 그 장롱 문이 열려 있고, 그 아래 방바닥에는 흰옷이 한 무더기 널려 있습니다. 그리고 그 옆에는 장롱을 반쯤 기대고 자리옷*만 입은 어머니가 주춤하고 앉아서 고개를 위로 쳐들고 눈을 감고 무엇이라고 입술로 소군소군 외고 있는 것이 보였습니다. 아마 기도를 하나 보다 하고 나는 생각했습니다. 나는 자리에서 일어나서 기어가서 어머니 무릎을 뻐개고* 기어 들어갔습니다.

"엄마, 무얼 해?"

어머니는 소군거리기를 그치고 눈을 떠서 나를 한참이나 물끄러

미 들여다보십니다.

"옥희야."

"응?"

"가서 자자."

"엄마두 같이 자."

"응, 그래 엄마두 같이 자."

그 목소리가 어째 싸늘하다고 내게 생각되었습니다.

어머니는 돌아가신 아버지의 옷들을 한 가지씩 들고 가만히 손바닥으로 쓸어 보고는 장롱 안에 넣었습니다. 하나씩 하나씩 쓸어 보고는 장롱 안에 넣고 하야 그 옷을 다 넣은 때 장롱 문을 닫고 쇠를 채우고 그러고 나서 나를 안고 자리로 돌아왔습니다.

"엄마, 우리 기도하고 자?"

하고 나는 물었습니다. 어머니는 나를 밤마다 재워 줄 때마다 반드시 기도를 하는 것이었습니다. 내가 할 줄 아는 기도는 주기도문뿐이었습니다. 그 뜻은 하나도 모르지만 어머니를 따라서 자꾸자꾸 해 보아서 지금에는 나도 주기도문을 잘 욉니다. 그런데 웬일인지 어젯밤 잘 때에는 어머니가 기도할 것을 잊어버리고 그냥 잤든 것이 지금 생각이 났기 때문에 나는 그렇게 물었든 것입니다. 어젯밤 자리에 들 때 내가,

"기도할까?"

하고 말하고 싶었으나 어머니가 너무도 슬픈 빛을 띠고 있는 고로 그만 나도 가만히 아모 소리 없이 잠이 들고 말었든 것입니다.

"응, 기도하자."

하고 어머니가 고요히 대답했습니다.

"엄마가 기도해."

하고 나는 갑자기 어머니의 기도하는 보드러운 음성이 듣고 싶어져서 말했습니다.

"하늘에 계신 우리 아버지시여."

어머니는 고요히 기도를 시작하였습니다.

"이름을 거룩하게 하옵시며 나라에 임하옵시며 뜻이 하늘에서 이루어진 것처럼 따*에서도 이루어지이다. 오늘날 우리에게 일용할 양식을 주옵시고 우리가 우리에게 죄지은 자를 용서하여 준 것처럼 우리 죄를 사하여 주옵시고, 우리를 시험에 들지 말게 하옵시고…… 우리로 시험에 들지 말게 하옵시고…… 시험에 들지 말게…… 시험에 들지 말게……"

이렇게 어머니는 자꾸 되풀이하였습니다. 나도 지금은 맥히지 않고 줄줄 외는 주기도문을 글쎄 어머니가 맥히다니 참으로 우스운 일이었습니다.

"시험에 들지 말게…… 시험에 들지 말게……"

하고 자꾸만 되풀이하는 것을 나는 참다못해서,

"엄마, 내 마저 하께."

하고,

"다만 악에서 구하옵소서. 대개 나라와 권세와 영광이 아버지께 영원히 있사옵나이다."

하고 내가 끝을 마쳤습니다. 어머니는 한참이나 가만있다가 오랜 후에야 겨우

"아멘."

하고 속삭이었습니다.

12

　요새 와서 어머니의 하는 일이란 참으로 알 수가 없는 노릇입니다. 어떤 때는 어머님도 퍽 유쾌하셨습니다. 밤에 때로는 풍금을 타고 또 때로는 찬송가도 부르고 그러실 때에는 나도 너무도 좋아서 가만히 어머니 옆에 앉아서 듣습니다. 그러나 가끔가끔 그 독창은 소리 없는 울음으로 끝을 맺는 때가 많은데, 그런 때면 나도 따라서 울었습니다. 그러면 어머니는 나를 안고 내 얼굴에 돌아가면서 무수히 입을 마초아 주면서,

　"엄마는 옥희 하나문 그뿐이야, 응, 그렇지……."
하시면서 언제까지나 언제까지나 우시는 것이었습니다.

　어떤 일요일 날, 그렇지요. 그것은 유치원 방학하고 난 그 이튿날이었어요. 그 날 어머니는 갑자기 머리가 아프시다고 예배당에를 그만두었습니다. 사랑에서는 아저씨도 어데 나가고 외삼춘도 어데 나가고 집에는 어머니와 나와 단둘이 있었는데, 머리가 아프다고 누워 계시든 어머니가 갑자기 나를 부르시드니

　"옥희야, 너 아빠가 보고 싶니?"
하고 물으십니다.

　"응, 우리두 아빠 하나 있으문."
하고 나는 혀를 까부리고 어리광을 좀 부려 가면서 대답을 했습니다. 한참 동안을 어머니는 아모 말씀도 아니하시고 천장만 바라다보시드니

　"옥희야, 옥희 아버지는 옥희가 세상에 나오기두 전에 돌아가셨단다. 옥희두 아빠가 없는 건 아니지. 그저 일즉 돌아가셨지. 옥희가 이제 아버지를 새로 또 가지면 세상이 욕을 한단다. 옥희는 아직 철

이 없어서 모르지만 세상이 욕을 한단다. 사람들이 욕을 해. 옥희 어머니는 홰냥년*이다 이러구 세상이 욕을 해. 옥희 아버지는 죽었는데 옥희는 아버지가 또 하나 생겼대, 참 망측두 하지, 이러구 세상이 욕을 한단다. 그리되문 옥희는 언제나 손구락질받구. 옥희는 커두 시집두 훌륭한 데 못 가구. 옥희가 공부를 해서 훌륭하게 돼두, 에 그까짓 홰냥년의 딸, 이러구 남들이 욕을 한단다."

이렇게 어머니는 혼잣말하시듯 뜨문뜨문 말씀하셨습니다. 그러고는 한참 있더니,

"옥희야."

하고 또 부르십니다.

"응?"

"옥희는 언제나, 언제나, 내 곁을 안 떠나지. 옥희는 언제나 언제나 엄마하구 같이 살지. 옥희는 엄마가 늙어서 꼬부랑 할미가 되어두 그래두 옥희는 엄마하구 같이 살지. 옥희가 유치원 졸업하구 또 소학교 졸업하구, 또 중학교 졸업하구, 또 대학교 졸업하구, 옥희가 조선서 제일 훌륭한 사람이 돼두 그래두 옥희는 엄마하구 같이 살지. 응! 옥희는 엄마를 얼만큼 사랑하나?"

"이만큼."

하고 나는 두 팔을 짝 벌리어 뵈었습니다.

"응? 얼만큼? 응! 그만큼! 언제나, 언제나, 옥희는 엄마만 사랑하지. 그리구 공부두 잘하구, 그리고 훌륭한 사람이 되구……."

나는 어머니의 목소리가 떨리는 것으로 보아 어머니가 또 울까 봐 겁이 나서

"엄마, 이만큼, 이만큼."

사랑손님과 어머니

하면서 두 팔을 짝짝 벌리었습니다.

어머니는 울지 않으셨습니다.

"응, 그래, 옥희 엄마는 옥희 하나문 그뿐이야. 세상 다른 건 다 소용없어. 우리 옥희 하나문 그만이야. 그렇지, 옥희야."

"응!"

어머니는 나를 당기어서 꼭 껴안고 내 가슴이 맥혀 들어올 때까지 자꾸만 껴안아 주었습니다.

그날 밤 저녁밥 먹고 나니까 어머니는 나를 불러 앉히고 머리를 새로 빗겨 주었습니다. 댕기를 새 댕기로 드려 주고, 바지, 저고리, 치마, 모두 새것을 꺼내 입혀 주었습니다.

"엄마, 어디 가?"

하고 물으니까

"아니."

하고 웃음을 띠면서 대답합니다. 그러더니 풍금 옆에서 새로 대린 하-얀 손수건을 내리어 내 손에 쥐어 주면서,

"이 손수건, 저 사랑 아저씨 손수건인데, 이것 아저씨 갖다 드리구 와, 응. 오래 있지 말구 손수건만 갖다 드리구 이니 와, 응."

하고 말씀하셨습니다.

손수건을 들고 사랑으로 나가면서 나는 그 손수건 접이 속에 무슨 발각발각하는* 종이가 들어 있는 것처럼 생각되었습니다마는 그것을 펴 보지 않고 그냥 갖다가 아저씨에게 주었습니다.

아저씨는 방에 누워 있다가 벌떡 일어나서 손수건을 받는데, 웬일인지 아저씨는 이전처럼 나보고 빙그레 웃지도 않고 얼굴이 몹시 파래졌습니다. 그러고는 입술을 질근질근 깨밀면서 말 한마디 아니하

고 그 손수건을 받드군요.

　나는 어째 이상한 기분이 돌어서 아저씨 방에 들어가 앉지도 못하고 그냥 되돌아서 안방으로 들어 왔지요. 어머니는 풍금 앞에 앉아서 무엇을 그리 생각하는지 가만히 있드군요. 나는 풍금 옆으로 가서 가만히 그 옆에 앉아 있었습니다. 이윽고 어머니는 조용조용히 풍금을 타십니다. 무슨 곡조인지는 몰라도 어째 구슬푸고 고즈낙한 곡조야요.

　밤이 늦도록 어머니는 풍금을 타셨습니다. 그 구슬푸고 고즈낙한 곡조를 계속하고 또 계속하면서.

13

　여러 밤을 자고 난 어떤 날 오후에 나는 오래간만에 아저씨 방엘 나가 보았더니 아저씨가 짐을 싸누라구 분주하겠지요. 내가 아저씨에게 손수건을 갖다 드린 다음부터는 웬일인지 아저씨가 나를 보아도 언제나 퍽 슬픈 사람, 무슨 근심이 있는 사람처럼 아모 말도 없이 나를 물끄러미 바라다만 보고 있는 고로 나도 그리 자주 놀러 나오지 않았든 것입니다. 그랬었는데 이렇게 갑자기 짐을 꾸리는 것을 보고 나는 놀랐습니다.

　"아저씨, 어데 가우?"
　"응, 멀리루 간다."
　"언제?"
　"오늘."
　"기차 타구?"
　"응, 기차 타구."

"갔다가 언제 또 오우?"

아저씨는 아무 대답도 없이 서랍에서 예쁜 인형을 하나 꺼내서 내게 주었습니다.

"옥희, 이것 가져, 응. 옥희는 아자씨 가구 나문 아자씨 이내 잊어버리구 말겠지!"

나는 갑자기 슬퍼졌습니다. 그래서

"아니."

하고 얼른 대답하고 인형을 안고 안으로 들어왔습니다.

"엄마, 이것 봐, 아자씨가 이것 나 줬다우. 아자씨가 오늘 기차 타구 먼 데루 간대."

하고 내가 말했으나, 어머니는 대답이 없으십니다.

"엄마, 아자씨 왜 가우?"

"학교 방학했으니깐 가지."

"어데루 가우?"

"아저씨 집으루 가지, 어데루 가."

"갔다가 또 오우?"

어머니는 대답이 없으십니다.

"난 아자씨 가는 거 나쁘다."

하고 입을 쫑긋했으나*, 어머니는 그 말은 대답 않고

"옥희야, 벽장에 가서 달걀 몇 알 남았나 보아라."

하고 말씀하셨습니다.

나는 깡충깡충 방 안으로 들어갔습니다. 달걀은 여섯 알이 있었습니다.

"여스 알."

하고 나는 소리쳤습니다.

"응, 다 가지고 이리 나오나라."

어머니는 그 달걀 여섯 알을 다 삶았습니다. 그 삶은 달걀 여섯 알을 손수건에 싸 놓고 또 반지에 소금을 조곰 싸서 한 귀퉁이에 넣었습니다.

"옥희야, 너 이것 갖다 아저씨 드리구, 가시다가 찻간에서 잡수시랜다구, 응."

14

그날 오후에 아저씨가 떠나간 다음 나는 방에서 아저씨가 준 인형을 업고 자장자장 잠을 재우고 있었습니다. 어머니가 부엌에서 들어오시더니

"옥희야, 우리 뒷동산에 바람이나 쐬러 올라갈까?"

하십니다.

"응, 가, 가."

하면서 나는 좋아 덤비었습니다.

잠깐 다녀올 터이니 집을 보고 있으라고 외삼춘에게 일르고 어머니는 내 손목을 잡고 나섰습니다.

"엄마, 나 저, 아저씨가 준 인형 가지구 가?"

"그러렴."

나는 인형을 안고 어머니 손목을 잡고 뒷동산으로 올라갔습니다. 뒷동산에 올라가면 정거장이 빤히 내려다보입니다.

"엄마, 저 정거장 봐, 기차는 없군."

어머니는 아모 말씀도 없이 가만히 서 계십니다. 사르르 바람이

와서 어머니 모시 치맛자락을 산들산들 흔들어 주었습니다. 그렇게 산 위에 가만히 서 있는 어머니는 다른 때보다도 더한층 이쁘게 보였습니다.

저-편 산모퉁이에서 기차가 나타났습니다.

"아, 저기 기차가 온다."

하고 나는 좋아서 소리쳤습니다.

기차는 정거장에 잠시 머물더니 금시에 빽 하고 소리를 지르면서 움즉이었습니다.

"기차 떠난다."

하면서 나는 손뼉을 쳤습니다. 기차가 저편 산모퉁이 뒤로 사라질 때까지, 그리고 그 굴뚝에서 나는 연기가 하늘 위로 모두 흩어져 없어질 때까지, 어머니는 가만히 서서 그것을 바라다보았습니다.

뒷동산에서 내려오자 어머니는 방으로 들어가시더니 이때까지 뚜껑을 늘 열어 두었든 풍금 뚜껑을 닫으십니다. 그러고는 거기 쇠를 채우고 그 위에다가 이전 모양으로 반짇그릇을 얹어 놓으십디다. 그러고는 그 옆에 있는 찬송가를 맥없이 들고 뒤적뒤적하시더니 빼빼 마른 꽃송이를 그 갈피에서 집어내시더니

"옥희야, 이것 내다 버려라."

하고 그 마른 꽃을 내게 주었습니다. 그 꽃은 내가 유치원에서 갖다가 어머니께 드렸든 그 꽃입니다. 그러자 옆 대문이 삐걱하더니

"달걀 사소."

하고 매일 오는 달걀 장수 노친네가 달걀 버주기*를 이고 들어왔습니다.

"인젠 우리 달걀 안 사요. 달걀 먹는 이가 없어요."

하시는 어머니 목소리는 맥이 한 푼어치도 없었습니다.

나는 어머니의 이 말씀에 놀라서 떼를 좀 써 보려 했으나 석양에 빤히 비치는 어머니 얼굴을 볼 때 그 용기가 없어지구 말았습니다. 그래서 아저씨가 주신 인형 귀에다가 내 입을 갖다 대고 가만히 속삭이었습니다.

"애, 우리 엄마가 거즛부리* 썩 잘하누나. 내가 달걀 좋아하는 줄을 알문성 생 먹을 사람이 없대누나. 떼를 좀 쓰고 싶다만 저 우리 엄마 얼굴을 좀 봐라. 어쩌문 저리두 새파래졌을까? 아마 어데가 아픈가 보다."

라고요.

낱말 풀이

강대 책 따위를 올려놓고 강의나 설교를 할 수 있도록 만든 도구

거줏부리 거짓말을 속되게 이르는 말

귀애하다 귀엽게 여겨 사랑하다.

따 '땅'의 사투리

메유 '없다'는 뜻의 중국어

발각발각하다 책장이나 종잇장 따위를 잇달아 넘기는 소리가 나다.

버주기 자배기보다 조금 깊고 아가리가 벌어진 큰 그릇

비슬비슬하다 자꾸 힘없이 비틀거리다.

뻐개다 두 쪽으로 가르다.

사붓이 소리가 거의 나지 않을 정도로 발을 가볍게 얼른 내디디는 모양

수선 사람의 정신을 어지럽게 만드는 부산한 말이나 행동

어슴푸레하다 빛이 약하거나 멀어서 아득하고 희미하다.

자리옷 잠옷

젬병 형편없는 것을 속되게 이르는 말

조이 '종이'의 사투리

쫑긋하다 말을 하려고 입을 달싹이다.

함뿍 '함빡'의 북한 말

화닥닥하다 갑자기 매우 놀라거나 당황해하다.

홰냉년 자기 남편이 아닌 남자와 정을 통하는 짓을 하는 여자를 비속하게 이르는 말

단편 소설 수록 국어 교과서 보기

지은이	작품명	교과서
강소천	꿈을 찍는 사진관	중2 국어
김동리	아버지와 아들	중1 국어
나도향	전차 차장의 일기 몇 절	중1 국어
나혜석	경희	중1 국어
박영준	모범 경작생	중1 국어
박태원	영수증	중2 국어
백신애	멀리 간 동무	중1 국어
안국선	금수회의록	중1 국어
오영수	고무신	중2 국어
이범선	표구된 휴지	고등 국어
이익상	남극의 가을밤	중2 국어
전광용	꺼삐딴 리	중1 국어
주요섭	사랑손님과 어머니	중2 국어, 고등 국어

중·고등학생이 꼭 알아야 할
교과서 단편소설 읽기 중

지은이 | 강소천 외
발행처 | 도서출판 평단
발행인 | 최석두

등록번호   제2015-000132호
등록연월일   1988년 07월 06일
초판 01쇄 | 2011년 04월 08일
초판 20쇄 | 2020년 07월 05일
주   소 | 경기도 고양시 덕양구 통일로 140(동산동 376)
              삼송테크노밸리 A동 351호
전화번호 | (02)325-8144(代) FAX (02)325-8143
이 메 일 | pyongdan@daum.net
I S B N | 978-89-7343-342-1 04810
            978-89-7343-338-4 (세트)

ⓒ 강소천 외, 2011, Printed in Korea

* 잘못된 책은 구입하신 곳에서 바꾸어 드립니다.

이 도서의 국립중앙도서관 출판시도서목록(CIP)은 서지정보유통지원시
스템 홈페이지(http://seoji.nl.go.kr)와 국가자료공동목록시스템
(http://www.nl.go.kr/kolisnet) 에서 이용하실 수 있습니다.
(CIP제어번호: CIP2011001316)